U00472255

中國文化史叢書

中國音韻學史

張世祿著

主編者
王雲五
傅緯平

臺灣商務印書館發行

目次

上冊

中國音韻學史

上册

第一章　導言

不論那一種學術，總是要受着一般文化演進的影響；一般文化上發生了劇烈的變動，各種學術也自然會敦促牠們本身的進境。因爲一般文化的演變，對于某種學術，也往往直接的或間接的增進了牠研究時所必需的基本智識，供給了牠研究時所應用的某種新工具，擴大了牠研究時所採取的材料和門徑。因之，我們要窺探一國裏某種學術演進的情形，我們必須要注意到這個國家在一般文化上曾經發生過幾次的變動，以及這些變動對于促進這種學術的研究，有怎樣的關係。同時我們又必須要記得：學術的本身總是離不了牠所研究的對象；一國裏的某種學術，常常是屬于這個國家裏某方面現象的探討和說明，因之這種現象本身所具有的性質往往足以影響于學者的心理，而使這種學術上也形成了某種特殊的狀態；現象的本身發生了某種變化，學術上也隨着適應這種變化而引起了一些動態。所以我們要考察一國裏某種學術的演進，同時尤須注意到牠所研究的對象本身上具有怎樣一種性質，曾經發生了怎樣的變化，以及這種學術上所受的影響。

我們這裏要敍述中國音韻學的源流和牠怎樣的發展，我們必須知道中國在一般文化上曾經發生過兩次的大變動，一次受了印度文化的影響，一次就是由于西洋文明的輸入；這兩次文化的變動，使得國人對于音讀分析的智識大大的增進，在研究的方法和工具上也知道加以改良，同時對於運用的材料和所取的途徑也漸漸加以擴充；因之中國音韻的研究，無論過去和現在，都具有日新月異的情形，未曾一時停留不進。過去中國音韻學上，如『反切』的注音方法，『四聲』的名稱，『韻書』的體例，以及『字母』『等韻』的建立和排比，都是直接或間接由于梵文拼音學理的輸入，并且受了翻譯和轉讀佛經的影響而自然產生的。到了近代，國人更受西洋語言文字的薰陶，同時語音學語言學和其他科學的智識陸續輸進了中國，國人採取他們的方法和學理，用來探討中國音韻的現象，又應用外國語音演變的事實作爲中國音韻的比照，另一方面又擴大了研究的材料和途徑；而國外的學者依着這種趨勢來研究中國音韻的，也有很大的貢獻，給國人以很多的啓示。于是由反切的改良進而規定『國音字母』，由『國音』的分析進而調査各處的方音，由方音的比較研究進而擬測古代以至上古的音讀，中國音韻學的進步，不能不歸功於外來文化的影響。

關于中國音韻學的定義，羅常培在舊劇中的幾個音韻問題一文（載東方雜誌第三十三卷第一號）裏曾經立着：

『音韻學就是分析漢字或漢語裏所含的「聲」「韻」「調」三種元素，而講明牠們的發音和類別，並推究牠們的相互關係和古今流變的。』

可以見得中國音韻學的對象，就是中國語言文字裏音讀方面的現象；音韻的研究也可以說是中國語言文字學的一部分。我們要把中國語文上音讀的現象加以分析，幷且把這種分析的結果說明牠們的類別和發音狀態，固然需要有音韻學的基本智識；如果再要推究牠們相互間的關係，和古今的流變，那末除了具有基本的音韻學智識之外，尤須運用適當的工具和方法，并且根據于豐富正確的材料。音韻學的智識以及研究時所運用的方法，所根據的材料，我們說過往往是隨着一般文化的演進而有進步和發展的；可是無論如何，總離不了研究的對象。中國語言文字本身上所具有的性質，常足以影響于學者的心理，他們爲着要適應這種語言文字的性質，對于音讀方面的考察和分析，也採取了一種特殊的方式。中國語通常說是『單音綴語』或『孤立語』，在語詞形態的變化上，『雙聲』『疊韻』的關係最爲顯著，次之就是『字調』的區別，所以中國音韻學最初的建立，就是在語音上『聲』『韻』『調』三種元素的分析。因爲中國語的這種性質，使文字上也演成了一種單音綴的『表意的』字體，而不採取字母拼音的制度，字體本身也沒有確定的『音值』。過去的學者受了這種文字的洗禮，雖然把字音裏所包含的元素分析出來，而總是沿用着漢字注漢字的方法。反切和『讀若』『直音』的分別，在注音的效用上，也只是反切以兩個字體來表明所注字的雙聲疊韻的關係，或者更用下一個字體兼表字調上的同屬一類。由疊韻的關係總括得來韻書上的『韻目』以至『等韻表』上的『韻攝』由雙聲的關係歸納而成的『字母』仍舊用通行的漢字來作標目。因之在韻書、等韻表和過去許多音韻學家的學說當中我們只能窺知當時所認爲某種同音字的系統，而不能確定各個字的『音值』和『調值』；各個『韻部』和各組『字母』彼此間的分別以及等韻上各『等』各『呼』的分列，在後代或且當時，也往往難以明瞭牠們的所以然。我們如果要推究這種分別的理由，要擬測過去各個字的音讀，那末，必須要另外採用一種音標的制度，并且要盡量運用漢字以外的材料；而反切、韻書、等韻上的種種弊端，也必須等待國音字母或其他音標制度的規定，才能掃除淨盡。過去中國音韻學上所以形成這種特殊的狀態，正是由于牠所研究的對象，就是中國的語言文字，具有了特殊的性質，而研究音韻的學者也難免受了這種性質的影響。

研究的對象既然足以影響于學者的心理，所以中國音韻現象上發生了某種變化，學者也隨着適應這種變化而使音韻學上成立了某種建樹和改革。文字上『形聲』『假借』的系統漸漸和實際的語音分離，于是由『譬況』『讀若』進而辨別音讀，更由『直音』進而應用『反切』

因收尾輔音演化的結果，字調的區別也漸漸顯著，于是由『五音』命字進而建立『四聲』的名目。韻書上以四聲分韻，韻部上等呼的差異往往足以促進『聲紐』的分化，可是因語音『單純化』的結果，韻部很多發生混同，入聲韻的收尾音也失落或且轉而併於平、上、去；于是韻書上併韻的結果，更把四聲合爲一韻，等韻表上也把『等』併合於『呼』，把『轉』併而爲『攝』。同時聲紐上濁音併合於清音，于是由『清濁音』的分別進而立爲『陰陽平』的名目；另一方面也促成了『字母』的刪併。反之，反切、韻書、字母、等韻、不合於古代實際的音讀，于是又轉而從事古音的考證。這些現象正足以表明古今音變上『聲』『韻』『調』三種元素相互間的關係，而古今音變的現象，又正是中國音韻學演進史上種種動態所以發生的一種主要的直接的原因；學術離不了研究的對象，實際音韻的現象上發生了某種變化，音韻學上也隨着產生了某種改進。所以我們要敍述中國音韻學的源流和發展的情形，一方面須注意到整個文化史上的變動，因而推究牠所受外來的影響；另一方面，還須考察中國語文本身的性質和音讀演變的事實，以明瞭這種學術上所以形成特殊的狀態和牠推衍進步的由來，還包含有內在的因素的。

世界各國的文字，大都採用字母拼音的制度，雖然對于實際語音的表現，只具有一種相對的效用，不是絕對完密的記錄語音的工具，可是各個字母大都具有確定的音值，并且用來分析音讀的組織，我們可以從中窺探各個語詞音讀的形式。只是中國文字，還是一種表意文字的性質，未曾採用字母拼音的制度，字體本身沒有確定的音值，也不是用來表明語詞音讀的組織。我們要推究這種文字所以演成，自然要歸結到中國語言的性質。中國語言文字的演化，至少有五千年的歷史，我們根據東亞比較語言學的研究，更從中國古代詩歌的音律上觀察，可以斷定在中國文字結構上的演化未曾完成以前，中國語言早已具有了『單音綴的』和『孤立的』兩種特性。因為語言具有單音綴的特性，使文字上也演成單音綴制，一個字體只是具有單個的音綴；因為語言上孤立的特性，使文字上也只是用各個字體來代表各個單純形態的語詞，無需再用音標來示明其他語言上所具有的種種形態的變化。所以中國文字始終保持着表意文字的性質，未曾採用字母拼音的制度，語言本身的性質就是演成這種事實的一個主要的原因。文字上由『衍形』演進到了『衍音，』固然是由于一種不可避免的趨勢使然，在中國文字演化上圖畫的色彩未曾泯失的時候，已經通行了『假借』的方法，并且具有了『形聲』組織的萌芽；但是所謂『形聲』『假借』都是依據于借字表音的方法，利用同音語詞的互相比擬，以一個字體或字體組織上的一個『偏旁』來代表另一個同音語詞。這種同音語詞的互相比擬，並不必需要絕對的確切，因之這種文字上表音的效用，只是使我們知道在某個時期內某字和某字間在音讀方面有相同或僅相似的關係罷了。因習慣上的沿用和字體組織的一經固定，實際音讀的變更，就無法在這種文字上表現出來；而且利用字體來代表整個的語詞，既然沒有應用拼音的字母把音讀的組織加以分析，又離不了表意的作用，所謂形聲、假借，都是借着表音來表明語詞的意義，並不是純粹的語音符號，因之中國最初的注音也適應着這種文字的性質，在解釋音讀時，便參雜有訓詁的關係。

在魏晉以前，中國未曾有音韻學的專書，音讀的注釋都是附麗於文字訓詁當中，而所用來注明音讀的，只是一些『譬況假借』。所謂譬況假借，就是依據于中國文字的性質，從形聲、假借的表音方法上產生出來的，所以離不了文字訓詁的範圍。因中國語言所具有的特性和文字上利用借字表音的方法，演成了一字數義和一義數字的現象；要析理這種字體和意義間複雜的關係，便不得不採用以字音爲樞紐的訓詁方法；于是同音相詁之外，又通行了『聲訓。』聲訓當中無論是以『本字爲訓』或『易字爲訓』都是利用字音來解釋字義，由文字上的形聲假借推衍出來的。因假借的應用，使得一個字體可以代表各異的語詞，于是一字而具有數義，在訓詁上也成立本字爲訓的例；又因假借的應用和形聲孳乳的方法，使得同一的語詞或音義上相關的語詞而用各異的字體代表出來，于是又產生一義數字的現象，在訓詁上也成立同音相詁和易字爲訓的例。從這些訓詁的例上所表示的字義和字音的關係，又推衍出來一些譬況假借的注音方法，最顯著的就是漢人『讀若』的例。我們考察漢人讀若的注音，無論在文字的說解或經典的傳注，都不是完全用來表明文字的音讀，而是參雜有訓詁的作用的。漢人讀若的例，有用別一個字來注明這一個字的音讀，實際上往往所以表示兩字在意義上可以同音通用，或認爲是同語而異文；這正是因爲語文上一義數字的現象，依訓詁上同音相詁和易字爲訓的例而產生出來的。又有所謂『讀若用本字』的例，以一字的此音此義注釋彼音彼義，這又是因爲一字數義的現象，依聲訓當中本字爲訓的例而產生出來的。其他讀若的例，也總離不了解釋文字義訓的作用，我們正不應把牠們作純粹的注音來看待。可是由文字上的表音方法進而爲譬況假借的注音，已經覺得音讀在文字義訓上的重要，對于字音的認識也漸漸的深切；東漢末年就有很多採用『直音』的方式，足以顯示音讀的注明，也漸漸離開了訓詁的關係而獨立了。不過無論是讀若，或直音，總沒有把音讀的組織加以分析，只是利用音同或音近之字來互相比擬罷了。當比擬得不很確切的時候，又不得不附加一些辨別音讀的說明；于是由文字訓詁的關係來作音讀的比較，由比較而辨別音讀的同異，就養成了一種審音的智識。我們看周漢人對于音讀的辨別，可以推測那時已經認明了『音色』上的種種差異和『音調』『音勢』『音量』上的種種變化；如『外言、內言、急言、徐言』之類，雖然令人不能得到明確的識別，也正足以代表那時一般審音的智識。後代反切、四聲以及字母、等韻之學，固然是因爲受有外來文化的影響而產生的，但是古書上的這種注音和辨音，也不能說是沒有一點兒啓示的力量。

學術上的推衍和進步，除了具有特殊的原因之外，總是爲着應付實際的需要而發生。我們要推究『反切』和『四聲』的起源，我們首先便須注意于中國語言轉變的實際情形；因爲語言上所具有的特性，使得語詞的演變和分化，在音讀形式上顯示着三種特著的現象：音調、音勢或音量的變異，音素的變異和語音的重疊。因音調、音勢或音量的變異現象使得語言上『字調』的區別極佔重要，就依據牠來建立四聲的名目；因音素的變異和語音的重疊，這兩種現象使語言上『雙聲』、『疊韻』的關係尤爲顯著，也就依據這種關係來創造反切的注音方法。中國語文上因音素的變異使單字間的孳乳和演化，大都依據於雙聲、疊韻的關係；又因語音的重疊，使單字音演成了許多『重言』、『疊字』這種重言、疊字，更因音素的變異，演成了許多雙聲疊韻的『連語』雙聲、疊韻的連語又可以依雙聲、疊韻的關係自相孳乳、分化；這種連語最初並不必是複音綴的語詞，大都是由原來的單音綴的語詞上演化出來的，尤其是單字音具有『複輔音』的組織的，更容易促成這種演化。這種演化在音讀上就是由單字音變成了雙字音，而這種雙字音和原來的那個單字音間的關係，往往上字爲雙聲，下字爲疊韻，就是所謂『二合音』；『二合音』一字引衍成爲二音，二字縮減又爲一音。因爲中國文字不是採取字母拼音的制度，這種二合音也就不能不借用兩個字體來代表，於是一個字體並不必是代表一個語詞，有時一個語詞是需要用兩個字體來代表的。這種語文上的現象通行了之後，使得一般人的心理上也漸漸覺得各個字體的應用，並不必參雜語詞裏意義的成分，有時也可以作爲純粹的表音，而且可以利用雙字音來分析單字裏音讀的組織；這樣，在注音上也自然由單字的讀若直音趨向於雙字的反切了。由讀若直音進到反切，就是由整個字音的互相比擬進而把單字音分析爲『聲』和『韻』兩部分，顯然是代表音韻學上進步的兩個階段。可是這種進步也正和其他事物的進化一樣，是以『漸』不以『頓』的，當讀若直音盛行的時候，反切的應用已經開始，而且也不免受了直音的方法的影響。中國社會上流行的反切語，有的是聲韻順序的，有的却是聲韻倒置的，向來解釋反切和雙聲、疊韻的原理的，也有『正反』和『倒反』等的名目，原來中國語言上的演化，由單字音變成雙字的連語，依着雙聲、疊韻而變，也可以和那個原來的單字音恰爲聲韻倒置的變異；所以順序的反切和倒序的反切，都是依據于語言上自然的變異現象而發生的。南北朝時所流行的『雙反』，就是包含着正反和倒反的兩種反切語；而反切這個名稱的成立，是取于『展轉相協』『反覆切摩』之義，也是概括倒序的反切語而言。可是在通常注音時，只是採取聲韻順序的，而不取倒序翻讀的，這是受了直音的影響的，由單字的直讀改爲雙字的直讀，就成爲反切的注音方法了。我們根據注音的歷史上看來，反切的應用，並非起於魏晉，而是萌芽於東漢讀若直音盛行的時代；當時讀音系統發生了變動，鄭玄劉熙諸人常常注明古今音讀的異同，由異同的比較，更深切認明雙聲疊韻的原理，自然足以促進注音方法上的改革。同時佛法傳入了中國，佛經翻譯的工作也漸漸盛行；一般審音文士又依據梵文字母來整理中國的音讀，梵文字母上『體文』和『聲勢』的區別，足以啓示中國字音上聲韻的分析，因之利用二合音的形式，把單字直讀的改爲雙字的反切了。所以東漢末年，有『音義』一類書的發生，幾乎完全是爲着注音而設，注音的方法又是多數應用反切的；孫炎爾雅音義等書裏的切語，常爲後代『韻書』上所沿用，後人遂以爲孫炎是反切的始祖。其實反切的形式是依據于中國語言上自然的變異現象和文字的性質而產生的，在東漢時一方面爲着適應讀音系統的演變，一方面又受了梵文拼音學理的啓示，已經採取牠來作爲一種注音方法了。

音義一類的書風行之後，于是類集牠們當中的切語來編製韻書；韻學的初起，往往把音色上的差異和字調的區別混爲一談，因之韻書上也就漸漸演成爲『四聲』分韻的體例。原來區別中國字調的主要的標準，在于各個字音當中音調變化的狀態；可是在實際語音的習慣裏，音色和音勢，音量的差異，也足以影響於音調的變化；因之最初對於字調的觀察，並不認為是單純音調變化的關係。我們要推究中國字調種類產生的原因，常常須溯到上古字音裏音素演變和失落的現象；音色上的變異既然和字調的區別原來有密切的關係，那末最初借用宮、商、角、徵、羽『五音』的名稱來分別字調，自然也把『韻部』的分析包括在內。李登聲類為韻書的始祖，只是『以五聲命字』而『不立諸部』；呂靜韻集雖或分列韻部，可是仍舊沿用五音來做類別字音的綱領；後來韻書上以字調區分韻部，固然是權輿於此，但是五音的意義，決不能認為就是後來的平、上、去、入四聲。因為到了四聲的名稱建立之後，才漸漸把字調的區別和韻部的分析看作兩起了。不過四聲的名稱成立以後，一般人論到字調的，還是很多沿用五音的名目，或且任舉宮、商等兩個字，就可以代表字調種類的全體。原來字調的種類，固然依據於方言的歧異而有各種不同的系統，不過無論是否包含着音色上的變異，總是認為相對的比較的差別，因之細分起來，可以有四種、五種、或更多種，而粗略的說，又可以總括為二類；所以魏晉以來，不但任舉宮、商等兩個字來代表牠們，有時并且應用『清、濁」「輕重」一類的詞語來形容牠們。字調的種類既然不限定是四種，而當初所以區別爲四聲的，這是因爲摹擬佛經上轉讀的三聲，立着平、上、去三調，又適應着中國語實際的情形，不得不添進入聲一類。大概那時字音上的收尾輔音，除了鼻音之外，也正和切韻的系統一樣，只有 [-p]、[-t]、[-k] 的三類，具有 [-p]、[-t]、[-k] 的收尾音的，和平、上、去三調顯然有分別，不得不另立入聲一類。可見四聲的分別，也是受了佛教文化的影響，應用印度的音理來整理中國的音韻，因而發明出來的；這種分別雖然還是參雜有音色和音量等的差異成分，總是以音調的變化狀態來作爲區別字調的主要的標準了。這種發明是由南朝一般審音文士和善聲沙門集合討論而產生的；齊梁之間，此風尤盛，周顒沈約之徒更依着這種分別，根據了中國語的特性和語文上自然的輕重律來製定文辭上的一種格式；於是聲律論風行於世，四聲的分別也爲一般人所認識了。文學上的研究和發明，正和音韻學上的創獲互爲因果；因四聲的分別而創立聲律論，因聲律論的風行而使一般對於字調的認識更爲深切。我們考察當時所謂「八病」之說，前四病是關於字調的問題，後四病是關於雙聲、疊韻的問題，這顯然是把字調的區別和音色上的差異看作兩起了，正可以見得這種觀念和最初以五音來概括牠們的顯然不同；只是因爲四聲的名稱並非中國所舊有，討論字調時，往往也就沿用過去五音的名目罷了。後來的韻書，遂以『四聲』爲綱，『韻目』爲經，而韻部的分析漸漸成爲韻學上的主要問題了。

六朝音義一類的書最爲盛行，實在便是使音讀的研究，離開了文字訓詁的範圍而成爲音韻學的專書；顏氏家訓說那時『音韻鋒出』，就是指六朝諸家的韻書。可惜六朝韻書統已亡佚，我們很難窺見牠們的內容；現在只能根據故宮本和敦煌本刊謬補缺切韻韻目下的附注，考明呂靜、夏侯詠、陽休之、李季節、杜臺卿諸家分部異同的大概。陸法言切韻序說牠們『各有乖互』，又顏氏家訓說『各有土風，遞相非笑』；可見六朝諸家的分部和注音，各自依據於各時各地的方音，以致不免有相乖互。陸法言所謂『取諸家音韻古今字書，以前所記者定之爲切韻』，就是依據於顏之推、蕭該諸人的意旨，要『論南北是非古今通塞』，所以把六朝諸家薈萃綜合起來纂成切韻一書。陸氏要包羅古今南北的語音於一書，因之對於六朝諸家所列的韻部，大都只取牠們的所分而不取牠們的所合，分部和注音不能不較爲細密，而和六朝實際的語音也都能適合；切韻一出，六朝韻書統歸亡佚，這或許是一個主要的原因，而唐宋韻書，奉切韻爲藍本，致產生陸法言一派的韻書，在後代音韻學和文學上佔着極重要的地位，也就是由於這個原因。間有不明瞭陸氏這種分韻的宗旨，或和他這種意見不合的，也不免發生了許多批評。陸氏切韻，據敦煌本切韻殘卷裏所見注略字少，而分部隸字和韻次的排列，也有經唐人所認爲失當的地方而陸續的加以增訂。原來韻書的編製，一方面爲着審音，一方面又以應時人作文上的需要；陸書分部詳密，唐時『作文之士，苦其苛細，』終于因爲牠能適用于古今南北，仍以牠爲依據。唐代以詩賦取士，所以陸氏一派的韻書，在唐代最爲盛行；可是現在所能考見的，只有王仁昫的刊謬補缺切韻，孫愐的唐韻和李舟切韻的部目。王仁昫書大都只是對于陸書字義上的刊正和增補，在分部和序次上並未曾有多大的改進。孫氏唐韻的底稿，據王國維所考，有開元本、天寶本二種；開元本大致依照陸氏及唐初諸家的部目，天寶本對于陸書分部，始加修訂，實爲宋代廣韻的分部所依據。孫氏唐韻原有部敍一篇，今廣韻只存「論曰」一段，是專論淸濁分韻的原理的；淸濁和輕重一類的詞語，本來所以形容字調的高低，在實際聽感上，因爲聲紐韻素的影響也可以使整個字音發生高低的區別；到了隋唐時就把這一類詞語用來判別韻素上的差異，宋後等韻家更用清濁來區分聲紐了。孫氏部敍所謂『引字調音各自有清濁；若細分其條目，則令韻部繁碎，徒拘桎於文辭耳』正和陸氏所云『欲廣文路，自可清濁皆通；若賞知音，卽須輕重有異』意旨相同。陸孫諸人所謂清濁、輕重，都是關于韻部的分析問題，並非指字調的種類，也不是指聲紐的差別；陸書詳列韻部，所以包羅古今南北的語音，他自己說『剖析毫釐，分別黍累』確是爲着審音而作，並非單爲文辭上的應用；孫愐增訂切韻，更把陸書所未分的諸韻，如眞、諄、寒、桓、歌、戈等分析開來，正是因爲孫氏審于音理，能照陸氏的分析標準而加以分析的。但是孫氏對于陸書的部次，仍未加以改訂；陸孫諸書的部次和宋代的不同，[-m]系和[-ŋ]系的各韻參錯不分，平、上、去和入聲諸韻尤凌亂不相應。大概陸孫諸人只注意于韻素上的清濁輕重，把各韻分析開來，而沒有注意到韻次排列問題，又是關于收尾輔音的性質的；尤其因爲入聲諸韻具有[-p]、[-t]、[-k]的音，原來認爲一特殊的種類，當初未能使牠們各自和平、上、去相配的，諸韻次序適相連貫；這種部次上的失當，到了李舟的切韻才加以訂正。據王國維所考，李舟改訂部次的功勞，在使[-m]系和[-ŋ]系諸韻不相參錯，又使平、上、去、入四聲相配秩然不紊；宋代廣韻二百六部之次實源出於李舟的。唐人所作，多屬陸法言一派的韻書，雖然於陸書有所修訂或增改，而於陸氏包羅古今南北之宗旨未曾更變。當時如果只根據一處地方的語音來編纂韻書，當然要和陸孫諸書的分部大不相同，也可以稱爲唐人韻書的別派。這一派的韻書，現在所得確知的，只有元廷堅的韻英，牠的反切載於慧琳一切經音義，是代表唐時秦音的韻書；據黃淬伯所考，廷堅韻英多把切韻相類的韻部加以合併，因此更可以見得陸孫諸書分部的那樣詳密，正是由于薈萃多種語音系統的緣故。至于張戩考聲切韻、天寶韻英以及武玄之韻銓等書，現在還未能確定牠們絕對和陸孫諸書是屬于異派的。

韻書上只以韻目爲經，大都依據切語的下字來分別韻部；因爲韻書多半是供給詩文上押韻和調平仄的應用，爲體例所限制，不得不趨重于韻部和四聲上的問題。但是孫愐唐韻部敘謂『切韻者本乎四聲，紐以雙聲、疊韻，欲使文章麗則，韻調精明於古人耳』；可見在審音和文辭上，雙聲問題也正和四聲、疊韻同等的重要。所以要補充韻書上的這種欠缺，便又須另外依據反切上字來分別聲紐，這就是『字母』所以發生的原因。唐宋間流傳到現在的字母有三種：一種是敦煌唐寫本守溫韻學殘卷裏的三十字母，一種是倫敦博物館所藏的唐寫本唐人歸三十字母例，一種便是『等韻表』上的三十六字母。我們從字母的名稱上，就可以知道牠們是依倣梵語的『體文』而來的，應用梵文字母來整理中國語文上的雙聲關係，也是出於南北朝的一般審音文士；當時社會上流行了一種『體語』就是依倣梵書上『體文』的分別自然形成的一種雙聲語；這種雙聲語的流行，一方面足以助長反切的風行，一方面又可以用來解釋韻書上的切語。從切語當中認明了雙聲的關係，把牠們歸納起來便得到聲紐的分類；更應用這種聲紐的類別來說明反切的注音方法，就發生了元本玉篇所載切字要法這一類的東西；又從各類當中任取一字來作聲紐的標目，便成爲『字母』。唐時守溫等初撰字母的時候，大概正和陸法言綜合六朝韻書以定切韻的那種主張一樣，也並不是用來代表當時一地的方音，而只是依據切韻一類韻書類聚切語的上字，做照韻部的韻目，所以仍用漢字來標明一般通行韻書上的聲紐；同時又參對了梵文字母，於梵文所有而當時中國語上所沒有的音固然加以刪除，於中國音所有而梵文字母上所沒有的，也多付之缺如。唐宋間人對於這樣構成的字母，終覺得離開實際音讀上的聲紐種類太相遠了，于是不得不把原來的三十字母增訂爲三十六字母，同時排列的系統也加以修改，我們也可以認爲是由于適應實際語音現象的演變而加以改訂的。但是字母的分類和排列的方法，總離不了梵文字母上的那種系統。孫愐唐韻序所謂『紐其脣、齒、喉、舌、牙部件而次之』依發音的部位來分別聲紐，固然也可以說是本着國人向來辨音的智識，可是我們一看了宋本玉篇所錄的五音聲論，就可以知道字母上『五音』『七音』的分別，顯然是依據于梵文字母的系統；又每一類的字母，依着『全清』『次清』『全濁』『次濁』的次序來排列，更顯然是倣照梵文字母的。而利用字母來說明韻書上的反切，縱橫交貫，列成了等韻表，也是效法梵書悉曇章的韻圖而來的。守温清濁韻鈐元沖五音韻鏡等書，以及洛僧鑒聿韻總所謂『推子母輕重之法』大概都是講等韻的，或許竟爲七音略、韻鏡所根據的藍本亦未可知。守温韻學殘卷裏載有四等重輕例，內中的分等，和七音略、韻鏡悉合；因此我們可以斷定四等的分劃是起于唐代，在切韻一類的韻書通行之後就發生的。原來陸法言、孫愐之流，早已依據清濁、輕重的音理來分析韻部；唐代一般善聲沙門要解釋這種韻書上的切語，一方面製定了字母，以表明聲紐的種類，另一方面又根據這種清濁輕重的關係來分別等呼；因之初期等韻書上所列各圖及等呼頗和切韻諸書裏的音讀系統相合。而等韻的名稱也並非起於宋人；陳澧切韻考外篇謂四聲等子卽屬僧宗彥四聲等第圖，『等韻之名，蓋始於此，』那知道守溫韻學殘卷裏已立着四等重輕例，所以不但是『呼等亦隋唐舊法，』而呼等之名也是唐人所立的。因爲字母製定之後，把韻書裏的字音列成經緯縱橫的圖表，自然四聲之外又依輕重清濁的關係，顯出等第來了，清濁輕重一類的詞語，原來是用以形容聽感上高低的判別，因爲韻素和聲紐上的差異，也可以影響于這種聽感上的分辨，于是由清濁輕重的分韻演成爲等韻表的等呼，更就字母各類排列的次序，把這一類的詞語又用來指明聲紐發音方法上的區別。可是到了等韻學成立之後，儘管這種應用的術語有時候混同，而對于中國音韻上『聲』『韻』『調』三種元素的分析，確已完全清楚，毫無疑混的了。宋後編製韻書的，也很多參雜了等韻學的成分。

宋代以來，最著名的韻書，就是陳彭年丘雍等所校定的廣韻；廣韻在中國音韻學上極佔重要的地位，因爲以前的韻書大都已歸亡佚，或只留了一些殘卷，現今所完存的韻書，應以此書爲最古。又廣韻可以說是集隋唐韻書的大成的，綜合陸孫諸家的分部，又依李舟切韻的部次，定爲二百六韻的部目更把『諸家增字及義理釋訓，悉纂略備載卷中』一方面保存陸孫諸書的面目，沿襲陸孫諸書的系統，一方面又改進了牠們的漏誤。後代要考證隋唐音，終以廣韻爲主要的根據；研究周漢上古音及宋後的語音的，也大都奉廣韻爲比較參證的材料或標準；又往後編撰韻書及等韻表的，也很多以此書爲依據或作爲重要的比照。不過宋代校定廣韻，只是作爲『懸科取士考覈程準』之用，所以在韻目下又注明了『同用』『獨用』，同用的韻，作詩文時可以通押；這種通押，雖然是根據于陸氏『欲廣文路自可清濁皆通』的意旨，而未必是唐初許敬宗以來所規定的；這種韻目的附注，或許也是出于宋人之手。後來丁度等繼撰集韻及禮部韻略，又把廣韻獨用的韻改併十三處。從此陸法言一派的韻書，就專門備作禮部科試之用，更爲一般文人應用的便利起見，把通用的各韻和不通用的窄韻，竟陸續加以合併，如韓道昭五音集韻併爲一百六十韻，王文郁平水韻略和黃公紹古今韻會又有一百六部或一百七部的韻目，實爲陰時夫韻府羣玉及近代詩韻的始祖。但是韻目上儘管爲着詩文上應用的便利，肆意加以合併，而在實際注音及編製方法上，終不能不受着語音變遷和音韻學上進步的影響。陸氏切韻等書裏的切語，大都沿用六朝的舊音，而廣韻又是沿用陸孫諸書的切語，在唐宋間當然要認爲和實際的音讀不能適切了；字母和等韻發生之後，更會感到這種切語的不適切。我們看守溫韻學殘卷裏的聲韻不和切字不得例，已立着『類隔切』的名目，這種類隔切就是唐人所謂『以旁紐爲雙聲』的；我們因此也可以知道後代等韻上所列着的種種『門例』，也只是因爲韻書當中的切語，不適切於實際的音讀，而勉強用作解釋的。廣韻每卷後已經附有『類隔今更音和』的示例，到了集韻，便把這種類隔的反切改爲音和的了。同時又把反切上字改爲和所切字同一『調』類，改良反切的企圖，實始于集韻，而顯然是受了等韻學的影響的。等韻學本來用爲反切和韻書的說明，結果又依據等韻來改良反切及韻書的編製方法；集韻又把每韻裏『作而次之』的切語改依聲紐的次序來排列；到了五音集韻、古今韻會等書裏，就公然『陳其字母序其等第，以見牙音爲首，終以來日』了。同時等韻學上也因爲隨着實際語音的演變而生出許多派別。現今留存等韻的書，以七音略和韻鏡爲最古，兩書都分四十三轉，大致和切韻的音讀系統相合，只是各圖裏歸字已經很多改從宋音了。四聲等子和劉鑑的經史正音切韻指南就把四十三轉改併爲十六攝，又以入聲兼承『陰』『陽』兩韻（此所謂陰陽，是指韻母上有無收尾鼻音的分別。）今本切韻指掌圖，共分二十圖，除開合之分不計，只是十三攝，顯然和近代的音讀漸漸接近了。到了明清的等韻家，除康熙字典卷首所附的等韻切音指南還是沿襲切韻指南的面目，此外如字母切韻要法，同文韻統裏的華梵字譜，以至潘耒的類音、勞乃宣的等韻一得等書，更把開合四等併爲『開』『齊』『合』『撮』的四呼；又有許多增刪字母的，改併韻攝的，以入聲專承『陰』韻的；這些改革都是用來適應近代實際語音的。爲着要適應實際的音讀，在韻書上也不得不發生大改革，周德清的中原音韻，就是改革韻書的首創者。中原音韻把四聲合爲一部，又創立『陰平』『陽平』的分別，而廢了入聲；所以內中的十九部，每部裏只是陰、陽、上、去的分別。（此所謂陰陽的分別，是指音調變化的關係而言。）這種改革，一方面因爲近代語音上韻素趨于簡單化，併合韻部以適合實際的北音；一方面又因爲北音裏聲紐上的清濁多趨于混同，入聲演化的結果，又併合于平、上、去；于是中國字調的分別純粹在音調變化上的關係，所以由平、上、去入變爲陰、陽、上、去，自然也可以把四聲隸屬于韻部之下了。中原音韻在每部下也是把同聲紐的字排在一起，可以窺見這書裏聲紐的種類也是和北音相合，而和三十六字母的系統異趨。至于明初的洪武正韻，雖然也只分二十二部，而列着入聲十韻，仍隸于陽聲各韻；又從內中反切上字考得聲紐清、濁的界限極嚴；可見洪武正韻並非純粹代表近代的北音，而是參雜有南方方音的。中原音韻原爲戲曲上作詞而設，嗣後的韻書可分爲曲韻派和小學派。曲韻派有中州樂府音韻類編、瓊林雅韻、菉斐軒詞林要韻、增訂中州音韻、中州音韻輯要、中州全韻、增訂中州全韻等書，大致依照周書的分部，而也有遷就南音，把平、上、去也各分陰陽。小學派是專備一般讀書正音之用，有韻略易通、韻略匯通、五方元音等書，雖然牠們往往仍列着入聲，而後來竟把詞家所謂『閉口韻』（就是以〔-m〕收尾的各韻）除去，同時又正式立定北音的聲紐；實爲現代注音符號系統的根據。我們因此可以知道宋後韻書和等韻的源流派別，都是隨着語音的演進而發生的。

韻書和等韻上所表現的，總是六朝以至近代音讀的系統，根據這些系統來誦讀周漢的古書，或者用來解釋文字上的表音方法，就有許多扞格不通的地方，於是悟到上古音的系統和隋唐古音及近代音的不同，而從事上古音讀的考證。原來漢代訓詁家已經表示過古今音讀的異同，可惜魏晉以後，中國音韻學方才萌芽，遇見了上古詩歌或韻語裏和後代音不合的地方，只是用一些

「協句」「合韻」之例來說明，或且發生改經的陋習；直到宋代的吳棫鄭庠始正式標明古今韻的不同，明代的楊愼陳第諸人才竭力破除『叶韻』而直言周漢的音讀。到了顧炎武，更能離析唐韻以求古音，作了音學五書；顧氏書一出，就有江永、戴震、段玉裁、錢大昕、孔廣森、王念孫、江有誥以至章炳麟黃侃等數十家陸續起來增補修訂；眞所謂『前修未密，後出轉精。』他們考證上古音的材料，大部分利用詩經、楚辭及其他古書上的韻語，又取徑于說文等書裏形聲字的系統，旁及于假借、讀若、聲訓之類；他們的目的，在建立上古音的韻部，考求上古音裏聲紐和字調的種類，并說明各部各類通轉的由來。可惜他們所運用的方法，尙未謹嚴，對于上古音和後代演變的事實，也未能認識得很精確；因之所得到的結果，也只是使人家知道一些周漢間同音字或雙聲、疊韻的系統。他們所建立的韻部，無論怎樣的細密，總不能免除各部間相通的字音，就由『異平同入』之說進而列着『陰陽對轉、』『旁轉』諸例；對于上古音的聲紐，尤其只能求合而不能求分，在併合的各類上顯示着相通的事實，于是又發生了章炳麟的古雙聲說。到了黃侃，更根據廣韻上的切語來證明他所建立的古韻二十八部和古聲十九類；這樣，不但使上古音的系統混入於陸氏的切韻，而且把廣韻的，二百六韻單認爲是因古今音變而設的。原來陸法言孫愐之徒，所作的韻書雖然很流行于社會，而一般人對于他們分析韻部的宗旨終不易明瞭；又因爲語音演變的結果，音讀混同而這種韻書上析爲異部的，更莫明其所以然。于是江永作了四聲切韻表，戴震作了聲類表，依據宋元等韻學來分析廣韻，所謂『依古二百六部，條分縷析，別其音呼等第；』但是仍不能完全分析開來，結果只是說『陸氏定韻有意求密，用意太過，強生輕重。』陳澧以爲等韻學上所分析的，未必合於陸孫的意旨，就從廣韻上的切語，依系聯的方法考得廣韻裏的『聲類』和『韻類，』謂『陸氏非好爲繁密也，當時之音實有分別也；』陳氏切韻考所取的方法和態度，比較的合于科學，多爲現今學者所取法。可是黃侃竟把陳澧考得的結果，依據近代的音讀加以併析，又用上古音方面考證的結果來解釋，立爲『古本韻』、『今變韻』、『古本聲』、『今變聲』之說，更從廣韻各部的切語當中，使得古本韻和古本聲互相證明；黃氏這種學說，似乎令人相信，實際上只是把中國語音系統當中幾個演變的階段紊亂無餘了。中國音韻學上所以會演成這樣的情形，我們仍不能不歸咎於中國文字本身的性質；中國文字不是採取字母拼音的制度，音讀演變的事實，在字體上無從顯現出來；如果我們仍用漢字來作標音的工具，沒有運用現代科學的智識，那末，研究的結果，最多只能使人家認識了一些同音或雙聲、疊韻的關係，而得不到各個字音裏所包含的元素，得不到各個字體確鑿的音讀，于是對于各種語音系統上的分別也容易發生迷惑和淆亂。所以我們要求中國音韻學的進步，必須采取一種適當的音標來作注音的工具，同時又須根據近代語音學和語言學學理，或且運用一些漢字以外的材料，以整理現代音，考證古代音，這樣，才能有豐富的創獲，才能給人以明確的認識。

元明以來，東西洋交通漸漸發達，西洋語文也輸進了中國；明末傳教士很多用羅馬字母來注明漢字的音讀，其中以金尼閣的西儒耳目資，系統最爲完整，對于音韻學的影響也最大。到了淸季，海禁大開，通商傳教，在在需用西文來和漢字音對譯；一般教士爲了傳教幷學習中國語文的便利，競起研求羅馬字拼音法式，並且用以注明各地的方音；一方面增進國人對于現代各種方音的認識，因此而對于各種語音系統的分別，具有了明確的觀念；一方面又使漢字音讀上『聲』、『韻』、『調』三種元素的分析，益臻顯豁，因此而感到過去注音方法的簡陋。同時又因爲滿文字頭的推行，更覺得應用拼音字母來注漢讀實在『簡明易曉，』不像反切的那樣艱難；于是字母和等韻的學理，既容易表白於世，反切的方法也覺得有改良的必要。明末清初間的音韻學家，如方以智劉獻廷等都曾受了西洋拼音文字的影響；又呂坤的交泰韻楊選杞的聲韻同然集，潘耒的類音，江永的音學辨微都有改良反切的主張。李光地等的音韻闡微以至後來裕恩的音韻逢源等，更直接依據滿文來改良反切，整理中國的音讀。但是只圖反切的改良，沒有正式規定拼音字母，終究脫離不了漢字的約束和障礙，于是由簡字的拼音進而製定注音字母。注音符號上只以『聲』『韻』爲單位，對于音讀的分析，尚未嚴密；于是根據羅馬字的拼音，製定了國語羅馬字母，才以『音素』爲單位，幷且利用拼法的變化來表明字調的種類。中國的注音方法也隨着國語統一運動而發生這樣的改革和進步；這固然是由于語言演進上自然的結果，而西洋文化和外國拼音文字的輸入，實爲主要的原因。近代科學的進步，日新月異，使中國音韻的研究也向着多方面的發展：第一方面，盡量應用西洋語音學學理，以爲國語音素和注音符號的說明，就建立了現今的『國音學』。第二方面，運用科學的方法和工具，更將各地的方音作精深正確的調查。第三方面，根據語音學語言學學理以及比較方音學的智識，并且運用許多漢字以外的材料，由整理等韻進而擬構切韻的讀音系統，由隋唐古音進而探測上古的音讀，更進而爲建立東方比較語言學的企圖。這幾方面的研究，十九世紀以至現今許多歐洲及日本的學者，既然給我們以很多的借鏡和啓示，在國內現今幾個學者所發表的成績，當然還未能認爲滿足，所以我們尤應本着已有的成績努力前進，使中國音韻學成立爲大家所公認的科學。我們必須認定現今要研究中國音韻學，總當以西洋的科學學理和方法爲基礎；近代音韻學的科學化正和漢魏唐宋間的佛化有同等的需要，或且過之。我們必須認定，音韻學史本爲學術史上，文化史上的一部分，當然和整個學術，整個文化的演進，有同一的趨勢。

第二章 古代文字上表音的方法

第一節 中國語的演進和文字的性質

音韻的研究既然隸屬於語言文字學的範圍，所以語言文字本身上的某種特性，往往足以影響于研究音韻者的心理，而使學術演進上形成了某種特殊的現象。中國過去的音韻學者，他們自身是深受了這種語言文字的陶冶或薰染，而一方面又以這種語言文字爲他們研究的對象；他們對于中國音韻的觀察和分析，所採用的方法或形式，常是有意或無意的適應着中國語言文字的性質的。因之我們要敍述中國音韻學的歷史，首先還須說明中國語言和文字雙方演進的情形以及彼此交互的影響。

通常謂文字是語言的代表，這不過在某種範圍內，就文字的功用而言；實際上世界當中無論那種文字，決沒有和牠所代表的語言絕對能夠完全符合的。原來最初的文字只是圖畫或類似圖畫的一種形體；這種形體和語言結合之後，才於意義之外又具有音讀；這就是『圖畫文字』(pictograph)。後來文字的應用日廣，筆畫趨于簡省因遷就書寫的便利，原來所具有圖畫的形式漸漸消失；于是字體和音義的關係更加密切，就成為語言上『語詞』(word)的記號；這就是所謂『表意文字』(ideograph)。在表意文字當中，已經採用了一種借字表音的方法：凡是語言上音讀相同或相似的語詞，便可以應用同一的字體來代表音讀相同或相似的字體，也可以互相借來替代；于是字體和音讀兩者之間，具有不可分離的趨勢。如果再進一步單用字體來表明語詞音讀的組織，那就成為『標音文字』(phonograph)了。(註一)

標音文字通常都是採用字母拼音的制度，就是選擇幾個字體，確定牠們的『音值』(Sound value)作為語音的符號，用來代表語音組織的單位；于是語言上許多語詞的音讀，都可以用這種規定的字母把牠們拼切出來。世界上標音文字的字母，大致可以分為兩類：

(一)以『音綴』(syllable)為單位的。所定的字母，大都是用來代表各個的音綴；例如梵文字母和日本的假名。

（二）以『音素』(Sound element) 爲單位的所定的字母，大都用來代表各個的音素；例如希臘和羅馬字母。(註二)

音素是組成語音的原素，通常分爲『元音』(vowel) 和『輔音』(consonant) 二種。第二類的字母當中，就包含着元音的符號和輔音的符號。由元音輔音組成各種音綴，音綴當中有單獨由元音組成的，有合併元音和輔音而組成的。第一類的字母當中，就包含着這兩種音綴的符號。介於這兩種的字母中間，還有一類是表明『聲』和『韻』的，這就是中國現今的『注音符號』。注意符號裏包含着聲的符號和韻的符號兩種，就是所謂『聲母』和『韻母』。聲母和韻母的意義，固然不是指兩種的音綴，卻也不足以代表各個的音素，和輔音元音的意義並不相當。(註三) 所以注音符號可以說是介於上列兩類中間的一種拼音字母。

應用這些字母拼切出來的字體，通常認爲是語音的記錄，但是事實上總是不能把實際語音的現象完全表明得毫無漏誤。因爲普通的標音文字，爲着實用上的目的，有時在書寫方面須要維持統一和固定的形式，所以多少總具有一點保守的性質。可是實際的語言，卻無時無地不在流動當中文字裏字母和拼切的形式，固然可以跟着語言的流動加以相當的重訂和改造，但是總不能絕對的依據語音的紛歧演變，隨時隨地的改革。所以嚴格說起來，普通的標音文字，也並非一種完密的記錄語音的工具，對於牠們所代表的語言，只是使我們在某種範圍內，還可以探知一些音讀的現象罷了。（註四）因此我們可以知道，文字對于語音的顯示，即就標音文字而言，也不過具有一種相對的效用。

至於我們中國的文字，數千年來，還未曾演進到了拼音字母的階段，現今所通行的漢字，始終還保持着一種表意文字的性質。我們從漢字字體的本身上，得不到一種確定的音讀，更無從分析音讀的組織。通常的拼音文字，雖然對於所代表的語音，不能說是一種完密的記錄，我們還可以從字母的音值上，窺探一些音讀組織的情形。可是中國的字體，根本上沒有確定的音值；因之字體的應用，只是認爲習慣上各種意義的記號，以通行於古今各地。至于原來音讀的組織是怎樣的情形，以及後來發生怎樣紛歧演變的現象，在各個字體的形式方面，既然沒有明確的顯示，在國人一般的心理上，也似乎認爲並無推究和校量的必要。（註五）過去關于音韻的記載，大都也就用漢字注漢字的方法，使我們對于古今音讀的變異，考證起來更覺得事倍而功半；往往有語言學上的某種現象，爲拼音文字的國家一般所認爲明白易曉的，而在中國竟成爲專門學者窮年竟月所未能解答的問題。中國音韻學上有許多探究的工作，經多方搜證，反覆審驗，而結果未必能得一個可靠的結論；在拼音文字的國家，或許也不會有這種情形。（註六）我們要推究這種情形發生的原因，固然須歸到中國數千年來所行用的這種文字的性質；而要明瞭這種文字形成的由來，又須論到中國語言本身上的問題。

中國的語言和文字，在中國地域上，至少有五千年演化的歷史；當西元前二千數百年間，必定已經爲中國民族所行用。因爲中國最古的文書留存到現今的，應該推書經；書經第一篇堯典裏有一段關于天文曆數的記載，法國天文學家索緒耳氏（L. de Saussure）曾經根據這種記載來推定最初堯典的製作是在西元前二十四世紀的時候。又近今出土的甲骨文字，除了少數銅器上的刻文以外，就當認爲現存中國字體最古的標本，已經由學者考定爲殷代的遺物，係西元前十八世紀至十二世紀間的手跡。我們看這種甲骨文字，書法精巧，可以斷定牠們離開原始文字寫作的期間，已經很久遠了；殷代以前，在文字上，至少必定經過了千餘年的演化。我們從文字發生的歷史上，更可以推定中國語的起源，又必在更早的一個時期。（註七）

近代西洋的語言學家常把中國語列入『單音綴語』（monosyllabic language）或『孤立語』（isolating language）的一類，以爲中國語是具有單音綴的和孤立的兩種特性的。這種學說，雖然有人不很贊成，但是在語詞形態的比較上看來，未始不具有相當的眞理。通常的語詞可以分爲『單純語詞』（simple word）和『複合語詞』（compound word）兩大類，複合語詞是由兩個或多個的單純語詞結合組成的。所謂中國語具有單音綴的和孤立的兩種特性，就是從單純語詞的形態上來規定的。因爲中國語裏大多數的單純語詞只包含着單個的音綴，是和『複音綴語』（dissyllabic）或『多音綴語』（polysyllabic）相對立的。（註八）又中國語裏的語詞，在語句當中的文法關係以及其他意義上的區別，沒有應用『形式變化』（inflection）來表示；語詞的分化和轉變，在『語根語詞』（stem word）上也不容有『語首接添』（prefixation）或『語尾接添』（suffixation）的變化；是和『變形語』（inflective）或『接合語』（agglutinative)相對立的。(註九)中國語的這兩種特性，是互相助長的：各個語詞，因爲只包含着單個的音綴，所以不容有語首接添或語尾接添的變化；反轉來，正因爲語言的性質不是變形的，接合的，所以可使多數單純語詞只包含着單個的音綴。這兩種特性，從中國語的歷史上看來，是在很古時代已經演化成功的。中國語和西藏語同屬于印度支那語族(Indo-Chinese family)，而西藏語也是單音綴語，因此可以推定中國語在未曾和西藏語分離的時候已經具有單音綴的性質了；中國語又和暹羅語同屬于中國暹羅語系(Siamo-Chinese branch)，而暹羅語也是孤立語；因此可以推定中國語在未曾和暹羅語分離的時候，已經演成孤立語的性質了。中國文字因爲不是標音文字，我們很難從中窺探中國古代語言的實際情形；但是我們根據上古流傳下來的詩歌——例如詩經的四言詩——音律上的觀察，也可以斷定那時的語言已經具有單音綴的特性。(註十)上古某種方言裏，或許留存着一種變形語的現象，例如論語等書所代表的魯國方言裏，代名詞的主位和賓位，常有『吾』和『我』，『爾』和『汝』的區別。(註十一)但是這種現象最多也只是原始中國語的一種遺跡；從大體上看來，在上古時，中國語孤立的特性，早已經演化成功了。單音綴的和孤立的這兩種特性，在中國語上早已經演化成功，遂使文字的蛻變也深深受了影響，在字體結構上具有一種特殊的性質。

中國文字結構上的演化，自從圖畫文字進到這種表意文字，當西元以前，已經到達了完成的地步，往後便只有一種書體上的演變。（註十二）中國文字在西元後的二千年間，只是為了政治社會的變遷和書寫工具的進步，因之有篆隸眞草以及簡體俗字等等的遞嬗紛更，而根本上對于構造字體的方法始終未加以改革；所謂孳乳寖多的字體，實質上仍是一種表意文字，絕未進為字母拼音的制度。中國文字構造上所以保持着這種固有的性質，二千餘年來未曾發生劇變，固然有民族社會歷史上的種種因素，而根本上還是依據于語言方面單音綴的和孤立的兩種特性。因為單音綴的特性，使文字也成為單音綴制；凡是一個字體只是具有單個的音綴，就是所謂一字一音的制度。古代或許有少數的例外，也用一個字體代表二個音綴的；這是因語言上少數複音綴的語詞，當時在文字上或者只製造一個字體來代表，並非合於常軌的；到了後代，凡是單個的字體，總是認為單音綴的了。（注十三）因為孤立的特性，語詞上既然沒有語首接添和語尾接添的變化，語根語詞本身也不容有變形，所以文字上專用一個字體來代表語根語詞就夠了，不必另外再用附加的符號以示語首語尾或其本身的形式變化；因之數千年來還維持着固定的字體和原來結構的方法，而不覺得有改爲拼音制度的需要。(註十四)

我們知道了中國文字這種性質的形成，是受了語言演化的影響的，我們自然還要再進一步估量這種文字對於牠所代表的語言究竟有怎樣表現的效用。

本節附注

(註一)參看雷通羣譯安藤正次言語學概論(譯本名語言學大綱，商務印書館出版)第四章第三節。

(註二)參看 L. Bloomfield: The Study of Language, New York chap. II § 2.

(註三)『聲』是指一個字的發聲，等於英文的"initial"，就是字音的起首部分；『韻』是指一個字的收韻，等於英文的"final"，就是字音的收尾部分。起頭的音素固然可以是輔音，但也可以是元音，如『應』[iŋ]的起頭便是[i]。收尾的音素或音羣固然可以是元音，却有時候也可以是元音加輔音，如『班』[Pan]的收尾便是[a]和[n]。這樣看來：中國所謂『聲』『韻』和『輔音』『元音』的意義並不相符合。參看拙著音韻學(商務印書館出版)第一篇第一章，及王力著中國音韻學(商務印書館出版)第一篇第二章第六節。

（註四）參看 L. Bloomfield: The Study of Language, chap. Ⅱ § 2.

（註五）參看賀昌羣譯 B. Karlgren: Philology and Ancient China（譯本名中國語言學研究，商務印書館出版）第三章。

（註六）參看羅常培中國音韻學的外來影響（載東方雜誌第三十二卷第十四號。）

（註七）參看拙譯 B. Karlgren: Sound and Symbol in Chinese（譯本名中國語與中國文，商務印書館出版）第一章。

（註八）中國語裏雖然也有複音綴的單純語詞，例如『蟋蟀』『螳螂』『鸚鵡』『蚯蚓』之類，總是比較的佔着少數；這些例外，並不妨礙單音綴語的這種學說的成立。

（註九）在現代口語上雖然在名詞後面常常加着『兒』『子』這類的語詞，以表明名詞的詞性；在領位的代名詞或名詞後而以及形容詞或副詞後面常常加着『的』這類的語詞，以表示牠們的文法關係。這類的語詞很有點像『接尾語』（suffix）的性質；但是牠們的應用，有時也可以省略，並非一種必需具有而固定不移的形式，和通常接尾語在某種情形上必需加入的並不完全相同。所以我們不能因此便否認中國語爲孤立語。

（註十）參看賀昌羣譯中國語言學研究第一章。

（註十一）根據 B. Karlgren: Le Proto-Chinois, langue flexionnelle, Journal Asiatique, 1920.（馮承鈞譯原始中國語爲變化語說，載東方雜誌第二十六卷第五期。）案高本漢此種學說，未必能夠確實的成立；參看王力著中國文法學初探（載清華學報第十一卷第一期）。

（註十二）參看拙譯中國語與中國文第四章。

（註十三）章炳麟一字重音說：『中夏文字率一字一音；亦有一字二音者，此軼出常軌者也。……今以說文證之：凡一物以二字為名者，或則雙聲，或則疊韻；若徒以聲音比況，即不必別為製字。然古有但製一字，不製二字者，踸踔而行，可怪也。若謂說文遺漏；則以二字為物名者，說文皆連屬書之，亦不至善忘若此也。然則遠溯造字之初，必以一文而兼二音，故不必別作彼字。如說文虫部有悉䗫；䗫本字也，悉則借音字；何以不兼造蟋？則知䗫字兼有悉䗫二音也。如說文人部有焦僥；僥本字也，焦則借音字；何以不兼造僬？則知僥字兼有焦僥二音也。……此類實多不可殫盡。大抵古文以一字兼二音，既非常例；故後人旁紐本字，增注借音，久則遂以二字并書。』案章氏所舉的例子，也可以作為古代語詞上具有複輔音的解釋，原來未必定是複音綴的。參看林語堂古有複輔音說（晨報六週年紀念增刊，亦載開明書店出版的語言學論叢）。

（註十四）參看賀昌羣譯中國語言學研究第一章。

第二節　『形聲』『假借』和音義的關係

中國文字構造的方法，可以歸納為『衍形』和『衍音』的兩種原則；而這兩種原則在中國文字上都離不了表意的作用。所謂『造字之本』的『六書』，（註一）也只是區分字『形』和『音』

『義』三者間各種相互的關係罷了。（註二）中國文字的構造，並不是依據于一種單純的制度，而是比較繁複錯綜的；雖然已經脫離了圖畫文字的階段，却又未曾演進爲字母的拼音。中國最古的字體，自然是一些單純表明實物的圖象；後來覺得這種具體的圖形，不能表明抽象的意義，就利用象徵作用，把表明實物的形象當做抽象觀念的符號，或者把原有的象形字體互相結合，以代表一種新意義。這些構造的方法，都是利用字形直接表明字義的，可以說是依據于衍形的原則。單是依據形象來構造字體，實在太費心思腦力，不足以應付實際的需要。另一方面，圖畫的形象已經和語言結合，除了表明意義之外，形體自身又具有一種音讀。于是因勢利便，自然由衍形轉變而趨向于衍音了。最初大概只採取一種借字表音的方法，將原有的一個象形字體，依據音讀的相同或相似，以代表語言上另一個語詞或代替另一個字體。這樣一來，同是這個字體就演成爲二種或多種的意義；同時字體本身，除了表明許多意義之外，又兼具有表音的效用，這種就是最初的『假借』。再進一步便於表音的字體上，另外又加上一個字體以指明分化出來的意義；于是由單體組成了合體，『聲旁』之外，又具有『形旁』。這種合體字的結構，就是所謂『形聲』。（註三）依據形聲的方法來製造新字體，比較純粹衍形的方法簡單便捷得多了。一個形聲字又可以借來代表其他音讀相同或相似的語詞，或者再於牠的旁邊加上別的字體以注明所代表的意義而組成另外的一個形聲字。這樣推衍孳乳，因以造出許多新的合體字；中國文字當中從全部字數上計算起來，屬于這種形聲的，要佔着十分之八九。（註四）這足以表示中國文字由衍形轉為衍音的趨向。（註五）

這裏我們還須申述文字的演化，為何從衍形轉為衍音的理由；那就是關于文字上不得不採用借字表音的方法的原因。因為民族社會和政治文化各方面的演進，在語言上語詞的轉變和分化日出不窮；如果每一個語詞須特造一個字體來代表，勢有所不能。例如山川、鳥獸、草木等等以及人事地域種種特有的名稱，重音、複音的形容詞，以及助語詞、感歎詞之類，大部分就不得不借用現成的字體來比方牠們的音讀。而且在文字的應用上，耳治的直接記憶語言的聲音，和目治的間接記憶代表語言的字形，當然是前者比較的易於後者；所以即使已經『有其本字』的語詞，也為一時權宜之計，借用別的音讀相同或相似的字體來代替。鄭康成所謂『其始書之也倉卒無其字，或以音類比方假借為之，趣於近之而已。』（註六）焦循周易用假借論說過下面的話：

『如麓、錄二字本皆有者也，何必借錄爲麓？壺、瓠二字本皆有者也，何必借瓠爲壺？疑之最久，叩諸深通六書之人，說之皆不能了。』

其實並無別的原因，只是由于字形比語音難於記憶罷了。（註七）所以一方面爲着區別意義，儘管于這種表音字體（聲旁）上另加表意的字體（形旁）組合成爲新字體（形聲字）而另一方面這種借字表音的方法，仍是盛行不息。這兩方面的循環推衍，就蕃殖成中國文字的系統和現行的許多字體。因此可見在中國文字的演化上，『衍音』實在是一個主要的原則。

這種借字表音的方法，在上古的時候已經行用很廣了；當時圖畫文字的形象還未曾泯失，可是有許多字體，並不是用來表明所畫的事物本身的意義，而是用來代表另一個同音的語詞。我們從甲骨刻文的辭例上，可以得到許多例子，現在舉幾個顯著的如下；

『其』、『其』甲骨文作⊠，明明是畫的箕形，卻當做預擬或疑問的副詞，例如說『其雨』和詩經衞風的『其雨其雨』正同。

『止』、『止』甲骨文作[illegible]，明明是畫的人足形，卻當做指示的代名詞或形容詞，例如說『[illegible]日允雨』。

就是說『是日允雨。』

『自』、甲骨文作□明明是畫的一個鼻子形，却當做表明自從的介詞，例如說『其自東來雨』，和詩經文王有聲的『自西自東』等句裏的用法相同。

『隹』、甲骨文作□明明是畫的小鳥形，却當做發端的助語詞，例如說『隹王五祀，』和盂鼎『的隹王廿又五祀』等句裏的用法相同，古書上多用『維』字。（註八）

這種假借的例子在金石刻文上尤其衆多。我們從古文字學的研究，又可以見到一個常例：後代所通行的形聲字，在金石甲骨的刻文上往往原來就用牠們聲旁字的假借，並不必另加形旁；如『且』爲古祖字，『屯』爲古純字，『賞』爲古償字，『井』爲古邢字，『者』爲古諸字，『生』爲古姓字，『才』爲古在字，『冬』爲古終字等等。（註九）凡殷周時代所用此類假借的字體，在秦漢以後便通行具有形旁的形聲字了。因此又可以知道文字愈古，字體的數量愈少，假借的方法也愈覺不能缺少；後來『形聲相益，』漸漸孳乳寖多，就產生許多『後起』的合體字。（註十）所以後代在文字上認定的形聲一例，最初原來只是一種借字表音的方法，大部分的形聲字就在這種表音的字體上另加表意的形旁而組合成功的。我們固然在『六書』次第上，不必定要主張假借先於形聲，因爲後來的形聲字又依舊可以作假借之用；但是我們總得知道：無論是假借，是形聲，都是因表明語言上的音讀而起。

可是，更重要的，我們還須記得；中國文字始終未曾脫離表意文字的範圍；無論是假借，是形聲，牠們表音的效用，決不是標音文字的性質。我們說過，標音文字通常必定是由一種拼音的字母組成的；拼音字母的作用，在于分析語詞音讀的組織——音綴，音素等——而把牠們明白顯示出來。各個字母既然各具有確定的音值，我們可以從字母拼切的形式上認識了語言裏的語詞，由語詞而知道所表現的意義；所以標音文字的形體，純粹是音讀的符號，和意義的內容只有一種間接的關係。中國文字和這種情形是完全兩樣的。(註十一)中國所謂借字表音的方法，乃是用一整個的字體來代表另一整個的同音語詞，並沒有把那個語詞的音讀組織加以分析。形聲和假借的表音，只是利用同音的語詞或同音的字體來互相比擬。因爲中國語言具有單音綴的和孤立的兩種特性，大多數的單純語詞只包含着單個的音綴，又沒有繁複錯綜的變化，在語詞形態上自然顯示着簡單純一的樣式。(註十二)因之實際語言當中音讀相同或相似的語詞特別的衆多。在文字上，儘管歷代各地的讀音系統不相一致，而在各種讀音系統裏同音的字體，以數量相較，總比其他語言性質相異的國家爲衆多。(註十三)所謂形聲假借，就是利用這衆多的同音語詞或同音字體的關係，以一個字體來比擬另一個字體或另一個語詞的音讀，並沒有像標音文字裏那樣利用拼音字母來分析音讀的組織。中國文字上這種表音的方法，正是適合着中國語言的性質；由此可以知道形聲假借在文字的孳乳推衍上佔着重要的因素，也是由于這種語言演化的結果。

形聲假借既然是利用同音語詞和同音字體彼此相互間的關係，以一字表另一字的音讀，只是把整個的語詞兩相比擬，並沒有分析音讀的組織，所以中國文字上的表音方法，完全是『某音某』式的一種『直音』，決不是一種『拼音』；拼音的原則，可以說眞正漢字的結構上始終沒有存在過。我們認定了假借和形聲二例，在文字孳乳上有互相推衍的事實，都是由借字表音的方法而起；那末我們對于形聲字體上所包含的兩個或多個的『偏旁』，也應該認定牠們根本沒有拼音的作用。所謂『拆字爲切』的『自反』，既然是附會之談，(註十四)說『目少眇而手延挻，自諧以成字，」并且當牠們爲切紐的始祖，(註十五)也自然不是確論。現今也有人舉出下面的這些例子；「話」「⿱殸黍」之類，全字皆聲；以「避」代我，以「漾」代泳，二聲相近，斯言爲「誓」，侃言爲「諐」，聲韻拼合；「⿰糸爲」「⿰禾逢」等字，包含二聲。

認爲是漢字中的拼音字，好像形聲的結構，也具有拼音的意味。(註十六)這種說法，只是根據偶然巧合的事實，來推定拼音的方法也是中國造字的一種原則，終不免文人學士好奇之過。我們要知道拼音的方法，以音讀組織的分析爲基礎；第一步沒有經過語音的分析，就無從得到用以拼合的單位。形聲的結構，既然也是由借字表音而起，原來只是用一字表另一字的音讀，並未曾有分析語音組織的作用。所以在中國文字結構上的表音方法，只是一種「直音。」

中國文字上這種表音方法，和拼音字母的制度，在效用上也很多不同。標音文字的字母是有規定的；中國文字上，却可以無限制的借用一切原有的字體作爲表音的符號，在手段方面固然太不經濟。而且這種表音的符號，不像拼音字母那樣具有確定的音值，因之這種表音的效用是很微小的。我們從形聲假借上只知道某個用來比擬的字體，和別個被比擬的字體或語詞，在音讀上原來互相類似，究竟是否比擬得絕對的確切，從字體本身上也就無從斷定。因爲借字表音的方法，應用時往往只取牠們的互相類似，並不一定採擇音讀完全相同的來比擬。(註十七)假借的應用成爲習慣，形聲的結構一經固定，根本不能隨着讀音的流動轉變，任意的加以更改；日久文字上的系統，就和實際的語言漸漸分離了。結果文字上的表音，只是給我們一些暗昧的印象；我們如果依據現今的讀音系統，來觀察形聲的結構和習慣上的假借，便見到許多表音的字體是很不適切的，例如『移』爲多聲，『治』爲台聲之類。又如『爾』、『汝』、『若』、『乃』等字在古書裏都可以作爲代名詞的『你』字用，究竟牠們原來的讀法怎樣？牠們原來是否都是同音的字？和現今『你』字的讀法有怎樣的關係？因爲文字本身沒有確定的音值，我們從字體上便很難解答這些讀音的問題，總之；中國文字上的表音，只能使我們推想某字和某字在某種讀音系統裏有相同或僅類似的關係，而不能給我們以一種確定的讀法。(註十八)而且應用中國文字的，也大都認各個字體爲意義的表徵，對于音讀的紛歧演變，並不作爲應注意的問題；漢字在一般人的心理上，原來也不當做純粹表音的符號來看待。

我們還須再進一步認定中國文字上所謂借字表音的方法，乃是利用音讀相同或相似的關係，借一個字體來代表另一個語詞，原來的目的，並非純粹爲着表音的。被借的字體，成爲習慣上的應用，就具有了那個語詞的意義；所以一方面是「依聲」，一方面又是「託事」，表音之外，還包含着表意的作用，例如「來」字原是來麰之來，借作行來之來，這個字就具有了行來的意義；「革」字原是皮革之革，借作改革之革，這個字就具有了改革的意義；牠們所代表的，是整個的語詞，並非純粹作爲表音的符號。假借利用一個字體來代表幾個各異的語詞，所以使一字分化爲數種意義；反轉來說：同一個語詞也可以用幾個各異的字體來代表，因之又有一義數字的現象；就是所謂「同言異字，同音異言」的現象。(註十九)我們因此可以知道中國文字上的表音並不像標音文字那樣純粹用字母作爲拼音的符號，而是一方面表音，一方面仍離不了表意的作用。中國文字，無論如何，總是和意義的表徵沒有完全的分離。

形聲字體的結構，牠的聲旁也往往兼具有意義。(註二十)不過聲旁所表徵的意義，常爲形旁所掩蓋，不很顯著。但是，根據「右文」說的主張，大部分形聲字裏聲旁的表意作用，依舊還可以推尋。

讀者請參看沈兼士的右文說在訓詁學上之沿革及其推闡一文。(註二十一)我們知道形聲和假借都是由借字表音而起，在假借方面有一字數義和一義數字的現象；那末形聲字當中，也有同一聲旁而包含多種意義的。現引沈氏所舉的例證如下；

『右文之字，變衍多途，有同聲之字而所衍之義頗歧別者，如非聲字多有分背義，而「非」「翡」「痱」等字又有赤義；吾聲字多有明義，而「齬」「語」（論難）「敔」「圄」「牾」等字又有逆止義，其故蓋由單音之語，一音素孕含之義不一而足。』

還有一種因意義本身上的演化而使同一聲旁轉爲多種意義的。這裏也節錄沈氏所舉的例證；

『又有義本同源，衍爲別派。如「皮」之右文有：(一)分析義，如「詖」「簸」「破」諸字；(二)加被義，如「彼」「鞁」「貱」「帔」「被」諸字；(三)傾衺義，如「頗」「坡」「跛」「波」「披」「陂」「坡」諸字。求其引申之迹，則「加被」「分析」應先由皮得義，再由分析而分得傾衺義矣。』

也有同一種意義，而在形聲字當中，用各異的聲旁來表明的。沈氏所舉的例證如下；

『復有同一義象之語，而所用之聲母頗歧別者。蓋文字孳乳，多由音衍，形體異同，未可執著。故音素同而音符雖異，亦得相通，如「與」「余」「予」之右文均有寬緩義，「今」「禁」之右文均有含蘊義。豈徒同音，聲轉亦然，「尼」聲字有止義，「刃」聲字亦有止義（刃字古亦在泥紐，）如「仞」「訒」「忍」「紉」「軔」是也。「釁」聲字有赤義（釁古音如門，）「𦿳」聲字亦有赤義，如「璊」「穈」「虋」是也。』（註二十二）

我們看了這些例證，便可以知道怎樣的去推尋形聲字裏聲旁的表意作用；形聲的結構也是由借字表音而起，而這種表音的部分也和意義的表徵有深切的關係。

這樣看來，中國文字的形聲假借，雖然應用字體來表明音讀，但是所用的表音方法只是一種直音，以讀法相同相似的字體來互相比擬，並沒有像拼音文字那樣把音讀的組織分析出來。幷且所用來表音的字體沒有確定的音值，充其量也不過使我們知道某字和某字原來有同音的關係；究竟某字應當怎樣的讀法，也就很難斷定。另一方面，這種用來表音的字體並不是純粹語音的符號，而是用來代表整個的語詞，所以表音之外，還兼具有表意的效用；所以我們說過中國文字始終未曾脫離表意文字的性質。因之在音韻學未曾發達的時代，一般注音家往往說明音讀時，便依據于這種文字的性質，一方面說音，一方面又是解釋字形和義訓。周漢間人的註音便是附麗于文字訓詁當中。

本節附注：

(註一)語出漢書藝文志。

(註二)參看段玉裁說文解字敍註。

(註三)參看拙譯中國語與中國文第四章，又賀昌羣譯中國語言學研究第二章。

(註四)案說文所列九千餘字當中，據王筠文字蒙求所分的象形字有二百六十四，指事字有一百二十九，會意字有一千二百六十；其餘皆形聲字，約佔十分之六。但是說文所錄不免遺漏，爲依漢後字典中計之形聲字自當在十分之八九以上。

(註五)參看梁啓超從發音上研究中國文字之源（梁任公近著第一輯下卷），又伯潛漢字的進化（由衍形傾向衍聲）（載東方雜誌第二十一卷第四號。）

(註六)語見經典釋文敍錄。

(註七)參看沈兼士國語問題之歷史的研究（載北京大學國學季刊第一卷第一號。）

(註八)參看胡光煒甲骨文例（中山大學出版）辭例篇。

（註九）參看吳大澂說文古籀補凡例。

（註十）參看 B. Karlgren: Some Fecundity Symbols in Ancient China (B. M. Far Eastern Antiquities, No. 2, Stockholm, 1930). P. 4（案此文衞聚賢有譯本名爲中國原始祖神之崇拜，尚未刊出。）

（註十一）參看拙譯中國語與中國文第四章。

（註十二）參看賀昌羣譯中國語言學研究第一章。

（註十三）參看拙譯中國語與中國文第三章。

（註十四）參看俞正燮癸巳類稿卷七反切證義條，及馬宗霍音韻學通論（商務印書館出版）第五篇三反切之例。

（註十五）見朱駿聲說文通訓定聲自敍。

（註十六）見林語堂漢字中之拼音字（中學生雜誌，第一卷第十一號，亦載語言學論叢）。

（註十七）參看拙譯中國語與中國文第四章。

（註十八）參看賀昌羣譯中國語言學研究第三章，又拙譯中國語與中國文第四章。

（註十九）亦鄭康成語，見經典釋文敍錄。

（註二十）參看楊樹達形聲字聲中有義略證（載淸華學報第九卷第二期）。

（註二十一）載中央研究院歷史語言研究所集刊外編第一種（慶祝蔡元培先生六十五歲論文集）下册。

（註二十二）見中央研究院歷史語言研究所集刊外編第一種下册八〇九——八一〇頁。

第三章　周漢間的訓詁和注音

第一節　『聲訓』的淵源和體例

周漢間可以說是文字學臻于完成，而訓詁學正在發達的時期；我們看了爾雅方言說文等書，以及古籍上的種種訓釋和注解，可以知道那時學者對于文字和義訓，確有特殊的研究和發明。可是魏晉以前我們未曾看見有音韻學的專箸，那時對于字音方面的注釋只是附麗于文字訓詁當中。（註一）江永曾以周官裏載有『諭書名，協辭命』的專吏，而說那時『當有其書，今不存。』（註二）這只是一種推測的話，不見得可信。再我們看周漢間所用注音的方法，也只是因襲文字上的性質『以音類比方假借爲之，趣于近之而已，』幷且中間還參雜一些含糊疑混之談，並未曾對于字音加以確切的分析和類別。顏之推說過：

『鄭玄注六經，高誘解呂覽淮南，許愼造說文，劉熹製釋名，始有譬況假借，以證音字耳。而古語

與今殊別，其間輕重清濁，猶未可曉；加以外言內言，急言徐言，讀若之類，蓋使人疑。」（註三）

實在是因爲那時對于字音的考校，未曾脫離文字學訓詁學而獨立成爲一種專門的研究，所以注明音讀時，只求能夠形容音韻和文字義訓間的關係罷了，並未曾對于字音本身，加以明確的分析。

顏氏所謂「譬況假借，」就是指那時一般利用同音的語詞或同音的字體來注明音讀，而一方面仍含有解釋字形和字義的作用。因爲中國文字的性質，是用一個字體來代表整個的語詞，當時注明音讀也就往往關于整個語詞或字體的解釋，而並非純粹爲着音讀的考校。許氏謂形聲爲「以事爲名，取譬相成；」段玉裁注云：

「譬者諭也。諭者，告也。以事爲名，謂半義也。取譬相成，謂半聲也。江河之字，以水爲名，譬其聲如工可，因取工可成其名。」（註四）

形聲字的構成，是根據于音讀的譬況；那末，許氏說文解字當中，解釋文字時所說「从某、某聲，」「某亦聲，」「某省聲」之類，也都屬于譬況音讀。（註五）許氏謂假借爲「本無其字，依聲託事；」段玉裁注云：

『託者寄也。謂依傍同聲而寄於此，則凡事物之無字者，皆得有所寄而有字。……大氐叚借之始，始於本無其字。及其後也，既有其字矣而多爲叚借。又其後也，且至後代譌字，亦得自冒於叚借。』（註六）

假借既然是用音同或音近的字來替代，那末傳注訓詁的條例當中，所謂『某之言某也，』『以某爲某曰某，』『某讀爲某』『某讀曰某，』『某讀如某，』『某讀如某某之某，』『某讀若某某之某』『某古某字，』『古聲某某同，』『古字某某同，』『故書作某，』『古文某爲某今文某爲某』，『某某或爲某某』『某誤爲某』『某當爲某』『某聲近某』之類，也大都屬于假借或源出於假借的。（註七）這樣看來：周漢間的注音是出於文字上的形聲假借的，依照文字的性質來表明音讀，而一方面仍是用來解釋字體的結構和語詞的意義。所謂『譬況假借，』總是離不了文字學和訓詁學的範圍。

我們如果要推求這種注音方法的起源，便先須測定音韻和文字義訓究竟有怎樣的關係。中國語言文字上演進和分化的結果，形成一字數義和一義數字的現象；因事實上的需要，就不得不對于文字義訓，設法加以解釋，所以中國訓詁學的淵源特爲久遠。我們說過，一字數義和一義數字的發生、是由于中國語言的性質和文字上表音的方法造成的；因之自古以來訓詁學上的主要方法，就是以字音爲樞紐。王念孫說過：

「詁訓之旨，本於聲音；故有聲同字異，聲近義同，雖或類聚羣分，實亦同條共貫。」（註八）

王引之也說：

「訓詁之旨，本於聲音；揆厥所由，實同條貫。」（註九）

劉師培也說：

「古人制字，義本於聲，卽聲是義；聲音訓詁，同出一原。」（註十）

這些話都是闡明「聲近義同」的原則，我們要解釋字義，必須考明音讀。至於解釋字義的方式，大致可區分爲客觀的「詁」和主觀的「訓」兩類。（註十一）這裏姑且引擧沈兼士的話來作說明：

「夫訓詁之法有客觀的與主觀的區別。前者爲以凡通語釋古語或方言，如爾雅方言之屬是也。後者爲訓詁家本個人之觀察，用聲訓之法，以一音近之字紬繹某一事物之義象，如白虎通

釋名之屬是也（說文則二法並用。）』（註十二）

這兩類當中都應當以聲近義通爲主要的原則。古今方國語言的演變，大部分以音韻爲樞紐，所以要『釋古今之異言，通方俗之殊語，』（註十三）也大都以音同或音近之字相詁。虞史伯夷曰：『明孟也，幽幼也』（註十四）這或許是漢代傳述最古的音詁。又如孟子裏說：『洚水者，洪水也，』也是同物異名而字異音同的。至於各異的語詞，而音義相通，或許是屬于『同源語詞』（cognate words），由同一的語根分化出來的；這種語詞便可以依據音同或音近的關係來互相訓釋，就是通常所謂『聲訓』。古來聲訓的例，大別有三：

易序卦：『蒙者，蒙也；比者，比也。』孟子裏論賦制說：『徹者，徹也。』這是以本字釋本字的。

易說卦：『乾、健也；坤、順也。』小戴記：『仁者，人也；義者，宜也。』這是以音同或音近的字作訓釋的。

易彖傳：『咸、感也；夬、決也；兌、說也。』論語顏淵：『政者、正也。』這是以聲旁字和形聲字互爲訓釋的。（註十五）

這三例又可以歸納爲（一）『本字爲訓，』前一例屬之；（二）『易字爲訓，』後兩例屬之。牠們總是以字音爲樞紐，用來析理中國語文上一字數義和一義數字的現象的。

因爲文字上假借的應用，依音同或音近的關係，一個字體可以代表數個語詞，就發生同字異言或一字數義的現象；如果把這數個語詞，採取其中意義方面有關係的來互相訓釋，那就是本字爲訓的例了。例如詩大序云：『風，風也，教也；風以動之，教以化之。』又云：『上以風化下，下以風刺上。』同是一個『風』字，可以代表『國風』、『風教』、『風動』、『風化』、『風刺』這些語詞，同是這個字體也具有了這些意義；用風教、風動、風化、風刺這些意義來解釋國風的『風』字，便是以本字釋本字。這種以本字爲訓，正是因一字數義的現象而產生的。如果這種音義兩方面俱有關係的語詞，在文字上用各異的字體來代表，或者就原有的字體附加形旁以爲指明或區別之用，那末這些字體便是形雖異而音近義通，或竟是聲旁字和形聲字的關係，彼此可以互相訓釋。易字爲訓的例，大部分就是根據于此。有時本屬同一語詞，以假借關係而用各異的字體來代表，或因古今字體的變化而演成爲異字的；這樣就成爲同言異字或一義數字的現象。易字爲訓和同音相詁，也有很多是因此而產生的。這樣看來：周漢間訓詁學上的主要部分，是源出於文字上的表音方法，正所以適應中國語文的性質的。

漢代訓詁家尤其盛行聲訓的方法，并且有用此撰成專書的。班固的白虎通幾乎完全採用聲訓當中易字爲訓的例以解釋禮制；劉師培曾經把白虎通裏解釋典禮的辭語歸納爲三例，其中一例是『舍字義而釋徵言，』不屬于聲訓的範圍，其他兩例便是以音同或音近之字來紬繹意義的。茲錄劉氏之言如下：

『白虎通雖爲釋典禮之書，然一字必窮其義。其例有三：一曰、以佗字釋本字，非係聲同，卽係聲近。如公者通也；侯者候也；伯者白也；子者孳也；男者，任也是。一曰、旣以佗字釋本字，復據佗字之義以伸之，以明本字所含之義，如卿之爲言章也，章善明理也；大夫之爲言大扶，扶進人者也是。一曰、舍字義而釋徵言，以明其所以然之故。……蓋一字而深窮其義，漢代之書，未有若白虎通之甚者也。雖間流于穿鑿，然保存古訓之功，豈可沒歟？』（註十六）

許氏說文解字，亦常用聲訓的易字爲訓之例；鄧廷楨曾經採集成爲說文雙聲疊韻譜一書，謂許氏書一方面因字音來推求字義，另一方面也正以字義來證明音讀。鄧氏說：『許氏說文解字，小學家形聲之書也。書爲形聲作，而顧汲汲於訓詁者，蓋因聲求義，義明而聲亦愈以無疑。』(註十七)其例可歸納爲二：

(一)以音同或音近之字爲訓。如『天、顚也；』『旁、溥也；』『馬、怒也，武也；』『戶、護也』之類。

(二)以聲旁字和形聲字相訓，或以聲旁相同之字相訓。如『帝、諦也；』『古、故也；』『臤、堅也；』『門、聞也』之類，這是以形聲字釋聲旁字的。如『禷、以事類祭天神也；』『政、正也』之類，這是以聲旁字釋形聲的。如『帳、張也；』『殆、枯也；』『捦、急持衣衿也；』『馴、馬順也』之類，這是以聲旁相同的形聲字相訓釋的。(註十八)

到了劉熙釋名，就專以聲訓爲書，所謂『以同聲相諧推論稱名辯物之意。』(註十九)王先謙曾敍論此書的淵源云：

『學者緣聲求義，輒舉聲近之字爲釋，取其明白易通，而聲義皆定。流求珥貳，例啓於周公；乾健坤順，說暢於孔子。仁者、人也，誼者、宜也，偏旁依聲以起訓；刑者、侀也，侀者、成也，展轉積聲以求通。

此聲教之大凡也。侵尋乎漢世，間見於緯書；韓嬰解詩，班固輯論，率用斯體，宏闡經術。許鄭高張之倫，彌廣厥恉。逮劉成國之釋名出，以聲爲書，遂爲經說之歸墟，實亦儒門之奧鍵。』（註二十）

顧廣圻又作釋名略例，兹節錄其大綱：

『釋名之例可知也。其例有二焉：曰、本字，曰、易字是也。雖然猶有十焉：曰、本字，曰、疊本字，曰、本字而易字，曰、易字，曰、疊易字，曰、再易字，曰、轉易字，曰、省易字，曰、省疊易字，曰、易雙字。……十者非他也，二例之分焉者也。第二以上、本字例分者二；第四以下、易字例分者七；而有第三之一例，半分於本字，半分於易字者在其間，以相關通。然則易字之所由生，固生於本字而已矣，所謂易簡而天下之理得也。』（註二十一）

因此可以知道周漢人很注重聲訓。常常利用字音來解釋字義。雖然有時偏重主觀，流爲穿鑿，任取一字之音，傅會說明一同音字或音近字的意義，未必合於『語源學』（etymology）上的事實；但是音韻和訓詁具有密切的關係，所謂聲近義同的原則，到此時確已發揮無遺了。而反轉來，又利用了這種同義字來證明音讀，鄧廷楨所謂『知義之出於聲而聲以正，知聲與義之相比附而古音以明。』(註二十二)四庫提要批評釋名說:『中間頗傷穿鑿,然可因以考見古音。』知道了字音和字義互相發明,于是對于字音的認識更覺眞切,所謂『譬況假借』的注音方法,和這種聲訓正是相輔而行,或許是淵源於聲訓的。

在上文說過,中國文字上的表音方法,無論是形聲,是假借,總離不了表意的作用。依據假借的原理,在文字上固然是某借作某,或是以某爲某;在訓詁上,便是以本字爲訓或以同音字音近字爲訓的例;當注音時,又可以爲某讀若某或讀爲某等等。例如詩大序的『風、風也』一段,在文字上風字除作爲國風之風以外,又可以作爲風教、風動、風化、風刺之風;當注音時,便是此風字讀如風教、風動、風化、風刺之風。又如說文,『天、顚也;』在文字上,天字可借作顚,或天顚竟是『古今音;』當注音時,也可以說天讀如顚。依據形聲的原理,在文字上固然是某、从某某聲,當注音時,除說某聲之外,又可以謂讀若某,在訓詁上便是以聲旁字和形聲字互爲訓釋的例。如論語:『政者,正也,』政、从正聲,亦可謂政讀如正。形聲字的聲旁既然常具有意義,因之『會意』字和形聲字便不必絕對的劃分。段玉裁云:

『聲與義同原，故龤聲之偏旁，多與字義相近，此會意形聲兩兼之字致多也。說文或偁其會意，略其形聲，或偁其形聲，略其會意，雖則消文，實欲互見。不知此則聲與義隔。』（註二十三）

畢沅沒有細察說文的這種體例，便批評釋名說：

『說文錦、從帛金聲，凡爲聲者皆無義，而此云：錦、金也，作之用功，其價如金，故其制字從帛與金。是以諧聲之字爲會意。』（註二十四）

依據右文之說，形聲字和聲旁字正可以互相訓釋，不必拘拘於形聲和會意的區別；只是會意字的偏旁並無表音的效用，而形聲字的聲旁往往兼表音義罷了。總而言之：因中國文字上的表音，兼具有表意的作用，自然使訓詁學上的主要方法，也是以字音爲樞紐。由聲訓和音詁，便演成周漢間的注音方法。所謂『譬況假借』，當初並非純粹用以表明音讀的，也正所以解釋文字義訓。這種注音的方法，實在未曾脫離了文字學和訓詁學的範圍，而在牠的產生的歷史上看來，也正是適應着中國語言文字的性質的。

本節附注：

（註一）章炳麟論語言文字之學：『自許叔重創作說文解字，專以字形爲主，而音韻訓詁屬焉。前乎此者，則有爾雅小爾雅方言，後乎此者則有釋名廣雅，皆以雅詁爲主而與字形無涉；釋名專以聲音爲訓，其他則否。又自李登作聲類，韋昭孫炎作反切，至陸法言乃有切韻之作，凡分二百六韻；今之廣韻，就切韻增潤者；此皆以音爲主而訓詁屬焉，其於字形略不一道。』（見丙午國粹學報）

（註二）見音學辨微引言。

（註三）見顏氏家訓音辭篇。

（註四）見段氏說文解字敍注。

（註五）高學瀛說文解字略例：『許書凡言从某某聲者，其常例也。有言亦聲者，既屬會意又兼形聲，如示部禮下云：从示，从豊，豊亦聲之屬是也。有言省聲者，既非會意，又不得其本聲，則取形體相近之字以著之，如示部禁，从禜省聲，齋从齊省聲之屬，是也。』（見說文解字詁林前編下二五八頁。）

（註六）見段氏說文解字敍注。

（註七）『某之言某也』，如詩召南箋：『蘋之言賓也，藻之言澡也。』『以某爲某曰某』，如周禮醢人注：『鄭大夫杜子春皆以拍爲膊，謂脅也。』『某讀爲某』，如論語鄭注：『純讀緇，厲讀爲賴。』『某讀曰某』，如禮記曲禮注：『扱讀曰吸，繕讀曰勁。』

『某讀如某』，如呂覽季夏注：『飭讀如勑』，士容注：『肘讀如疛。』『某讀如某某之某』，如考工記注：『鄭司農云：函讀如國君含垢之含。泐讀如再扐而卦之扐』『某讀若某某之某』，如儀禮鄉飲酒禮注：『如讀若今之若』；聘禮注：『藪讀若不數之數』『某古某字』，如詩鹿鳴箋：『視古示字也』；禮記曲禮注：『或者攘古讓字。』『古聲某某同』，如詩東山箋：『古者聲栗裂同也』；常棣箋：『古聲塡寘塵同』『古字某某同』，如論語鄉注：『古字材哉同耳』；周禮外府注：『齎資同耳，其字以齊次爲聲，從貝變易古字亦多或』『故書作某』，如周禮天官序官注：『嬪故書作賓』；典枲注：『故書齎作資』『古文某爲某今文某爲某』，如儀禮士冠禮注：『今文扃爲鉉，古文鼏爲密，古文紒爲結，今文禮作醴。』『某某或爲某某』，如周禮小宰注：『杜子春云：廉辨或爲廉端』；掌舍注：『杜子春云：棘門或爲材門。』『某誤爲某』，如大戴記保傅盧注：『瞽與鼓，聲誤也。』『某當爲某』如周禮醢人注：『齊當爲齏』；內司服注：『狄當爲翟。』『某聲近某』，如內司服注：『鄭司農云：屈者，音聲與闕相似，襢與展相似；康成謂禕揄狄展，聲相近。』據經籍纂詁凡例。

(註八)見王氏廣雅疏證自敍。

(註九)見王氏經籍纂詁敍。

(註十)見劉氏正名偶論。

(註十一)爾雅釋詁釋文引張揖雜字說：『詁者，古今之異言也。訓者，謂字有意義也。』詩周南關雎詁訓傳疏：『詁者，古也，古今異言，通之使人知也。訓者，道也，道物之貌以告人也。』漢書揚雄傳注：『訓者，釋所言之理也。』又：『詁謂指義也。』據此則『訓』『詁』二字，對言義各有別。

（註十二）見沈氏右文說在訓詁學上之沿革及其推闡（七八一頁）。

（註十三）語見郭璞爾雅釋詁注。

（註十四）見大戴禮誥志篇。

（註十五）依沈氏右文說在訓詁學上之沿革及其推闡所分列的。

（註十六）見劉氏中國文學教科書。

（註十七）見鄧氏說文解字雙聲疊韻譜自敘。

（註十八）大致依沈氏右文說在訓詁學上之沿革及其推闡所分列的。

（註十九）語見四庫全書總目釋名提要。

（註二十）見王氏釋名疏證補序。

（註二十一）載于王氏釋名疏證補卷首釋名略例：『……本字者何也則冬曰上天，其氣上騰與地絕也；以上釋上，如此之屬，一也。疊本字者何也？則春曰蒼天，陽氣始發，色蒼蒼也；以蒼蒼釋蒼，如此之屬，二也。本字而易字者，何也？則宿，宿也，星各止宿其處也；以止宿之宿釋星宿之宿，如此之屬，三也。易字者，何也？則天，顯也，在上高顯也；以顯釋天，如此之屬，四也。疊易字者，何也？則雲猶云云，衆盛意也；以云云釋雲，如此之屬，五也。再易字者，何也？則腹複也富也；以複也富也再釋腹，如此之屬，六也。轉易者，何也？則兄、荒也，荒、大也；以荒釋兄而以大轉釋荒，如此之屬，七也。省易字者何也？則綈似蛴蟲之色綠而澤也；以蛴釋綈而省蛴也之云，如此之屬，八也。省疊易字者，何也？則夏曰昊天，其氣布散皓皓也；以皓皓釋昊而省猶皓皓之云，如此之屬，九也。易雙字者，何也？則摩娑猶末殺也，以末殺雙字釋摩娑雙字，如此之屬十也……』

（註二十二）見鄧氏說文解字雙聲疊韻譜自敍。

（註二十三）見段氏說文解字注示部禛字下。

（註二十四）見畢氏釋名疏證自敍。

第二節　『讀若』和音義的關係

最初的注音，和解釋文字義訓沒有完全分離開來；我們看了漢人『讀若』之例，更覺得有許多地方可以證明這種事實。讀若的例，在漢代最爲通行；大概『反切』未曾發生以前，那時的注音，也很少採取某音某的『直音』方式，而只是應用讀若來比擬音讀。葉德輝說：

『東漢以前，文字無直音，於是有讀若、讀如、讀爲、讀曰、讀與某同及當爲之例。其傳於今者，許君說文解字，鄭君三禮注、毛詩傳箋，高誘呂覽、淮南兩注，皆其最著可考者也。』（註一）

直音的方式，大概在東漢末年的注音家才開始應用。葉德輝曾經考明採用直音是始於服虔的，葉氏說：

『經典釋文：爲尙書音者，四家：孔安國、鄭玄、李軌、徐邈，案漢人不作音，後人所託。陸氏此語誠然書孔傳，僞本不可考；鄭注三禮箋詩無直音也。然左傳列有服虔、高貴鄉公兩家音，則在漢末已有之。且高似孫史略載服虔有漢書音，則直音可斷其以服虔爲始矣。』（註二）

我們知道直音和讀若等等，都是用一字來表明另一字的音讀，都沒有把音讀的組織加以分析，在辭語的方式上雖然不同，而在注音的效用方面，並沒有多大的分別。但是漢人通用讀若之例，而很少採取直音，正是因爲讀若等等是附麗于文字訓詁當中，除了用來注音以外，還包含着解釋文字義訓的作用。

段玉裁以爲『讀若』『讀如』只是比擬音讀，和『讀爲』等不同，應該把牠們分別淸楚。段氏說文注云：

『凡言讀若者，皆擬其音也；凡傳注言讀爲者，皆易其字也。注經必兼玆二者，故有讀爲，有讀若。讀爲亦言讀曰，讀若亦言讀如。字書但言其本字本音，故有讀若，無讀爲也。讀爲、讀若之分，唐人作正義已不能知；爲與若兩字，注中時有譌亂。』（註三）

段氏以爲漢人讀若之例，是純粹用來表明音讀的；事實上並非如此。王筠的說法便和段氏不同：

「注家之例，云讀若者，明其音也；云讀爲者，改其字也。說文無讀爲者，逐字爲音，與說經不同也；然有第明其音者，有兼明假借者，不可一槪論也。」（註四）

錢大昕古同音假借說更以爲漢人言讀若，都所以表明文字上的假借。茲節錄錢氏之言如左：

「漢人言讀若者，皆文字假借之例，不特寓其音，幷可通其字。卽以說文言之；鄦讀若許；詩：不與我戍，許春秋之許田，許男，許冲上書闕下，不必从邑从無也；䣜、讀若薊；禮記：封黃帝之後於薊，漢書地理志有薊縣，不必从邑从契也。璹、讀若淑；爾雅：璹大八寸謂之琡，卽淑之譌，不必从玉从壽也。珣、讀若宣；爾雅：璧大六寸謂之宣，不必从玉从旬也。……說文又有云讀與某同者，如莧、讀與蔑同，今尚書莧席正作蔑字；喦讀與聶同，今春秋喦北正作聶字；……以是推之，許氏書所云讀若云讀與同，皆古書假借之例，假其音幷假其義，音同而義亦隨之，非後世譬況爲音者可同日而語也。」（註五）

至張行孚更推廣錢大昕王筠之說以駁正段氏，他說：

『說文讀若之例，段氏說文注謂止擬其音，蓋謂說文多明本義，爾雅方言多明假借也。然攷說文勼、讀若鳩，勢、讀若豪；其鳩字豪字經典皆假借爲勼聚豪傑，而非僅擬勼字勢字之音。則說文讀若實可爲經典假借之例，與經典讀如僅擬其音者，不同。……蓋古人小學之書雖爲文字而作，實以證明經典；故於經典之用假借字者，每於本字下申明之；說文之某讀若某，玉篇之某今作某，皆是也。』（註六）

張行孚又把說文裏讀若的字歸納爲下列的二例：

（一）『音義相通而讀若通行者。』如䇂、讀若愆，亼、讀若集之類。

（二）『音同義異而讀若通行莫非假借字者。』如鄦、讀若許，鄈、讀若薊之類。（註七）

不過張氏一方面闡明說文即假借之例，一方面卻又依段氏主張傳注當中的讀如和讀爲仍當有嚴格的分別，因而謂說文讀若『與經典讀如僅擬其音者，不同。』我們細看傳注裏讀如之例，也並非完全都是表明音讀的，也有兼表音義而說明其爲假借字的。舉例如左：

周禮士師：『一曰、邦汋；』鄭注、『鄭司農云：汋、讀如酌酒尊中之酌。國汋者，斟汋盜取國家密事，若今時刺探尙書事。』

禮記中庸『治國其如示諸掌乎！』鄭注：『示、讀如寘諸河干之寘，寘、置也，物而在掌中易爲知力者也。』

又儒行『竟信其志；』鄭注：『信、讀如屈伸之伸，假借字也。』

又聘義『孚尹旁達，信也；』鄭注、『孚、讀爲浮，尹讀如竹箭之筠；浮筠謂玉采色也，采色旁達，不有隱翳，似信也。』

只是說文的讀若，是於本字下申明經典的用假借；至於傳注裏的讀如，乃是因經典的用假借而注明其本字的。用意不同，而所以表明假借則一。從此可以見得漢人的注音，總離不了訓釋字義的作用。

說文裏『讀與某同』之例，錢大昕謂也所以指明古書上的假借，和『讀若某』之例無別。此外還有一種『讀若某同』之例，據王筠說係指同字異體，如𠮦讀若乱同、攸讀與撫同之類，（王筠謂攸、讀與撫同，『與』當作『若』）和讀與某同應當有分別。他說：

『凡言讀與某同者，言其音同也。凡言讀若某同者，當是讀若某、句絕，同字自爲一句，卽是一字分隸兩部也。然傳寫既久，必有與、若二字互譌者。』(註八)

今案王氏此說很覺得牽強。『若』和『與』二字在古書上原來可以通用；『若』『如』等字都可以作爲連詞的『與』用；(註九)漢代的文辭上還是如此。(註十)所以說文裏讀與某同和讀若某同例限不分，正是和讀若某的辭意無別；不必像王氏那樣的解釋，勉強把牠們分別，因而指摘今本說文傳寫的互譌。(註十一)這樣，更可以證明漢人所言讀若某，讀與某同等，或是指同語異文，或是指同音通假，並非完全是用來表明音讀的。

依據文字上的假借，同是一個字體，可以用來代表幾個各異的語詞；這幾個語詞，在音讀方面有時只是互相類似，並不必是完全相同的。因之，一字可以代表數義，也可以具有幾種音讀。上節講到聲訓，一字的數義而互相訓釋，既然有本字釋本字的例；那末注明音讀的時候，也利用一字所具有的數種相同或相似的讀法來注音，便是讀若用本字的例了。清代的學者，將於說文上讀若用本字之例，多不瞭悟，如段氏說文注，嚴氏說文校議，皆謂說文讀若例不用本字；王氏說文釋例於俗語正讀而不易本字的，既立『讀若引諺』之例，却於經典正讀而不易本字的，又復疑其爲譌誤。(註十二)要知道漢人的注音，原來是附麗于文字訓詁當中，一字旣然不限定只有一種音一種義，那末以一字的此音此義來解釋彼音彼義，自然成爲本字注本字之例。桂馥答楊孝廉論音況書曾經引據漢魏音況用本字的，來比證說文讀若用本字之例。他說『字非一音一義，有以本字取況而音義始明者，不嫌同文也。』(註十三)張行孚論漢人讀若之例最爲詳審，他說許氏說文裏可分爲二類『有別舉一字以定其音者，』如辛讀若愆，亼讀若集之類，『亦有卽舉本字以定其音者，』陳氏壽祺所謂字包數音，音包數義，故或舉經典習見之文以證之，或舉方俗易曉之語以徵之，卽字止一音一義，難爲比況之詞，或但就本義爲本音是也。』(註十四)張氏先把傳注當中讀若用本字的歸納爲三例：

(一)『有讀若本字而音義俱異者。如周禮大祝職：寄拜；杜子春注云奇讀如奇偶之奇，謂此奇字不與奇異之奇同義，且不與奇異之奇同音也。……』

(二)有讀若本字義異而音不異者。如周禮太宰職：以利得民，康成注云：利讀如上思利民之利；謂此利字雖與財利之利同音，不與財利之利同義也。……』

(三)『又有讀若本字而音義俱不異者。如周禮圉師職：射則充椹質，杜注：讀椹爲齊人言鐵椹之椹；又如序官掌訝，司農注云：讀訝爲跛者訝跛者之訝；又如陶人職：庾實二觳，康成注云：庾讀如請益與之庾之庾；此三字者，音義本皆無異，特恐周禮之音義難明，故借俗語、公羊、論語以況譬之也。』(註十五)

至於說文裏讀若用本字的，可得二例：

(一)『有讀若本字而音義俱同者。』如宀部：𡨄、塞也，讀若虞書曰、𢧵三苗之𡨄；大部：𢧵、大也，讀若詩𢧵𢧵大猷，等等。

(二)『有讀若本字音同而義不同者。』如示部：𥛱、數祭也，讀若春麥爲𥛱之𥛱；走部：𧻚、動也，讀若春秋傳輔𧻚等等。(註十六)

因爲說文爲字書，所以表明各字的本音本義，而注當中只是利用一字所具有的數音數義互相比較，以表明此處所用者爲何音何義。所以說文和傳注的讀若本字在用意上略有異同。張氏說：

『傳注讀若本字，其音義俱異與義異而音不異二例，皆以明其異於本音本義；而說文讀若本

字，凡音義皆同與音同而義不同二例，皆以明其同於本義本音；此微有別。然其借彼以明此，則無不同也。』（註十七）

總之：因爲文字上應用借字表音的方法，同是一個字體可以代表數個語詞，就發生了一字數義和數音的現象；在注釋這個字的時候，有時要說明牠的此義之音，以別于彼義之音，有時便利用牠的此義此音來表明牠的彼義彼音。因之在訓詁上有本字爲訓之例，當注音時，便也有讀若本字之例；這種注音方法，顯然是根據於中國語言文字的性質，而和字義的訓釋不可分離的。

正因爲一字具有數音數義，所以漢人讀若例當中有用讀若字注音而幷說明讀若字的意義的。王氏說文釋例云：

『字音隨義而分，故有一字而數音數義者；第言讀若某，尙未定爲何義之音，故本其義以別之。』（註十八）

例如『琦、讀若畜牧之畜（許救切，）猶之𪇰、讀若畜牧之畜（許救切；）而畜之本義，則田畜也（丑玉切，）音義皆別，故的指之。』（註十九）正因爲一字有數種讀法，所以讀若例當中有在一字下注明幾種音讀的。張行孚說：

「蓋字有數音，自漢已然。……說文谷字，許君云：讀若三年導服之導，一曰、讀若沾，一曰、讀若誓；說文皀字，許君云：讀若粒，又讀若香；此其明證也。」（註二十）

又許氏說文裏往往在一字下，說明了从某聲，却又注明讀若某。高學瀛說文解字略例云；

「雖从某聲而音讀小別，如艸部莙、君聲而讀若威；玉部瑴、瞉聲而讀若鬲、是也。」（註二十一）

金穀元釋說文讀若例謂此種聲旁字和讀若字不同，係「取轉音，所以明變音也。」（註二十二）這也是一字數音的現象，因為音讀的轉變，往往是由讀法的紛歧而起的。或許這種讀若字竟是表明文字上的假借，例如⿰度攴、閉也，度聲，讀若杜；杜門字正借杜為⿰度攴。又如⿺走眞、走頓也，眞聲，讀若顚；顚沛字正借顚為⿺走眞。那末，即使此等字當時有音讀上的紛歧和轉變，也是因為文字上的假借而發生的。說文裏還有聲旁字和讀若字完全相同的，就是王氏說文釋例所謂「聲讀同字。」（註二十三）聲讀同字的例，自從大徐以來，多疑為音有變異，俗師失讀，許君注明讀若是舉本音以資糾正的。（註二十四）其實聲旁字和形聲字音義相通或同音通假，是最顯明的事實；在訓詁上既然通行聲旁字和形聲字互相訓釋之例，那末說文裏這種聲讀同字，說明了从某聲，又注明讀若某，正是用來表明音義相通或同音通假的關係。例如咙、尨聲讀若尨；挈、刅聲讀若創，正是表明咙雜之義可作尨，挈始之義可作創的。總而言之：漢人讀若之例，往往多少有關于文字義訓的解釋，我們正不必也不應把牠們作純粹的注音來看待。

從上文看來，東漢以前的訓詁家和文字學家，他們注音的方法，是因襲於中國文字上的表音而來的，所以一方面要表明音讀，一方面仍是包含着解釋文字義訓的作用。後來覺得音讀在文字義訓上的重要，對於字音的認識也更加深切；于是注明字音，也漸漸離開了訓詁而獨立。東漢末年就有很多採用某音某的直音，而不取讀爲、讀若的方式。但是無論是直音，是讀若，總是把整個的字音當做語音的單位，沒有把音讀的組織加以分析。在方法上看來，總是離不了譬況假借，利用音同或音近之字來互相比擬。陳澧說過：

『古人音書，但曰讀若某，讀與某同；然或無同音之字，則其法窮；雖有同音之字，而隱僻難識，則其法又窮。孫叔然始爲反語，以二字爲一字之音，而其用不窮；此古人所不及也。』（註二十五）

反切未曾通行以前，只是字音和字音之間的互相比擬；沒有完全同音之字，或一時想不到同音之字，或有了同音之字而隱僻難識不能用，只得取了音近之字，便比擬得不確切。這時，要想補救的辦法，就不得不於比擬之外另附說明。所謂『外言、內言、急言、徐言』之類，就是因此而產生的。

本節附註：

（註一）見葉氏說文讀若字考自序。

（註二）見葉氏說文讀若字考自序小註。

（註三）見段氏說文解字註示部褰字下。

（註四）見王氏說文釋例卷十一。

（註五）見錢氏潛研堂集卷一。

（註六）見張氏說文發疑說文讀若例一。

（註七）詳說文發疑說文讀若例一。

（註八）見說文釋例卷十一。

（註九）參看王引之經傳釋詞卷七。

（註十）參看裴學海古書虛字集釋（商務印書館出版）卷七，五六三頁。

（註十一）馬敍倫說文解字研究法：『許君言讀若者，論其書法，或言讀若某，或言讀若某同，或言讀與某同，其實無殊。』

（註十二）參看張行孚說文發疑說文讀若例二。

（註十三）見說文詁林補遺前編下二〇六頁。

（註十四）見說文發疑說文讀若例二。

（註十五）見說文發疑說文讀若例二。

（註十六）見說文發疑說文讀若例二。

（註十七）見說文發疑說文讀若例二。

（註十八）見說文釋例卷十一，

（註十九）錄自說文釋例卷十一。

（註二十）見說文發疑說文讀若例二。

（註二十一）見說文詁林前編下二五八頁。

（註二十二）見說文詁林前編下二七六頁。

（註二十三）見說文釋例卷十二。

（註二十四）參看說文釋例卷十二，說文詁林前編下二七五——二七六頁。

（註二十五）見陳氏切韻考卷六。

第三節　周漢間人的辨音

各個字音的互相比擬，固然沒有把音讀的組織加以分析，但是彼此兩音間一經比較，自然會發現着牠們的同異；而要推究這種語音現象上同異的所在，又自然會加以一種審辨的功夫。周漢間雖然未曾有音韻學的專書，雖然字音的研究未曾脫離文字學、訓詁學而獨立，可是那時對于音讀的審辨，已經于解釋文字當中或平常談論之間，時時流露出來。所謂『審音』的功夫，固然要看出兩音間相同的所在，最重要的，還是要辨別兩音而指明牠們相異的所在。中國文字上的形聲假借以及依據于這種文字性質的注音方法，多半是利用音同或音近之字來互相比擬，所以使我們也大都只能從中測定某某兩字間有音同或音近的關係，而沒有給我們以某某兩字間音異的啓示。關于音讀的辨別，在中國文字上和讀若直音的注音上，往往無從表示出來。但是在周代古籍當中，關于這種音讀的辨別，也可以見到一二。例如老子裏說：『唯之與阿，相去幾何？』（註一）足以見得當時『唯』和『阿』二字的音讀有異。又如莊子裏說：『前者唱于而隨者唱喁，泠風則小和，飄風則大和。』（註二）郭象注：『夫聲之宮商雖千變萬化，唱和大小，莫不稱其所受，而各當其分。』也可以見得當時『于』『喁』二字在音讀上有分別。只是兩音怎樣的分別，兩音相異究竟在什麼地方？我們從這種簡單的詞句上固然無從窺見罷了。

對于音讀的辨別，大致可分為下列的兩方面來觀察：

（一）『音色』（timbre or quality）上的差別，關于元音輔音的發音部位和狀態；這是屬于音的絕對的差別。

（二）『音調』（pitch）『音勢』（stress）或『音量』（quantity or length）上的差別，關于音的高低強弱或長短的變化；這是屬于音的相對的差別。（註三）

周代的古籍裏也偶然可以見到這兩方面的觀察。管子裏記載東郭牙對齊桓公說：『口開而不闔，是言莒也。』（註四）房玄齡注謂『莒字兩口，故二君開口相對，卽知其言莒。』這是附會莒字的形體來解釋的。原來莒字，从艸呂聲，並不从兩口。呂氏春秋裏的記載，正作『呿而不唫，所言者莒也。』

（註五）這明明是指當時莒字的發音，是開口而非合口的狀態。據近人研究的結果，所謂呿而不唫，是指莒字的發音，具有一種張口圓脣的狀態，必定是包含着一個〔ɔ〕（開o）的元音。（註六）可見這是關于音色方面的辨別。又韓非子裏說：『疾呼中宮，徐呼中徵；疾不中宮，徐不中徵，不可謂教。』（註七）所謂疾呼、徐呼的分別，大概是屬于發音上長短高低等的變異；這是關于音調音勢等的辨別。我們從古籍上的這種記載，可以見得先秦時人對于審音，已經曉得從這兩方面去觀察了。

漢代的一般訓詁家，在解釋字義和注明音讀的時候，往往附列着這種辨別音韻的說明，大致也可以分做這兩方面的觀察。我們在這裏應得注意，在發音時，往往因元音或輔音的性質而影響于聽感上強弱長短高低的差異；同時，音調的高低，音勢的強弱和音量的長短，彼此間的變化，也可以發生交互的影響。（註八）因之古書上這種辨別音讀的說明，有時是指明強弱長短的區別，却也關于音調上的變化，或竟屬于音色的差異。例如公羊傳：『伐者爲客，見伐者爲主。』（註九）何休注：『伐人爲客，讀伐長言之；』又『見伐者爲主，讀伐短言之。』這裏所謂長言短言，是指音量上長短的區別，也許和後代『四聲』的區分有關係，（註十）或竟由于收尾輔音上性質的差異。（註十一）又公羊傳：『登來之也。』(註十二)何休注：『登讀言得來。(註十三)得來之者，齊人語也，齊人名求得為得來；作登來者，其言大而急，由口授也。』所謂『大而急』是指音勢和音量上的關係；但是我們現在根據古讀的研究，『登』和『得』二字，却在收尾輔音的分別，『登』字反而比較『得』字要讀得長；這裏所謂大而急，或許是單指音勢上的關係而影響於收尾輔音的性質的。(註十四)

又所謂『急言』、『緩言』、大概已成為漢代注音時審辨音讀的術語。例如：

呂氏春秋愼行篇高誘注：『鬩讀近鴻，緩氣言之。』

淮南子原道訓注：『蛟讀人情性交易之交，緩氣言乃得耳。』

淮南子俶眞訓注：『涔讀延括曷問，急氣閉口言也。』

淮南子墬形訓注：『旄讀近綢繆之繆，急氣言乃得之。』

淮南子本經訓注：『牖讀近殆，緩氣言之。』

淮南子說林訓注：『鱃讀似鄰，急氣言乃得之也。』

淮南子氾論訓注：『軵讀近茸，急察言之；』（案急察或係急氣之誤。）

淮南子脩務訓注：『唴、讀權衡之權，急氣言之。』

淮南子脩務訓注：『駤、讀似質，緩氣言之者，在舌頭乃得。』

『急氣言之』和『緩氣言之』的區別，究竟以什麼爲標準，除了音量和音勢上的關係以外，是否還包含着音調或音色的差異？因爲我們所得到的例證，並不見得怎樣的豐富，不能作統計的研究，而加以一種確當的解釋。（註十五）

又關于元音，輔音的發音部位和狀態，漢代的訓詁家和注音家也有時討論到，例如：

公羊傳、『曷爲或言而或言乃？言乃難乎而也。』（註十六）何休注、『言乃者內而深，言而者，外而淺。』

這裏所謂『內外深淺』的分別，或許是指元音上舌體升降進退的位置關係，而和等韻上『內、外轉』的區分可相符合的，或許竟是『舌前化』關係上的分別。（註十七）又如：

淮南子墬形訓高誘注：『惷、讀人謂惷然無知之惷也，籠口言乃得。』

這裏所謂『籠口』，大概是指『惷』字的讀音，包含着一個張口圓脣的［ɔ］，是說明元音的發音狀態的。（註十八）又如：

淮南子俶眞訓注：『涔、讀延栝曷問急氣閉口言也。』

這裏所謂『閉口』，大概是指『涔』字的讀音具有一個收尾輔音的〔m〕，是說明雙脣閉合的狀態的，和後代所謂『閉口韻』可相符合的。（註十九）又如：

淮南子脩務訓注：『駤、讀似質緩氣言之者在舌頭乃得。』

淮南子說山訓注：『轔、讀近藺急舌言之乃得也。』

這裏所謂『在舌頭』『急舌』，大概是指舌尖輔音的部位而說的：又如：

劉熙釋名：『天、豫司兗冀以舌腹言之；天、顯也，在上高顯也。青徐以舌頭言之；天、坦也，坦然高遠也』。（註二十）

這裏所謂『舌頭、舌腹』，是否卽爲舌頭音、舌上音的分別？還是同屬一種輔音因舌前化的關係，生出兩種不同的讀法？我們現在還未能斷定。注釋劉氏此說的，有根據後代『顯』和『坦』兩字的讀音來說明這種分別，固然是附會之談；（註二十一）而依着舌頭、舌腹的話，就用來擬定當時『天』字

的異讀,也終不免流爲武斷。(註二十二)又如:

釋名:『風、兗豫司冀橫口合脣言之;風、氾也,其氣博氾而動物也。青徐言風、踧口開脣推氣言之;風、放也,氣放散也。』(註二十三)

這裏論到『風』字的兩讀,關于『氾』『放』兩字的異音,所謂『橫口合脣』和『踧口開脣推氣』的分別,是否卽爲後代注釋劉氏此說的係屬『重脣』『輕脣』的區分?(註二十四)或是因收韻上元音和收尾輔音的性質關係而有此種辨別的。(註二十五)現在還未能有確定的解答。總之:漢人此類辨別音讀的話,只是附列於訓詁注音當中而未曾給我們以一種系統的標準;因爲那時沒有音韻學的專書,音韻的研究,未曾脫離了文字義訓而獨立。

後人有以爲此種辨音實在是『反切』『字母』的起源,如葉德炯注釋名『天』字條云:

『此及下風字條,均西域字母之濫觴。……成國此書實韻書之鼻祖,後來孫炎諸人乃愈推愈密也。』(註二十六)

又成蓉鏡云;

『案今等韻家分牙、舌頭、舌上、重脣、輕脣、齒頭、正齒、喉、半舌、半齒爲九音；相傳來自西域。隋書經籍志偁後漢佛法行於中國，得西域書，能以十四字貫一切音，謂之婆羅門書。此卽唐僧守溫三十六字母之權輿；然志初不云、九音來自西域也。觀釋名已有舌腹、舌頭、橫口合脣、踧口開脣之云，而高誘注戰國策呂氏春秋淮南子諸書，亦有所謂急舌、急氣、緩氣、閉口、開口、籠口者；然則九音洵中國儒家之學矣。』（註二十七）

這種說法，以爲反切字母源出于中國，並不必因梵文拼音學理的輸入而才發生的；終不免是過信古人，抹殺了文化交互影響的事實。因爲周漢間的辨音，雖然和後代等韻字母的原理，不無符合的地方，但是那時對于字音未曾加以確切的分析和歸類，未曾訂立一種審音的系統的標準。所以那時辨別音讀的現象，究竟屬于音色方面的觀察，或是音調、音勢、音量方面的觀察，往往沒有給我們以確切的說明，而只是一些含糊疑混之談，顏氏家訓所謂『益使人疑』的是。原來這種辨音，大都是附列于讀若或直音的下面；因爲應用譬況假借來注音，只是以一字比擬另一字的音讀，比擬得不很確切，就不得不加以這種辨音的附注。因此我們可以知道漢人的辨音，只是那時注音方法的一種補助的說明，並非眞正由字音的分析類別而產生的，和反切字母自然不能混爲一談。

又王先謙曾經論到說文和釋名兩書的異同，以爲說文專主形聲，爲直音的始祖，釋名專主聲訓，流而爲反切。王氏說：

『自說文離析形聲，字有定義，無假譬況，功用大顯。於是釋名流派漸微；其言聲之學迺沿爲雙聲疊均而說文從聲之法，亦生直音。故吾以爲說文，直音之肇祖，而釋名者，反切之統宗也。』（註二十八）

其實說文雖爲形聲之書，而解釋字義也很多以聲訓爲主，我們看了本章第一節裏所說，就可以明白。說文既然也有很多以音同或音近之字爲訓，也未嘗不是言聲之學，依王氏之說，自然也可以流爲『雙聲』『疊韻』，而和反切的原理暗合。但是我們在上文說過，聲訓是依據于中國文字上的表音方法而產生的；聲訓的原理，在利用語詞間音同或音近的關係以互相訓釋，正和利用這種音同或音近的關係來注音的『直音』『讀若』同一淵源；牠們的基礎正在于整個語詞或字體間的互相比擬，而且注音時往往離不了解釋文字義訓的作用。等到反切通行之後，一方面才把音讀的組織加以分析，一方面又離開了文字義訓，專從字音方面考校；所以釋名一類聲訓之書，和反切的發生並不能說是有直接的關係。

不過，我們從學術漸進的趨勢上看來：周漢間的訓詁和注音，把字音互相比擬，由比較而發現同異，由發現同異而加以辨別，自然會養成一種審音的智識。那末，後代反切字母之學，固然是因受外來的影響而成立的，但是古書上的注音和辨音，也不能說是絕對沒有相當的啓示之功。

本節附注：

（註一）見老子道德經上篇。
（註二）見莊子齊物論。
（註三）參看拙著語音學綱要（開明書店出版）第三篇，第四篇，第六篇。
（註四）見管子小問篇。
（註五）見呂氏春秋重言篇。
（註六）參看林語堂再論歌戈魚虞模古讀（晨報副鐫一九二四年第五十六號，亦載語言學論叢中。）

(註七)見韓非子外儲說右上。

(註八)參看王力從元音的性質說到中國語的聲調（載淸華學報第十卷第一期）及拙著語音學綱要第三篇，第四篇，第六篇。

(註九)見公羊莊公二十八年傳，

(註十)王力中國音韻學第一編第十二節：『公羊傳裏有兩句話：「春秋伐者為客，伐者為主。」何休註云：「伐人者為客，讀伐長言之，齊人語也；見伐者為主，讀伐短言之，齊人語也。」這裏所謂長言短言是否我們現在所謂聲調，還不得而知；因為儘可以是「音長」的關係，而不是「音高」的關係。也許我們還可以說，當時所謂長言短言，就是入聲和非入聲的分別；長言就是「非入聲」，短言就是「入聲」。』

(註十一)案梁啟超從發音上研究中國文字之源假定長言之伐讀 Fa，短言之伐讀 Fat。又主客之分，梁氏將何註原文互倒。

(註十二)見公羊隱公五年傳。

(註十三)阮氏校勘記謂來字衍文。

(註十四)案『登』和『得』二字，正是平入之分，『登』字的收尾輔音是 [ŋ]，『得』字的收尾輔音是 [k]，所以『登』字反而比較『得』字要讀得長。

(註十五)案『急言』『緩言』的分別，在所舉的例證當中，很難推尋適當的解釋；因為聲調、元音以及舌前化的關係，似乎都不是這種分別的標準。

（註十六）見公羊宣公八年傳。

（註十七）案等韻上內外轉的分別，據羅常培考釋，是因主要元音性質的關係：『內轉者，皆含有後元音[u][o]，中元音[ə]及前高元音[i][e]之韻；外轉者皆含有前元音[e][ɛ][æ][a]，中元音[ɐ]及後低元音[ɑ][ɔ]之韻。』參看羅君釋內外轉（載中央研究院歷史語言研究所集刊第四本第二分）不過『而』『乃』二字上古音的音值，據高本漢的擬測，『而』字是帶有舌前化作用的 *ńiag，『乃』字是沒有舌前化作用的 *nag；那末這裏所謂內外深淺的分別，似乎又是指舌前化作用的關係，並非主要元音上的辨別。參看高氏著詩經研究（Shi King Researches, The Bulletin of the Museum of Far Eastern Antiquities, No. 4, Stockholm 1932）一三四頁附註。

（註十八）『卷』字屬于江韻，他的上古音值為 ång（å，國際音標為[ɔ]）參看高本漢詩經研究。

（註十九）切韻裏侵覃以下的九韻，因為具有收尾輔音的[m]，所以後代稱為『閉口韻』。

（註二十）見釋名第二篇釋天。

（註二十一）王先謙釋名疏證補『天』字條下引葉德炯曰：『顯之紐為曉，曉在喉音之次清等，與天出於舌頭之透紐者為音和。音和者，即反切之遞用法也。』案曉和透二紐相切，不能謂為音和，葉氏此言，殊屬不瞭。又曰：『坦字與天同透字母，透為舌頭音之次清等。……古中土音讀舌頭者多。……其作舌腹音讀者，惟禮記緇衣鄭註：天當為先字之誤；藝文類聚引白虎通：天者，身也；一以天為先，一以天為身，及此以天為顯，數音而已。』

(註二十二)魏建功古音系研究(北京大學出版組印行)二〇〇頁:『天顯坦韻同,豫司兗冀以舌腹讀,其聲如 tch-,青徐以舌頭讀如 th-』。

(註二十三)見釋名第一篇釋天。

(註二十四)王先謙釋名疏證補引葉德炯曰:『橫口合脣言之,此西域之重脣音法也……踧口開脣推氣言之,此西域之輕脣音法也……』案廣韻末附辨十四聲例法第五開脣聲,正是指重脣音的波坡摩婆,和葉氏說相反。

(註二十五)魏建功古音系研究二〇一頁:『釋名時風的兩讀,在聲母,而韻是一種近似附 -m 或 -ng 或 ã ə̃ 之類。』案當時『風』字或許已經有 [-m] 和 [-ŋ] 的兩種讀法,所以有合脣(案即閉口韻)開脣的分別。參看林語堂古有複輔音說『風曰孛纜』條。

(註二十六)見王先謙釋名疏證補。

(註二十七)見王先謙釋名疏證補。

(註二十八)見王氏釋名疏證補序。又陳澧切韻考卷六亦云:『釋名以雙聲疊韻爲訓詁,正與反語之學相通也。』

第四章　『反切』和『四聲』的起源

第一節　『二合音』和『雙聲』『疊韻』的原理

我們在上文說過，中國過去對於音讀的分析和觀察，以及所採取的注音方法，往往有意或無意的要適應着中國語言文字的性質的。因爲中國語是單音綴語，多數的單純語詞只包含着單個的音綴，而且沒有語尾接添和語首接添的變化；因之在中國語裏語詞的轉變和分化，從語音形態上看來，只有下列的幾種現象：

1.『音調、音勢或音量的變異』(pitch, stress or length-variation)。就是語詞的轉變和分化，依據于高低、強弱或長短的變異。

2.『音素的變異』(variation of articulation)。就是語詞的轉變和分化，依據于元音或輔音性質上的變異。

3.『語音的重疊』(reduplication)。就是語詞的轉變和分化，依據于語音全部或一部的重複而變異的。(註一)

前一種變異的現象在中國語上極佔重要，中國音韻學上，因之發生『四聲』的分別。後兩種變異的現象，尤爲普通，中國音韻學上也因之發明了『雙聲』『疊韻』的原理；依據于雙聲疊韻的原理，在注音方面也就得到『反切』的方法。凡是學術上的進步和變化，除了受有外來的影響以外，總是爲着應付實際的需要而發生的。中國語言上具有了這幾種變異的現象，在學術方面，也自然會產生相當的說明和解釋；所以反切的應用和四聲的分別，也是因適應中國語言文字的性質而起的。

在上文又說過，古今方國語言的演變和同源語詞的分化，都可以依據文字上音近義通的原則來推尋的；因之解釋字義的時候，常常用音同或音近之字相詁相訓。中國文字上的形聲假借以及讀若譬況的注音，是和這種訓詁的發生互爲因果的，也是利用音同或音近之字來互相比擬。當比擬音讀的時候，固然是爲着要採取兩個字音相同的部分，同時也自然會注意到兩個字音相異的部分。於是根據音調音量或音勢上的差別來觀察，就發生四聲的區分，這是用來辨別上面所列第一種變異的現象的。根據音色方面的差別來觀察，也就發生雙聲、疊韻的關係，這又是用來說明上面所列第二種變異的現象了。凡是兩個字音起首部分相同而末尾部分相異的，叫做雙聲；末尾部分相同而起首部分相異的，叫做疊韻。（註二）我這裏先來討論雙聲疊韻原理的發明和反切起源的關係。

中國語言的轉變和語詞的分化，屬于音素變異的現象的，又可以區分爲一個音綴內起首部分音素的變異和末尾部分音素的變異這兩種現象。末尾部分音素的變異，可以說是依雙聲而變；起首部分音素的變異，可以說是依疊韻而變。意義方面相同或相近的語詞，往往屬于這種雙聲疊韻的關係。這裏姑且舉胡以魯的話來作證：

『吾國語大抵單節音也。意有餘而音不足，故同一近似之語意，在字義有辨而語音同者，甚多數也。昔王子韶氏創作右文，以爲字從某聲，卽具某義。如說文句部有笱、鉤等，臤部有緊、堅、賢等，丩部有糾、𦁔等，皆同一聲類而同義者也。爲是說者，猶但據說文之部首耳；不拘拘於文字之形式，古音諒爲同音而義亦同義者尤多。近世阮元氏亦言從古聲者，有枯槁、苦窳、沽薄諸義。今更略舉一二，如契、切、決、缺、桀、刖等，古音皆（ket），北鄙殺伐之聲，而亦皆殺伐之意也。弗、勿、莫、沒、滅、未、末、靡、無、亡、无、毋等音雖略異，韻皆明韻而義皆否定弗辭也。若是以同一聲類，或韻同而音略異以表同意者不少。舍文字而就語言立論，直昔之同語而分化者耳。』（註三）（案胡氏所謂『音』是指收韻，所謂『韻』是指發聲；『同一聲類』之字，是指音讀完全相同或收韻相同的，大都屬于疊韻的關係；『韻同而音略異』之字，是指發聲相同而收韻相異的，大都屬于雙聲的關係。）

又意義方面相對或相反的語詞，也往往屬于這種雙聲疊韻的關係。胡以魯說：

『語意之引伸，非盡如抽稻剝繭，逐漸而起也。有相對相反對而引伸者矣，此在吾國語大抵以雙聲疊韻爲之。雙聲卽同韻異語，調節機關相同，以口腔之大小著其差也。如對於天而言地，對於陽而言陰，對於古而言今，對於生而言死，對疾言徐，對精言粗，對加言減，對燥言溼，對夫言婦，對公言姑，對規言矩，對褒言貶，對上言下，對山言水等是也。又對長言短，對銳言鈍，古音皆前舌端，雙聲也。對文言武，古音皆兩脣氣音，亦雙聲也。疊韻者，雙聲之逆，同音異韻，卽口腔同形以調節機關之轉移著其差也。如對旦言晚，對老言幼，對好言醜，對聽言聾，對受言授，對祥言殃，對出言納，對起言止，對寒言煖，對晨言昏，對新言陳，皆疊韻也。對水言火，古音同在脂部，亦疊韻也。」—(註四)（案胡氏所謂『同韻異音語，』卽同紐異韻雙聲之字；所謂『同音異韻，』卽同韻異紐，疊韻的關係。）

同一語詞的分化，依雙聲或疊韻而變異的，都是屬于音素變異的現象；單音綴的語詞，因起首部分音素的變異，就成爲疊韻的關係；因末尾部分音素的變異，就成爲雙聲的關係。

此外，還有從單音綴的語詞演成爲複音綴的，大都最初是由于語音重疊的現象，就是中國所謂『重言』或『疊字。』我們在上章第一節裏論到聲訓的例，有所謂疊本字，疊易字，省疊易字，如以蒼蒼釋蒼天的蒼，以云云釋雲，以晧晧釋昊天的昊之類。(註五) 這種累語成文的和只用單字的，往往在意義上並無多大的分別；因爲用單音綴來表示一種意義，有時還覺得不很顯明，所以把原來的音綴重複一次。例如詩言呱，書言呱呱；堯典曰釆，皋陶謨曰釆釆；關睢言悠，終風言悠悠；擊鼓言忡，草蟲言忡忡；這種疊字和單字在意義上往往並無差異。劉師培以爲重言是發音時延長之語，實在是由于語音重疊的變異。劉氏說：

「古代形容之詞，雖多重語；然單舉其文，亦與重語無異。如爾雅釋訓：明明，察也；單舉明字，亦爲察也；肅肅，敬也，單舉肅字，亦爲敬義；便便，辯也；單舉便字，亦爲辯義；廱廱，和也；單舉廱字，亦爲和義；……略舉數例，則知古代形容辭，單辭爲用，與重語相同。所謂重語者，亦僅發音時延長之語耳。短言之則爲一字，重言之則爲重語。凡重語之義，與單語之義無殊。」（註六）

如果這種重言疊字再加以音素的變異，卽成爲複音綴的雙聲疊韻連語；重疊的音綴裏，如果有一個音綴的末尾部分發生變異，便是雙聲連語；如果有一個音綴的起首部分發生變異，便是疊韻連語。中國文字上又通用借字表音的方法，重言疊字和這種雙聲疊韻的連語，也往往有同屬一個語詞而用各異的字體來代表的。茲舉近人張文澍所敍述的例子來作證：

「口殊音轉，則疊字爲雙聲；故觱發之言發發也，栗烈之言烈烈也。脣齒易位，則疊字爲疊韻；故猗儺之言猗猗也，蒼筤之蒼蒼也。其用在聲，不拘於形；故晏晏可爲燕婉，茸茸可爲蒙戎。音轉形

變，則亹亹爲黽勉，皇皇爲鞅掌。此皆雙聲疊韻同於疊字之例也。』（註七）

這種由疊字演成的雙聲疊韻連語，如果再加以音素的變異，就是依據雙聲或疊韻而轉變，又可以分化出許多雙聲疊韻的連語。這裏姑且引劉大白所舉的例子爲證：

『所謂連語重言，往往從雙聲、疊韻上轉變，意義相同的或相類的，或相對的或相反的，都有以雙聲疊韻轉變的現象。現在略舉幾個例如左。例如：玲瓏、離婁、歷錄、流離、淋灕、嘹唳、零落、轆轤之類，都是雙聲謰語而以雙聲轉變，意義相同或相類的。又如荒唐、混沌、恢台、豁達、澒洞、鶻突、糊塗之類，都是疊韻謰語而以雙聲轉變，意義相同或相類的。又如模糊、漫漶、溟涬、濛鴻、漫衍之類，都是疊韻謰語而以雙聲轉變，意義相同或相類的。又如徘徊、徬徨、盤桓、屏營、辟易、伴奐之類，都是疊韻謰語而以雙聲轉變，意義相同或相類的。又如倉皇、從容之類，都是疊韻謰語而以雙聲轉變，意義相對或相反的。又如溟濛、惺鬆之類，都是雙聲謰語而以疊韻轉變、意義相對相反的。又如躊躇、猶豫、踟躕、蹉跌、躑躅、彳亍、卻曲、游移、夷猶之類，都是雙聲謰語而或以雙聲轉變，或以疊韻轉變，意義相同或相類的。』（註八）

在上章第一節裏論到聲訓的例，也有一種易雙字，如以末殺雙字釋摩娑雙字之類，（註九）也是用來表明這種分化出來的雙聲疊韻連語間的意義關係。由單音綴的語詞演成複音綴的重言疊字，由重言疊字依雙聲疊韻轉變而分化出許多雙聲疊韻的連語，這都是因語音重疊和音素變異的兩種現象而發生的。

單音綴語詞的轉變和分化，既然很多依據于雙聲、疊韻的關係，那末比擬音讀的時候，自然會比較兩個字音的同異而辨別牠們的孰爲雙聲，孰爲疊韻。又重疊的音綴，依據于雙聲疊韻的轉變和分化，演成了許多雙聲疊韻的連語；于是由單字間的比較進而爲雙字和雙字間的比較。換而言之：由單音綴的語詞中間，認識了雙聲疊韻的關係，再進而推求重音和複音語詞中間的關係。重言疊字和雙聲疊韻的連語既然有很多是由單音綴的語詞上演化出來的，在意義上也顯然和這種單字相類或相通，自然會更進一步來推求這種單字和重音複音的語詞間在音讀上又有怎樣的關係。我們看了爾雅方言釋名廣雅這一類的訓詁書裏，除了以單字釋單字之外，也有很多以單字釋疊字、雙字，以疊字、雙字釋單字，或疊字、雙字互釋的。依據音近義通的原則，牠們彼此間在音讀方面的關係，往往可區分爲下例的三項：

1. 單字和單字間，有完全是同音的，也有是雙聲的或疊韻的關係。（上文已論及）

2. 雙字和雙字間，往往是雙聲的或疊韻的關係。（上文已論及）

3. 雙字和單字間，除了疊字（上下兩字和單字完全相同）以外，有音同上字或音同下字的．也有上字爲雙聲而下字爲疊韻的。

語言文字當中具有了這種普遍的現象，自然會影響到一般審音和注音的方法。

我們在古代的文獻當中，除了形容語詞之外，也看到許多人名以及山川草木蟲魚鳥獸等的名稱，是屬于雙聲、疊韻的連語；錢大昕十駕齋養新錄和王筠說文釋例裏論到雙聲、疊韻，曾經舉例表示過。（註十）這種雙聲、疊韻的連語，流行於語言當中，固然有很多是由模倣傳習而發生的，但是最初並不一定是複音綴的語詞，大都是由原來單音綴的語詞上演化出來的。上文說過，因語音的重疊，可以使單字變爲雙字；如果這種單音綴的語詞，具有複輔音的組織，尤其容易促進這種演化。林語堂曾因證明古有複輔音，論到疊韻語發生的歷史，也是主張由單音分化爲雙音。現在把林氏的話節錄如左：

『在未把證據列明以前，我們有一樣須明白或是須研究的，就是幾個疊韻語的歷史。「孔」一語之外，既有「窟籠，」又有「孔竉，」「孔籠」就是疊韻語。至於此疊韻語何自而來，逆測當自出於「窟籠：」由單音字「歧分」爲雙音字，(klung>k'ulung>k'unglung)(durch spaltung)。中國語好用疊韻語，非疊韻語可以變成疊韻而已成疊韻的似乎不容易把此重疊之韻失去，所以說「窟籠」變入「孔竉」比「孔竉」變入「窟竉」較合理之自然。……此種「孔——窟籠——孔竉」的變化，也不過是「韻變」(Ablaut=vowel gradation)的現象，與西洋語言的「韻變」無甚相差，「孔竉」就是「圓滿級」(Vollstufe)，「窟籠」就是「縮減級」(Reduktionsstufe)。我們還有幾條同樣的例如下：孔——窟籠——孔竉 團——突欒——團欒 頂——滴顱——頂顱 螳——突郎——螳螂……』(註十一)

林氏這裏所謂『韻變，』其實並非音素的變異，而只是語音(一部分)重疊的現象；由複輔音演成爲疊韻連語，正和疊字演化的歷史相同，都是因語音重疊而使單字變爲雙字的。不過由疊字演成雙聲、疊韻的連語，因重疊的音綴而更加以音素的變異罷了。總之：因語音重疊和音素變異這兩種現象，使單音綴的語詞分化出許多雙聲、疊韻的連語；這種連語和原來的那個單字，在音讀上的關係，往往稱爲『二合音』。

所謂二合音，是指雙字和單字間的一種關係；由單字演成雙字，是因語音的重疊而使音素或音綴的增加；如果把這種演成的雙字還原爲單字，便又是語音的『節縮作用』（syncopation）而使音素或音綴的失落了。（註十二）一字引衍成爲二音，二字縮減又爲一音，這種雙字便是那單字的二合音。實際語言當中，既然不能不有複音綴的語詞，（註十三）或許竟是單音綴的語詞而具有複輔音的組綴的；可是中國文字又是單音綴制，一字只包含單個的音綴，于是對于這種複音綴的或音讀比較複雜的語詞，最初或者只是製造一個字體來代表，到了行用稍久，就覺得須要另借他字來添注牠的音讀，或者竟是二字完全借用以爲寄託的了。（註十四）這種雙字，牠們本身上並不必是雙聲、疊韻的連語，但是和那個原來的單字，仍是有『二合音』的關係；二字合成一音，上字必爲雙聲，下字必爲疊韻，正和反切的原理相符合的。因之向來一般學者多以爲這種二合音是反切的始祖。(註十五)其實原來只是語言上語詞的節縮作用罷了。這裏引舉胡以魯的話來作證：

『顧炎武氏音學五書有云：胡盧切爲壺，鞠窮切爲芎，丁寧爲鉦，僻倪爲陴，其例甚多。要皆在語爲雙聲、疊韻而在字切爲一字也。文人好弄字，往往舍固有之語而用既切之文。漢末已用所謂反語者，至魏而更大行。爰有不必雙聲疊韻語而切之者矣。如不可爲叵，何不爲盍，如是爲爾，而已爲耳，之乎爲諸（宋沈括之說）也。尤其甚者，切三音爲二字，如私鈚頭爲鴺鶦（高誘注淮南主術訓），吐谷渾爲退渾（舊唐書）。鄭樵謂慢聲爲二，急聲爲一；慢聲之爲急聲旃，慢聲而已急聲耳也。慢急者，聽聞程度之差，其實蓋二語由習用而縮之耳。故其字皆假他字爲之；以語言爲本位，視彼既切字爲縮音之代表。……』（註十六）

這種二合音，原來是實際語言裏無意識的應用，並非像後來那樣當做一種正式的注音方法。（註十七）

因爲中國文字不是採取字母拼音的制度，這種二合音，雖然和拼音的原理相符合，在文字上只得利用兩個字體來表明這種拼合的關係。在音讀上有時只是單個音綴的兩部分，而在文字上要表明出來，却不得不利用兩個字體，以上字代表『聲』，以下字代表『韻』；但是應用的時候，又認爲一個音綴，只是用一個字體來代表這種雙字而表明一語的，就當做複音綴的語詞了。王筠說：

『梵書有二合音，吾儒未嘗無也。彼有二合音，不復有兩字分其音，是以長存也。吾儒有二合音，又有兩字分寄其音，是以沿襲而不覺也。雙聲、疊韻非乎？茨、疾黎也，茨疾雙聲，茨黎疊韻；之于，諸也，諸之雙聲，諸于疊韻。經典中形容之詞，如窈窕、參差等莫不皆然。』(註十八)

有時或竟是複輔音的組織，上字所代表的只是字音起首部分裏的一個音素，例如林語堂所引據的『孔曰窟籠』，『不律謂之筆』，『貍之言不來也』，『風曰孛纜』，『蒲爲勃盧』，『團爲突欒』，『螳曰突郎』，『頂曰滴顲』諸條。(註十九)因爲語言演變的節縮作用，使複輔音變爲單輔音，于是上下二字各代表聲和韻了。倘使實際語言當中已經演成爲複音綴的語詞，那末在文字上更不得不用兩個字體來代表；于是原來用單字代表單個的語詞，此時就不能不用雙字了。這裏姑且引胡以魯的話來作說明：

『更有以雙聲疊韻表一語，即聯續以表一事一物者。說文之所連載，大抵屬之。說文而外，如流離、含糊、躊躇、蟋蟀、黽勉、唐逮等雙聲語，胡盧、詰詘、支離、章皇、蹉跎等疊韻語，皆以表一事一物之一語也。然其中相聯之字多爲文字之所無，則又何耶？如籌在說文有[illegible]本字，而躇則借音字，說文無此字也。蟋蟀但有蟀之本字，悉亦借音字；黽勉之黽，唐逮、詰詘之唐詰，亦即借音字也。蓋本無其字而有其音，乃假他字以爲音符耳。就吾輩想像之所及想像，雙疊聲韻，吾國語發起之一程序也。而發起之際，或求明瞭，或表丁寧，有用雙聲疊韻爲一語者矣。然大多數固猶單節語也，故小數之雙聲疊韻語爲不適。言語既成，不易改變，惟文字則勉力同化之爲一字而在當時又勉欲保言文之一致，乃取折衷一法，以反切切之爲一音。上所列舉雙聲疊韻語，而本字但有一字者，切後之音也；猶恐不爲一般之所認，乃借他字之音添註之。添註者，添註其語音也。果爾，則言文背馳，由是始矣。』（註二十）

胡氏所謂言文背馳，就是指一個字體並不一定是代表一個語詞，有時也用兩個字體來代表一個語詞的。文字上既然有用兩個字體來代表一個語詞，所以訓詁上也有以單字釋雙字或以雙字釋單字之例；在注音方面，也自然會由讀若直音進到反切了。

由讀若進爲直音，已經漸漸離開了解釋文字義訓的作用進而爲純粹的注音；可是都用單字注單字，只是使我們認識單字和單字間的同音關係，或者因彼此音讀的比較進而辨別兩個單字間雙聲、疊韻的關係。等到語言上慣用了二合音，于是再進而推求單字和雙字間也有同音和雙聲、疊韻的關係；而且這種雙字當中至少有一個字體是純粹用來表音，和單字義的本身並無關係。(註二十二)所以這種二合音，一方面足以啓發一般人對于音讀組織的分析，因爲單字和雙字間既然認定了雙聲、疊韻的關係，這種雙字便是表明單字裏聲和韻的兩部分。另一方面又容易使一般人對于文字的應用，離開了訓詁關係，而純粹從表音方面着想。這樣看來，反切的發生，也是適應着這種語言上變異的現象和中國文字的特性而來的。

本節附注：

(註一)參看 L. Bloomfield: the Study of Language, chap. V. § 10. 及拙著語言學概論(中華書局

出版）第四章第二節。

（註二）參看上文第二章第一節附註（註三）。

（註三）見胡氏著國語學草創（商務印書館出版）第一編。

（註四）見胡氏著國語學草創第一編。

（註五）參看上文第三章第一節附註（註二十二）。

（註六）見劉氏著正名偶論（載國粹學報中）。

（註七）見張文澍論雙聲疊韻（載華國雜誌中）。

（註八）見劉氏辭通序，并參看朱起鳳纂辭通（開明書店出版）。

（註九）參看上文第三章第一節附註（註二十一）。

（註十）參看錢氏十駕齋養新錄三（皇清經解本）『雙聲疊韻』條，王氏說文釋例卷十二『雙聲疊韻』。

（註十一）見林氏古有複輔音說。

（註十二）參看拙著語言學概論第六章第一節。

（註十三）參看上文第二章第一節附註（註十三）。

（註十四）參看章炳麟一字重音說。又劉師培正名隅論云：『古代名物，一物僅有一字之名，其一物而有二字三字之名者。則音讀疾遲長短之不同故耳。後世象音而造字，實則有聲無義之字也。爾雅所記歲陽歲名諸稱，大抵皆然；邵郝二疏，強據字義解釋之，可謂望文生訓矣。』又云：『古人一一義，僅有一音，亦僅有一字；凡有二字相聯者，均非本音本字。如詩：「漸漸之石，維其卒矣；」箋云：「卒者，崔嵬也，謂山巓之末也。」卒卽爾雅之崒，崔嵬卽爾雅之厜㕒，又卽甘泉賦之摧嗺，又卽秦右軍戈之邟陮；蓋長言之則曰厜㕒，崔嵬，摧嗺，邟陮，而短言之則曰崒，以崒爲本字也……』。

（註十五）參看顧炎武音學五書音論『反切之始。』王筠說文釋例卷十二云：『窊下云，汚衺者，汚窊雙聲，衺窊疊韻也；窳下云汚窳，放此；與爾雅茨蒺藜同。此反切之祖也。後人窮思畢精，不能出古人範圍之外。』又劉師培正名隅論云：『試推一字駢爲二字之起源，則以古人名物，有合聲，又有發聲。合聲者，所以比方字音也；恐世人不識此字之正音，乃以彼二字之音證明此一字之音；卽後世反切之祖也。韋昭謂茅蒐爲韎字之合音；夫韎字从韋，自爲正字，茅蒐則非正字也。推之不聿爲筆，於菟爲虎，亦筆字虎字爲正字，而於菟不聿，非正字也。發聲者，乃方言中自然之音，音出於口，別加一音於名詞之上，而所名之字，亦變正音，與二字一名者相等。如春秋：吳子乘卒，左氏傳作壽夢；服虔註云：「壽夢發聲；吳蠻夷，言多發聲，數字共成一言。」蓋壽字爲發聲之詞；因首字爲發聲詞，遂變乘音爲夢……。』張文澍論雙聲疊韻云：『疊字之義，不殊一字，斯雖異文，亦無分義。疊字之本，原於一文，雙聲韻疊亦無二本。故悉蟀之本爲蟀，黽勉之本爲勉，椒聊之本爲椒，般桓之本爲般，本則一音，池而爲二；合讀二音，還歸於一。大率雙聲之本在下，疊韻之本在上；以其衍一爲二，理同反切。以雙聲爲切語讀之，則音同下字；故悉蟀，蟀也；黽勉，勉也；燕婉，婉也；麗廔，廔也；歷錄，錄也；蠛蠓，蠓也。以疊韻爲切語讀之，則音同上字；故椒聊，椒也；般桓，般也；童蒙，童也；果臝，果也；虺隤，虺也；專與，專也。故此二者，一字爲主，一字爲從；主必有字，從則或造專文，或憑假借。上所取證，以假借爲明；若蝃蝀，霢沐，嵯峨，蜾蠃，則從亦有文。假借爲正，專文爲變；以其取用唯在一字故也。』

(註十六)見胡氏著國語學草創第一編。

(註十七)依據王力著中國音韻學第一編第十四節。

(註十八)見王氏說文釋例卷十二。

(註十九)詳見林氏古有複輔音說。

(註二十)見國語學草創第一編。

(註二十一)參看本節附註(註十四)及(註十五)。又王筠說文釋例卷十二:『形容之詞之所重者,以聲爲主,無論其字之有義無義,其義皆在聲中,當用公羊傳耳治之說讀之。卽如廣韻有噌字,是卽關關之專字也;又如淸人篇消搖,今作逍遙,或且以爲說文漏落,得之字林,則事實顚倒矣。關關消搖,誠皆假借,而噌噌逍遙,自是後起,當與羽虫安鳥,水族著魚,同類共識也。』

第二節　字音的分析和『反切』的起源

社會上一切事物的進化,總是以『漸』不以『頓』。學術上進步的情形,當然也不能居於例外。由讀若直音進而爲反切,就是由整個字音的互相比擬,進而把單音綴裏的聲和韻分析爲兩部分,這固然代表音韻學上進步的兩個階段。可是我們不能把牠們的時代很嚴格的劃分出來;當讀若、直音盛行的時候，實在反切的注音方法，早就已經開始應用了。因字音的互相比較，辨別音讀的同異，認識了單字間雙聲、疊韻的關係；同時又因爲這種單音綴語裏語音重疊和音素變異的兩種現象，使實際語言當中具有許多重音和複音的語詞，這種語詞在文字的習慣上既然要用雙字來代表，于是從單字和單字間音讀的比較，進而爲雙字和雙字間雙字和單字間的比較，認識了牠們彼此間雙聲、疊韻的關係。另一方面由聲訓、讀若變爲直音的方式，已經漸漸離開了解釋文字義訓的作用，進而爲純粹的注音了；而用雙字來表明一語的，也大都純粹用以表音，和單字義的本身並無關係。于是依據二合音的形式來分析音讀的組織，又利用雙聲、疊韻的關係，借雙字分別表明出來，反切的注音方法，就從此產生了。

反切的發生，既然依據于雙聲、疊韻的原理，把單個的音綴分析爲兩部分，借雙字分別表明出來；所以這雙字當中，有一個是表明『聲』的部分，可以稱爲『聲母字』；有一個是表明『韻』的部分，可以稱爲『韻母字』。(註一) 中國文字又是單音綴制，每個字體總具有一個音綴，因之聲母字裏又往往包含着韻的部分，這個韻可以稱爲『附加韻』；韻母字裏又往往包含着聲的部分，這個聲可以稱爲『附加聲』。（註二）這種附加韻和附加聲，在用反切注音的時候，好像借用兩個字體來表明一個音綴，受了這種文字性質的牽制，是不能把牠們免除的；可是在語言形態的變異上看來，却又和上節所說單音綴的語詞演成爲重音和複音的那種情形一樣，正是因語音重疊和音素變異的兩種現象自然而產生的。中國各處方言當中的祕密語，也有一種反切語，把單音綴的字變做複音綴，就是分析一個字的聲和韻，而把聲的部分增入了附加韻，韻的部分增入了附加聲；這種和文字上的反切，依據于雙聲、疊韻的原理正是相同的。不過反切語既然是實際口說的祕密語，並非作爲注音之用，和文字上反切的目的根本不同，所用來代表聲母和韻母的常常是無字的音。趙元任說：

『反切語是說的，不是寫的。有了附加音的規則，無論遇到要說的字，他的反切就脫口而出，跟韻書反切取易認字注難認字的用意適然不同。因此雖然文字的反切都是有字的，而反切語的反切『字』，往往就碰到沒有字的音。』（註三）

但是反切語既然和文字上注音的反切，都是把字音分析爲聲和韻兩部分，都是根據于雙聲、疊韻的原理而發生的，那末這兩者間的形成和發展當然有互相促進的趨勢；我們要考明反切的起源，或許也可用各種反切語的組織形式來相比照和參證。趙元任說：

『純粹從理想上說，反切語這東西本來沒有什末不會早就有了的必要。上文既說明反切語跟韻書的反切是兩路的東西，那末也不必等先有文字的反切而後有反切語，Nay！就是在中國沒有文字以前就有反切語都是可能的，還許文字的反切是從反切語的暗示而來的吶！』(註四)

因爲反切語也是把單音綴的語詞演成爲複音綴，正和文字上的反切一樣，都是根據于語言上語音重疊和音素變異的兩種現象而產生出來的。

因爲語音重疊和音素變異的兩種現象使語詞的轉變，由單音演成複音以及複音語詞間的變化，都離不了雙聲疊韻的關係。因之雙字和雙字間依據雙聲、疊韻可以互相倒置，而單字和雙字間，聲、韻也可以倒置。例如『猶豫』就是『游移』，也就是『夷猶』，『鬱鬱』就是『鬱邑』也就是『抑鬱』。書經益稷篇『克諧以孝烝烝乂不格姦』的『格姦』是扞格二字的倒文，也就是孟子盡心篇的『山徑之蹊閒介然用之而成路』的『閒介』倒文。(註五)方言的『螻蛄，』『蛄螻，』就是月令的『螻蟈』曲禮注的『搔摩，』就是釋名的『摩娑』『末殺。』(註六) 這種變異在語言學上又可以稱爲音素『位置的轉換』(metathesis)，就是把原來音素的位置倒轉過來。(註七) 在實際語言裏，這種變異的發生，也由於傳習模倣的不精確，以致音素的前後倒置，所以也可說是『發音的疏懈』(phonetic looseness)。(註八) 音素位置的轉換，在中國音韻學上就是聲韻的倒置。複音綴之語詞間，既然具有這種變異的現象，而這些雙字的連語，又大都從單音綴的語詞上演化出來的；那末，由單音演成爲複音，自然也可以具有這種聲韻倒置的現象。如果依據這種現象，有意的來造成一種祕密語，那便是聲韻倒置的反切語。我們看趙元任所舉的各地幾種反切語：

『北平 mai-ka, mei-ka, man-t'a　名稱未詳，

常州 moŋ-la 式　叫「字語，」

崑山 mo-pa 式　叫「切口語，」

蘇州、浦東、餘杭、武康 mə-pa 式　　叫「洞庭切，」

（大概因為是從太湖洞庭山來的？）

蘇州 ua-mən 式　　叫「威分，」

這是「翻」字的切音（fɛ：uɛ-fən），

廣州 la-mi 式　　叫「燕子語」或「燕子公，」

東莞 la-mi 式　　叫「盲佬語，」

福州 la-mi 式　　叫「庚語」或「倉前庚。」』（註九）

後列的幾種，如蘇州的『威分，』廣州的『燕子語』等，是把聲韻倒置的，就是聲母字韻母字的次序是倒的。我們因此可以知道反切的方法，是根據于中國語言上變異的現象自然產生的語詞的轉變和分化，既然也有聲韻倒置的現象，因之原來反切的組成，有的是聲母字韻母字順序的，有的卻是聲母字韻母字倒序的。後來解釋反切和雙聲疊韻的，常列着『正反』『倒反』和『正紐』『到紐』這些名目；例如廣韻卷末所附的雙聲疊韻法和玉篇卷首所附的神珙四聲五音九弄反紐圖。現在姑且舉『宮』字爲例：『正反、居隆宮言居隆切，乃宮字也。到反、宮閭居言宮閭切，乃居字也。』（註十）我們把『居隆』二字和『宮閭』二字並列起來，這四個字就佔了四個角。橫讀宮居隆閭是雙聲，斜讀居閭宮隆是疊韻；宮字和居字的音是由居隆和宮閭順序的反切，而閭字和隆字的音是由居隆和宮閭倒序的反切。可見這種正反、倒反或正紐、到紐的成立，只是由一個字音分析爲聲母字和韻母字，順序和倒序的反切，就成爲這種四角的關係。無論是順序、是倒序，總是離不了雙聲、疊韻的關係，總是依據于語言上自然的變異現象的。

顧炎武音論裏論到南北朝的反語，所錄不下十數事。謂爲『雙反、』或『三字反。』顧氏云：『南北朝人作反語，多是雙反，韻家謂之正紐、到紐。史之所載，如晉武帝作清暑殿，有識者以「清暑」反爲「楚聲，」「楚聲」爲「清，」「聲楚」爲「暑」也。宋明帝多忌，袁粲舊名袁愍，爲「隕門，」「隕門」爲「袁，」「門隕」爲「愍」也；劉悛舊名劉忱，爲「臨讎，」「臨讎」爲「劉，」「讎臨」爲「忱」也。……又如水經注：「索郎酒，」反爲「桑落，」「桑落」爲「索，」「落桑」爲「郎」也。孔氏志怪：「盧充幽婚，」反爲「溫休，」「溫休」爲「幽，」

「休温」爲「婚」也。又有三字反者。吳孫亮初童謠曰：「於何相求常子閣，」常子閣者，反語石子堈，「常閣」爲「石」，「閣常」爲「堈」也。齊武帝永明初，百姓歌曰：「陶郎來，」言「唐來勞」也；「陶郎」爲「唐」，「郎陶」爲「勞」也。梁武帝大通中民間謠曰「鹿子開城門，」鹿子開者，反語爲「來子哭」，「鹿開」爲「來」，「開鹿」爲「哭」也。』

其實所謂雙反、三反，只是把兩個字作爲順序的聲母字韻母字和倒序的聲母字韻母字的兩個反切。在當時這種反語極爲通行。近人劉盼遂撰六朝唐代反語考，採錄唐宋以前反語故實共得三十餘事，(註十二)以證當時引用反語的普遍現象。兹錄他的話如下：

『齊劉勰文心雕龍指瑕篇云：「近代辭人，率多猜忌，至乃比語求蚩，反音取瑕，雖不屑于古，而有擇於今焉。」北齊顏之推家訓文章篇云：「世人或有引詩伐鼓淵淵者，宋書已有屢遊之誚。如此流比，幸須避之。」唐韓偓玉山樵人集附香奩集茹媒篇云：「多爲過防成後悔，偶因翻語得深猜。」凡此可見六朝兩唐士夫於反語之使用最爲普遍現象，且及於帷房之中焉。』(註十三)

此等反語，大都出於一般文人的弄巧而成爲祕密的稱呼的；引用旣廣，又漸變爲語言或文學上避忌之例。但是也有因語言裏自然傳習而產生的，如『索郎酒』又爲『桑落酒』之類。又如『常子閤』反語『石子堈』，『陶郎來』反語『唐來勞』，『鹿子開』反語『來子哭』，都出於民間歌謠；當中因而可見順序的反切和倒序的反切，都是適應着語言裏變異的現象自然產生的。我們從這種妙合自然的反語當中，又可以推知最初反切的形式，並不必定是聲母字韻母字順序的，原來也有是倒序的；因爲都是根據于雙聲、疊韻的原理，把字音分析爲聲韻兩部分的。

至于『反切』這個名稱的取義，也是概括順序的和倒序的兩種而言。『反』和『切』這兩個名辭的使用，不知道起于何人；魏晉以後、就已經以『反』和『切』並用。顧炎武音論，戴震聲韻考以及王念孫博雅音校訂等書裏都說六朝時都稱『反』，到了唐代才改稱爲『切』；這是他們誤解了唐元度九經字樣序言裏的話而起附會的。陳澧切韻考曾駁正之，陳氏云：

『孫叔然立法之初，謂之反，不謂之切；其後或言反，或言切。顏氏家訓云：「徐仙民毛詩音反驟爲在遘，左傳音切椽爲徒緣。」又云：「河北切攻字爲古琮。」據此，則東晉及北朝已謂之切矣。

顏氏又云：「陽休之造切韻；」梁書周顒傳云：「顒著四聲切韻；」此又切韻之名在陸法言以前者。……唐元度九經字樣云：「避以反言但紐四聲定其音旨」此元度自言其著書之例。戴東原聲韻考引此謂唐季避言反而改曰切；蓋未詳考也。』(註十三)

反和切在實際意義上也沒有分別，都是取于反覆切摩以成音之意。李汝珍曾經論過，茲錄其言如左：

『反者，毛詩衞風箋云；「覆也」切者，淮南原道註云：「摩也。」所謂反切者，蓋反覆切摩而成音之義也。古今韻會云：「一音展轉相呼，謂之反，一韻之字相摩以成聲，謂之切，以子呼母，以母呼子也。」禮部韻略云：「音韻展轉相協，謂之反，亦作翻；兩字相摩以成聲，謂之切；其實一也。」劉鑑玉鑰匙云：「反切二字本同一理，反卽切也，切卽反也，皆可通用。」斯言是矣。』(註十四)

(案玉鑰匙門法乃釋眞空所著，非劉鑑作。)

所謂展轉相協，兩字相摩，所謂以子呼母，以母呼子，都是表明反覆切摩以成音之意，有順序直讀的，也有倒序翻的。那末，從反切的名義上觀察，也可以見得反切的組成，有的是聲母字、韻母字順序的，有的却是聲母字韻母字倒序的。倒序的反切，正和『二合音』相反，二合音以二字合成一音，上字爲雙聲，下字爲疊韻；倒序的反切却是以上字表明韻的部分，以下字表明聲的部分。又二合音的切成一音，是依據于語言變異上語音的『節縮作用』；而倒序的反切，却是依據于音素的『位置轉換』。向來一般學者以爲二合音和文字注音上順序反切的形式相符合，就認爲是反切的始祖。(註十五)那知道反切的名稱既然有取于展轉反覆之義，那末最初創立反切的方法，當然是綜合實際語言裏各種變異的現象，而把倒序翻讀的也概括在內。這種說法正可以用六朝『反語』和韻家所立『正紐』『反紐』諸例以及方言裏幾種『反切語』來作證的。這樣看來，通常所謂上字取其聲，下字取其韻，也不過是反切方法當中的一種罷了。(註十六)

通常文字上反切的注音所以只採取順序的反切，沒有聲母字韻母字倒序的，這是因爲受直音的影響，而依據二合音的形式，把單字直讀的改用雙字直讀的了。我們在上文說過，由讀若、直音進而爲反切，是『漸』的，不是『頓』的，當讀若、直音盛行的時候，反切的注音方法早已開始應用。所以反切的注音雖然是用來變更直音的方式，而同時也不能不受直音的影響；因之只採取順序的直讀，而不取倒序的翻讀。顏氏家訓音辭篇云：

『孫叔然創爾雅音義，是漢末人獨知反語。至於魏世，此事大行；高貴鄉公不解反語，以爲怪異。』

細究顏氏的語意，並非說反切的應用是由孫炎創始的；只是說爾雅音義一類的書出世之後，反語大行，讀若直音漸歸于淘汰罷了。隋唐以來，遂多以孫炎爲反切的創祖。如陸德明經典釋文敍錄云：『古人音書，止爲譬況之說，孫炎始爲反語。』張守節史記正義論例云：『先儒音字，比方爲音；至魏祕書孫炎，始作反音。』王應麟玉海引崇文總目敍云：『孫炎始作字音，於是有音韻之學。』後人多遵用其說。但是景審序慧琳一切經音義云：『古來音反，多以旁紐爲雙聲，始自服虔；』又日本安然悉曇藏引武元之韻詮反音例云：『服虔始作反音；』明說東漢時已經應用反切來注音了。馬國翰玉函山房輯佚書小學類古文官書提要謂衞宏古文官書『每字下反音甚詳；則東漢初已有切字，鄭氏經音所本，世謂始於孫炎，非篤論也。』又章炳麟國故論衡音理論謂應劭時已有反語，(註十七)劉師培正名隅論也舉例以證明反切不始於漢末。(註十八)近人劉盼遂作反切不始於孫叔然辨一文，(註十九)更以爲杜林蒼頡訓詁、郭顯卿字旨、許愼高誘淮南鴻烈注、鄭玄羣經音、服虔通俗文諸書，都已經具有反切，謂『反切之興也，上不出於豐鎬之間，下不遲於典午之世。而在光武明章之際。』又劉盼遂淮南子許注漢語疏云：

『按唐書藝文志淮南鴻烈音二卷，高誘撰。初學記文選注太平御覽引誘及許注，亦或見翻語，議者或謂東漢無切音之學，鴻烈音乃後人所追記，應如舊唐書所記爲何誘撰也。然嘗考切音之學，東漢已盛，如衞宏古文官書、杜林蒼頡訓詁、服虔通俗文，應劭漢書注所用反切亦云夥頤，因著反切非始於孫叔然辨證一篇，論之詳矣。今淮南書有許高反語，蓋當然之事，無足詫也。』(註二十)

有人幷且懷疑許氏說文本書裏也或者具有反語。(註二十一) 我們現在所看到東漢諸書佚文裏的反語，固然不免有後人所附加或追記的，幷且有原書或竟是後代的作品，如顏氏家訓勉學篇謂服虔通俗文『虔既是漢人，其序乃引魏人蘇林、張揖』當時所見到的通俗文至少有一部分不是漢人的原書。又馬氏玉函山房輯佚書把張揖的三蒼訓詁認爲杜林的訓詁；王國維跋馬氏輯杜林蒼頡訓詁云：『所引蒼頡訓詁皆張稚讓書，非杜伯山書。』(註二十二) 那末顏氏家訓風操篇：『蒼頡篇有倄字訓詁云痛而謼也音羽罪反；』又音辭篇『蒼頡訓詁反稗爲逋賣反娃爲於乖；』這幾個反切，大概也是從張揖書裏引來的，並不能斷定爲杜林所作。不過我們總可以推定在漢代讀若直音盛行的時候，反切的注音已經開始引用；東漢時雖然偶有用雙字的直讀來注音，但是用單字來譬況比擬的總佔着絕大的多數。文字上的反切，雖然不能確定創始者爲何人，而最初依據於實際語言裏變異的現象來造出一種注音的方法，必定是在讀若直音盛行的時代；所以只採取二合音的形式，把單字直讀的改用雙字直讀的了。當初在文字的注音上只採取順序的反切，而不取倒序翻讀的，這是因爲受了直音的影響的。

由讀若進爲直音，已經漸漸離開了解釋文字義訓的作用，進而爲純粹的注音；于是再進一步把單字的音分析爲聲、韻二部分，而用兩個字體來代表，就成爲反切的注音方法。反切的發生，一方面依據于語言裏自然變異的現象。另一方面又因爲文字本身上的表音方法，經過了實際語音的演變，已經失了牠們的效用；過去形聲、假借的系統，漸漸不合于實際的音讀，字音和字義的分離，使一般用來注音的字體離開了訓詁的關係。同時又要把音讀表明得更顯著而適切，便用兩個字的反切來替代單字的注音了。可見反切的注音方法，也是適應着實際的需要自然而產生的。我們看了謝啓昆小學考所列『音義』一類的書，雖然牠們著作的時代還未曾一一加以考證，大體上總可以看出來多數是東漢至隋唐間的作品；尤其是魏晉六朝時，這一類書的發生最爲豐盛。音義一類的書，在體例上看來，就是從字書訓詁進到『韻書』中間一種過渡的東西，幾乎完全是爲着注音而設的，而注音的方式又是多數應用反切。所以這一類書在魏晉時最爲發達，便是表示那時讀音系統上發生了轉變，以致注音方法上應用了反切。顏氏家訓謂魏世反語大行，就是指當時一般音義家盛行反切的方法；陳澧切韻考謂不但行於魏，且行於吳。陳氏云：

『顏氏家訓所云：魏世反語大行者，顏師古漢書注引孟康、如淳、蘇林皆有反音，是其證也。……邵二雲畢秋帆作漢魏音說，亦據薛綜兩京賦注，韋昭國語注皆有反音，以證孫叔然之說當時盛行（見洪稚存漢魏音）。然則不但行于魏，且行于吳矣。叔然授學鄭康成之門人，稱東州大儒（見三國志王肅傳）；薛綜從劉熙學（三國志本傳），劉熙蓋亦鄭康成門人（程秉傳云：逮事鄭康成，與劉熙考論大義；許慈傳云：師事劉熙，善鄭氏學。）綜與叔然師友淵源同出一家，故綜得傳叔然之學也。韋昭與綜之子瑩同撰吳書（本傳，）蓋又得綜之傳者。且昭自言見劉熙釋名，信多佳者，乃作辯釋名（本傳）；釋名以雙聲疊韻爲訓詁，正與反語之學相通也。』（註二十三）

陳氏認反切的發生和聲訓有直接的關係，雖未必是，（註二十四）但是陳氏把漢魏間反切之學歸源於鄭玄、劉熙諸人，確有很大的理由。鄭玄劉熙諸人發現了當時音讀和古代歧異之處，使後人知道古今音讀的異同，以從事中國上古音的考證，而在當時實足以促進注音方法上的一大改革。關于這一點，陳氏未加以申說，可以引舉戴震聲韻考和錢大昕音韻問答裏的話來作證。戴氏云：

『鄭康成箋毛詩云：古聲塡、寘、塵同；又注他經，言古者聲某某同，古讀某爲某之類，不一而足。是古音之說，漢儒明知之，非後人創議也。』

錢氏云：

『古今音之別，漢人已言之。劉熙釋名：「古者曰車，聲如居；所以居人也。今曰車，聲近舍。」韋昭辨之云：「古音皆尺奢反；從漢以來，始有居音。」此古今音殊之證也。但劉韋皆言古音，而說正相反，實則劉是而章非。」

可見這些注音雖然只是『譬況假借』而且離不了文字訓詁的範圍，（註二十五）可是表明了古今音讀的異同，足以顯示那時語音系統上的轉變。因音讀的轉變而發現了同異，因同異的比較，自然足以增進審音的智識。（註二十六）于是雙聲、疊韻之理大明，反切的應用，也自然風行於世。同時又因語音的轉變，字音和字義的關係，漸趨于分離，用來注音的字體也脫離了解釋文字義訓的作用；而要把實際的音讀表明得更顯豁，也自然由譬況讀若進而採取直音的方式，由直音再進而用兩字的反切了。所以魏世反切的風行，和鄭玄、劉熙諸人的音變之說確有淵源。古今音讀的轉變，使注音方法上爲着實際的需要發生一大改革，于是音義一類的書也應運而起。最初創立反切的注音，雖然在漢代讀若直音的時候，而風行必在漢末以後，這又是因爲適應着當時語音系統上轉變的情形的。

反切的形式是依據于中國文字的性質和語言上自然變異的現象而產生的；同時因爲受直音的影響，所以在文字注音上只採取了兩字順序直讀的形式。但是由整個的音綴進而爲聲、韻的分析，由單字的直音進而爲兩字的拼音，實在是注音方法上的一大改革。這種改革的完成，固然是由于適應實際音讀演變的情形，同時還有一種外來的影響以促進牠的發生；反切的注音方法，也許又因爲印度文化輸入之後，才開始風行的。陳澧切韻考以爲字母等韻之學和反切的應用不能混爲一談。他駁正宋人切韻始自西域之說：『謂字母起自西域則是也，謂反切之學起自西域則誤也。鄭漁仲陳直齋皆未之辨耳。』（註二十七）反切通行之後，把切語用字加以系統的整理，于是產生韻書，產生字母等韻之學，關于這種時代的先後，固然應當辨別。陳氏云：

『紀文達公云：「戴東原聲韻考於等韻之學，以孫炎爲鼻祖，而排斥神珙反紐爲元和以後之說；然隋書經籍志明載梵書以十四字貫一切音，漢明帝時與佛書同入中國，安得以等韻之學歸諸神珙，反謂爲孫炎之末派旁支哉。」—（與余存吾太史書）—文達此說，亦本於鄭漁仲，其謂反切爲等韻之學，則尤不可不辯也。自魏晉南北朝隋唐，但有反切，無所謂等韻；唐時僧徒依倣梵書，取中國三十六字，謂之字母，宋人用之，以分中國反切韻書爲四等，然後有等韻之名。溯等韻之源，以爲出於梵書可也，至謂反切爲等韻，則不可也；反切在前，等韻在後也。』—（註二十八）

不過陳氏以爲字母，等韻是依倣梵書而成的，至于反切、韻書的產生、和梵文拼音學理的輸入絕對沒有關係；這却未必然。因爲反切的形式雖然依據于中國文字的性質和語言上變異的現象自然演成的，而在注音方法上。由直音改爲拼音，中間還不免受了外國拼音文字的影響。隋書經籍志裏說：

『自後漢佛法行於中國，又得西域胡書，能以十四字貫一切音，文省而義廣，謂之婆羅門書，與八體、六文之義殊別。』

可見梵文的拼音字母是和佛法同時傳入中國的；後漢音義家或許已經受了這種拼音文字的影響，因之把原來用單字注音的改爲兩字的反切。梵文字母上『體文』和『聲勢』的區別，很足以啓示中國字音上聲韻的分析，而利用二合音的形式，來作爲一種注音方法；只是文字的本性未曾改變，仍用兩字分寄其音，就成爲上字代表聲，下字代表韻的反切了。文字上反切的注音，只取兩字順序的直讀，而不取倒序的翻讀，一方面受有直音的影響，另一方面或者又是由模倣梵文的拼音而來。反切的開始應用，和音義一類書的發生，不先不後，正和梵文字母的傳入同在東漢時代；這點事實，確是我們所不能否認的。

印度文化輸入中國之後，篤信佛法的人日漸衆多，佛經的翻譯事業也漸興盛；一般學士文人因而通悟拼音學理的，也自然衆多起來。于是他們根據梵文的音理來分析漢字的音讀，反切也就風行于世了。慧皎高僧傳載宋釋慧叡傳云：

『陳郡謝靈運篤好佛理，殊俗之音，多所達解。迺諮叡以經中諸字，并衆音異旨，於是著十四音訓敍，條例梵漢，昭然可了，使文字有据焉。』

謝靈運所敍的十四音，就是隋志所謂婆羅門書十四字；這便是審音文士依據梵文字母來整理音讀的一個例子。其實在魏晉間已經具有這種風氣的端倪了。高僧傳齊釋慧忍傳論曰：

『自大教東流，乃譯文者衆，而傳聲者蓋寡。……始有魏陳思王曹植深愛聲律，屬意經音；既通般遮之瑞響，又感魚山之神製。於是刪治瑞應本起，以爲學者之宗，傳聲則三千有餘，在契則四十有二。』

或以爲曹植魚山製契的事情，是和孫炎之徒大倡反切有關。(註二十九)陳寅恪作四聲三問一文，曾考明此事乃係東晉間依託的傳說，而流行于南朝的：這種傳說只是暗示着當時一般審音文士和佛教文化的關係，並非曹植眞有刪治瑞應本起和魚山製契之事。(註三十)這裏節錄他的話如下；

『考瑞應本起經爲支謙所譯。謙事迹載高僧傳一康僧會傳中。據傳，謙以漢獻帝末避亂於吳。孫權召爲博士，與韋昭諸人輔導太子。從吳黃武元年至建興中先後共譯出四十九經。又據魏志十九陳思王植傳，植以魏明帝太和三年徙封東阿。六年封陳王，發疾薨。魚山在東阿境。植果有魚山製契之事，必在太和三年至六年之間。然當日魏朝之法制，待遇宗藩，備極嚴峻，而於植尤甚。若謂植能越境遠交吳國，刪治支謙之譯本，實情勢所不許。其爲依託之傳說，不俟詳辨。』(註三十一)

但是魚山製契之事，雖然是一種依託的傳說，可是我們不能便否認魏晉間的審音文士已經受有梵文拼音學理的影響。例如翻譯佛經的支謙，在吳爲博士，和韋昭諸人輔導太子；就足以使我們推見反切不但行於魏，且行於吳的原因所在。總之：反切的形式是依據于中國文字的性質和語言上變異的現象自然產生的；而把反切作爲文字上的一種注音方法，這是受了直音的影響的。可是把一個字音分析爲聲韻兩部分，在注音上也就把單字的直音改爲兩字的拼音；一方面因爲適應着漢魏間音讀系統的轉變，使注音的字體離開了訓詁的關係；另一方面又因爲梵文字母的傳入，依倣拼音的制度把單字間的比擬改爲兩字的反切。

漢魏間反切既然漸漸風行，諸音義家各自造作，切語用字彼此自然不相一致。大概孫炎爾雅音義一書，多爲後來注音所遵循引用，如張守節史記正義論例云：『今並依孫反音，以傳後人』編纂韻書的也大都奉孫氏的反音爲準則。這裏姑且引舉劉盼遂的話來作證：

『攷孫氏爾雅音中反語，經典釋文引者凡六十五事，集韻引者三事，餘如初學記、晉書音義、詩經正義、文選李善注、太平御覽引各三數事，引各三數事，總不下百餘事。其中惟犬字（釋畜：青驪、駽：釋文駽犬懸反，）輕字（集韻去聲三十三霰蜆字注云、孫氏爾雅音輕甸反，）不合於陸氏切韻聲母四百五十二文。餘則若合符契矣。再進而稽諸杜林、衛宏、許愼、高誘、服虔、張揖、王肅所用切語上字，則韋悟滋多。』（註三十二）

六朝以來羣推孫炎爲反切的鼻祖，或者就是因爲這個緣故。（註三十三）所謂韻書、就是因爲音義一類的書發生以後，更把當中的切語類聚羣分，依照音韻來編排文字的。顏氏家訓音辭篇謂魏世反語大行，『自茲厥後，音韻鋒出。』陳澧解釋他的話，謂：

『其云厥後音韻鋒出者，同時李登已作聲類（李登、魏左校令，見隋書經籍志，）此音韻鋒出之最先者。蓋有反語，則類聚之，卽成韻書，此自然之勢也。』（註三十四）

反切的注音，既然把字音分析爲聲、韻兩部分，于是再進而把分析得來的聲韻，歸納爲韻部和字母，就正式產生音韻學的專書。不過我們中國各個的字音，除了聲韻上的差別以外，還有一種『字調』的區分；最初所謂韻學，往往把音色上的差異和字調的區分混在一起，因之韻書上也就成爲一種『四聲』分韻的體例。

本節附註：

（註一）參照趙元任反切語八種（載中央研究院歷史語言研究所集刊第二本第三分）三一四頁。

（註二）參照趙元任反切語八種三一四頁。

(註三)見反切語八種三一六——三一七頁。

(註四)見反切語八種三一八頁。

(註五)依據劉師培古書疑義舉例補,「雙聲之字後人誤讀之例」

(註六)依據程瑤田果贏轉語記(載安徽叢書第二集)。

(註七)參看 L. Bloomfield: the Study of Language, chap. VII. 及拙著語言學概論第六章。

(註八)參看 H. Sweet: the Histoy of Language, chap III.

(註九)反切語八種三一五頁。

(註十)參看江有誥等韻叢說釋神珙五音圖又日本空海文鏡祕府論所錄調四聲譜亦列「綺琴」「欽琴」等字互相反的例。

(註十一)載劉盼遂文字音韻學論叢(人文書店出版)。

(註十二)文字音韻學論叢二二四——二二五頁。

(註十三)見陳氏切韻考卷六。

(註十四)見李氏音鑑反切總論。

(註十五)參看上節附註(註十五)。

(註十六)參看趙元任反切語八種三一四頁及劉盼遂文字音韻學論叢二二四頁。

（註十七）章炳麟國故論衡音理論自注云：『經典釋文序例謂漢人不作音；而王肅周易音，則序例無疑辭，所錄肅音，用反語者十餘條。尋魏志肅傳云：「肅不好鄭氏，時樂安孫叔然授學鄭玄之門人；肅集聖證論以譏短玄，叔然駁而釋之。」假令反語始於叔然，子雍豈肯承用其術乎？又尋漢地理志廣漢郡梓潼下，應劭注：「潼水所出，南入墊江；墊音徒浹反。」遼東郡沓氏下，應劭註：「沓水也，音長答反。」是應劭時已有反語，則起於漢末也。』

（註十八）劉師培正名隅論自註謂『試舉其證：如孔安國尙書音云：疇，直留反。見毛詩釋文。毛公詩音云：施，以語反；殄，徒典反，祝之六反；均見毛詩釋文。而馬融注易，鄭註周官，均有反切之音；皆其證也。』

（註十九）載文字音韻學論叢。

（註二十）見文字音韻學論叢二〇七頁。

（註二十一）馬宗霍音韻學通論第五：『案許氏說文，諸書所引，多有反語，其引義而附以反語者，猶可云後人所加。然有單引音而不引義者。……因疑說文或許氏自有反語。……嘗以此事質之章先生。先生曰：以其地考之，漢世作反語者，服虔，滎陽人，文穎，鄧展皆南陽人，應劭，汝南南頓人，蘇林，陳留外黃人，皆在今河南南部，而鄭君生北海，高誘生涿郡，則不作反語。疑反語初起，但在汝潁之間，許君亦汝南人也。以其時考之，許君卒於何時，雖不可定。據許冲上書，稱今慎已病，在安帝建光元年辛酉之歲，下去靈帝中平六年己巳，祇六十有八年，其時服應已有反語矣。地之相鄰，如此其密，時之相距，如此其近。則或許君於此事已啓其耑，未可知也。』

（註二十二）參照劉盼遂文字音韻學論叢古小學書輯佚表四十四頁。

(註二十三)見陳氏切韻考卷六。

(註二十四)參看上文第三章第三節。

(註二十五)參看上文第三章第二節。

(註二十六)參看上文第三章第三節。

(註二十七)見陳氏切韻考卷六自註。

(註二十八)見陳氏切韻考卷六。

(註二十九)參看方毅國音沿革(商務印書館出版)吳稚暉序。

(註三十)載清華學報第九卷第二期。

(註三十一)見清華學報第九卷第二期二八四頁。

(註三十二)見劉盼遂文字音韻學論叢反切不始於孫叔然辨一二一頁。

(註三十三)參看文字音韻學論叢一二〇——一二二頁。

(註三十四)見陳氏切韻考卷六。

第三節　『字調』的區別和『四聲』名稱的由來

語詞的轉變和分化,既然又可以依據于高低、強弱、長短的變異,所以各個字音,除了聲韻上的差別以外，又有一種『字調』的區分。(註一) 因爲中國語是單音綴語，大多數單純語詞對于意義方面的顯示，也靠了這種字調來作爲語音形態上的辨別；字調的區分，並不限定所謂『四聲』的四種。(註二) 而且各調彼此的分別，也依據于古今方國語言的差異，而有各種不同的系統。(註三) 陸法言說過；『古今聲調，既自有別，諸家取捨，亦復不同；吳楚則時傷輕淺，燕趙則多涉重濁；秦隴則去聲爲入，梁益則平聲似去。』(註四) 這正是指明古今各處方音上字調系統不同的情形。(註五) 上古中國語音的系統，根據現今考證的結果，也可以見得當中字調的區分是佔着很重要的成分。(註六) 在上章第三節裏論到周漢間對于音讀的辨別，已經很注意音調、音勢或音量方面的差異了。又在上章第二節裏論到當時注音的方法，因爲一字異讀的現象，所以讀若例當中，有在一字下注明幾種讀法的，也有在一字下，說明了从某聲，却又注明讀若某的，這種或許大部分就是表明字調的分別。王筠說文釋例云：

『睒讀若白蓋謂之苫相似。既言讀若，又云相似；唐韻固失冉切，不用炎之本音。以此推之：或四聲萌芽於漢乎？』(註七)

這是最顯明的例子。所以長言、短言、急言、緩言之類，雖然只是一些含糊疑混之談，可是我們從中得以窺見字調的分別，在當時讀音系統上確已成爲一種重要的變異現象，因之一般注音家很注意及此。同字異讀以及異字音近的，除了聲韻上的差別以外，大部分就是依據于字調的區分。

關于中國字調的區分，據現今科學研究的結果，牠的主要的因素是在音調變化的形狀，就是字音上由低而高或由高而低種種變化的狀態。趙元任說過：

『一個字成爲某字調，可以用那字的音高和時間函數關係作完全不多不少的準確定義；假如用曲線畫起來，這曲線就是這字調的準確的代表。假如用器具照這音高時間曲線發出音來，聽起來就和原來讀的那腔調一樣。這是這定義充足的證據。』（註八）

因之從前規定四聲用疾徐、長短、輕重、緩急、清濁一類的詞語來解說，往往得不到字調的眞正的意義；音色的差異和音勢的強弱，音量的長短，都不是區別字調的主要的標準。（註九）但是在實際語音的習慣當中，音勢的強弱和音量的長短，也足以影響于音調上高低的變化；近今實驗語音學家也有明白承認中國字調的區分，還包含着音勢、音量上的變化的。（註十）至於元音和輔音的性質以及音綴當中拼合的形式和中國四聲的分別，也不無相當的關係。(註十二)那末過去應用清濁、輕重、疾徐長短等的詞語來區分四聲，雖然不是科學研究的結果，也不能說是在發音習慣上絕對沒有根據。我們也因此可以想見古代對于字調的觀察和最初四聲名稱的成立，並不認爲是單純的音調變化的關係，而認爲尚有其他複雜的因素包含在內的。

因爲古時對于字調的觀察，並不認爲單純音調變化的關係，所以最初借用宮、商、角、徵、羽這五音的名稱來形容字調的分別，也往往認爲包含有其他的因素在內的。原來五音是樂律上判別高低標準的名稱；但是韓非子裏論教歌之法便說：『疾呼中宮，徐呼中徵，』(註十二)認爲宮徵是由于疾徐之辨，包含着音量上長短的關係了。又周語裏說：『大不踰宮，細不過羽；』那又把宮羽認爲由于大小之分，混入了音勢強弱的關係了。至於管子所云：『凡聽宮如牛鳴窌中，凡聽商如離羣羊，凡聽角如雉登木以鳴，音疾以清，凡聽徵如負豬豕覺而駭，凡聽羽如鳴馬在野；』(註十三)那又以五音象五物之鳴，似乎更把音色上的差別混在一起。這固然是因爲古人辨音的不精確，引用術語也沒有一定的界說；在我們也便可以知道最初應用五音的名稱來區別字調，當時並不認爲是單純的音調變化的關係。原來中國各種字調的演化成功，依據語言歷史上的推究，或許由于原始中國語上複音綴語詞和語尾接添等一種節縮作用的結果；學者也有認爲中國四聲乃是原始變形語的一種遺跡。(註十四)而要說明上古音裏幾種收尾輔音的演變和失落，更不得不假定和字音上音調的變化有因果的關係。(註十五)各種字調的發生，旣然和音素變異的現象也有密切的關係，而音勢的強弱、音量的長短，對于音調變化的形狀又可以發生直接的影響；那末最初對于字調的觀察，自然也把音色和音勢、音量上的差異都混在一起，所以當時借用宮、商、角、徵、羽這五音的名稱來區別字調，並不認爲是單純的音調變化的關係。

因爲最初對于字調的辨別，把音素的差異也包含在內，所以韻學的創始，四聲和韻部的區分只是混合在一起；當時把「韻」字的涵義似乎看得很廣，不僅是指字音上某部分的音素，也概括字調而言。閻若璩說過：

「文心雕龍：『昔魏武論賦，嫌於積韻，而善於貲代。』晉書律厤志：『魏武時，河南杜夔精識音韻，爲雅樂郎中令。』二書雖一撰於梁，一撰於唐，要及魏武、杜夔之事，俱有韻字；知此學之興，蓋

於漢建安中。」（註十六）

韻學的初起，大概首注重於字調的區別。李登聲類、呂靜韻集爲韻書的鼻祖；而李氏書僅以五聲（卽五音）統括文字，未曾立有韻部。封演聞見記云：

「魏時有李登撰聲類十卷，凡一萬一千五百二十字，以五聲命字，不立諸部。」

可見韻書的主要條件，還是在字調的分別，不在各韻的細目。呂氏韻集雖或分列韻部（詳見下章），而是依倣李書以宮、商、角、徵、羽的五聲分爲五篇。魏書江式傳云：

「呂忱弟靜別放故左校令李登聲類之法，作韻集五卷，宮、商、角、徵、羽，各爲一篇。」

所謂李登聲類之法，就是指韻書裏以字調做綱領來類別字音的體例，也可以說是韻書體例的主要部分。隋書潘徽傳云：

「三蒼、急就之流，微存章句，說文、字林之屬，惟別形體，至於尋聲推韻，良爲疑混，酌古會今，未臻切要。末有李登聲類，呂靜韻集，始判清濁，纔分宮羽。」（註十七）

這裏所謂判清濁，分宮羽，就是范曄自序所云「別宮商，識淸濁；」（註十八）這裏應用淸濁宮商等的詞語，也所以形容字調的分別，而實際一部分也是指音素的差異。范曄自序又云：『常恥作文士文，患其事盡於形，情急於藻，義牽其旨，韻移其意。』又云：『年少中謝莊最有其分，手筆差易，文不拘韻故也。』又魏書崔光傳：『初光太和中依宮、商、角、徵、羽本音而爲五韻詩，以贈李彪。』在齊梁以前講聲律的，大都以『韻』字概括字調而言，並不像後世那樣把四聲的問題和韻部的分析看作兩起的。到了四聲的名稱成立以後，漸漸知道音調、音量等的變化和音素上的差別，可以分做兩方面來觀察；所以齊梁間講聲律的，雖然還是很多沿用宮、商、角、徵、羽的名目，可是已經把字調的區分和雙聲、疊韻的問題分作兩方面來論列了。

陳澧切韻考謂『古無平、上、去、入之名，借宮、商、角、徵、羽以名之；』又謂李登聲類、呂靜韻集『所謂宮、商、角、徵、羽，即平、上、去、入四聲，其分爲五聲者，蓋分平聲清濁爲二也。』（註十九）以清平、濁平、上、去、入的五聲來分配宮、商、角、徵、羽，這是陳氏附會孫愐唐韻序『引字調音各自有清濁』一句話而來的；其實陸法言、孫愐等所謂清濁，係指韻部的分析而言，不是近代清濁用以辨別聲紐的，也不是魏晉六朝時用以形容字調的清濁，雖然在音理上彼此可以有交互的影響，但是涵義上終究應當分別淸楚。（詳下章）陳氏又論到五音和四聲的分配，他說：

『古以四聲分爲宮、商、角、徵、羽，不知其分配若何？……若段安節琵琶錄以平聲爲羽，上聲爲角，去聲爲宮，入聲爲商，上平聲爲徵；玉海載徐景安樂書以上平聲爲宮，下平聲爲商，上聲爲徵，去聲爲羽，入聲爲角；凌次仲燕樂考原謂其任意分配，不可爲典要，是也。戴東原聲韻考云：「古之所謂五聲宮、商、角、徵、羽者，非以定文字音讀也；字字可宮、可商，以爲高下之敍；後人膠於一字，繆配宮、商，此古義所以流失其本歟？」澧謂李登呂靜時未有平、上、去、入之名，借宮、商、角、徵、羽名之可也；既有平、上、去、入之名，而猶衍說宮、商、角、徵、羽，則眞繆也。』（註二十）

陳氏已經明白說明平、上、去、入的四聲，不應當繆配宮商；可是我們還要推究有了平、上、去、入的名稱以後，爲何更不應當衍說宮、商、角、徵、羽？因爲在齊梁以前借用五音的名稱來區別字調，除了表明音調、音量等的變化以外，也往往把音素的差異混在一起。到了四聲的名稱成立以後，漸漸把這兩方面的現象，由混同而加以區別了。那末，魏晉六朝時論韻時所謂宮、商、角、徵、羽的五音，在涵義上和平、上、去、入的四聲，並非完全相符合的；我們固然不能把後起的四聲來繆配宮商，可是也不能說五音和四聲是名異實同的東西。五音和四聲名稱不同，而涵義上也有廣狹之別；所以陳氏所謂『古無平、上、去、入之名，借宮、商、角、徵、羽以名之；』尚未盡合魏晉六朝人的原意。

原來宮、商、角、徵、羽形容字調的詞語，只是判別音調的高低等一種比較的標準，所以是相對的，而不是絕對的；固定的，卽使當時區別字調，竟把音素的差異混在一起，也看作比較的相對的，而不作爲絕對的分別。這種分別詳細說起來，應用在字調上可以有四種、五種或更多種；粗略說起來，只是兩類，就是所謂『清、濁，』『輕、重，』『飛、沈，』『浮聲、切響，』『或平、仄。』（註二十一）所以任舉宮商等兩個字，就可以代表五音的全體而指字調上的區別。陳澧切韻考裏說：

『宋書范蔚宗傳云：「性別宮商，識清濁；」此但言宮商，猶後世之言平仄也；蓋宮爲平，商爲仄歟？謝靈運傳云：「欲使宮羽相變，低昂錯節；」隋書潘徽傳云：「李登聲類、呂靜韻集，始判清濁，纔分宮羽；」此但言宮羽，蓋宮爲平，羽亦爲仄歟？南齊書陸厥傳云：「前英已早識宮、徵；」此但言宮、徵，蓋宮爲平，徵亦爲仄歟？又云：「兩句之內，角、徵不同；」此但言角、徵，蓋徵爲仄，角亦爲平歟？然則孫愐但云宮、羽、徵、商而不言角，角卽平聲之濁歟？以意度之當如是，然不可考矣。』（註二

十二）

我們既然不能把後起的四聲來分配五音，自然不能把平仄來分配宮、商、或角、徵等；平仄是各種字調歸納的結果，由四聲分爲二類而應用于文辭上的聲律的；所謂宮、商、或角徵等，乃是任舉二字以代表五音的全體，而借用來區別字調的。根據五音來觀察字調的變異，因之有四聲的分別；根據四聲的原理來協調音讀，因之有文辭上聲律的發明。這種發明，正在齊梁之間。

在上文說過，字調的區別，是依據于古今方國語言的差異，而有各種不同的系統：實際語言裏所具有的字調，並不限定四種，也可以有五種、七種、或其他數種、何以六朝時把字調的區別，一方面應用五音的理論來觀察，而一方面恰又定爲平、上、去、入四種，不作其他數？要解答這個問題，我們須知道四聲名稱的成立，是受有印度文化的影響的；當時根據中華的語音及過去關于字調的理論，又參合印度佛經上『轉讀』的聲調的種類，于是適定爲四聲。陳寅恪四聲三問一文曾詳論之，現在節錄他的話如下：

『所以適定爲四聲，而不爲其他數之聲者，以除去本易分別，自爲一類之入聲，復分別其餘之聲爲平上去三聲，綜合通計之，適爲四聲也。但其所以分別其餘之聲爲三者，實依據及摹擬中國當日轉讀佛經之三聲。而中國當日轉讀佛經之三聲又出於印度古時聲明論之三聲也。據天竺圍陀之聲明論，其所謂聲（Svara）者，適與中國四聲之所謂聲者相類似，卽指聲之高低，言英語所謂 Pitch accent 者是也。圍陀聲明論依其聲之高低分別爲三：一曰 Udātta，二曰 Svarita，三曰 Anudātta。佛教輸入中國，其教徒轉讀經典時，此三聲之分別當亦隨之輸入。至當日佛教徒轉讀其經典所分別之三聲，是否卽與中國之平、上、去三聲切合，今日固難詳知，然二者俱依聲之高下分爲三階，則相同無疑也。中國語之入聲皆附有(k, p, t)等輔音之綴尾，可視爲一特殊種類，而最易與其他之聲分別。平、上、去則其聲響高低距離之間雖有分別，但應分別之爲若干數之聲，殊不易定。故中國文士依據及摹擬當日轉讀佛經之聲，分別定爲平、上、去之三聲，合入聲共計之，適成四聲。於是創爲四聲之說，並撰作聲譜，借轉讀佛經之聲調，應用於中國之美化文。此四聲之說所由成立，及其所以適爲四聲，而不爲其他數之故也。』（註二十三）

因此，我們可以知道當時分別平、上、去三聲，是依據及摹擬轉讀佛經上的三聲，已經應用音調變化的關係來區別字調了；可是又不得不適應中國語實際的情形，除了平、上、去三聲之外，添進了入聲的一類，以成為四聲之數。當時四聲的眞正的『調値』，我們雖然不能詳細的知道，而配合入聲于平、上、去三聲，把收尾輔音的關係和音調變化的關係綜合起來，以規定四聲，我們便可以斷定當初四聲名稱的成立，並不認為是單純的音調變化的關係，至少還有音素和音量上差異的因素包含在內。大概中國語上收尾輔音的演化，到了六朝時已經和切韻的系統相合，除了鼻音的[-m]，[-n]，[-ŋ]以外，只賸得[-p]，[-t]，[-k]的三類了。因之立着入聲的一類，和平、上、去三聲對立，而不必顧到過去其他收尾輔音的關係，另立他類了。(註二十四)入聲字以收尾上[-p]，[-t]，[-k]這種輔音性質的原因，使音量上具有短促的趨勢，自然可以和平、上、去三調並列為四聲；因為反正過去對於字調的觀察和借用五音來區別字調，並不認為是單純音調的關係的。顧炎武說：

『今考江左之文，自梁天監以前，多以去、入二聲同用，以後則若有界限，絕不相通。是知四聲之論，起於永明，而定於齊梁之間也。』(註二十五)

到了那時，去、入兩聲在文辭上絕不通用，便是表示原在上古音裏一部分的收尾輔音已經失落，而入聲演化史上的第一階段眞正完成了。(註二十六) 所謂入聲演化史上的第一階段，就是指切韻系統裏的入聲是附有 [-p], [-t], [-k] 的。紀昀曾經說隋唐韻書的四聲系統和沈約的四聲譜相合。他說：

『約既執聲病繩人，則約之文章必不自亂其例；所用四聲，即其譜也。今取有韻之文，州別部居而考之：平聲得四十一部，不合切韻者纔一二；仄聲得七十五部，不合切韻者無一焉。陸氏所作，豈非竊據沈譜而稍爲筆削者乎？』(註二十七)

紀氏這種考證的結果，雖然未能使我們窺見沈氏四聲譜的內容，可是我們因此便知道齊梁時四聲的系統和後來的切韻是大致相吻合的；切韻裏的入聲、是附有 [-p], [-t], [-k] 的，和平、上、去三聲相對立，這種字調的系統是南朝時已經演化完成的。那末四聲名稱的成立，一方面是受有印度文化的影響，一方面又是適應着中國當時語音系統上的實際情形的。

四聲名稱的成立，或許在齊梁以前。趙翼有四聲不起於沈約說，茲錄其言如左：

『今按隋書經籍志，晉有張諒撰四聲韻略二十八卷，則四聲實起晉人。……南史陸厥傳云：「約等皆用宮商相宜，將平、上、去、入四聲以之制韻」。沈約作宋書謝靈運傳後，論之甚詳；厥乃爲書辨之，以爲歷代衆賢未必都闇此處也。此又約之前已有四聲之明證。卽與約同時，周顒有四聲切韻行於時，劉善經有四聲指歸一卷，夏侯詠有四聲韻略十三卷，王斌有四聲論，皆齊梁間人。』（註二十八）

四聲之說的由來，既然受有印度文化的影響，四聲的成立，既然是由于摹擬轉讀佛經之聲，那末，自從魏晉以來，一般審音文士大都和佛教發生關係，四聲之說在齊梁以前早已興起，自然是可能的。慧皎高僧傳裏釋曇遷傳謂曇遷『巧於轉讀，有無窮聲韻，彭城王義康、范曄、王曇首並皆遊狎。』可見范曄自謂『性別宮商，識淸濁，』實在是受當時善聲沙門的薰習的。又『爲韻詩』的崔光，魏書本傳也說他是『崇信佛法，禮拜誦讀，老而逾甚。』又和沈約同時的王斌，他的事跡見於南史陸厥傳；

『時有王斌者，不知何許人。著四聲論，行於時。斌初爲道人，博涉經籍，雅有才辯，善屬文，能唱導，』

因此可見魏晉以來，一般審音文士大都與佛教發生關係：謝靈運所謂『得道應須慧業文人，』（註二十九）也可以想見那時文人的趨向了。因佛經轉讀之聲應用於文辭上，自然會創出四聲之說；不過這種新學說到了周顒沈約這班人的手裏始推行于世又正式創立聲律論而成爲一時的風尙。鍾嶸詩品云：

『齊有王元長者，嘗謂余云：「宮商與二儀俱生，自古詞人不知之，唯顏憲子乃云律呂音調，而其實大謬唯見范曄謝莊頗識之耳。」常欲造知音論，未就。王元長創其首，謝朓沈約揚其波。三賢或貴公子孫，幼有文辨，於是士流景慕，務爲精密。』

可見應用四聲的原理來制定文辭的格式到沈約等以後，才臻于精密。南史陸厥傳云：

『時爲文章，吳興沈約、陳郡謝朓、琅邪王融以氣類相推轂；汝南周顒善識聲韻。約等文皆用宮、商，將平、上、去、入四聲，以此制韻有平頭、上尾、蠭腰、鶴膝，五字之中，音韻悉異，兩句之內，角徵不同，不可增減，世呼爲永明體。』

又載厥與約書云：『前英已早識宮徵，但未屈曲指的，若今論所申。』約答書云：『自古辭人豈不知宮、羽之殊，商、徵之別，雖知五音之異，而其中參差變動，所昧實多，故鄙意所謂此祕未覩者也。以此而推，則知前世文士，便未悟此處。若以文章之音韻，同弦管之聲曲，美惡妍媸，不得頓相乖反；譬猶子野操曲，安得忽有闡緩失調之聲。』因此可以知道四聲的原理，到了永明年間，始大昌明，當時又依據美學上的時論來制定文辭的格式，引起一般文人的景慕，遂造成一時文學上的風氣。這種學理的出世和風氣的造成，當然還有歷史上事實的背景；陳寅恪四聲三問考之頗爲詳審，茲節錄他的話如左：

『南齊武帝永明七年二月二十日，竟陵王子良大集善聲沙門於京邸，造經唄新聲。實爲當時考文審音之一大事。在此略前之時，建康之審音文士及善聲沙門討論研求必已甚衆而且精。永明七年，竟陵京邸之結集不過此新學說研求成績之發表耳。此四聲說之成立所以適值南齊永明之世，而周顒沈約之徒又適爲此新學說代表人之故也。』（註三十）

『建康爲南朝政治文化之中心。故爲善聲沙門及審音文士共同居住之地。二者之間發生相互之影響，實情理之當然也。經聲之盛，始自宋之中世，極於齊之初年。竟陵王子良必於永明七年二月十九日以前，卽已嫻習轉讀，故始能於夢中詠誦。然則，竟陵王當日之環境可以推知也。

雞籠西邸爲審音文士抄撰之學府，亦爲善聲沙門結集之道場。永明新體之詞人既在「八友」之列，則其與經唄新聲制定以前之背景，不能不相關涉，自無待言。周顒卒年史不記載，據傳文推之，當在永明七年五月王儉薨逝以前，永明三年王儉領國子祭酒及太子少傅之後。卽使不及見永明七年二月竟陵王經唄新聲之制定，要亦時代相距至近。其與沈約，一爲文惠之東宮掾屬，一爲竟陵之西邸賓僚，皆在佛化文學環境陶冶之中，四聲說之創始於此二人者，誠非偶然也。又顒傳言：「太學諸生慕顒之風，爭事華辯。」其所謂「辯」者，當卽顒「音辭辯麗，出言不窮，宮商朱紫，發口成句。」及其子捨「善誦詩書，音韻清辯。」之「辯」。皆四聲轉讀之問題也。……沈約宋書一百、自序云：「永明」五年春又被勑撰宋書，六年二月畢功，表上之。謝靈運傳論之作正在此時。是其四聲之說實已成立於此時以前，當與周顒不甚先後，蓋同是一時代之產物，俱受佛經轉讀之影響而已。』(註三十一)

右所論列，乃是擇取高僧傳所載和舊史及他書之文互相釋證而得的結論，使我們知道四聲說的成立，是受佛經轉讀的影響：南朝的建康爲善聲沙門和審音文士集合之處，從那種環境上自然養成審辨音讀的風尙而產生文辭上的聲律論。永明七年竟陵京邸的結集和周顒沈約這班人的創立新文體，都是由那種佛化文學的環境裏陶冶出來的。周顒『音辭辯麗』和周捨『音韻淸辯』的『辯』都是關于四聲轉讀的問題。南史陸厥傳載約答書云：『韻與不韻，復有精麤，輪扁不能言之，老夫亦不盡辯此。』又謂『約論四聲，妙有詮辯，而諸賦亦往往與聲韻乖。』這裏所謂『辯』也是關于四聲和聲律的問題。又梁書沈約傳：

『約撰四聲譜，以爲在昔詞人累千載而不悟，而獨得胸衿，窮其妙旨，自謂入神之作，高祖雅不好焉。嘗問周捨曰：何謂四聲？捨曰：「天子聖哲」是也。然帝竟不遵用。』（南史沈約傳同）

陳澧謂『不遵用者，所作詩文平仄不用沈約之法也。』（註三十二）這是因爲武帝個人不喜歡約等所論四聲及聲律的問題和當時流行的新文體，並非武帝未曾知道四聲爲何物，他問周捨也不是眞實的疑難，而是一種輕薄厭惡的口吻。陳寅恪四字三問云：

『梁武帝雖居「竟陵八友」之列，而不遵用四聲者，據隋書十三音樂志載「帝既素善鐘律，詳悉舊事。遂自制定禮樂。而梁書三武帝紀（南史七同）又載其「不聽音聲。非宗廟祭祀大會饗宴及諸法事未嘗作樂。」蓋由于好尚之特異，後來簡文帝之詆諆永明新體之支派者（見梁書四十九，南史五十庾肩吾傳簡文與湘東王書。）殆亦因其家世興趣之關係歟？』（註三十三）

可見這正是四聲說和聲律論通行後一部分的反動，並非表示四聲的初起，尚爲一般人所未知。（註三十四）

由四聲的分別應用于文辭，遂創立聲律論；由新文體的成立，一般文士，盛解音律，于是四聲的原理，更大白於世間；文學界裏的風尚和音韻的研究，正是互爲因果的。封演聞見記云：

『永明中，沈約文辭精拔，盛解音律，遂撰四聲譜。時王融劉繪范雲之徒慕而扇之，由是遠近文學，轉相祖述，而聲韻之道大行。』

這種新文體的格式，不外文心雕龍聲律篇裏所謂『韻』『和』二字，而『和』尤爲主要的條件；這種格式的形成，也是依據于中國語言文字上單音綴和孤立的兩種特性的。（註三十五）聲律篇謂『同聲相應謂之韻，』只是指押韻的問題，所謂『將平、上、去、入四聲，以此制韻，』有當時的韻書可爲依據比較的簡單；至於『異音相從謂之和，』那又是指協調音讀使『五字之中音韻悉異，兩句之內角徵不同，』比較的複雜，聲律篇已經說過：『韻氣一定、故餘聲易遣；和體抑揚，故遺響難契。屬筆易巧，選和至難；綴詞難精，而作韻甚易。』難易之別顯然，所以沈約答陸厥書云：

『宮商之聲有五，文字之別累萬，以累萬之繁，配五聲之約，高下低昂，非思力所舉。又非止若斯而已，十字之文，顛倒相配，字不過十，巧歷已不能盡，何況復過於此者乎？』（註三十六）

當時聲律論上複雜的問題，就是在此。沈約宋書謝靈運傳論所討論的，也大都關于『和』的問題，沈氏自己以爲『獨得胸衿，窮其妙旨，』也就是指此。沈氏說：

『五色相宣，八音協暢，由乎玄黃律呂，各適物宜，欲使宮羽相變，低昂舛節，若前有浮聲，則後須切響。一簡之內，音韻盡殊；兩句之內，輕重悉異，妙達此旨，始可言文。』

在美學的原理上看來，不外使抑揚相間，以避去所謂『闡緩失調』之聲；左氏傳云：『琴瑟專壹，誰能聽之；』以及司馬相如論賦云：『一經一緯，一宮一商；』（註三十七）陸機文賦云：『暨音聲之迭代，若五色之相宣；』都不外說明這種原理。不過到了齊梁間，更『屈曲指的，』根據音韻學上研究的結果以制定文辭上的一種格式。這種格式的具體規則，就是所謂『八病』之說；關于『八病』的解釋，後代每多歧說，(註三十八) 應當以文心雕龍聲律篇裏所說的爲唯一的依準。聲律篇云：

『凡聲有飛沈，響有雙疊。雙聲隔字而每舛，疊韻雜句而必睽；沈則響發而斷，飛則聲颺不還；並轆轤交往，逆鱗相比，迂其際會，則往蹇來連，其爲疾病，亦文家之吃也。』

這幾句話解釋八病，最爲明顯而扼要。『沈則響發而斷，飛則聲颺不還』；就是指『平頭』、『上尾』、『蠭腰』、『鶴膝』四病，也就是沈氏所說的『前有浮聲，則後須切響』；『兩句之中，輕重悉異。』又『雙聲隔字而每舛，疊韻雜句而必睽』就是指『大韻』、『小韻』、『旁紐』、『正紐』四病，也就是沈氏所說的『一簡之內，音韻盡殊。』八病的名稱並不必是沈氏所立；或者沈氏先規定了一個主要的原則，附和他的漸漸加詳，就列出八種名目。(註三十九) 南史陸厥傳也只舉八病的前四種；而且因爲『選和至難』，當時對于八病，也不必絕對的避忌。所以沈氏『諸賦亦往往與聲韻乖；』沈氏自己說：『韻與不韻，復有精麤，老夫亦不盡辯此。』鍾嶸詩品所謂『襞積細微，專相陵架。……平、上、去、入，余病未能；』是指精的聲律而言；所謂『清濁通流，口吻調利；……蠭腰、鶴膝，閭里已具；』是指粗的聲律而言。其實聲律過于精密，自然使『文多拘忌傷其眞美；』所以齊梁當時創聲律論的，對于八病實際也未必完全避忌。至於粗的聲律，大都爲一般所不能否認；尤其是協調平仄，最適合於中國語言文字的性質，而造成中國文辭上的『輕重律。』近人王光祈說：

『平聲之字較之上、去、入三種仄聲之字，有下列兩種特色：（甲）在「量」的方面，平聲則長於仄聲。卽徐大椿樂府傳聲所謂：「四聲之中平聲最長」是也。（乙）在「質」的方面，平聲則強於仄聲（按平聲之字，其發音之初，旣極宏壯，而繼續延長之際，又能始終保持其固有「強度」），因此，余遂將中國平聲之字，比之於近代西洋語言之「重音」（Accent），以及古代希臘文字之「長音」而提出平仄二聲爲造成中國詩詞曲的「輕重律」（Metaik）之說。……本來中國語言，因其兼有四聲：忽升忽降忽平忽止之故，其自身業已形成一種歌調，再加以平聲之字旣長且重，參雜其間，於是更造成一種輕重緩急之節奏。故中國語言自身實具有音樂上各種原素……』（註四十）

原來四聲名稱的成立，最初並不認爲單純的音調變化的關係，而在發音習慣上，音調的變化和音量的長短音勢的強弱可以發生交互的影響因之字調上平上去入的四類又依據于語言裏音樂的性質區分爲平仄兩大類因語言裏自然的輕重律制定一種文辭的格式所謂『前有浮聲則後須切響』『兩句之中輕重悉異』『沈則響發而斷飛則聲颺不還』這種原則的明白顯示乃是由審辨音讀而得的結果不可謂非齊梁間人一種特殊的發明和貢獻更因平仄抑揚相間的道理而悟到一句內參雜雙聲疊韻的字也不能過多過多也和這種美學的原理不符而成爲『文家之吃』了所以說『雙聲隔字而每舛疊韻雜句而必睽』必定要『一簡之內音韻盡殊』雖然在實際文字上並不嚴格的遵從可是因八病當中的前四病而悟到後四病所包含的原理正是相同也應當把牠們列出這樣把字調的區分和雙聲疊韻的問題分作兩起來論列可以見得當時已經漸漸知道音調音量等變異的現象和音素變異的現象應當分做兩方面來觀察不像從前所謂『一宮一商』『音聲迭代』只是混合一起的說了這又是齊梁間人對于音韻學上的一種貢獻文學上的研究和發明正是和音韻學上的創獲互爲因果的所以封氏聞見記說『永明中盛解音律而聲韻之道大行』

沈約謝靈運傳論謂『自靈均以來，多歷年代，雖文體稍精，而此祕未覩。至於高言妙句，音韻天成，皆暗與理合，匪由思至。』這就是陸厥與約書所云：『美詠淸謳有辭章調韻者。』大概從魏晉以來，雖然在文辭上未曾像永明體那樣定爲一種格式，可是讀音的系統、字調的種類已經漸漸和齊梁時代的相接近，所以周漢以來，多歷年代能『文體稍精』而『暗與理合。』聲律的由粗而精，和一種學說的積久而發生，正像實際語音的漸漸演變，總離不了歷史的背景的。沈約所謂『韻與不韻，復有精粗。』所用的『韻』字，也大都沿襲齊梁以前概括字調而言。可是當時講到聲律，確是已經把四聲的區分和雙聲疊韻的問題看作兩起；不像韻學初起時借用五音的名稱來區別字調，而同時又包括韻部的分析。齊梁當時四聲的名稱已經成立，可是沈約王融陸厥這班人關于四聲的理論，所說的仍舊是沿用宮、商、角、徵、羽的名目。陳寅恪四聲三問裏說：

『宮、商、角、徵、羽者，中國傳統之理論也。關于聲之本體，卽同光朝士所謂「中學爲體」是也。平、上、去、入四聲者，西域輸入之技術也。關于聲之實用，卽同光朝士所謂「西學爲用」是也。蓋中國自古論聲，皆以宮、商、角、徵、羽爲言，此學人論聲理所不能外者也。至平、上、去、入四聲之分別，乃摹擬西域轉經之方法，以供中國行文之用。其「顚倒相配，參差變動」如「天子聖哲」之例，者，純屬于技術之方面，故可得而譜。卽按譜而別聲，選字而作文之謂也。然則五聲說與四聲說乃一中一西，一古一今，兩種截然不同之系統。論理則指本體以立說，舉五聲而爲言。屬文則依實用以遣詞，分四聲而撰譜。苟明乎此，則知約之所論，融之所言，及厥之問約，約之答厥，所以止言五聲，而不及四聲之故矣。』（註四十一）

字調的分別，既然以音調高低的變化爲主要的因素，所以可借用五音來作區分字調的理論的根據；至於區分的結果，便是字調的種類，當時摹擬了佛經轉讀之聲，又因爲綴詞選字的需要，于是定出平、上、去、入的名稱。因此可知四聲和五音原來並非名異實同的東西。不過最初借用五音來區分字調，以及對于字調的觀察，並不認爲是單純的音調變化的關係，或且把韻部的分析也包含在五音的理論當中；所以五音和四聲，在涵義上也有廣狹之別。南朝一般文士，受了佛化文學環境的陶冶，一方面立定四聲以爲綴詞選字之用，一方面又把字調的區分和雙聲、疊韻的問題分作兩方面來論列。學術的進步，總是由疑混而趨于分晰，反切的應用，只是把字音裏的單音綴分析爲『聲』

和『韻』兩部分，到了四聲的名稱成立以後，又從字音的『調』子上別作獨立的觀察和研究。當時既然開始把四聲的區分和韻部分別的問題看作兩起，對于往後韻書體例的改進，自然會發生很大的影響。

本節附註：

(註一)字調的名稱，依據趙元任中國言語字調底實驗研究法(載科學第七卷第九期。)

(註二)胡以魯國語學草創第一編：『以音容之變化表意景之不同，猶同一骨格之人而賦以容姿之差也。此在他國多節語，且往往假爲意景之辨別；吾國單節語，更藉作意思方面之表示矣。意之方面，卽意之職用也，隨句中之位置而定；故舍句不能論語意，音之變容應意之方面而起者，亦必於句中論定之固也。惟吾國音簡而意富，變容略有定規；定規維何？則高低，強弱，長短之差，所謂四聲也。古無四聲之名，然自有高低，長短，強弱之別，其差別之繁，且不止于四。蓋自入聲而外，其高低長短之度，固無限也。齊梁之間文人周顒，始分四聲之類，其趣旨在於詩律文韻，固非完全規定也。夫分一切文字爲四類，顧炎武氏且辨其爲無理，欲以之範類變遷無常之語言則更難事矣。』

(註三)參看劉復四聲實驗錄(羣益書社出版)及王力從元音的性質說到中國語的聲調。

(註四)切韻序，依敦煌本切韻殘卷第二種。

(註五)參看羅常培切韻序校釋(載中山大學語言歷史學研究所週刊第三集第二十五,六,七期合刊)

(註六)參看 B. Karlgren: Analytic Dictionary, **Problems in Archaic** Chinese, Shï King Researches, Word Families in Chinese.

(註七)王氏說文釋例卷十一。

(註八)趙氏中國言語字調底實驗研究法(科學七卷九期八七一——八七二頁)。

(註九)參看劉復四聲實驗錄五——八頁及八五頁。

(註十)參看小幡重一豐島武彥支那語之物理音聲學的研究(其一)四聲之性質(載日本數學物理學會誌第八卷第一號)。

(註十一)參看王力從元音的性質說到中國語的聲調。

(註十二)參看上章第三節。

(註十三)見管子地員篇。

(註十四)參看拙譯中國語與中國文第二章,及 **August** Conrady: Eine Indo-Chinesische Causativ-Denominativ-Bildung (1896).

(註十五)參看 B. Karlgren: Analytic Dictionary, Shï King Researches.

(註十六)見閻氏古文尚書疏證第七十四。

(註十七)潘徽韻纂自序語。

(註十八)見范曄後漢書自序及宋書范曄傳。

(註十九)見陳氏切韻考卷六。

(註二十)見陳氏切韻考卷六。

(註二十一)黃侃文心雕龍聲律篇札記云：『飛爲平清，沈爲仄濁。一句純用仄濁或一句純用平清，則讀時亦不便，所謂沈則響發而斷，飛則聲颺不還也。』

(註二十二)見陳氏切韻考卷六。

(註二十三)見清華學報第九卷第二期二七五——二七六頁。

(註二十四)參看 B. Karlgren: **Analytic Dictionary, Shï King Researches.**

(註二十五)見顧氏音學五書音論。

(註二十六)參看唐鉞入聲演化與詞曲發達之關係(載國故新探，商務印書館出版)。

(註二十七)見紀氏沈氏四聲考自序。

(註二十八)見趙氏陔餘叢攷卷十九。

(註二十九)見宋書謝靈運傳。

(註三十)見清華學報九卷二期二七六頁。

(註三十一)見清華學報九卷二期二八三——二八四頁。

(註三十二)見陳氏切韻考卷六自註。

(註三十三)見清華學報九卷二期二八三頁。

(註三十四)參看郭紹虞中國文學批評史上卷(商務印書館出版)第四篇第二章第四節第三目。

(註三十五)參看郭紹虞中國文學批評史上卷第四篇第二章第四節。

(註三十六)見南史陸厥傳。

(註三十七)見西京雜記。

(註三十八)參看劉師培中古文學史及郭紹虞中國文學批評史上卷第四篇第二章第四節第二目。

(註三十九)馮班鈍吟雜錄:『沈侯云「一簡之內,音韻盡殊;兩句之中,輕重悉異」。詳此則八病俱去,亦不在曲折分其名目也。』

(註四十)見王光祈中國詩詞曲之輕重律(中華書局出版)。

(註四十一)見清華學報九卷二期二八六——二八七頁。

第五章　魏晉隋唐間的『韻書』

第一節　魏晉六朝的『韻書』和諸家的『分部』

通常韻書的體例，以『四聲』爲綱，『韻目』爲經，用來部勒文字，而文字下大都注明『反切』。所以韻書是由反切的注音方法風行之後而興起的。應用反切來注明各書裏的字音，就是『音義』一類的書；我們在上章第二節裏說過，音義一類的書當魏晉六朝的時候最爲盛行。我們依據謝氏小學考所錄，把魏晉南北朝的著述來數一數：

訓詁類　魏張揖廣雅、梁劉杳要雅等共二十六種；

文字類　北魏江式古今文字、梁阮孝緒文字集略等共四十四種；

聲韻類　魏李登聲類、晉呂靜韻集等共二十七種；

音義類　晉李充周易音、徐邈古文尙書音等共七十種；(註一)

音義一類當中，有僅注字音的，有兼載字義的；如果把這七十種的音義書分隸於訓詁聲韻二類，那末粗略的歸類又如下：

訓詁　六十一種；　文字四十四種；　聲韻　六十二種。(註二)

可見當時因為音義一類書的盛行，似乎是把訓詁的範圍擴大，實在使得音讀的研究離開了文字訓詁而成為音韻學的專書，所以顏氏家訓說：『自茲厥後，音韻鋒出。』

反切風行之後，于是類集反切而成為韻書。最初的韻書，大家都推聲類。隋書經籍志：聲類十卷謂：『魏左校令李登撰』；潘徽傳也說：『李登聲類、呂靜韻集始判清濁，纔分宮羽。』封演聞見記謂李氏書『以五聲命字，不立諸部』；大概聲類雖然還沒有細分韻部，而已經依據字調來類別字音或者把韻部上音素的差異也概括於五音當中，所以可說是韻書的始祖。學術的進步總是由混趨晰；到了晉呂靜作韻集，倣李登之法，仍依五音分為五篇，(註三) 也還未曾立着四聲的名目；可是呂書，現在可得知道確已分列韻部了。隋志：呂靜韻集六卷；此外又有無名氏韻集十卷，段宏韻集八卷；當時稱韻集的，實不只是呂氏書。陳鱣韻集敍錄云：

『隋書經籍志韻集十卷又六卷，晉復安令呂靜譔。江式上表則云：靜放聲類之法、作韻集五卷，宮、商、角、徵、羽各爲一篇。按所稱卷各不同，既以五音名篇，當以五卷爲是或幷錄目爲六卷與？至十卷者，恐別是一書；隋志又有韻集八卷，注：段宏譔，知當時作韻集者，不止一人也。』(註四)

因之從別的書上所輯得韻集的佚文、便不能確定是出于呂氏書裏的。陳鱣敍錄曾經依據顏氏家訓音辭篇裏的幾句話來考定韻集的分部，他說：

『呂靜書今已不傳，其部次不可考。惟顏氏家訓音辭篇指其成、仍、宏、登合成兩韻，爲、奇、益、石，分作四章。段若膺云：今廣韻本於唐韻，唐韻本於陸法言切韻；法言切韻，顏之推同譔，然則顏氏所執，略同今廣韻。今廣韻成在十四淸，仍在十六蒸，別爲二韻；宏在十三耕，登在十七登，亦別爲二韻；而呂靜韻集成、仍爲一韻，宏、登爲一韻，故曰合成兩韻。今廣韻爲、奇同在五支，益、石同在二十二昔，而韻集爲、奇別爲二韻，益、石別爲二韻，故曰分作四章。皆與顏說不合，故以爲不可依信。今按宏、登爲一韻，與古韻合，此韻集之勝於顏陸輩也。』(註五)

這也不能斷定呂書的部目確是如此，也可以假定別家的韻集具有這樣的部目。因爲我們現在所能考見眞正的呂書分部的大概，只是依據於故宮博物院藏唐寫本刊謬補缺切韻（註六）和巴黎國家圖書館藏敦煌唐寫本王仁煦刊謬補缺切韻（註七）兩種殘卷韻目下的附注；我們看這兩種唐寫本韻目下的附注，並沒有說到呂書淸和蒸耕和登的混同以及支韻、昔韻的各分爲二；所以顏氏家訓這裏所謂韻集，是否確指呂氏書，還是一個疑問。但是，無論如何，聲類韻集諸書，對于往後的韻書以至陸法言的切韻總是有絕大的影響的。我們看看聲類韻集佚文當中的切語，和切韻殘卷（詳下節）及宋本廣韻有完全相同的，有切語用字雖異而音實相同的。例如『疼、』聲類：『徒冬反』『編、』聲類韻集並『布千反』；這是切語上下字和切韻廣韻完全相同的；又如『鴻、』聲類：『胡公反』切韻『胡籠反，』廣韻：『戶公切』『聆、』聲類：『力丁反，』切韻：『郎丁反、』廣韻：『郎丁切』；這是切語用字雖異而音實相同的。（註八）固然也有和切韻廣韻聲韻不同的，如『奓』聲類：『昌氏切，』切韻作『陟加反；』『吮、』韻集；『弋選反，』切韻作『徐兗反』又『組兗反』之類；（註九）可是我們總可以斷定陸法言作切韻實在是參合聲類以下的韻書而成的。

陸氏切韻以前的音韻一類書籍，除聲類韻集以外，據小學考所錄，尙有下列諸種：

李槩修續音韻決疑（隋志十四卷，按空海文鏡祕府論引稱音韻決疑；）
李槩音譜（隋志四卷，按陸法言切韻序稱李季節音譜；）
王延文字音（隋志七卷；）
無名氏文章音韻（見七錄；）
王該五音韻（七錄五卷；）
釋靜洪韻英（隋志三卷；）
無名氏字書音同異（隋志一卷；）
無名氏敍同音義（隋志三卷；）
無名氏雜字音（隋志一卷；）
無名氏借音字（隋志一卷；）
無名氏音書考原（隋志一卷：）
周研聲韻（隋志四十一卷，按陸法言切韻序稱周思言音韻，蓋卽是書；）

周彥倫四聲切韻（見南史）；

沈約四聲（隋志一卷，按文鏡祕府論引作調四聲譜）；

王斌四聲論（見南史）；

張諒四聲韻林（隋志二十八卷，按舊新唐志並載張諒四聲部三十卷，蓋卽是書）；

劉善經四聲指歸（隋志一卷，按文鏡祕府論引作四聲論）；

夏侯詠四聲韻略（隋志十三卷，按陸法言切韻序作韻略，宋本廣韻序『詠』字誤作『該』，唐寫本切韻序不誤）；

楊休之韻略（隋志一卷，按楊亦作陽；顏氏家訓稱陽休之造切韻，恐是一書。）

杜臺卿韻略（見陸法言切韻序）；

無名氏羣玉典韻（隋志五卷，謝氏錄作羣玉韻典）；

無名氏纂韻鈔（隋志十卷，按慧琳一切經音義引纂韻，或卽是書）；

潘徽韻纂（三十卷，見隋書。）（註十）

這些書也統已亡佚，我們既然不能看見牠們原來的面目，所以也很難窺探牠們的內容而比較彼此間的異同。潘徽韻纂序謂李登聲類呂靜韻集『全無引據，過傷淺局，詩賦所須，卒難爲用；』(註十一) 韻書的編製雖然依照音讀來排列文字，而原來的目的，並非單純的爲着審音而設，除了訓釋文字之外，還包含着撰作詩賦的作用。我們在上章說過，文學上的研究和發明，正是和音韻學上的創獲互爲因果，漢後一般文人受了梵文拼音學理的影響，因之由反切的注音和四聲的分別進而爲韻書的編製；所以過去中國的韻書，總是兼具有審音和作文的兩種目的。上面所列的這些音，雖然不能斷定牠們統統是采取通常韻書的體例，而大致總是爲着審音和作文這兩種需要而發生的；覺得前人所撰述不能完全滿足這兩種需要，後人自然須重行編製，或且加以改進，所謂『總循舊轍，創立新意；』(註十二)因之韻書接連的產生，而諸家難免『各有乖互。』

顏氏家訓音辭篇謂：『李季節著音韻決疑，時有錯失；陽休之造切韻，殊爲疏野；』這就是後人對前人審音不滿意的表示。音辭篇又云：『古今言語，時俗不同；著述之人，楚夏各異；』這又顯示諸家關於審定音讀互有出入的原因，不僅是在音韻智識的深淺和分類標準的不同，尤其因爲古今方國音讀的紛歧和變遷，各人所根據的語音系統，原來並不一致。陸氏切韻序裏也很明白的說：「古今聲調既自有別，諸家取捨亦復不同。……呂靜韻集、夏侯詠韻略、陽休之韻略、周思言音韻、李季節音譜、杜臺卿韻略等各有乖互。江東取韻與河北復殊。」(註十三)更可以見得諸家各有乖互，也是由於他們著述時所根據的語音系統不盡相同。從魏晉到了隋朝約有三百五十年，這個期間前後音讀的差異，當然是應有的事；我們把南北朝詩人的用韻調查一下，就可以分做幾個時期來顯示那時用韻的變遷。(註十四)雖然用韻的寬嚴，或許因乎各時的風尙，(註十五)但是一方面也總離不了語音系統變遷的結果。除了時代的關係以外，還包含着各處方音的紛歧；顏氏家訓音辭篇謂「音韻鋒出，各有土風，遞相非笑，指馬之喻，未知孰是；」各自依據土風來遞相非笑，就是各自依據方音來遞相更定或改製，這樣自然是難免各有乖互。原來中國文字是一種表意文字，字體本身沒有確定的音值，雖然在注音方面由形聲、假借進而爲讀若、直音，再進而爲兩字的反切，可是仍離不了以漢字注漢字的方法，我們從這些注音上也只能知道某字和某字認爲是同音或雙聲、疊韻的關係。因之我們對於各種韻書的觀察，首要注意牠們分部的情形，凡是同屬於一個韻部的，必定是至少認爲有疊韻的關係。六朝諸家韻書的分部，互有出入，最足以表明他們取捨不同的所在。

六朝諸家原書亡佚，我們要考明他們分部異同的大概，現在只能根據兩種唐寫本刊謬補缺切韻殘卷裏韻目下的附注。茲將這些附注裏關於六朝諸家分部的話節錄於左：

冬　陽與鍾江同，呂夏侯別；今依呂夏侯。

脂　呂夏與微韻大亂雜，陽李杜別；今依陽李（杜。）（凡原書殘缺而可推知者，外加括弧以識之。）

眞　呂與文同，夏侯陽杜別，今依夏侯陽杜。

臻　呂楊杜與眞同韻，夏別；今依夏。

（以上故宮藏唐寫本韻目下注）

董　呂與腫同，夏侯別；今依夏侯。

旨　夏侯與止爲疑，呂陽李杜別；今依呂陽李杜。

語　呂與麌同，夏侯陽李杜別；今依夏陽李杜。
蟹　李與駭同，夏侯別；今依夏侯。
賄　李與海同，夏侯爲疑，呂別；今依呂。
隱　呂與吻同，夏侯別；今依夏侯。
阮　夏侯陽杜與混佷同，呂別；今依呂。
潸　呂與旱同，夏侯別；今依夏侯。
產　陽與銑獮同，夏侯別；今依夏侯。
銑　夏侯陽杜與獮同，呂別；今依呂。
篠　陽李夏侯與小同，呂杜別；今依呂杜。
巧　呂與晧同，陽與篠小同，夏侯並別；今依夏侯。
敢　呂與檻同，夏侯別；今依夏侯。
養　夏侯在平聲陽唐，入聲藥鐸並別，上聲養蕩爲疑；呂與蕩同；今別。

（梗）夏侯與靖同，呂別；今依呂。

耿　李杜與梗迥同，呂與靖迥同，與梗別，夏侯與梗靖迥並別；今依夏侯。

靜　呂與迥同，夏侯別；今依夏侯。

（有）李與厚同，夏侯與□同，呂別；今依呂。　（中缺）

（琰）□□范豏同，夏侯□□同；今並別。　（中缺）

宋　陽與用絳同，夏侯別，今依夏侯。

至　夏侯與志同，陽李杜別；今依陽李杜。

霽　□□與祭□。　（缺）

怪　夏侯與泰同，杜別；今依杜。

隊　李與代同，夏侯爲疑，呂別；今依呂。

廢　夏侯與隊同，呂別；今依呂。

願　夏侯與慁別，與恨同；今並別。

諫　李與襉同，夏侯別；今依夏侯。

霰　陽李夏侯與線同，夏侯與同，（與字下疑有脫文）呂杜並別；今依呂杜。

効　陽與嘯笑同，夏杜別；今依夏侯杜。

箇　呂與禡同，夏侯別；今依夏侯。

漾　夏侯在平聲陽唐入聲（藥鐸）並別，去聲漾宕爲疑；呂與宕同今（別。）

敬　呂與諍同，勁徑並同，夏侯與勁同，與諍徑別；今並別。

宥　呂李與候同，夏侯爲疑；今別。

幼　杜與宥侯同，呂夏侯別，今依呂夏侯。

豔　呂與梵同，夏侯與㮇同；今別。

陷　李與鑑同，夏侯別；今依夏侯。

沃　陽與燭同，呂夏侯別；今依呂夏侯。

櫛　呂夏侯與質同；今別

迄　夏侯與質同，呂別今依呂。

月　夏侯與沒同，呂別今依呂。

屑　李夏侯與薛同，呂別今依呂。

錫　李與昔同，夏侯與陌同，呂與昔同，與麥同；今並別。

洽　呂□□同，夏侯別今依呂。（註十六）

葉　呂與怗洽同，今別。

藥　呂杜與鐸同，夏侯別今依夏侯。

（以上敦煌唐寫本韻目下注）（註十七）

從這些附注當中可以窺見六朝諸家分部各有乖互的情形。近人魏建功曾據以考定呂靜夏侯詠陽休之李季節杜臺卿五家的部目。（註十八）我們應當注意的，諸家分部無論異同如何總沒有隋唐韻書上的那樣細密；陸法言定切韻，大都參合諸家，多取其所分而不取其所合。現在所能考見的，只有顏氏家訓所說『爲奇、益石、分作四章，』可以知道是韻集所分而切韻所合的，此外都是六朝某一家所混同的韻部，而切韻依據另一家或竟照自己的意旨加以析別。又近王力曾作南北朝詩人用韻考一文，結論當中說：

『齊梁陳隋的用韻雖嚴，其韻部仍不能如切韻之繁多。下列諸韻部，皆切韻所能分而南北朝韻文中所不能分者：

歌戈；灰咍；蕭宵；尤侯幽；冬鍾；陽唐；庚耕清；眞諄臻；元魂痕；先仙；寒桓；鹽添；沃燭；藥鐸；陌麥昔；質術櫛；月沒；屑薛；曷末；葉怗。』（註十九）

這些韻部在呂夏侯陽李杜五家當中，很有把牠們混合的，例如冬鍾，陽氏無別，眞臻、呂楊杜三家無別等等。因此也可見得六朝諸家的分部實在各自合於實際的語音，至少也能合於事實上作文的需要；他們分部的各有出入，或者就是因爲所處的時代或所據的方音彼此不同之故。六朝諸家的韻書，價值並不一定在陸法言切韻之下；顏氏謂李書錯失，陽書疏野，只是就牠們當中某幾點不合的地方來說，或者竟是審音的標準根本殊異之故，並非說牠們是完全不足取的。反之，陸法言切韻實在參合諸家韻書而成，隋唐韻書是以六朝諸家爲依傍的。

本節附注：

（註一）據日本岡井愼吾玉篇研究（東洋文庫發行）（一）正編第三章，三八頁。

（註二）據岡井愼吾玉篇研究（一）正編第三章，三八頁。

（註三）見魏書江式傳；參看上章第三節。

（註四）參看謝氏小學考卷二十九。

（註五）參看謝氏小學考卷二十九。

（註六）有北平延光室攝影本及上虞羅氏印秀水唐蘭仿寫本。

（註七）有劉復敦煌掇瑣刻本。

（註八）參看羅常培切韻探賾（載中山大學語言歷史學週刊第三集第二十五，六，七期）二九——三一頁。

（註九）參看羅常培切韻探賾二九——三一頁。

（註十）參照小學考卷二十九及魏建功十韻彙編（北京大學文史叢刊第五種）序文二一——二八頁。

（註十一）見隋書文學傳。

（註十二）亦潘徽韻纂序中語。

（註十三）參看羅常培切韻序校釋（載中山大學語言歷史學研究所週刊第三集第二十五，六，七期）一二——二〇頁。

（註十四）參看王力南北朝詩人用韻考（載清華學報第十一卷第三期）四頁。

（註十五）王力南北朝詩人用韻考：『用韻的寬嚴，似乎是一時的風尚：詩經時代用韻嚴，漢魏晉宋用韻寬，齊梁陳隋用韻嚴，初唐用韻寬（尤其是對於入聲）。』（清華學報第十一卷第三期五六頁）。

（註十六）魏建功十韻彙編序（五五頁）謂：『此條借鈔劉君底本，如此作。今刻本作：「李與狎同，夏侯別，今依夏侯。」並存之。』

（註十七）參照魏建功十韻彙編序五三——五五頁。

（註十八）魏著呂靜夏侯詠陽休之李季節杜臺卿諸家韻部考目（見魏著古音系研究一六五——一六九頁）

李舟切韻	東董送屋	冬　宋沃	鍾腫用燭	江講絳覺	
王仁煦切韻	東董凍屋	冬　宋沃	鍾腫種燭	江講絳覺	陽養樣藥
陸法言切韻	東董送屋	冬　宋沃	鍾腫用燭	江講絳覺	
杜臺卿韻略	****	*　**	****	****	
李季節音譜	****	*　**	****	****	
陽休之韻略	****		鍾腫用燭	江講絳覺	
夏侯詠韻略	東董送屋	冬　宋沃	鍾腫用燭	江講絳覺	
呂靜韻集		冬　宋沃	鍾腫用燭	江講絳覺	

	支紙寘	脂旨至	之止志	微尾未		虞麌遇	模姥暮		齊薺霽	祭	泰	???	???	夬
	紙寘	脂旨?至	之止?志	微尾未	魚語御	虞麌遇	模姥暮		齊薺霽	祭	泰	佳蟹卦	皆駭	夬
	支紙寘	脂旨至	之止志	微尾未	魚語御	虞麌遇	模姥暮		齊薺霽	祭	泰	***	***	夬
	支紙寘	脂旨至	之止志	微尾未	魚語御	虞麌遇	模姥暮		齊薺霽	祭	泰		皆駭怪	夬
	支紙寘	脂旨至	之止志	微尾未	魚語御	虞麌遇	模姥暮		齊薺霽	祭	泰	***	皆駭怪	夬
	支紙寘	脂旨至	之止志	微尾未	魚語御	虞麌遇	模姥暮	泰	齊薺霽	祭		佳蟹卦	皆駭怪	夬
唐蕩宕鐸	支紙寘	脂旨至	之止志	微尾未	魚語御	虞麌遇	模姥暮	泰	齊薺霽	祭			皆駭怪	夬
	支紙寘	脂旨至	之止志	微尾未	魚語御	虞麌遇	模姥暮		齊薺霽	祭	泰	佳蟹卦	皆駭怪	夬

	灰賄隊	哈海代	廢	質		文吻問			殷 迄		元阮願月	魂混慁沒	痕佷恨	寒旱翰
	灰	哈		眞軫震質		文吻問物	臻		殷隱焮			魂混慁沒	痕佷恨	寒旱翰
	***	***	*	眞軫震質		文吻問物			殷隱焮			魂混慁沒	痕佷恨	****
		哈海代	*	****		****	* *		****		****	****	****	****
	***	***	*	眞軫震質		文吻問物			殷隱焮			魂混慁沒	痕佷恨	****
	灰賄隊	哈海代	廢	眞軫震質		物	臻 櫛	文吻問	殷隱焮迄		元阮願月	魂混慁沒	痕佷恨	寒旱翰
廢	灰賄誨	臺待代		眞軫震質			臻 櫛	文吻問物	斤謹靳訖	登等磴德				寒旱翰褐
	灰賄隊	哈海代	廢	眞軫震質	諄準稕術		臻 櫛	文吻問物	殷隱焮迄		元阮願月	魂混慁沒	痕佷恨	寒旱翰曷

末							????	先銑霰屑	仙獮線薛			蕭篠嘯	宵小笑	
末						删潸諫黠	山產襇鎋		仙獮線薛				宵小笑	肴巧效
						****			仙獮線薛				宵小笑	
							山產襇鎋		仙獮線薛				宵小笑	***
						****	****		仙獮線薛			蕭篠嘯	宵小笑	肴巧效
末						删潸諫黠	山產襇鎋	先銑霰屑	仙獮線薛			蕭篠嘯	宵小笑	肴巧效
	黠	魂混慁紇	恨很恨	先銑霰屑	仙獮線薛	删潸訕	山產襇鎋				元阮願月	蕭篠嘯	宵小笑	肴巧效
桓緩換末						删潸諫黠	山產襇鎋	先銑霰屑	仙獮線薛	(宣)		蕭篠嘯	宵小笑	肴巧效

豪皓號								麻馬禡						青迴
豪皓號					歌哿箇			麻馬禡						青迴徑
豪皓號					***			***						****
***					***			***						青迴徑
豪皓號					***			***						青迴徑
豪皓號					歌哿箇			麻馬禡		覃感勘	談敢闞	陽養漾	唐蕩宕	錫
豪皓號	庚梗更隔	耕耿諍	清請清	冥茗暝覓	歌哿箇		佳解懈	麻馬禡	侵寑沁緝					
豪皓號					歌哿箇	戈果過		麻馬禡				陽養漾藥	唐蕩宕鐸	

勁昔	諍麥	庚梗							侯厚候	幽黝幼		覃感勘合		？？？？
清靜勁昔	耕耿諍麥	庚梗 陌						尤有宥	侯厚候	幽黝幼		覃感勘合	談敢闞盍	咸豏陷洽
****	****	****						***	***	***		覃感勘合	****	****
昔		庚梗敬陌							侯厚候	***		覃感勘合	****	
昔		庚梗敬陌						尤有宥	侯厚候			覃感勘合	****	****
昔	麥	庚梗敬陌	耕耿諍	清勁靜	青迥徑			尤有宥	侯厚候	幽黝幼	侵寑沁	合	盍	洽
						蒸拯證職		尤有宥	侯厚候	幽黝幼				
		庚梗敬陌	耕耿諍麥	清靜勁昔	青迥徑錫	蒸拯證職	登等嶝德	尤有宥	侯厚候	幽黝幼	侵寑沁緝	覃感勘合	談敢闞盍	

銜檻鑑狎		????			侵寑沁緝		唐蕩宕鐸	蒸拯證職	登等嶝德					嚴广儼業
銜檻鑑狎		添忝㮇怗			侵寑沁緝	陽養漾藥	唐蕩宕鐸	蒸拯證職	登等嶝德					嚴广儼業
****	****	****			侵寑沁緝	****	****	蒸拯證職	登等嶝德					嚴广儼業
銜檻鑑狎	****	****			侵寑沁緝	****	****	蒸拯證職	登等嶝德					嚴广儼業
****	****	****			侵寑沁緝		唐蕩宕鐸	蒸拯證職	登等嶝德					嚴广儼業
狎	鹽琰艷葉	添忝㮇怗			緝	藥	鐸	蒸拯證職	登等嶝德	咸豏陷	銜檻鑑			嚴 業
	鹽琰艷葉	添忝㮇怗	覃禫醰沓	談淡闞蹋						咸減陷洽	銜檻覽狎	格	昔	嚴嚴嚴業
	鹽琰艷葉	添忝㮇怗								咸豏陷洽	檻檻鑑狎			嚴儼釅業

凡范梵乏	凡范梵乏	凡范梵乏	凡范梵乏	凡范梵乏	凡范梵乏	凡范梵乏	(凡)范梵乏
凡百四十八韻	凡百七十三韻	凡百七十二韻	凡百六十三韻	凡百六十九韻	據王寫殘卷切韻及王仁昫韻目所注定百九十三韻	故宮本目次百九十五韻	用王靜安說即廣韻二百六韻目次所本只多宣韻而少凡韻

(右表中●符，指不能決定有無之韻)

(註十九)王力南北朝詩人用韻考五六頁。

第二節 陸法言『切韻』和唐代『韻書』的派別

陸法言切韻序云：『昔開皇初，有劉儀同臻，顏外史之推，盧武陽思道，魏著作彥淵，李常侍若，蕭國子該，辛諮議德源，薛吏部道衡等八人，同詣法言門宿，夜永酒闌，論及音韻。……因論南北是非，古今通塞，欲更据選精切，除削疏緩。顏外史蕭國子多所決定。……法言即燭下握筆略記綱紀。』(註一)

可見陸法言著切韻一書，乃是依據于八人討論的結果，而八人當中，尤以顏之推蕭該二人的意見最爲重要；所謂略記綱紀，就是指切韻的分部，是遵照他們的主張，隨筆記下來的。所以切韻序末尾又云：『非是小子專輒，乃述羣賢遺意。』切韻一書成于仁壽元年，上距開皇初約有二十年；(註二)在這二十年裏，法言雖曾自己『博問英辯，殆得精華，』而是『取諸家音韻古今字書以前所記者定之爲切韻五卷；』(註三)大體上總是依據于記下來的顏蕭等所定的綱紀。顏蕭等關于音韻的主張，現在不能詳細的考見；(註四)顏氏家訓音辭篇裏有幾句很重要的話，可以作爲他們主張的代表：

『夫九州之人，言語不同，生民以來，固常然矣。……孫叔然爾雅音義，是漢末人獨知反語。至於魏世，此事大行。……自茲厥後，音韻鋒出，各有土風，遞相非笑，指馬之喻，未知孰是；共以帝王都邑，參校方俗，考覈古今，爲之折衷。搉而量之，獨金陵與洛下爾。南方水土和柔，其音清舉而切詣；失在浮淺，其辭多鄙俗。北方山川深厚，其音沈濁而鈋鈍，得其質直，其辭多古語。……南染吳越，北雜虜夷，皆有深弊。』

顏氏主張編製韻書要『參校方俗，考覈古今，』薈萃各種語音系統，雜采衆長，以成一種標準的音系字典。六朝韻書大都是『楚夏各異』『各有土風，』不能兼賅古今南北而爲之折衷，所依據於語音系統過于單純，就不能適用於異地異時之人，也不能投合中國人的調和主義，所以說是『各有乖互；』顏氏主義集合諸家音韻，重行編製，使適用於各地各時，不至再有相乖互、相訕笑的情形。這種主張在音韻學上是否應當如此，依照這種主張所編製的韻書，牠的價值是否能超過六朝諸家韻書之上，固然是一個疑問；（註五）不過顏蕭等八人，在當時的文學界有很大的權威，這種折衷主義是代表那時一般審音文士的意見；依照這種意見來重定一部韻書，足以迎合國人調和的心理，又適合了當時文人撰詩賦的需要。所以陸氏書出，六朝諸家韻書就罕有人奉行；六朝韻書所以統統亡佚，這或許就是一個重要的原因。（註六）而陸氏書所以成爲後代詩韻的始祖，唐宋韻書大都以牠爲藍本，也就是由于這個原因。

法言切韻五卷，隋書及舊唐書經籍志，新唐書藝文志均未著錄；新舊唐志皆有陸慈切韻五卷。丁度集韻，韓道昭五音集韻常稱陸詞切韻；清毛奇齡謂卽法言書。（註七）王國維又據日本源順倭名類聚鈔及僧瑞信淨土三部經音義所引陸詞切韻，參校切韻殘卷，更證以日本狩谷望倭名鈔箋之說，斷定法言就是陸詞，並謂新舊志的陸慈也就是陸詞。（註八）我們現在看到劉復敦煌掇瑣下輯九九所錄唐寫本切韻序甲種，（註九）開首說：『陸詞字法言撰』可以知道陸詞原是法言的名。法言的家世和事略，見於隋書陸爽傳及蘇鶚演義，他原籍代北，後或移居魏郡臨漳，並非吳人。（註十）李涪刊誤斥陸氏切韻爲『吳音乖舛』，『吳民之言』，乃是指切韻裏包括的一部分吳音而言。朱彝尊云：

『韻書之作，自李登以下南人蓋寡。沈氏書旣無存，傳者陸氏切韻爾。同時纂韻者八人，惟蕭該家蘭陵。其餘或家范陽（盧思道），或家狄道（辛德源），或家河東（薛道衡），或家頓丘（李若），或家臨沂（顏之推），及沛（劉臻），類北方之學者。黃公紹失考，謂韻書始自江左，本是吳音者，妄也。』（註十一）

朱氏所舉者外，尚有魏彥淵亦家鉅鹿下曲陽，（見隋書魏澹傳。）這樣看來，切韻決非代表當時的吳音，也不是單純的記載當時某一處的方音，而是依照顏之推等的主張，所以綜合古今南北的音變的。切韻序裏說：『論南北是非，古今通塞；』因爲要包羅古今南北的多種語音系統，所以對於六朝諸家韻書的分部，大都取其所分，而不取其所合；我們在上節裏所舉唐寫本刊謬補缺切韻韻目下的附註當中，也可以見得陸氏分韻的宗旨和切韻各部分析的由來。陸氏切韻既然抱着取其分而不取其合的宗旨，所列的韻部就不能不格外的繁密，所以法言切韻序自謂：『剖析毫釐，分別黍累；』不懂得法言的這個宗旨，於是李涪刊誤就說他是『妄別聲律』了。又切韻序云：『又支、脂，魚、虞，共爲一韻，先、仙，尤、侯，俱論是切；欲廣文路，自可淸濁皆通，若賞知音，卽須輕重有異。』陸氏分韻這樣的細密，並不是單爲作文而設，所以唐時『屬文之士，已苦其苛細』（見封演聞見記。）後代不明瞭他所謂輕重淸濁的意義，不明瞭他綜合南北古今的語音，詳列韻部，在審音上用什麽來做標準，於是發生了許多誤解。

法國巴黎國家圖書館所藏敦煌唐寫本切韻殘卷三種，（註十二）並非統統是陸書的原本，（註十三）其中韻部的分合序次，果否仍存陸氏手定的面目，現今尙難斷言；不過目前所存的隋唐韻書，總以此爲最古，所以當中所錄雖然不是統統屬于陸書的原本，而必定是和陸書最相近的。王國維據以考定牠的部目。(註十四)切韻殘卷的部目，和廣韻頗有異同：平聲上二十六韻，其次爲一東、二冬、三鍾、四江、五支、六脂、七之、八微、九魚、十虞、十一模、十二齊、十三佳、十四皆、十五灰、十六咍、十七眞、十八臻、十九文、二十殷、二十一元、二十二魂、二十三痕、二十四寒、二十五删、二十六山。平聲下二十八韻，一先、二仙、三蕭、四宵、五肴、六豪、七歌、八麻、九覃、十談、十一陽、十二唐、十三庚、十四耕、十五淸、十六靑、十七尤、十八侯、十九幽、二十侵、二十一鹽、二十二添、二十三蒸、二十四登、二十五咸、二十六銜、二十七嚴、二十八凡。平聲沒有諄、桓、戈三韻，上聲也沒有準、緩、果三韻，又沒有儼韻，凡五十一韻，次序和平聲相同。去聲缺佚，依平上二聲來推求，也沒爲稕、換、過三韻及釅韻，凡五十六韻。入聲三十二韻，沒有術、曷二韻，其次爲一屋、二沃、三燭、四覺、五質、六物、七櫛、八迄、九月、十沒、十一末、十二黠、十三鎋、十四屑、十五薛、十六錫、十七昔、十八麥、十九陌、二十合、二十一盍、二十二洽、二十三狎、二十四葉、二十五怗、二十六緝、二十七藥、二十八鐸、二十九職、三十德、三十一業、三十二乏。(註十五)合平、上、去、入計之，共有一百九十三韻，比較廣韻的二百六韻少了十三韻；原來眞、諄、寒、桓、歌、戈等只是因爲『開口呼』『合口呼』的分別，陸氏不立爲兩部，又上、去的儼、釅二韻，以所屬的字數少，也不另立，這在音理上都無甚違失。

陸氏這種部目，是綜合六朝諸家韻書而成的，而六朝諸家的分部，是各自依據于實際的語音系統；陸氏把諸家各有乖互的地方參校考覈以融會于一書，所以他的部目也很能適合於南北朝實際的語音。王力南北朝詩人用韻考一文的結論云：

『依南北朝的韻文觀察，我們可以看得出陸法言的切韻有兩個特色：(一)除脂韻一部字該歸微，又先、仙，蕭、宵，陽、唐、等韻不必細分之外，切韻每韻所包括的字，適與南北朝韻文所表現的系統相當。可見切韻大致仍以南北朝的實際語音爲標準。(二)切韻陽聲韻與入聲相配，是以南北朝的實際語音爲標準的。故某人以某陽聲韻與另一陽聲韻同用時，則與此兩陽聲韻相配的兩入聲韻亦必同用；若分用，則相配的入聲韻也分用。由此可見切韻根據『古今通塞』的地方頗少，而所謂『南北是非』恐怕也不過是儘量依照能分析者而分析，再加上著者認爲該分析者再分析，如此而已。』(註十六)

這便可以證明陸氏的部目，是集合諸家韻書取其所分而不取其所合因而成立的。

在上章第三節裏說過，中國語上收尾輔音的演化，到了南北朝時已經和切韻的系統相合，除了鼻音的[-m]，[-n]，[-ŋ]以外只賸得[-p]，[-t]，[-k]的三類了；一方面因之立着入聲一調，促成『四聲』名稱的建立，（註十七）另一方面在韻書上又自然的把『入聲韻』（[-p]，[-t]，[-k]）配屬于『陽聲韻』（[-m]，[-n]，[-ŋ]）。切韻入聲韻和陽聲韻的相配，既然很合於南北朝實際的語音，那末我們更可以明瞭中國語上收尾輔音的演化到了南北朝時是怎樣的一種情形，而在韻書的編製上對于這種收尾輔音的狀態，從六朝以來就應該極端的注重了。因收尾輔音的差別，關于韻部的分合固然應該不使異類相混；而關于部目的序次，尤應該使各部同類相從，不致紊亂。可惜陸法言切韻各部的序次，列覃談於陽唐之前，置蒸登於鹽添之後，使陽聲韻[-m]一類和[-ŋ]一類混淆不清，而入聲各韻尤凌亂失序，和平、上、去多不相應。這種韻次排置失當的地方，是否由于因襲六朝諸家韻書而來，我們無從臆斷；不過唐代韻書對於陸氏切韻的改訂，有增損部目的，也有移易次序的，以致演成宋代廣韻二百六韻的部次，我們可以見得這正是『創始者多闊疏，而因仍者易精密。』（註十八）丁度集韻韻例云：

『隋陸法言作切韻，唐孫愐李舟各加裒撰。先帝時，因令陳彭年丘雍因法言韻就爲刊益。』

從陸氏切韻到了宋代廣韻中間，唐時有許多重訂切韻的。廣韻卷首列着陸法言及同撰切韻八人，長孫訥言箋注又列增字諸家的姓名：郭知玄、關亮、薛峋、王仁煦、祝尙丘、孫愐、嚴寶文、裴務齊、陳道固。幷云：『更有諸家增字及義理釋訓悉備載卷中。』這些都是唐時裒撰切韻的人。郭忠恕汗簡曾引郭知玄字略，佩觿引裴務齊切韻序轉注之說。夏竦古文四聲韻引郭知玄朱箋，祝尙丘韻。而日本見在書目還有王仁煦郭知玄祝尙丘裴務齊陳道固切韻各五卷。倭名類聚鈔及淨土三部經音義所引諸家切韻更多，大概都各有切韻專書的。此外，廣韻卷首所未曾列名的，唐書藝文志又有李舟切韻十卷（宋志作五卷），僧猷智辨體補修加字切韻五卷；通志藝文略有李邕唐韻要略一卷，無名氏唐切韻五卷；汗簡佩觿及古文四聲韻所引又有王存乂切韻，李審言切韻，義雲切韻；宋史藝文志有天寶元年集唐韻五卷；而日本見在書目有麻果、孫伷、蔣魴、盧自始、韓知十、沙門淸澈各五卷，釋弘演切韻十卷。（註十九）這些韻書大概都是沿襲陸法言的切韻而作，可以隸屬于陸氏切韻的一派；對于陸書的修訂，一方面是增字加注，一方面便是增損部目和改易序次。集韻韻例只提到孫愐李舟，可見唐人這一派韻書當中，尤以孫愐李舟二家的最爲重要；而現在所能考見的也不過王仁煦和孫李二家的部目罷了。

陸氏切韻字數據封演聞見記謂一萬二千一百五十字，恐怕連長孫訥言等所增加的字數也計算在內；陸氏原書的字數，大約並沒有多大的超過李登聲類的一萬一千五百二十之數。(註二十)陸氏自言取諸家音韻，古今字書以前所記者撰定切韻；把顏蕭等討論音韻的結果記載下來，以為綜合六朝諸家韻書分部的根據，所以注重於審音，原不必計較字數收羅的多少和各字下注釋的詳略。唐人繼陸書而作，於是多屬于增字加注的方面。故宮本刊謬補缺切韻存有王仁煦自序；其中有云：『陸法言切韻，時俗共重，以為典規；然苦字少，復闕字義；可為刊謬補缺切韻』；可見此書是為陸氏切韻增字加注而作的。不過現今所存的故宮本刊謬補缺切韻已經為寫書者所竄亂，並不是王仁煦切韻原來的面目。敦煌本刊謬補缺切韻殘卷當是王氏原書，和陸氏切韻也最相近。(註二十一) 故宮本平聲五十四韻，上下平韻目數序通連；上聲五十二韻，去聲五十七韻，入聲三十二韻，和切韻殘卷的韻目比較起來，上聲多五十一儼，去聲多五十六釅，共一百九十五韻。(註二十二)而序次很不相同：平聲列陽唐於鍾江之後，登於文殷之後，寒於魂痕之前，侵蒸於尤侯之前；又列元於先仙之後，佳於歌麻之間，鹽添覃談於侯幽之後。上去二聲準此。入聲尤其淩亂失序。王國維云：『仁煦此書，以刊謬補缺爲名；其書於陸韻次序，蓋無變更。今本蓋爲寫書者所亂，非其朔也。』（註二十三）現在敦煌本刊謬補缺切韻的部目，就牠殘存的部分看來，次序正和陸韻相同，較陸韻也只多上聲五十一儼，去聲五十六釅，（敦煌本作五十一广，五十六嚴，）可見敦煌本當是王氏原本，至少也是最近於王韻的。王韻對於陸氏切韻改正的地方，往往有自加注明的，如敦煌本刊謬補缺切韻韻目下附注：

上聲五十一广　陸無此韻目，失。

五十二范　陸無反，取凡之上聲，失。

去聲五十六嚴　陸無此韻目，失。

又各字下注：

平聲三十三歌『韓』字下　陸無反語，何口誣於古。

上聲六止『記』字下　陸訓不當，故不錄。

十八隱『巹』字下　陸訓卺敬字爲巹瓢字，俗行大失。

十九阮『言』字下　陸生載此言言二字列於切韻，事不稽古，便涉字祆，留不削除，庶覽者之鑒詳其謬。

去聲十遇『足』字下　案取字，陸以子句反之，此足字又以卽具反之，音既無別，故併足。

入聲十四屑『凸』字下　陸云高起，字書無此字，陸入切韻，何考研之不當。

二十二洽『凹』字下　案凹無所從，傷俗尤甚，名之切韻，誠曰典音，陸采編之，故詳其失。

這些正足以代表王韻對于陸書『刊謬』的地方；故宮本載王氏自序云：『削舊濫俗，添新正典，幷各加訓，啓導愚蒙』；又云：『謹依切韻增加，亦各隨韻注訓，仍於韻目具數云爾』可見大部分還是在增字加注的『補缺』工作，對於陸書的分部和序次，並未曾有多大的改進。

卞令之式古堂書畫彙考所錄孫愐唐韻序，謂陸法言切韻『遺漏字多，訓釋義少，若無刊正，何以討論？』（首兩句廣韻卷首載孫序作『注有差錯，文復漏誤』）可見孫氏唐韻也是爲陸書增字加注而作的。我們現在要考見孫氏書的內容，可以有卞氏書畫彙考所錄唐韻序及四聲部目都數和魏氏鶴山集裏唐韻後序及吳縣蔣斧藏唐寫本唐韻殘卷做根據。我們要知道唐韻一類的書，在當時傳寫很多，書名既不一致，內容也很有差別。王國維書蔣氏藏唐寫本唐韻後云：

「唐人盛爲詩賦，韻書當家置一部，故陸孫二韻，當時寫本當以萬計。陸韻即巴黎所藏三本，已有異同。孫韻傳之後世，可考見者除鶴山所藏外，如歐陽公見吳彩鸞書葉子本（歸田錄），黃山谷所見凡六本（山谷題跋），鮮于伯機藏一卷（雲煙過眼錄），傳寫既多，故名稱部目不能盡同。倭名鈔所引有唐韻，有孫愐切韻，遼希麟續一切經音義又引孫愐廣韻，而唐段公路北戶錄（卷一）引廣韻一條（據明影本宋鈔本，陸氏刊本作唐韻），唐僧慧琳一切經音義（卷八十）引廣切韻一條，並見於蔣氏所藏殘本中。蓋孫氏書本因法言切韻而廣之，故亦名廣切韻，略之則或稱切韻，或稱廣韻；而據其自序，則確名唐韻；是其書名已自不同。倭名鈔所引唐韻及孫愐切韻，與淨土三部經音義所引孫愐說，以唐韻殘本所有者校之，頗有不合；即大徐說文所用孫愐反切，亦與唐韻殘本有異同。蓋傳寫既多，寫者往往以意自爲增損，即部目之間，亦不免少有分合。」（註二十四）

孫氏唐韻既然也是爲陸氏切韻增字加注而作，所以也名爲切韻，或廣切韻，簡稱又可爲廣韻；當時寫本衆多，內容上不無改動，因之所列的部目也互有出入。現在我們要研究的孫氏唐韻原來的底稿，究竟是怎麼樣？王國維曾經以卞氏書畫彙考所錄孫氏自序校廣韻孫序及魏了翁唐韻後序，因以考明唐韻底稿有開元本天寶本二種。茲錄其言如左：

『壬戌秋，讀卞令之式古堂書畫彙考中錄明項子京所藏唐韻五卷，前有四聲部目都數，後題「元和九年正月三日寫吳王本。」孫序首行題「唐韻序，」次行題「朝議郎行陳州司法參軍事臣孫愐上。」序文與廣韻所載者文句頗異。……「武德以來創置，訖開元三十年，並列注中，」「三十」作「二十」；「愧以上陳天心」作「悉愧上陳，死罪、死罪。」序文至此止，而無「又有元青子吉成子者」以下三百三十四字。此實當時進書之序；其書載郡縣建置，訖於開元二十年，又自署「行陳州司法參軍事」，當在天寶元年改州爲郡之前；自是開元中所撰。至「元青子，吉成子，」以下後題「歲次辛卯，天寶十載，」則又爲第二序。是唐韻有開元、天寶二本，亦有二序。今廣韻前所載，乃合二序爲一，違失甚矣。項本但有第一序，乃開元中初撰之本。』

（註二十五）

式古堂書畫彙考所錄項本，爲開元本；蔣氏藏唐寫本唐韻殘卷和魏鶴山所藏的，便是天寶本。項本韻目都數和切韻殘卷大致相同，而蔣本及魏氏所說的，便和宋代廣韻分部相近；可見孫氏初作唐韻時，大致依照陸氏及唐初諸家（如王仁煦等）的部目，後來加以修訂，在部目上就很有差異了。

蔣氏在前清光緒末年，得唐寫本唐韻於北平書肆，只存有去入二聲，而去聲起首和中間一部分又有缺佚。蔣氏後記以爲是陸氏切韻原本或長孫氏初注本，（註二十六）經過王國維的考證，才斷定是孫氏天寶本的唐韻。（註二十七）內中的部目，和魏氏唐韻後序裏所說的相合。魏氏云『於二十八刪，二十九山之後，繼之以三十先，三十一仙。』又云『此書別移、齊二字爲一部，注云「陸與齊同，今別。」』魏氏所藏唐韻，刪第二十八，山第二十九；切韻殘卷上平聲二十六韻，刪第二十五，山第二十六；這裏多出三韻的，因爲齊韻後既然分出移部，又把眞諄分爲二，寒桓分爲二；所以切韻殘卷上平聲二十六韻，而這本增爲二十九韻。我們再以蔣氏藏唐韻殘卷的去入二聲來推求去聲，代十九，願二十五中間缺了五韻，必定有稕韻，而入聲又有術韻；那末平聲必定有諄韻，上聲必定有準韻。又去聲有換韻，入聲也有末韻；那末，平聲必定有桓韻，上聲也必有緩韻。這樣正和魏氏所說的兩相吻合，可以見得二者是同出於一本——就是孫氏天寶本。此外，唐韻殘卷去聲，箇後有過韻，那末，平聲歌戈必分，上聲哿果必分。因此知道唐韻天寶本，別諄於眞，別桓於寒，別戈於歌，和切韻殘卷異，而和宋代的廣韻相同。至於式古堂書畫彙考所錄項本部目，都數：平聲上二十六韻，平聲下二十八韻，上聲五十二韻，去聲五十七韻。平聲上下共五十四韻，和切韻殘卷的部目相同，齊移二部不分之外，又把眞諄、寒桓、歌戈各合併爲一。入聲三十二韻，和切韻殘卷的部目也正相同，把質術、曷末各合併爲一。只是上聲五十二韻，去聲五十七韻，都較切韻殘卷多了一韻，而和王仁煦刊謬補缺切韻的部目相同，大概上聲也有儼韻，去聲也有釅韻。這可以見得孫氏在開元時所定的唐韻，仍是沿襲陸韻或王韻等的部目，沒有多大變更。到了天寶時修訂的唐韻，平聲增加移、諄、桓、戈四韻，上聲增加準、緩、果三韻，而無儼韻，去聲增加稕、換、過三韻，而無釅韻，入聲又分質、術爲二，曷、末爲二，所以成爲平聲上二十九韻，平聲下二十九韻，上聲五十四韻，去聲五十九韻，入聲三十四韻這樣的部目。宋代廣韻的二百六韻，只有齊、移不分，以及上去增多儼、釅二韻，依照孫氏開元本，此外都是根據于孫氏天寶本唐韻的分部的。

這種分部，固然由於陸法言所謂『論南北是非，古今通塞』的結果，但是在音理上究竟具有怎樣分析的標準。確是急待研究的問題。平聲以字多分爲上下二卷，並無有音理上的關係。孫氏唐韻開元本，依卞氏書畫彙考所錄，也分五卷：平聲分上下，上、去、入各一。天寶本也是如此。後人因爲魏鶴山後序有『二十九山、繼之以三十先』的話，就以爲唐韻平聲不分上下。(註二十八)那知道魏氏所說，是指孫氏書卷首的部敍平聲韻數序也正如故宮本刊謬補缺切韻上下平的韻目，數序通連，並非卷中平聲不分上下。王國維云：

『孫氏唐韻，唐宋二志著錄，均云五卷；蔣氏所藏殘本，入聲首亦題「唐韻卷第五。」惟魏鶴山唐韻後序云：「其部敍於一東下，注：德紅反，濁、滿口聲；自此至三十四乏皆然。於二十八刪、二十九山之後，繼之以三十先、三十一仙；上、去聲皆然。」余謂魏氏所謂部敍，蓋於每卷首分目之外，別爲一總目，其下分注清、濁，以明所以分析之故。其平聲本是同類，故二十八刪、二十九山之後，即繼以三十先、三十一仙。至於本書，則分卷仍與陸韻同；自當云、一先、二仙，不得云三十先、三十一仙也。今大宋重修廣韻孫愐序後，尚有「論曰」一段，凡一百五字，專論以五音，清濁分韻之理；此即孫氏部敍後之總論。有目、故云部，有論，故云敍。部敍自爲一篇，冠於書首，與分卷無涉。惜廣韻刪其目而存其論，致使所分之清、濁，不可復考；而其論亦不能知爲孫氏所作。微鶴山之言無由知孫氏之審於音理如是矣。』（註二十九）

平聲上下數序通連與否，于音理上並無何種關係；只是孫氏書原有部敍一篇，於韻目下分別注明清濁，用以表明各韻分析的理由，這確是值得我們注意的地方。我們在上章第三節裏說過，從前應用五音的名稱來區別字調，雖然也把音素的差異混在一起，並不認爲是單純的音調變化的關係，可是仍舊看作比較的相對的，而不作爲絕對的分別。因之字調的種類，可以概括的用『清、濁』『輕、重』一類的詞語來指示。後來受了佛經轉讀的影響，一方面又適應着中國語音的實際，把字調的區分規定爲四聲；漸漸又把音調變化的關係和雙聲疊韻的問題看作兩起。但是音素的差異雖然和樂音的高低沒有關係，而在實際聽感上，因聲紐或韻素的影響，也可以使整個字音發生高低的區別；于是清濁、輕重一類的詞語，原來用以表明音讀上比較的相對的區別，也轉而指示音色方面絕對的差異。這一類的詞語就由四聲平仄的意義（詳上章第三節，）轉而爲聲紐韻素上的判別了。近代用清濁指示聲紐的帶樂音和不帶樂音，而隋唐時又用清濁分別韻部，就是因此而來的。孫氏唐韻部敍云：『切韻者本乎四聲，紐以雙聲、疊韻，欲使文章麗則，韻調精明於古人耳。』這顯然是把字調的區分和雙聲、疊韻的問題看作兩起；因四聲名稱的建立就有文辭上聲律的發明，更因平仄抑揚相間的道理，悟到一句內參雜雙聲疊韻的字不能過多，所以四聲和雙聲、疊韻的原理都可應用于聲律當中。（詳上章第三節）孫氏部敍又云：『五音者，五行之響，八音之和，四聲間迭，在其中矣。』這是明白說四聲只是包括于五音的變化當中，而並非說五音就是四聲，因爲五音的名稱用來區別字調，原不僅是認爲單純的音調變化的關係，一方面把音素的差異也包含在內。所以孫氏又接着說『引字調音各自有清濁；若細分其條目，則令韻部繁碎，徒拘桎於文辭耳。』音素的差異，可以大致的用清濁來指明，不過細分起來種類繁多，在審音上自應辨別，而在文辭上並無必要。正如陸氏切韻序所云：

『支脂魚虞共爲一韻，先仙尤侯俱論是切；欲廣文路，自可清濁皆通；若賞知音，卽須輕重有異。』

我們從韻素上的觀察，主要元音的舌體升降的程度，韻頭有否帶着舌前化的[i]音，有否帶着圓脣化的[w]音，以及所謂『開口』、『合口』的區別，這都是音色上的差異，而足以影響聽感方面高低的分辨。這種分辨在當時除了仍用清濁、輕重一類的詞語以外，似乎沒有更適當的指示方法。音素的變異，是方言紛歧上的主要現象，當時也用這一類的詞語來表明。如顏氏所云：『南方水土和柔，其音清舉而切詣；……北方山川深厚，其音沈濁而鈋鈍；』陸氏所云：『吳楚則時傷輕淺，燕趙則多涉重濁。』又如陸德明經典釋文敍錄所云：

『方言差別，固自不同，河北江南，最爲鉅異，或失在浮清，或滯於沈濁。』

這些形容的詞語，當然不僅是指四聲平仄的關係，而把音色上的變異也包含在內。陸孫諸書的分部，既然所以綜合薈萃各種方音的系統，在當時如果單用一種方音的系統來看，就很難明瞭各韻分析的原因了；所以慧琳一切經音義裏景審序云：『吳音與秦音莫辨，清韻與濁韻難明。』但是在陸孫諸人，他們自己必定有一些分別的標準；陸氏謂支、脂、魚、虞、先、仙、尤、侯諸韻，都是輕重清濁的分別，就是由於韻素上的差異。不特如此，卽使在各韻下所注的切語當中，也可以依這種分辨而別爲清濁二大類。故宮本刊謬補缺切韻首題云：『右四聲五卷，大韻總有一百九十五，小韻三千六百七十一；』注云『二千一百二十韻清，一千五百五十一韻濁；』這裏所謂『大韻』就是韻部所謂『小韻』大概就是各韻下所注的切語。（註三十）各個切語既然有相對的清濁可言，那末孫氏部敍于所謂『大韻』下分注清濁，當然可以用來表明牠們所以分析的原因。不過音色上的差異，是比較複雜的事情，自然不能用單一的標準來辨別；當時竟籠統的以清濁、輕重一類相對的詞語來概括，終不免令人有莫測高深之概。而且因漢字性質的關係，漢字外並沒有採取明顯的音標一箸于書，讀者卽難瞭然。張守節史記正義例云：

『先、仙，尤、侯，治、持，之、脂，僖、熙，嬉、嘻，希、唏、晞、稀，若斯清濁，實亦難分，博學碩材，乃能甄異。』

可是我們要知道陸孫所謂清濁、輕重，是指韻素上的差異，而用來表明他們『剖析毫釐，分別黍累』，在審音上也自有標準。陸氏綜合古今南北的語音，詳列韻部，確是爲着欲『賞知音，』當時在一般作文上自然要『苦其苛細，』但決不能如李涪所謂『妄別聲律。』孫愐等繼承陸氏之後，增訂切韻，更把眞、諄、寒、桓、歌、戈諸韻分析開來，這正是因孫氏審于音理，能照法言的分析標準而加以分析的。

孫氏對於陸韻增訂韻部之外，在各部的隸字和各字的注解，也有很多的補正。宋本廣韻三鍾：『恭』字下注云『陸以恭蜙縱入冬韻，非也。』徐鉉校定說文用孫愐音切『恭』、『蜙』、『縱』、卽容切，蜙息恭切，都是在鍾韻的；唐寫本切韻殘卷第二種和五代刊本切韻殘卷（註三十一）以及故宮本王仁煦刊謬補缺切韻都把這三字列在冬韻；（註三十二）可見這三字改隸於鍾韻是起於孫氏的。又蔣氏藏唐韻殘卷去聲三十三線『飆』字下注云：『陸無訓義；』五十五證『瞪』字下注云：『陸本作眙，』入聲二十麥『鰏』字下注云『陸入格韻；』這些就是孫氏自己注明對于陸韻文字義訓補正的地方。可是孫氏唐韻各部的序次，仍舊沿用陸韻的部目，未曾加以改動。魏氏唐韻後序謂宋人韻書和唐韻次第不同：『今韻降覃、談於侵後，升蒸、登於靑後；』又云『今韻又升藥、鐸於麥、陌、昔之前，置職、德於錫、緝之間。』所謂今韻就是指宋人廣韻一類的書，因爲唐韻列覃、談於陽、唐之前，蒸、登於鹽、添之後，入聲置藥、鐸於怗、緝之後，職、德於業、乏之前；唐韻殘卷去、入二聲部目序次和切韻殘卷幾乎完全相同，可證孫氏排次沿用陸韻；所以魏氏說牠和宋人韻書的次序不同。又馮敬亭十卷本徐鍇說文解字篆韻譜爲未經徐鉉改定之本，鉉序謂：『取叔重所記，以切韻次之。』所謂切韻也就是孫愐的唐韻，書中恭、蹤、縱諸字也列於鍾韻，卽依孫說；上聲無儼韻，去聲無釅韻，也和唐韻殘卷同。不過齊後無移韻，仙後有宣韻，嚴後無凡韻，入聲有聿而無術曷，和唐韻殘卷及魏氏所說的有異。又夏竦古文四聲韻，上表云：『準唐切韻分爲四聲，』所謂唐切韻也是指孫氏書；所以平聲齊後有移韻，恭、蹤、蜙三字在鍾韻，就是依據於孫氏的。祗是平聲仙後有宣韻和小徐篆韻譜同；而上聲獮後有選韻，去聲梵後有釅韻，入聲質後並有聿術二韻，和唐韻殘卷及小徐篆韻譜皆異。我們在上文說過，孫氏唐韻一類的書，當時傳寫的很多，而大都以意爲增損，所以無怪乎各家所傳參差不合。但是小徐篆韻譜和夏氏古文四聲韻，牠們韻部的分合，雖然和唐韻殘卷及魏氏所藏的略有出入；而在序次上仍彼此相合；這又可以證明牠們就是唐韻的別本了。紀容舒取大徐說文所錄孫愐音切，據以作唐韻考，而部目統統依照宋代廣韻二百六韻的序次。那知道陸氏切韻韻部排列的先後和宋代廣韻原不相同，孫氏唐韻猶沿用陸韻舊次。到了李舟切韻一出，才改變了陸氏的部次。

李舟切韻的部次，見於大徐所改定的說文解字篆韻譜（卽今五卷本）。大徐韻譜後序云：『韻譜既成，廣求餘本頗有刊正。今復承詔校定說文，更與諸儒精加研覈；又得李舟切韻，殊有補益。其間疑者，以李氏爲正。』因此知道小徐原初作篆韻譜，依據於孫愐唐韻，後來大徐又根據李舟切韻加以刊正。所以我們從大徐改定的篆韻譜當中，可以窺見李氏切韻的部次。現在把小徐原本和大徐改定本來相校對：大徐齊後無移，仙後有宣，嚴後無凡，和小徐同；祗是上去有儼、釅，入聲有術、曷，而無聿，和小徐略異。大徐本的這種部目根據于李氏，而李氏分部仍是參酌唐韻各本以成，所以對於分部上沒有多大變更；所變更的，就是在韻部的序次。李舟、唐書無傳，杜工部集有送李校書二十六韻，敍述他的身世。王國維謂李氏作切韻，當在代宗德宗之世。(註三十三)他生在孫愐之後，所以能根據孫氏的唐韻而加以改正。孫氏以前的韻部序次，大抵平聲覃談在陽唐之前，蒸登居鹽添之後；上去二聲準是，或并儼於范，并釅於梵，而去聲的泰韻又在霽前；入聲藥鐸居於怗緝之後，職德置於業乏之前，而不與平、上、去相配。到了李舟始把這種部次加以整齊劃一。魏氏所謂『今韻降覃、談於侵後，升蒸、登於青後；』『升藥、鐸於麥、陌、昔之前，置職、德於錫、緝之間』的宋人部次，實在是源於李舟的。王國維云：

「取唐人韻書與宋以後韻書比較觀之，則李舟於韻學上有大功二：一、使各部皆以聲類相從；二、使四聲之次相配不紊，是也。」（註三十四）

在上文說過，中國語上收尾輔音的演化，到了南北朝時，入聲韻的[-p]，[-t]，[-k]三類和陽聲韻的[-m]，[-n]，[-ŋ]三類已經可以整然的相配。但是平、上、去三聲的分立，原是依據及摹擬佛經轉讀而來的，因為要適應中國語的實際，又不得不增添入聲一調，以成為四聲之數，所以入聲韻附有[p]，[t]，[k]的字音，原來認為一特殊的種類。（註三十五）因之初期韻書的編製，對于平、上、去三聲各韻的序次，彼此間不會凌亂不相應，獨於入聲諸韻的部次，尚未能使牠們各自和平、上、去的陽聲韻數序適相連貫，確有待于後人的整理。這種整理的功勞，應當首推李舟。李舟切韻一方面以耕、清、青和蒸、登為次，以覃、談和侵、添諸韻為次，使陽聲[-m]和[-ŋ]二類不相雜廁；一方面又以藥、鐸和陽、唐，職、德和蒸、登以次相配，而上聲末四韻以豏、檻、儼、范為次，去聲以陷、鑑、釅、梵為次，入聲以狎、洽、業、乏為次，使和平聲的咸、銜、嚴、凡相配（大徐本因嚴、凡二部字少而合為一部。）（註三十六）這種部次為宋代廣韻等書所依據（詳下第七章），所以李舟切韻可以說是宋人韻書的始祖。王國維云：

『諸部以聲類相近爲次，又平、上、去、入四聲相配秩然，乃李舟切韻之一特色。大徐改定篆韻譜既用其次；陳彭年亦江南舊人，又嘗師事大徐，故修廣韻亦用之。以後韻略、集韻諸書，雖升嚴、儼、釅、業四韻與廣韻異然四聲之次無不相配。故李舟切韻之爲宋韻之始祖，猶陸法言切韻之爲唐人韻書之祖也。』（註三十七）

但是，無論是唐人的韻書或是宋人韻書的始祖，上面所敍述的，總是屬于陸法言切韻的一派。陸氏切韻兼包古今南北，孫愐李舟等繼作，雖然于部目有所增損，次序有所移易，而對於法言雜採多種語音系統的宗旨，未嘗稍加變更。如果根據隋唐當時一種語音系統來編製韻書，那末和陸孫諸書的部次必大有歧異。

李涪刊誤謂『中華音切，莫過東都，』他要用當時東都洛陽的語音做標準，自然不以切韻裏所包含的吳音爲然；孫光憲北夢瑣言謂『廣明以前切韻多用吳音。李涪尚書改切韻，全刊吳音。』唐代又有以秦音爲韻書的，現在所得確知的是元廷堅韻英。景審一切經音義序云：『古來音反，……元無定旨，吳音與秦音莫辨，清韻與濁韻難明。……近有元廷堅韻英及張戩考聲切韻，今之所音，取則於此。』可見慧琳音義當中的切語依據于韻英等書，而元氏韻英又依據于當時的秦音，對陸孫諸書可稱爲韻書的別派。王國維云：

『慧琳音義全用廷堅及張戩二書，故其反切與六朝以來諸家字書及韻書頗殊。其開卷音大唐三藏聖教序覆載二字云上敷務反，見韻英、秦音也；諸字書皆敷救反，吳楚之音也。此一條實爲全書起例，凡琳師反切之異於陸孫諸韻者，胥視此矣。據此則韻英反切，以當時秦音爲據，與陸韻之據南南北朝舊音者不同。……陸韻者，六朝之舊音也，韻英與考聲切韻者，唐音也；六朝舊音多存於江左，故唐人謂之吳音，而以關中之音爲秦音，故由唐人言之，則陸韻者，吳音也，韻英一派，秦音也。厥後陸韻行而韻英一派微。』（註三十八）

按南部新書曰：『天寶時陳廷堅韻英十卷；』『陳』宜作『元』，太年廣記紀聞類會記廷堅通曉音律啓發于鳥王的故事，是作『陳王友元廷堅。』至于張戩考聲切韻，王國維考定張戩爲唐武后時人，因謂戩書實爲廷堅韻英所本。（註三十九）黃淬伯慧琳一切經音義反切考卷首慧音義所據之韻書說對于王氏所考頗有疑辭。他說：

『案慧琳注中辨言秦吳音，指說韻英切某秦音也，切韻切某吳音也，屢屢見其引考聲切韻及武玄之韻銓等書之詁訓者有之，而不一及其音，是可異也。……竊意依景審敍而謂經音義之音切，依據元廷堅與張戩書，無寧依經音義注中而謂專依廷堅之韻英也。』(註四十)

那末，我們現在所能確定的唐時秦音韻書只有元廷堅的韻英。黃淬伯根據慧琳一切經音義所注反切，考定廷堅韻英分部：陰聲韻十五、陽聲韻二十二、入聲韻二十一，平、上、去、入共一百三十二韻。(註四十一)其與廣韻二百六部比較的結果，黃淬伯云：

『現表中所列陰韻諸部，與切韻同者，魚、虞、模、侯、歌、戈、肴、豪是也。齊、灰、咍三部平上韻全同，其去聲則稍異；霽韻包併祭、廢、代、隊二韻平分泰部。按切韻祭、泰、夬、廢俱單獨設立，現此合併之狀，(夬與怪合)仿彿為宋元人所定韻攝歸此四韻與齊、皆、灰、咍同屬蟹攝之導源矣。其陽韻諸部之因仍切韻者，為痕、魂、寒、桓、鍾、江、唐、陽、蒸、登諸韻；文韻上聲收軫韻之一部，其入聲盡併於術；真韻「贇」類見收於諄，「囷」類牽附於殷(入聲準是)；侵韻本孕含兩類，而是則融冶為一；此皆大同而小異者。其他諸部，以晚近音衡之，覺其不相遠者，俱從類糅合：支、脂、之、微四韻通合；尤與幽合；皆與佳合；蕭與宵合；殷與臻合；仙韻之半與元合、半與先合；刪山二韻，音相類也，東、冬，亦相類也，庚、耕，類也，清、青，類也，覃、談，類也，咸、銜、凡，類也，鹽、添、嚴，俱類也。各以其類各為一韻（仄韻準是）遂使韻部視切韻遠損。此經音義所據韻與切韻韻部分合之大較也。」（註四十二）

因此我們可以知道廷堅韻英和陸孫諸書，在編製上的宗旨根本不同；切韻一派的韻書，原是綜合六朝諸家分部，兼包古今南北的殊語；而廷堅韻英依據唐時秦音以作一種實際語音的記錄；所以各韻分合，很有出入，尤以併合的為多，並非由於審音知識的差異。茲更錄黃淬伯之言于左：

「攷切韻成書時，下距經音義所據韻，不過百數年，而韻類之差別如是。此固由於語音變遷之所致，亦以兩書撰述之旨趣各異。……法言定韻已超出當時實際語音之外，於六朝舊韻，方國殊語，俱有取舍之意存焉。與經音義所據韻僅憑一時一地之音而為實際之攝記者，迥乎不同。故由二百六韻縮為一百三十二；其間雖有古今音變之關係，要其主因，則在彼而不在此也。」

（註四十三）

此外又有所謂天寶韻英，唐志：五卷。唐會要：「天寶十四年、四月，出御譔韻英五卷，付集賢院繕寫行用。』玉海卷四十五引韋述集賢記注云：『天寶末、上以自古用韻，不甚區分，陸法言切韻又未能釐革，乃改撰韻英，仍舊爲五卷，舊韻四百三十九，新加百五十一，合五百八十，一萬九千一百七十七字，分析至細。』所謂舊韻四百三十九，並非指廷堅韻英；因爲根據慧琳一切經音義所考得的廷堅分部，不但沒有那樣細密，而且多把切韻相類的韻部加以合併；因此斷定廷堅韻英和天寶韻英兩書實在沒有關係的。(註四十四)唐書藝文志又有武玄之韻銓十五卷；孫氏北夢瑣言云：『曾見韻銓鄙薄切韻，改正吳音亦甚嚴當。』究竟韻銓對于切韻有怎樣的改正現在無從考見；韻銓的部目，見於日本僧安然所著的悉曇藏卷二，平聲五十部，(註四十五)和切韻比較起來，只是略有增損，並不能確定牠和切韻一派是絕對各別的。所以說唐代的秦音韻書，現在所得確知的，只是元廷堅韻英。至於玉海卷四十五所錄唐顏眞卿韻海鏡源三百六十卷，卷帙很繁，大概是類書，不能算是正式的韻書。

本節附注：

(註一)參看羅常培切韻序校釋六——二二頁及劉盼遂廣韻敍錄校箋(載文字音韻學論叢卷四)。

(註二)參看董作賓切韻年表(載中山大學語言歷史學研究所週刊第三集第二十五六,七期一四一——一四二頁)。

(註三)亦陸氏切韻序語。

(註四)參看羅常培切韻序校釋六——二二頁。

(註五)王力南北朝詩人用韻考一——二頁『陸法言等人「因論南北是非古今通塞,欲更捃選精切,除削疏緩」大約就是要把不同時代與不同地域的語音系統加以融會貫通,再憑着他們的音韻知識,去決定他們所認爲完善的歸類標準……總之如果我們要求一部語音實錄的話,呂靜諸人的韻書的價值未必不在切韻的價值之上,而它們的喪佚,也就是音韻學上的大損失』。

(註六)參看林語堂語言學論叢一九三——一九四頁。

(註七)見毛氏古今通韻序例。

(註八)見觀堂集林卷八書巴黎國民圖書館所藏唐寫本切韻後。

(註九)參看十韻彙編八六頁。

(註十)參看丁山陸法言傳略(載中山大學語言歷史研究所週刊第三集第二十五六,七期一——五頁)。

(註十一)見曝書亭集卷三十一與魏善伯書。

(註十二)有王國維手寫石印本。

(註十三)參看王國維書巴黎國民圖書館所藏唐寫本切韻後,董作賓跋切韻殘卷(載中央研究院歷史語言研究所集刊第一本第一分，）丁山唐寫本切韻殘卷跋（載中山大學語言歷史研究所週刊二十五六，七期。）

（註十四）見王氏書巴黎國民圖書館所藏唐寫本切韻後。

（註十五）參看上節附註（註十八）。

（註十六）見清華學報第十一卷第三期六〇頁。

（註十七）參照第四章第三節附註（註二十三）。

（註十八）係魏鶴山唐韻後序語。

（註十九）參看王國維觀堂集林卷八唐諸家切韻考及魏建功十韻彙編序二五——二六頁。

（註二十）參看王國維觀堂集林卷八，書蔣氏藏唐寫本唐韻後。

（註二十一）參看魏建功十韻彙編序四八頁。

（註二十二）參看上節附註（註十八）。

（註二十三）見王氏觀堂集林卷八書內府藏唐寫本王仁煦刊謬補缺後。

（註二十四）見觀堂集林卷八。

（註二十五）見觀堂集林卷八書式古堂書畫彙考所錄唐韻序後。

（註二十六）見國粹學報館影印本唐寫本唐韻殘卷所載。

（註二十七）見王氏書蔣氏藏唐寫本唐韻後。

（註二十八）見顧炎武音論卷上。
（註二十九）見王氏書蔣氏藏唐寫本唐韻後。
（註三十）參看魏建功十韻彙編序三四頁。
（註三十一）亦藏法國巴黎國家圖書館，參看魏建功十韻彙編序三八——四〇頁。
（註三十二）參看北京大學出版十韻彙編上平，五頁。
（註三十三）參看觀堂集林卷八李舟切韻考。
（註三十四）見李舟切韻考。
（註三十五）參看第四章第三節附註（二十三）。
（註三十六）參看上節附註（十八）。
（註三十七）見李舟切韻考。
（註三十八）參看觀堂集林卷八天寶韻英元廷堅韻英張戩考聲切韻武玄之韻銓分部攷。
（註三十九）參看王氏天寶韻英元廷堅韻英張戩考聲切韻武玄之韻銓分部攷。
（註四十）見黃淬伯慧琳一切經音義反切攷（中央研究院歷史語言研究所專刊之六）二頁。
（註四十一）參看慧琳一切經音義反切考卷三。
（註四十二）參看慧琳一切經音義反切考六九頁。

（註四十三）參看慧琳一切經音義反切考六九——七〇頁。

（註四十四）參看慧琳一切經音義反切考二——三頁。

（註四十五）參看王氏天寶韻英元廷堅韻英張戩考聲切韻武玄之韻銓分部攷。

目次

下册

中國音韻學史

下册

第六章　『字母』和『等韻』的來源

第一節　『三十六字母』的系統和演成的由來

韻書裏雖於各字下注明反切，而僅依四聲、韻目來部勒文字，對於各字間雙聲的關係，尚未曾有顯明的表白。因爲韻書的編製，兼具有撰作詩文的目的，爲着調平仄，押韻脚的應用便利，不得不採取這種體例。但是在審音的目的上，總必須要把『聲』『韻』『調』三方面的現象，統有明顯的表白，才可算得完成。爲感到韻書上的那種缺點，而設法來補正，就產生了『字母』『等韻』之學。陳澧說：

『自漢末以來，用雙聲、疊韻為切語；韻有東、冬、鍾、江之目，而聲無之。唐末沙門始標舉三十六字，謂之字母。至宋人乃取韻書之字依字母之次第而為之圖；定為開合四等，縱橫交貫，具有苦心；遂於古來韻書切語之外，別成一家之學。』（註一）

字母等韻之學，乃是韻書切語通行之後自然產生的；因為韻書切語所表明的音讀，還覺得不很明顯，於是第一步製定字母，以作聲紐的標目；第二步更依據韻書上的分部，把聲和韻一縱一橫的排列起來，成為許多音圖，就是表明由一聲一韻各各拼切合成各個的字音。因此可以知道字母和等韻也只是用來說明反切的方法。勞乃宣云：

『反切始於魏世，在雙聲、疊韻之前。雙聲、疊韻始於六朝，在等韻之前。由反切而為雙聲、疊韻，由雙聲、疊韻而為等韻；漸推漸密，皆以明反切之理。故等韻之學，為反切設也。』（註二）

反切的通行，使得世人明瞭雙聲、疊韻的原理；後來更依據這種原理來解釋反切的方法，就演成了字母等韻之學。所以我們現在要推究字母等韻之學的來源，還是要從雙聲、疊韻講起。錢大昕云：

『四聲昉於六朝，不可言古人不知疊韻；字母出於唐季，不可言古人不識雙聲。』（註三）雙聲、疊韻在中國語上演化的現象最爲顯著；可是必定要等到梵文拼音學理輸入了之後，才依據這種實際的現象來製作反切的注音方法。等到反切通行之後，才能使雙聲、疊韻的原理爲一般人所明瞭。（註四）南史謝莊傳：

『王玄謨問謝莊：何謂雙聲、疊韻？答曰：玄、護爲雙聲，璈碻爲疊韻。』（註五）

可以見得雙聲、疊韻的名目，到六朝時才開始通行。疊韻的原理明瞭，于是韻書鋒起，韻部的分析就成爲韻學上的主要問題；雙聲的原理明瞭，于是依據反切上字把聲紐的種類歸納出來，就產生了字母。綜合韻書和字母，就構成了等韻的圖表。

孫愐唐韻部敍說：『切韻者，本乎四聲，紐以雙聲、疊韻，欲使文章麗則，韻調精明於古人耳。』可見在審音反切上，雙聲問題固然和四聲、疊韻同等的重要；而在文辭的聲律上，除了協調平仄以外，也還有雙聲和疊韻的問題，劉氏文心雕龍所謂『雙聲隔字而每舛，疊韻雜句而必睽；』（註六）當時對於各個字音裏所包含的聲紐，確是和字調、韻部同樣的注意。六朝一般審音文士除了通行一些『反語』以外也喜歡應用『雙聲語』；例如金樓子說『羊戎好爲雙聲』；（註七）洛陽伽藍記說『李元謙能雙聲語』；（註八）這種雙聲語的流行，正足以表明那時一般人對於聲紐類別的智識。而這種智識，也是從梵書上的『體文』得來的；所以雙聲語也稱爲『體語』。因爲當時也依倣梵文字母把字音裏的聲紐稱爲『體』；章炳麟云：

『韻紐者，慧琳一切經音義稱梵文阿等十二字爲聲勢，迦等三十五字爲體文；聲勢者韻，體文者紐也。斯蓋前代韻書之言。北史徐之才傳曰：尤好劇談體語，公私言聚，多相嘲戲。封演聞見記曰：周顒好爲體語，因此切字皆有紐，紐有平上去入之異。然則，收聲稱勢，發聲稱體，遠起齊梁間矣。』（註九）

這種體語的流行，正和反語一樣，足以助長反切的注音方法的風行。同時又應用這種類別聲紐的智識來解釋韻書上的切語，就把雙聲的原理和四聲、疊韻綜合起來，構成一些簡單的圖表，用來解釋反切的方法。廣韻玉篇所附的雙聲疊韻法及神珙四聲五音九弄反紐圖，內中所舉『章掌障灼，廳頲聽剔，』『眞正整隻，盈引脛懌』諸字，正是綜合雙聲和四聲，疊韻，來說明反切的方法；由韻書進而爲等韻表，這些確已具有牠的雛形了。封氏聞見記謂『周顒好爲體語，因此切字皆有紐，紐有平上去入之異；』就是說雙聲之字，依字調來分，又有平上去入之異，正如章掌障灼，廳頲聽剔之類；韻書上以四聲分韻，各字間的雙聲關係不很顯著，周顒之徒既暢發四聲之說，（註十）又好爲體語，——就是好用雙聲之字——就用雙聲的原理來說明韻書上的切語，因而發見雙聲之字，正如叠韻之字一樣，可以用四聲來分別，故曰『紐有平上去入之異。』這裏所謂紐，也是指雙聲而言，並非指切語當中的韻；而所謂體語，正是由梵書的體文而來，並非陳澧所說是指切語的。（註十一）我們看許多等韻表上，大都是縱列字母，橫分四層，每層四格，這些層格間的區別，除了等呼的問題以外，也正是字調的關係；一紐之下，都是雙聲之字，便有四聲的分別。神珙反紐圖自序云：『昔有梁朝沈約創立紐字之圖。』沈約的紐字圖，後人或以爲就是宋本度韻或元刊本玉篇所附的雙聲叠韻法，（註十二）雖然未能確定，而以空海文鏡祕府論所錄的調四聲譜。（註十三）來相比對，正同是用雙聲的原理來說明反切、四聲的。茲錄調四聲譜之文如左：

東方平聲　平伻病別

南方上聲　常上尙杓

西方去聲　祛麮去刻

北方入聲　壬衽任入

凡四字一紐，或六字總歸一紐：

皇晃璜　鑊　禾禍和

傍旁徬　薄　婆潑紴

光廣珖　郭　戈果過

荒恍侊　霍　和火貨

上三字，下三字，紐屬中央一字，是故名爲總歸一入。四聲紐字配爲雙聲疊韻如後：

郎朗浪落　黎禮麗捩

剛㽘鋼各　笄併計結

羊養恙藥　夷以異逸

鄉嚮向䗃　奚篊㚑纈

良兩亮略　離麗冒栗

張長帳著　知㑊智窒

凡四聲竪讀爲紐，橫讀爲韻，亦當行下四字配上四字即爲雙聲。若解此法，即解反音法。反音法有二種：一紐聲反音，二雙聲反音，一切反音有此法也。

綺琴　良首　書林

欽伎　柳觴　深廬

釋曰：竪讀二字互相返也；傍讀轉氣爲雙聲；結角讀之爲疊韻。曰綺琴，云欽伎，互相反也；綺欽琴伎兩雙聲；欽琴綺伎二疊韻：上諧則氣類均調，下正則宮商韻切，持綱擧目，庶類同然。

這些是否即爲沈氏四聲譜的原文？固然可成疑問，而神珙所謂沈氏創立的紐字之圖，當然和他自己的反紐圖是性質同類的東西。調四聲譜說四字或六字總歸一紐，就是說雙聲之字有四聲的分別，而總歸一紐；無論韻部上怎樣的差異，——有鼻音收尾的『陽聲韻』和沒有鼻音收尾的『陰聲韻』——總可以依牠們雙聲的關係類聚爲一行，所以上三字屬于陽聲韻，下三字屬于陰聲韻，總歸於同紐的一個入聲字；同樣，卽使不是同歸於一入聲字，而各具四聲的，也可以同屬一紐，故曰：『當行下四字配上四字卽爲雙聲。』又謂『凡四聲豎讀爲紐，橫讀爲韻；』明明是應用雙聲的原理來附合四聲韻部的，而爲縱橫交貫的等韻表的雛形。至於末了所舉互相反之例，傍讀爲雙聲，結角讀之爲疊韻，和雙聲疊韻法的內容相同；又謂『上諧則氣類均調，下正則宮商韻切，』又正是神珙反紐圖的大輅之椎輪。神珙謂沈氏紐字圖『皆以平書，碎義難尋，』(註十四)就改張爲交錯旋轉的圖而更加細密；日本圓仁所傳九弄十紐圖，中載一文，和神珙反紐圖自序所言略同，而說：『梁朝沈約創著九弄之文，』更以九弄的名目，也推始於沈氏了。(註十五)九弄的名目：

正紐　傍紐　疊韻　羅文　綺錯　傍韻　正韻　雙聲　反音

這是神珙的反紐圖所載的；圓仁所傳九弄十紐圖又有『單韻』一項，以成十紐之數。(註十六)又神珙五音之圖也列着十項名目：

正反　到反　正疊韻　傍疊韻　傍疊重道　正疊重道　正到雙聲　傍到雙聲　正雙聲

這些繁多的名目，總不外附合雙聲的原理於四聲韻部，以解釋反切的方法，正和調四聲譜的性質相同。如果調四聲譜果眞是出於沈約，或所傳和沈氏的四聲譜相彷，那末神珙所謂沈氏紐字圖，至少可以斷定是屬於雙聲叠韻法一類的東西；卽謂九弄之文是沈氏所創，亦不爲過。六朝的審音文士既然和佛教文化有密切的關係（註十七）我們自然可以推知不僅是反切四聲的成立受有梵文字母和佛經轉讀的影響，卽類別聲紐的智識和當時雙聲語的流行，以及把雙聲的原理附合於四聲、韻部來解釋反切的，也莫不如此。空海文鏡祕府論引錄劉善經四聲論（註十八）文中有云：

『宋末以來，始有四聲之目，沈氏乃著其譜，論云起自周顒。』

沈約的紐字圖也未始不是啓發於『好爲體語』的周顒的四聲之說所以到了周顒、沈約這班人的手裏始推行於世，一方面固然因爲他們創立聲律論，把音韻的原理應用於文辭上的結果；一方面也因爲把字調的區分和雙聲叠韻的問題分作兩起（註十九）同時更把雙聲的原理附合於四聲、韻部，列成圖譜的形式，不但因以明瞭『紐有平上去入之異』，并且藉以解釋反切的方法，爲後來等韻表的雛形依倣梵文字母和牠們拼切的方法，來整理中國音讀，遂產生字母等韻之學，在六朝時候，確已具有端倪了。

雙聲語的流行，足以表明當時類別聲紐的智識；應用這種智識來說明反切的方法，更從韻書的切語當中認明了各字間的雙聲關係，歸納得到聲紐的種類；便發生元刊本玉篇所載切字要法這一類的東西。茲錄切字要法的原文如左：

一因煙（如入聲十六屑韻『噎』字，一結切一——噎，餘皆倣此）　二人然　三新鮮　四餳涎　五迎妍　六零連　七清千　八賓邊　九經堅　十神禪　秦前（如下平四宵韻『樵』字，慈消切，慈——樵）　寧年　寅延　眞氈　娉偏　亭田　陳纏　平便　擎虔　輕牽　稱燀　丁顚　興掀　汀天　精箋　民眠　聲羶　刑賢　（四字無文）——（如上平一東韻『風』字，方中切，方——風）——（如上平八微韻『微』字，無非切，無——微）

右所列似乎是三十類，轉之三十六字母，所缺爲知、徹、娘、牀、敷、奉六類，實際『四字無文』的非微二類，也是原缺的，只有二十八類，所缺爲知、徹、娘、牀、非、敷、奉、微八類。因爲切字要法，玉篇次於『六書』

『八體』之後，一般認爲魏晉間的遺物(註二十)固然沒有這樣久遠的歷史，但是我們總可以斷定：牠的發生必定在唐末守温字母以前，和雙聲疊韻法等同是唐末以前的作品。不過牠的原文附注是經過唐末或宋人的增訂；『四字無文』的二類，原來並不認爲有此二類，故缺了四字；如果原來是唐宋間的作品，那必定如韻鏡序例的三十六字母歸納助紐字和玉篇所錄三十六字母切韻法，把『分蕃』『文攡』四字也不缺了。原文附注顯然是唐末或宋人所增入的，所舉『噎』字，謂爲十六脣韻，正是依據唐韻和李舟切韻或宋代廣韻的部目，並非陸氏切韻的原次。(註二十一)又切字要法後所附一段的說明，也是後人所增入的，中有云：

『上字喉聲，下二字卽以喉聲應之(如『歌』字，居何切，居經堅歌)，上字脣音，下二字卽以脣音接之(如『邦』字，悲江切，悲賓邊邦)；因煙與『一』字同元，人然與『二』字同出，學者苟能口誦心惟，顚倒熟記，雖無文四字，亦皆隨口而成。』

所舉的切語，又不是採用切韻等書的原文，和廣韻的聲紐多不相合；如廣韻的古、居二類有分，『歌』字，廣韻：古俄切，而這裏的附注作居何切；廣韻的博方二類有別，『邦』字，廣韻：博江切，『悲』府眉切，和『邦』不同類，而這裏的附注：『邦』字，悲江切。(註二十二)這些附注顯然是宋人所增入，依據三十六字母的系統任意撰幾個切語來作說明的例子。至於那二十八類和『四字無文』的二類，關于牠們的七十字原文，確可斷定是守温字母以前的東西。守温字母是依據梵藏字母而製定的(詳下文)，藏文三十字母又是『採擇天竺字母合之西番語音所製』，(註二十三)對于中國字母之學的影響，尤為鉅大。切字要法的二十八類和缺字的二類，應認為是依據藏文三十字母而來，暫用以解釋切語上的雙聲關係，並非直接出於梵文字母的。藏文三十字母當中斡(wa)喇(ra)二母，(註二十四)為中國聲紐上所缺的二類，切字要法當中所謂『四字無文』的二類，我認為原初就是指此；後來增訂的人，參照三十六字母的系統，任意用原缺的非、微二類的切語來做例子，撰成附注，加入其中；可是原文仍舊缺字，並沒有用『分蕃』『文擶』等字來增補，使我們還可以見到牠的原迹。所以切字要法的三十類，缺字的二類，注明『四字無文』，乃是指藏文所有而中華所無的音；中華所有，在藏文三十字母當中只有二十八類，較之三十六字母，所缺為知、徹、娘、牀、非、敷、奉、微八類。(註二十五)這二十八類和藏文字母不合的，只是有澄而無牀。吳稚暉曾經論到這個問題，他說：

『切字要法之有澄無牀，實卽有牀而無澄；亦卽完全沒有知、徹、澄、娘。』(註二十六)

這種設想是很對的；我們再可以把照、穿、牀三母和知、徹、澄三母在語音演變史上的關係申說一下，以證實這種說法。知、徹、澄在上古音裏和端、透、定不分，到了南宋以後就和照、穿、牀不分。(註二十七)可見知、徹、澄三母在過去是具有由『舌頭音』變成『正齒音』的傾向，這種傾向在六朝隋唐時候，『舌音』分化完成之際，已經是很顯明的了。知、徹、澄三母在切韻系統裏的音值，高本漢定爲［ȶ］［ȶ'］，［ȡ'］是舌面前的破裂音，(註二十八)羅常培知徹澄娘音值考定爲［ʈ］［ʈ'］［ɖ］，是舌尖後音，和梵文的"ṭa, ṭ'a, ḍ'a"相當，不過牠們的三等字又認爲因舌前化的影響，應當具有舌面前音的傾向。(註二十九)至於照、穿、牀三母可分爲二系，一系高本漢定爲［tʂ］，［tʂ'］，［dʐ'］，是舌尖後的破裂兼摩擦音，一系他定爲［tɕ］［tɕ'］［dʑ'］，是舌面前的破裂兼摩擦音。(註三十)牠們和知、徹、澄三母的發音部位既然相同，卽可有發生混同的傾向，尤其是澄、牀二母同爲濁音，而在三等字受有舌前化的影響時更容易混亂。切字要法所舉的『陳纏』二字都屬澄母三等，當時用來代表藏文"ca, c'a, ja"(註三十一)一組的"ja"音，就是替代了牀母舌面前音的一系，我們可認爲極合事理的。所以切字要法之有澄無牀，確是有牀而無澄，牠所列的三十類，除去藏文所有而中華所無因之缺字的二類實只二十八類，較之三十六字母所缺實爲知、徹、澄、娘、非、敷、奉、微八類；而這八類也就是藏文字母上所沒有的。因此我們可以斷定切字要法是依據藏文三十字母用來解釋切語上的雙聲關係，因而產生的；並不像後來的守温字母，還有一部分直接參照梵文字母的。

從切語上認明了雙聲的關係，歸納得到聲紐的種類，於是依做梵藏文，從各類聲紐當中任取一字來作標目，便成爲『字母』。字母的名稱，由襲取佛書而來；智廣悉曇字記在『體文』下注明『亦名字母』。可見唐末以前已經把梵書的體文和字母混稱了。（註三十二）但是梵文的一個『聲勢』就是阿［a］字在中國也當做聲紐的一類，就是切字要法的『因煙』一類，後來就成爲影母；（註三十三）所以會如此的：一方面固然因爲聲紐的種類，由歸納切語上的雙聲關係而來，在切語上無論字音是否具有一個起首的純粹輔音，總要表示着牠們雙聲的關係；而另一方面也是因爲依據藏文三十字母來說明中國聲紐的結果，藏文字母表裏沒有把阿（a）字放在其他字母的前面，像梵文字母那樣，而却放在最末，顯然認這個字母爲聲紐的性質了。（註三十四）因此可見中國字母之學和藏文字母的關係，尤爲深切。中國文字不是拼音制，把聲紐的標目稱爲字母固然在名義上不很妥當，（註三十五）而在實際反切的應用上，也需要許多雙聲字來作釋明的例子；字母未曾規定以前，我們原來只有一些類聚得來的雙聲字，字母規定了以後，仍舊要用這些字來說明。例如韻鏡序例所錄的三十六字母、歸納助紐字，元刊本玉篇所錄的三十六字母切韻法以及邵光祖切韻指掌圖檢例當中的三十六字母圖『引類』，在字母規定以後，仍要依據切字要法，引舉雙聲字來說明牠的應用方法。在切字要法以後，三十六字母以前，我們現在還得見守溫的三十字母和唐人的歸三十字母例。歸三十字母例正是引舉雙聲字來說明三十字母在切語上的應用方法。三十字母載於守溫的韻學殘卷，（註三十六）茲錄之如左：

脣音　不芳並明

舌音　端透定泥是舌頭音　知徹澄日是舌上音

牙音　見溪羣來疑等是也

齒音　精清從是齒頭音　審穿禪照是正齒音

喉音 心邪曉是喉中音清 匣喻影亦是喉中音濁

唐人歸三十字母例和守溫三十字的標目盡同：（註三十七）

端丁當顚敁 精煎將尖津 知張衷貞珍

透汀湯天添 清千槍僉親 徹伥忡檉縝

定亭唐田甜 從前牆瞥秦 澄長蟲呈陳

泥寧囊年拈 喻延羊鹽寅 來良隆冷鄰

審昇傷申深 見今京犍居 不邊逋賓夫

穿稱昌嗔覘 磎欽卿褰祛 芳偏鋪繽敷

禪乘常神諶 羣琴擎蜷渠 並便蒲頻符

日仍穰忈任 疑吟迎言斂 明綿模民無

心修相星宣 曉馨呼歡祆

邪囚祥錫旋 匣形胡桓賢

照周章征專　影纓烏剜煙

這是用來說明守温三十字母的，所引舉的雙聲字多和切字要法相同，大概也是參照切字要法而作。守温事蹟，無可考見，相傳是唐末人，唐寫本韻學殘卷首署『南梁漢比丘首温述』，唐代以後只有梁而無『南梁』的朝代，冠以『南梁』二字，大概是地名。(註三十八)今考卷中所列四等重輕例，(詳下節)舉到宣選二個韻目，和夏竦的古文四聲韻的韻目相合，(註三十九)王國維書古文四聲韻後謂夏氏所據本『當在唐韻與小徐本所據切韻之後』，那末，守温所作必在唐代中葉以後；舊傳守温爲唐末沙門，大概是可信的。(註四十)歸三十字母例既然是用來說明三十字母的，如果三十字母確是守温所定，那末這歸字之例也必不能在守温以前，大概也是唐末的作品。

守温所定字母，實只三十，較之三十六字母少幫、傍、奉、微、牀、娘六母，實際所缺爲非、敷、奉、微、娘、牀六類。把三十字母增爲三十六，大概出自宋人之手；通志藝文略及玉海都著錄守温三十六字母圖一卷，後代就以爲三十六字母是守温所定；正如廣韻的二百六部非陸法言切韻的舊目，(註四十一)而卷首仍題曰：陸法言撰本，後代就以爲二百六部是陸法言所定的那種情形一樣。或謂三十字母係舍利所創，或謂係神珙所定，皆不足信。羅常培敦煌寫本韻學殘卷跋云：

「明呂維祺同文鐸據釋眞空篇韻貫珠集總述來源譜，謂大唐舍利剏字母三十，後溫首座益以孃、牀、幫、滂、奉、微六母，是爲三十六母。淸陳澧等俱從其說。惟眞空以等子造自觀音，五音辨自軒轅，推迹韻學來源，每多荒渺難稽；其以三十字母歸諸舍利，或與同文韻統歸諸神珙同一誤謬。至淸李元音切譜復以藏文三十字母譯音認爲舍利所作，李汝珍音鑑亦襲其說，尤不知何所根據：似均不如唐人寫本較爲可信也。惟邵雍皇極經世聲音圖上官萬里注云：「自胡僧了義以三十六字爲翻切母，奪造化之巧。司馬公指掌圖爲四聲等子，蒙古韻以一聲該四聲，皆不出了義區域。」今若據此殘卷以三十字母屬諸守溫，則三十六母或即了義所增益歟？」（註四十二）

守溫三十字母實在是依據切字要法的二十八類，又參對了梵書的體文，因而增入知、徹二類的。切字要法既然舉出「陳纏」二字，以澄類的字替代了牀類，于是定字母時，就依據梵文字母上 ṭa，ṭ'a，ḍa 一組的音，增入知徹二類，合成了知徹澄一組，結果在三十六字母上所缺的，就爲非、敷、奉、微、娘、牀六類了至於梵文字母當中濁音的送氣和不送氣的分別，在各組裏是有兩個字母的，如："ga, g'a"; "ja, j'a"; "ḍa; ḍ'a"; "da, d'a"; "ba, b'a"; 在藏文當中各只有一個字母；守溫三十字母正和切字要法上各類相合，除了所缺的牀母以外每組裏的『全濁』音，也各只有一個字母，如羣、澄、定、並等。(註四十三) 所以如此的因爲字母的應用，原來只是說明切語上的雙聲關係，中國切語上所無的聲紐，當然不能因梵文字母所具有而把牠們也配列於其中；但是另一方面當時撰定字母，就這一點上也可以說是受了藏文字母的啓示的。此外，如精、清、從、禪、邪、匣諸母，又是梵書體文所無而藏文字母上所具有的，守溫字母所以把牠們列出來，固然因爲適應了切語上聲紐的種類而也不能否認這是依據藏文三十字母的結果。劉復曾作守溫三十六字母排列法之研究一文，中有云：(註四十四)

『從這華梵字母的比較上，可以知道守溫所定的三十六個字，並不是照梵文直抄的。他把華文所有而梵文所無的加了，把梵文所有而華文所無的減了。因此我們可以說這三十六字，一定是當時所有的音，一定是個個有分別而且這三十六字能夠流傳到現在，在當時至少必定得到了若干學者的承認（若然不是一般社會的承認）；而要得到承認他所表示的音，又當然是較爲普通的，決不能是十分偏僻的。』

其實守溫原初所定的三十字母，大部分是依據藏文字母而來，同時參對了梵文字母，就把切字要法的二十八類，增入知、徹二類，以成三十字母。據一般的傳說，藏文三十字母是在第七世紀中——唐初時候——產生的，（註四十五）必定在第八世紀以前輸入了中國，我們暫時可以假定切字要法是唐代中葉的作品，由此而產生唐末的守溫三十字母。牠們所受藏文三十字母的影響，比之直接所受梵文字母的尤爲鉅大。對于守溫三十字母，我們還有一點應注意的，就是這三十字母的配列和宋人三十六字母參差不同的地方；守溫韻學殘卷以知、徹、澄、日爲一組，以心、邪、曉爲一組，又以來母屬於『牙音』，以影母爲『喉中音濁』，而把牠放在最後，這種配列顯然是因襲藏文三十字母的次序而略加以移動的。唐人歸三十字母例，各組的配列已漸和後此的三十六字母相合，這又是牠的發生比較晚後而用來說明守溫三十字母的佐證。因此我們可以斷定守溫字母大部分是依據藏文三十字母來說明切語上的聲紐，同時參對了梵書的體文，因而產生的。

至於守温三十字母，較三十六字母缺了非、敷、奉、微、娘、牀六類，並不是表明當時實際音讀上無此六種聲紐。非、敷、奉、微一組的「輕脣」音，爲中華所特有，梵藏字母上所無的，守温三十字母缺了輕脣音一組，並非表示當時和「重脣」一組的音尚未分化；守温韻學殘卷第三截第二段聲韻不和切字不得例，已經立着「類隔切」的名目，而且舉着輕重脣互切的例子，著者在國語上輕脣音的演化一文裏就作如下的斷語：

「我們認定唐人的三十字母，撰作時是受着切韻一類韻書上反切的影響，多少帶一點存古的性質；可是守温韻學殘卷裏已經明白指明韻書上的切語，有很多不合當時語音演變的實際而名之曰「類隔切」；從這個類隔切的名目上，我們在脣音方面就可以推斷輕重脣兩組的分化，當守温初作字母時，已經有顯然離析的現象。」（註四十六）

羅常培敦煌寫本守温韻學殘卷跋也說過當時輕重脣已經分化，而且「正齒」音二、三等亦有分別；引錄如左：

「此三十字母中幫、滂、奉、微、牀、娘六母既未分化，則正齒音二、三等益當無別。然殘卷第二截兩字同一韻憑切定端的例所舉十二字：

諸章魚反　辰常鄰反　禪市連反　朱章俱反　承署陵反　賞書兩反

葅側魚反　神食鄰反　潺士連反　㑳莊俱反　繩食陵反　爽踈兩反

則正齒音二三等及牀、禪之別，當時並不混合。且殘卷第三截辨聲韻相似歸處不同例所舉四十九組一百五十三字皆屬非、敷兩母；若更旁證歸三十字母例中不、芳、並、明末列之「夫敷苻無」四字，則當時脣音輕重，亦似有別。其所以不另分立者，蓋守溫初作字母，僅類聚切韻反切上字而參對梵藏體文，於梵藏有而華音無者，固皆刪汰，於華音有而梵藏無者，亦付闕如。……故守溫三十字母雖定於唐末，而不能據此以證正齒音二等及輕脣音四母尙未分化。」（註四十七）

原來守溫字母的成立，只是參照梵藏體文，用來標明切語上的聲紐，以補正韻書體例上的缺點；所以他所定的三十字母，梵藏字母上所具有而在切語上所無的聲紐當然不能妄事增列，至於切語上或當時音讀上應分別的聲紐，而因梵藏字母當中無可比對，也就付之缺如。輕重脣的分化，在唐代初年已經具有顯著的現象，在唐宋間往往把脣音『類隔』的反切改爲『音和』可見當時把牠認爲古今音變異的一種重要事實（註四十八）而對於守溫所定的三十字母，終覺得牠離開了實際的音讀太遠，過於拘守梵藏字母的範圍，于是增入了非、敷、奉、微四母；可是同時又參對梵藏體文，因守溫字母既然把審、穿、禪、照和知、徹、澄、日列成兩組，遂覺牀、娘兩母亦不可少，一併增入，就演成爲宋人的三十六字母。（註四十九）隨後又因爲使等韻圖表排列得整齊，并參酌實際的音讀，改換了因襲梵藏字母的舊次，而形成下列的系統：

重脣音	幫滂並明	輕脣音	非敷奉微
舌頭音	端透定泥	舌上音	知徹澄娘
牙音	見溪羣疑		
齒頭音	精清從心邪	正齒音	照穿牀審禪
喉音	影曉匣喻		
半舌音	來	半齒音	日

至於正齒音二、三等的分別，就是上文所舉照、穿、牀諸母當中的二系，在切韻系統上應分別的兩組聲紐，而在三十六字母上仍舊不另分立：這大概又是因爲這兩系到了唐宋間不但牠們自身已發生混同，並且和知、徹、澄諸母也漸有不分的趨勢，更因爲這兩系除審母外，在梵藏字母當中無可比對的緣故。（註五十）我們因此可以知道三十六字母的系統，是由于唐宋間人依據了梵藏字母來標明切韻等書裏切語的聲紐，又參照當時實際的音讀，混合了這三四種的因素而演成的。這種系統在當時或許是較爲普通的，並不必合於某種實際的方音音讀。但是由守温三十字母增訂爲三十六字母，同時排列的系統也加以修改，我們也可以認爲是由實際語音演變的原因而用來適應這種演變的現象的。

我們再論到三十六字母當中分組和排次的方法。學術的進步，大都由含混而趨於明晰，由粗疏而趨於精密。周漢間人所用辨音的術語，極其含混，因之那時雖具有審音的智識，而不能使人明瞭牠們的內容。到了魏晉間，反切韻書已經風行，可是對于語音上音色的差異和音調、音勢等變化的現象還沒有分開來論列，因之當時借用宮、商、角、徵、羽這五音的名稱來區別字調，往往並不認爲單純音調等變化的關係而把音素的差異也包含在內。後來竟把這五音的名稱借作區別音素之用；如神珙五音之圖（宋本或元本玉篇所載）本是用來說明反切的方法，而標着下列的五句：

『宮、舌居中；　商、開口張；　角、舌縮却；　徵、舌柱齒；　羽、撮口聚。』

守温韻學殘卷第三截辯宮商徵羽角例也列着同樣的五句：

『欲知宮，舌居中；　欲知商，口開張；　欲知徵，舌柱齒；　欲知羽，撮口聚；　欲知角，舌縮却。』

把這五個字音分別形容牠們發音的部位和情狀，並不是單就輔音而言，還包含着這些字音裏元音性質的關係。這種含混的辨音，一方面啓示了韻素上『等呼』的區分，一方面在後代又配成了『五音』『七音』，用這些名稱來表明聲紐上發音部位的差別。宋後的等韻家往往以『宮』『商』『角』『徵』『羽』來配合『喉』『齒』『牙』『舌』『脣』，又以『半徵』『半商』指明『半舌』音的來母和『半齒』音的日母，或且以『五行』『五方』『五色』『五臟』來比附字母；(註五十一)只是借用中國的舊名稱來作新學理的外表而已。鄭樵七音略序謂『江左之儒識四聲，而不識七音；』『知縱有平、上、去、入爲四聲，而不知衡有宮、商、角、徵、羽、半徵、半商爲七音；』可見

『五音』『七音』的分別在術語上雖然也有時引用舊名，而在內容上唐宋間人自命爲特創的新學理了。這種比較明晰精確的新學理，却又是由含混粗疏的舊學說上演進而來，同時又受了外來文化的影響因而產生的。梵文字母和牠們的拼音學理大概是東漢時隨着佛教傳入了中國，而翻譯的佛經當中附着字母的，最古者却爲西晉竺法護的光讚經，以佛理爲序；其以音理爲序者較古則爲東晉法顯的大般泥洹經。佛經中所附的字母，有以佛理爲序和以音理爲序的兩種。（註五十二）錢大昕謂『唐人所撰之三十六字母，實采涅槃之文，參以中華音韻而去取之；謂出於華嚴則妄矣』（註五十三）只是就涅槃經文字品所錄字母屬於以音理爲序的一類，和三十六字母的排次很多相合而言；華嚴經入法界品所錄以佛理爲序的當然和牠們不相合。所謂以音理爲序的，據吳稚暉的考證，以爲就是『十四音』的順序；原初所謂十四音，是賅括聲勢和體文的，和宋本廣韻元本玉篇附錄的辨十四聲例法很可以相比合；高僧傳釋慧叡傳所謂謝靈運『著十四音訓敍』和佛經中所謂『十四音，名爲字本』以及隋書經籍志所云『十四字貫一切音，』原來都是指這十四聲例法的；大概到了玄應把涅槃經文字品引入一切經音義內，而謂『其十四字，如言三十三字如是合之』才把許多體文屏出於十四音之外，而以十四字專指聲勢。（註五十四）吳氏說：

「玄氏此注，卽於十四音爲字本之理，一筆勾銷。不幸十二摩多加上理、釐二母，名曰字音十四，又成字面上之糾紛。且理、釐兩母加入之故，不能說明，被陳蘭甫拉向來母，尤落十丈雲霧。」（註五十五）

案智廣悉曇字記於『悉曇十二字』下云『舊云十四音者，卽於悉曇十二字中甌字之下，次有紇里、紇梨、里、梨四字，卽除前悉曇中最後兩字，謂之界畔字，已餘則爲十四音』；照吳氏此說，智廣所云舊十四音和玄應所列的字音十四，都是晚後的學說，並非原初賅括聲勢體文而分列的十四音。我以爲吳氏這種說法實在是很合於中國音韻學史上演進的趨勢的。對于各種音素的辨別，我們可以根據牠們發音的部位和發音的情狀分作兩方面來規定牠們的性質，最初往往把這些方面的現象混同不分；六朝時候，雖然漸漸把字調的區分和雙聲、疊韻的問題分作兩起來論列，（註五十六）可是一論到音素的種類，又往往把輔音和元音的性質沒有加以明確的區界，因之關于韻部上或韻素上等呼的分別和關于聲紐種類的問題，也往往混合在一起。梵文字母上原初賅括聲勢、體文因而區分的十四音和後來所傳述的辨十四聲例法以至神珙五音之圖和守温辨宮商徵羽角例所列宮商等五音的分別，都是在那種學術界的情形下的產物。後來辨別的能力和分析的觀察逐漸進步，不但把韻素上和聲紐上的問題分作兩方面來論列，而且知道辨別各種音素，又可以分作發音部位和發音情狀這兩方面來觀察，以規定牠們的性質，更以爲牠們分組和排次的標準。於是玄應音義所錄涅槃經字母分爲「字音」十四，「比聲」二十五字，「超聲」八字三大類，把許多體文列出於十四音之外，再依「比聲」的五組分爲「舌根聲」「舌齒聲」「上腭聲」「舌頭聲」「脣吻聲」五種；較從前分析得精細，正是學術上進步的現象。把「比聲」二十五字依發音的部位分爲五組，適與中國宮、商、角、徵、羽五音之數相合，于是一變而爲字母聲紐上的「五音」。唐時，藏文字母又行輸入，從事反切字母之學的，既然依據牠來說明切語上的聲紐，同時參對了梵書體文，斟酌損益，遂產生守温的三十字母。這種守温字母，既不限定於體文當中的「比聲」二十五字，自然玄應音義裏所分別歸類的又不適用於此時此地了。因爲依據藏文三十字母，列出了影母；又增多梵書體文上所無的精、清、從、禪、邪、匣諸母，同時玄氏所謂「超聲」八字當中又有審、心、喻、曉、來諸母；這時要湊成五音之數，既然不能不列出『喉音』一組，以安置影母，而隨附着喻、匣、曉諸母，自然須要把玄氏所謂『舌頭』『上腭』兩聲改爲『舌頭』『舌上』，而併成『舌音』一組；又把精、清、從諸母列爲『齒頭』音，將玄氏所謂『舌齒聲』改爲『正齒』音，隨附着審、禪諸母，以併成『齒音』一組；同時因舌根的位置緊靠着大牙（最盡頭的牙），遂以『舌根聲』改稱牙聲，成爲『牙音』一組；以『脣吻聲』改稱脣聲，成爲『脣音』一組。（註五十七）這樣就成爲中國字母聲紐上的『五音』；又借用中國宮、商、角、徵、羽的舊名稱，來配這喉、齒、牙、舌、脣的五個部位，或且以『五行』『五方』等等來相配。我們要知道：引用中國的舊名稱來作新學說的外表，總是不能適合的；因之各家所配，難免彼此有異同。（註五十八）這種舉動，本屬無謂，固可置之不論；（註五十九）可是因名稱的淆惑，有時候竟致音理上的混亂，如『角』與『宮』二字，聲紐都屬舌根的部位，而一以配牙音，一以配喉音，以致喉牙二音，往往發生混亂。例如：宋本及元本玉篇所錄五音聲論，無論是否爲神珙所作，（註六十）而因喉、牙兩聲互有出入，後人遂斥爲粗疏不足爲法。（註六十一）廣韻與元本玉篇所錄辨字五音法，也是喉、牙兩音混亂；他如切字要法後附一段說明，亦以『歌』字爲喉聲之例；守溫韻學殘卷既以見母爲牙音，匣、喩、影爲喉中音濁，而隨後所載定四等重輕兼辨聲韻不和無字可切門又謂『高』字『是喉中音濁』；晁公武郡齋讀書志更以見、溪諸母稱爲喉音，影、曉諸母稱爲牙音；此外更有淺喉、深喉的異名。（註六十二）原來聲紐上所以立着喉音一組，爲着要安置影母，因而附入喩、匣、曉諸母而影類的所以列出，又是由依倣藏文三十字母當中的末一個字母而來。這個字母（卽阿字）在梵文字母上屬於聲勢；唐宋間人既然因爲受中國舊名稱的淆惑，往往混亂了喉牙兩音的分界，對於喉音一組的性質本來也沒有明確的認識；（如守溫把心、邪二母也列入喉音）因之再把這喉、牙、舌、齒、脣的『五音』重來分配於梵書的體文，便覺得喉音無可配置，如智廣悉曇字記惟淨天竺字源竟把舌頭聲一組配屬於喉聲了！吳稚暉謂悉曇字記『承古代相傳之譌，玄應改爲舌頭聲，於音理自合。然字記等自守其六朝佛經派之舊，玄應已有唐代字母家之意味。證明廣韻之十四聲，幸有字記殘存舊法，方能密合。』（註六十三）實則智廣字記所配列的正是受着唐代字母家『五音』說的影響，並非沿襲六朝佛經派之舊，而廣韻所附錄十四聲例法，尤其是後來沿着智廣等書的誤配喉聲，而把例字竄改爲『鴉、加、瘕』等的。（註六十四）這樣看來，字母聲紐上的『五音』之說牠的發生，或者由於古書上注音和辨音的啓示，并且得到中國許多舊名詞的比附，可是內容上完全是因依倣梵藏字母上那種排列的系統而來的。佛書上所錄字母，以音理爲序的，許多體文的排列，大致依着輔音發音的部位分成各組；藏文三十字母除了最後的一個字母之外，又依着梵文字母體文的排次；從事反切字母之學的，既然依據牠們來說明切語上的聲紐，自然要倣傚牠們各組排列的系統，比附了中國舊時的五音，參酌增併，遂成爲這種新學說。這種『五音』之說，大概也是藏文字母輸入中國之後就發生的，孫愐唐韻序有『紐其脣、齒、喉、舌、牙部件而次之』的話，可見在唐代中葉已經盛行了。守溫撰定三十字母，更參照梵藏字母原來的組別和排次，把舌音一組仍舊列爲舌頭、舌上，齒音一組列爲齒頭、正齒，爲後來『九音』之權輿。宋人增成三十六字母，爲着韻圖整齊的排列，并參酌實際的音讀，移動了舊次，把來、日兩母列在最後，於是『五音』之外，又增入『半舌』『半齒』，遂成爲『七音』之說。宮、商、角、徵、羽之外，又添了半徵、半商，就是鄭樵所謂『江左之儒不識』的七音。半舌、半齒又名舌齒、齒舌；韻鏡調韻指微云：

『舌中有帶齒聲，齒中而帶舌聲者，古人立來、日二母，各具半徵、半商，乃能全其祕。若來字，則先舌後齒謂之舌齒；日字則先齒後舌，謂之齒舌。所以分爲二，而通五音曰七音。『七音』之說，又是三十六字母成立後的新學說了。三十六字母上唇音一組既有輕重唇之分，于是把舌齒齒舌倂爲舌齒音，連舌頭音舌上音，齒頭音正齒音及牙音、喉音成爲『九音』（註六十五）這種組別的產生，也正和字母的本身一樣，一方面是因受着外來文化的影響，一方面又是由于適應着實際語音演變而來的。

本節附注：

（註一）見陳氏切韻考外篇自序。

（註二）見勞氏等韻一得外篇。

（註三）見錢氏十駕齋養新錄卷五。

（註四）參看第四章第一節及第二節。

（註五）『玄』與『護』在等韻上同屬匣母；『璬』與『碻』在古音同屬蕭肴韻，『碻』字同『確』，似非疊韻，此所引者乃同『鄗』，左傳：『晉師敗於敖鄗之間』，『鄗』音苦交反。（本方毅國音沿革二一頁。）

(註六)參看第四章第三節。

(註七)金樓子捷對篇『羊戎好爲雙聲。江夏王設齋使戎鋪坐。戎曰：「官家前床，可開八尺。」王曰：「開床小狹。」戎復曰：「官家恨狹更廣八分。」又對文帝曰：「金溝清泚，銅池搖漾，既佳光景，當得劇棊。」』

(註八)洛陽伽藍記『隴西李元謙能雙聲語常經郭文遠宅問曰：「是誰宅第？」婢春風曰：「郭冠軍家。」元謙曰：「此婢雙聲。」春風曰：「儜奴慢罵。」』

(註九)見章炳麟國故論衡音理論。

(註十)參看第四章第三節。

(註十一)陳氏切韻考卷六：『封演聞見記云：周顒好爲體語。……錢辛楣養新錄疑體字，澧謂體語蓋卽切語，不必疑矣。』馬宗霍音韻學通論第五：『唐玄度代反以紐，故顧炎武以紐與反切爲同名而異稱。……竊謂體者，卽體繪之意，猶言形容也。以雙聲疊韻形容一字之音，故曰體語。陳澧亦言體語蓋卽切語，不必疑也。而觀於聞見記之言紐者，特指反語中之韻，不可以代反；惟其指韻，故有平、上、去、入之異也。』案此言實屬誤解，不足信。

(註十二)見清續通志七音略。岡井愼吾玉篇研究(二)續編第一章二六五頁，亦謂沈氏紐字圖卽文鏡祕府論所載調四聲譜之類。

(註十三)亦見於安然悉曇藏字句與文鏡祕府論所錄略有差異；詳魏建功十韻彙編序一四頁。

(註十四)見神珙反紐圖自序。

（註十五）詳可參看岡井愼吾玉篇研究（二）續篇第一章，二五九頁。

（註十六）參看岡井愼吾玉篇研究（二）續篇第一章，二六六頁。

（註十七）參看第四章第二節，第三節

（註十八）蓋卽隋志所錄劉善經四聲指歸。

（註十九）參看第四章第三節。

（註二十）清續通志謂：『此法自魏祕書孫炎作反語後卽有之』；又吳稚暉國音沿革序：『因煙、人然等的切字要法的三十類，玉篇則認爲由晉代傳來的舊法，故次於「八體」，而以雙聲疊韻法歸類於九弄反紐圖之下。終之「六書」「八體」皆列最先，卽隋志所謂「八體六文」、中國紀綱文字之古法也。次爲雙聲疊韻法，或切字要法，亦中國雙聲疊韻之舊』。（國音沿革序六頁）

（註二十一）參看第五章第二節。

（註二十二）參照白滌洲廣韻聲紐韻類之統計（中國大辭典編纂處出版）

（註二十三）本同文韻統第三卷西蕃字母說。據郝恩烈東土耳其斯坦所獲佛典文學寫本殘葉敍論謂西藏字母乃由和闐傳入，因之藏文字母除去保留一輔音化之梵文聲勢"a"以外，其餘"i, u, e. o"四聲勢，皆用幾種辨音記號表示之，此種記號與和闐草體字母演進之趨勢相應。郝氏文見羅常培梵文顎音五母之藏漢對音研究所引（中央研究院歷史語言研究所集刊第三本第二分，二七一——二七四頁。）

(註二十四)參照同文韻統第三卷西番字母配合十四譜第一譜西番字母三十字。

(註二十五)參看羅常培守溫字母源流表(敦煌寫本守溫韻學殘卷跋附表二,載中央研究院歷史語言研究所集刊第三本第二分)。茲將該表轉錄於后。(見插表)

(註二十六)見吳氏國音沿革序二二頁。

(註二十七)參看羅常培知徹澄娘音値考(中央研究院歷史語言研究所集刊第三本第一分,一二二頁。)

(註二十八)參看王靜如譯中國古音(切韻)之系統及其演變(載中央研究院歷史語言研究所集刊第二本第二分。)

(註二十九)參看羅常培知徹澄娘音値考(一二二頁,一五七頁。)

(註三十)參看王靜如譯中國古音(切韻)之系統及其演變。

(註三十一)參看羅常培敦煌寫本守溫韻學殘卷跋附表一梵藏漢字母對照表。

(註三十二)羅振玉悉曇字記跋謂智廣『是唐中葉時人。』

(註三十三)參看本節附註(二十五)守溫字母源流表。

(註三十四)參照鋼恩烈東土耳其斯坦所獲佛典文學寫本殘葉敍論(見羅常培梵文顎音五母之藏漢對音研究二七三頁引。)

(註三十五)陳澧切韻考外篇卷三:『養新錄云:「聲同者互相切,本無子母之別;於同聲之中偶舉一字以爲例,而尊之爲母，此名不正而言不順者也。」灃案字母之名出於佛書；蓋佛國以音造字，連讀二音爲一音，卽連書二字爲一字，所謂字母者，以其能生他字，猶國書之『字頭』在佛書固名正言順也。若儒書之切語，以二字譬況一音，非以二字合成一字；如東、德紅，切非連書德紅二字爲東字也。而字母家以東爲端母字，東字非德字所生，尤非端字所生，豈可謂端字爲東字之母乎？誠所謂名不正言不順矣。用中華之字而加以佛書字母之名，故有此病。然自古韻書分部有東、冬、鍾、江之目，而聲則無部居，無標目，唐僧分爲三十六類，每一類以一字爲標目，便於指說，故相沿不廢也。」

（註三十六）敦煌唐寫本守溫韻學殘卷，現藏巴黎國家圖書館，劉復收入敦煌掇瑣第三輯中案卷中所錄三十字母牙音見字下有『君』字疑衍文。

（註三十七）羅常培敦煌寫本守溫韻學殘卷跋二五三頁註一：『參閱日人濱田耕作東亞考古學研究三一五頁斯坦因氏發掘品過眼錄或東洋學報第八卷第一、第四兩號。原物敦煌發見，厚褐色紙，書文字頗精美，惟原文「故」作「故」，「衷」作「象」，「貞」作「貟」，「天」作「光」，「縝」作「縝」，「昝」作「替」，「呈」作「皇」，「延」作「延」，「言」作「善」，「相」作「根」，「因」作「因」，均誤。今據字形及聲經韻緯之例校改如上。』

（註三十八）參看羅常培敦煌寫本守溫韻學殘卷跋二五一——二五二頁。

（註三十九）參看第五章第二節。

（註四十）參看羅常培敦煌寫本守溫韻學殘卷跋二五一頁。

（註四十一）參看第五章第二節。

（註四十二）見羅常培敦煌寫本守溫韻學殘卷跋二五四頁，又注二『參閱同文韻統卷六頁八至頁九。周春小學餘論亦謂：「相傳神珙字母止三十，缺孃、奉、微、幫、滂、牀六母」與韻統之說合。案宋魏了翁鶴山文鈔後附師友雅言云：「李肩吾曰：賈逵只有音，自元魏胡僧神珙入中國，方有四聲反切；」其後戴震作書玉篇卷末聲論反紐圖後，已據珙自序，證其為唐元和以後人；然均未言其曾造字母，韻統所說，蓋展轉傳訛耳。』

（註四十三）參看本節附註（二十五）守溫字母源流表。

（註四十四）載北京大學國學季刊一卷三號、四五二頁。

（註四十五）參看羅常培梵文顎音五母之藏漢對音研究二七〇頁，引華德爾西藏喇嘛教說。

（註四十六）載暨南大學暨南學報第一卷第二號，八〇頁。

（註四十七）中央研究院歷史語言研究所集刊第三本第二分，二五四——二五五頁。

（註四十八）參看拙著國語上輕脣音的演化八一——八二頁。

（註四十九）參看本節附註（二十五）守溫字母源流表。

（註五十）參照本節上文，及附註（二十五）守溫字母源流表。

（註五十一）參看羅常培中國音韻沿革（清華大學講義）第一冊聲母發音部位異名表。茲將該表轉錄於左：

本篇所用之標準／舊名	脣音		舌音		齒音		牙音	喉音	半舌音	半齒音
	重脣	輕脣	舌頭	舌上	齒頭	正齒				
五音聲論	4.北方脣聲		2.西方舌聲		3.南方齒聲		1.東方喉聲 5.中央牙聲			
辨字五音法	1.脣聲		2.舌聲		3.齒聲		4.牙聲 5.喉聲			
韻鏡	1.脣音		2.舌音		4.齒音		3.牙音	5.喉音	6.舌齒音	
通志七音略	1.羽		2.徵		4.商		3.角	5.宮	6.半徵	7.半商
切韻指掌圖	4.脣重羽	5.脣輕羽	2.舌頭徵	3.舌上徵	6.齒頭商	7.正齒商	8.喉音宮	1.牙音角	9.舌齒音半徵半商	
玉篇卷首三十六字母五音五行清濁旁通撮要圖	4.脣音重羽水	5.脣音輕羽水	2.舌頭音徵火	3.舌上音徵火	6.齒頭音商金	7.正齒音商金	8.喉音宮土	1.牙音角木	9.半舌半齒音半徵半商半火半金	
沈括夢溪筆談	1.脣音宮		2.舌音商		4.齒音徵		3.牙音角	5.喉音羽	6.半齒半舌音半徵半商	
晁公武郡齋讀書志	1.脣音		2.齒音		4.舌音		5.喉音	3.牙音	4.半齒半舌	
王觀國學林	4.北方脣聲水		2.西方舌聲金		3.南方齒聲火		5.中央牙聲土	1.東方喉聲木		
韓道昭五音集韻	4.重脣	5.輕脣	2.舌頭音	3.舌上音	6.齒頭音	7.正齒音	1.牙音	8.淺喉 9.深喉	10.半徵半商音	

黃公紹古今韻會	3. 宮	4. 次宮	2. 徵	（併入次商及徵）	5. 商	6. 次商	1. 角	7. 羽	8. 半徵半商
釋真空篇韻貫珠集總括五姓分配例	3. 脣腎羽水北玄		2. 舌心徵火南赤		4. 齒肺商金西白		1. 牙肝角木東青	5. 喉脾宮土中黃	6. 西南
梅膺祚字彙後韻法直圖	3. 脣音羽	7. 脣齒合音羽合商	2. 舌音徵	（併入齒音及舌音）	4. 牙音角	5. 齒音商	6. 喉兼牙音宮兼角	1. 喉音宮	8. 舌兼喉音半徵	9. 齒兼牙音半商
馬自援等音林本裕聲位	3. 脣音羽	7. 脣齒兼音羽商	2. 舌音徵	（併入牙音及舌音）	4. 齒音商	5. 牙音角	1. 喉音宮	6. 喉牙合音宮角	8. 舌喉合音宮徵	9. 齒牙合音商角
李元音切譜	3. 脣音羽		2. 舌音商		4. 齒音徵		5. 喉音宮	1. 牙音角	6. 半舌半齒音半徵半商
鄒漢勛五均論	7. 開脣音	8. 合脣音	3. 舌頭音	（併入齒本）	5. 齒頭音	6. 齒本音	2. 淺喉音	1. 深喉音影喻入口	併入舌頭	併入齒本
胡垣古今中外音韻通例	5. 脣音	（附輕脣音）	2. 齶音	（併入齒音及齶音）	4. 牙音	3. 齒音	1. 喉音		（併入齶音）	（併入齒音）
周贇山門新語	3. 脣音角	8. 脣齒合音變徵	2. 舌音商	（併入齶音及舌音）	4. 齒音徵	5. 齶音羽	1. 喉音宮	6. 喉齒合音變宮（影喻併入喉音）	7. 舌齶合音變商	9. 齒齶合音變羽

張仲儒字學呼名能書	勞乃宣等韻一得	李鄴切韻考	錢玄同音篇
3.脣音羽	6.重脣音	3.重脣音	5.脣音
7.脣齒合音羽商	7.輕脣音	4.縫脣音	
2.舌音徵	2.重舌音	2.舌音	3.舌音
（併入齒音及舌音）	3.輕舌音	（併入齶音及舌音）	
4.牙音角	5.輕齒音	5.齒音	4.齒音
5.齒音商	4.重齒音	6.齶音	
1.喉音宮	1.鼻音	1.喉音	2.淺喉音
6.喉音兼牙宮兼角		（曉匣併入餘音）	1.深喉音（曉匣併入淺喉）
8.舌音兼喉半徵	（併入重舌）	6.餘音	（併入舌音）
9.齒音兼牙半商	（併入重齒）		（併入齒音）

（註五十二）參照吳稚暉國音沿革序六——十一頁，及羅常培梵文顎音五母之藏漢對音研究附四十九根本字諸經譯文異同表，圖明字輪四十二字諸經譯文異同表。

（註五十三）見錢氏養新錄卷五。

（註五十四）詳可參看吳稚暉國音沿革序原文，及下節。

（註五十五）見吳氏國音沿革序一九頁。

（註五十六）參看第四章第三節。

（註五十七）參照王力中國音韻學上册五二頁。

（註五十八）參看本節附註（五十一）聲母發音部位異名表。

（註五十九）本陳澧切韻考外篇卷三。

（註六十）戴震聲韻考：『按此亦不知何時所傳，王伯厚歸之神珙。考珙自序不一語涉及五音聲論，殆唐末宋初，或雜取以附玉篇後非珙之所爲。』

（註六十一）錢大昕養新錄卷五：『神珙四聲五音九弄反紐圖分喉、舌、齒、脣、牙五聲，每聲各舉八字以見例，卽字母之濫觴也。脣聲八字有重脣無輕脣，蓋古音如此。喉、牙兩聲相出入，與後來字母不同。』陳澧切韻考外篇卷三：『澧謂五音聲論粗疏，實不足以爲法，乃字母之椎輪耳。』

（註六十二）參看本節附註（五十一）聲母發音部位異名表。

（註六十三）見吳氏國音沿革序一九頁。

（註六十四）參看吳氏國音沿革序一九頁。

（註六十五）參看本節附註（五十一）聲母發音部位異名表。

第二節　『等韻』的原理和牠的起源

在上二章裏說過，『輕、重』『清、濁』一類的詞語，原是用來表明音讀上比較的相對的區別；最初應用宮、商、角、徵、羽的名稱來區別字調，雖然也把音素的差異混合在內，可是仍舊看作比較的相對的差別。後來把字調的區分規定爲四聲，又漸漸把音調變化的關係和聲紐韻素上的問題看作兩起；但是音素的差異，雖然不關于樂音高低的變化，而因聲紐或韻素的區別，也可以影響於實際聽感上，使整個字音發生高低的差異；因之原來用以表明音讀上比較的相對的差別的詞語，也用來指示聲紐或韻素上絕對的區別。宮、商等五音的名稱既然用來代表字母當中喉、牙、舌、齒、脣的各組，清濁、輕重一類的詞語，也自然可以爲表明各組聲紐裏發音狀態和各種韻素上成分的差異之用。梵藏體文大都依輔音的發音部位分列各組，字母家倣傚了這種排列的方法，遂產生『五音』『七音』之說。而梵藏體文的各組當中又大致依據發音的情狀爲序次，大抵以不帶樂音的（即清音）破裂音或破裂兼摩擦音列於前，以帶樂音的（即濁音）列於後，以鼻音列於最後；而在清音和濁音當中，又以不送氣音列前，送氣音列後。這種發音情狀的差別，中國佛書上就用輕重一類的詞語來形容牠們；例如“ga”爲伽，“g'a”爲伽的『重音』，“da”爲陀，“d'a”爲陀的『重音』；“ba”爲婆，“b'a”爲婆的『重音』之類。（註一）大概當時以不送氣的音爲輕，以送氣的音爲重；我們用語音學理來解釋：送氣的音牠的氣流輸送力較之不送氣音特別強；（註二）中國向來應用輕重等相對的名辭，常常以表明聽感上高低的覺察，有時却也以指示音勢的強弱，送氣音的氣流輸送力特別強，就是牠的音色本身所具有的音勢特別強，所以可稱爲『重音』（註三）輕、重既然是相對的名辭，在比較的差別上可以有許多的等級，所以輕、重之外，又有『重中輕』『輕中重』等的名目。空海文鏡祕府論調聲云：

『律調其言，言无相妨，以字輕重淸濁間之須穩。至如有「輕」、「重」者，有「輕中重」，「重中輕」當韻之卽見。且庄字（側羊反）全輕，霜字（色庄反）輕中重，瘡字（初良反）重中輕，床字（士庄反）全重。』

又論文意云：

『夫用字有數般，有「輕」有「重」，有「重中輕」，有「輕中重」，有雖重濁可用，有雖輕淸不可用者，事須細繹之。若用重字，卽以輕字拂之便快也。』

就他所舉的『庄』『霜』『瘡』『床』四字來推測，大概以淸音爲輕，濁音爲重，又以不送氣音爲輕，送氣音爲重，所以謂『庄』字（在三十六字母上屬于照母）『全輕』，『床』字（牀母）

『全重』而謂『瘡』字（穿母）『重中輕』至於以『霜』字（審母）爲『輕中重』原來梵文字母中，把幾個屬於摩擦音和邊音的字母不列於『比聲』的五組當中，而另附於後，玄應謂之『超聲』智廣悉曇字記謂之『遍口聲』對于這幾種音的發音部位和情狀，當時並沒有明確的認識，這裏謂審母的字爲輕中重，恐怕和守温韻學殘卷的把心、邪、曉認爲『是喉中音清』正是同樣的模糊觀念。空海精研悉曇之學，（註四）他所討論的聲律當然也是依據於梵文的拼音學理；這裏依照字音裏聲紐發音的情狀來判別輕重，終離不了梵文字母的序次的範圍。關于輔音的發音情狀，除了帶樂音與否和送氣不送氣的分別以外，還有同一部位上阻礙程度的差異，如破裂音、鼻音、邊音、摩擦音以及破裂兼摩擦音等等，都是依據阻礙的程度來區別的。（註五）對於這幾種區別的標準，從前大都沒有把牠們分開來論列，只是混在一起；因之判別輕重，一方面既依氣流輸送力的強弱，以不送氣音爲輕，以送氣音爲重，另一方面又依清濁聲紐影響於字音音調的高低，以清音所致的高調爲輕，以濁音所致的低調爲重；（註六）同時又參雜了氣程阻礙力大小的關係，依氣程空隙間共鳴作用的大小所致『音響』（sonority）上的差異來判定。（註七）混合了這許多種不同一的標準以規定於一種簡單的條件之下，自然只憑着各人的覺察，而認爲相對的比較的差別列出了『全輕』『重中輕』『輕中重』『全重』這許多等級。這些等級的分別，固然不必限定四種．可是一方面受了韻素上『四等』的影響，一方面又依據梵藏體文各組的排次，梵文字母上濁音的送氣和不送氣的兩個字母，在中國切語的聲紐當中，沒有分別，（參看上節）每組也只有四個聲紐可以比對；所以在聲紐上除了依照發音的部位列成『五音』『七音』之外，又依發音的情狀分爲『四等』。沈括夢溪筆談云：『縱調之爲四等，幫滂傍茫是也；』這就是指各組聲紐上的『四等』，宋元以來，有『全清』、『次清』、『全濁』、『次濁』諸類的名目。（註八）就種分別，最初只是應用輕重一類的詞語所表明的等級；江永云：

『其有最清最濁，又次清又次濁者，呼之有輕、重也。』（註九）

像江氏這樣以呼之輕重來辨析聲紐發音情狀的差異，還是保存着原初的遺意（註十）而最初這種辨析的發生，又是依倣梵藏體文的各組裏排次的結果；因之在梵藏體文的各組排次上可以比對的每組四個聲紐，——破裂音或破裂兼摩擦音及鼻音——當初所分列的這些等級，就能夠井然不紊；至於摩擦音和邊音的幾個字母以及所謂喉音的影母，原來在梵、藏字母的序次上另列於各組之後，因為在梵、藏字母的排次上無可倣照，所以對於這幾個聲紐的發音部位和情狀，當初就不容易有明確的認識。守溫韻學殘卷裏的三十字母，既以日母屬於舌上音，以來母屬于牙音，以心、邪屬于喉音，又正齒音的一組以審、穿、禪、照為次，而謂『心、邪、曉是喉中音淸，匣、喻、影亦是喉中音濁』；至於唐人歸三十字母例的序次，來母列在知、徹、澄之後，喻母列在見、磎、羣、疑之前，又以曉、匣、影為次，審、穿、禪、日、心、邪、照為次；這些排次和配列的失當，和後來三十六字母的系統不合的所在，顯然是依據梵、藏字母的排次初步的加以移動，未臻完整的一種現象。這種現象正足以顯示當時對于幾個摩擦音、邊音和所謂喉音的聲紐，尚未能明確的認定牠們的發音部位和情狀；因之關于牠們的組別既不免有錯誤，所配列的等級也自然不能得當。直待三十六字母的系統完成了以後，才得到比較完整的配列和排次，才於『七音』或『九音』的組別之外，又依聲紐的發音情狀，把各組的字母分配在『全淸』『次淸』『全濁』『次濁』這四等的定型當中。

中國舊時的音韻學界，無論是關于字調上、韻素上或聲紐上的問題，往往以『輕重』和『淸濁」並舉，或且以「輕清」和「重濁」相對而言。鄭樵七音略序云：

「七音之韻，起自西域，流入諸夏。……華僧從而定之以三十六字爲之母，重輕清濁，不失其倫。」

他這裏所謂輕重、清濁，和七音略四十三轉圖上所標着的輕重旨趣不同，(註十一)乃是關于聲紐上發音情狀的問題。日本源爲憲口遊反音頌云：「輕重、清濁依上，平、上、去、入依下；」正和鄭氏七音略序所論三十六字母的重輕、清濁同一意旨；守温三十字母裏舌音下注明的清、濁，和上文所引空海文鏡祕府論分別字音的輕重，也就是鄭氏等關於字母聲紐的這種理論的根據。這種理論在實際應用上，就是各組字母裏所謂「縱調之爲四等」。在這裏，「輕重」和「清濁」既然是同實而異名，所以由輕重的等級進而爲「全清」「次清」「全濁」「次濁」的區別，正和三十字母演成三十六字母的系統，「五音」演成「七音」或「九音」之分，都是代表着這種學術演進上一貫的趨勢。不過當時在各組聲紐上所分列的這些等級，既然混合許多種分別的標準於一種簡單的條件之下，而所謂輕重、清濁，又只認爲相對的比較的差異，不作爲音色上絕對的區別，自然各人憑着主觀的覺察隨意論列，不能獲得客觀的一致。或且以聲紐發音部位上的分別更混入於這種條件之下；廣韻末所載辨字五音法各聲下注明：『脣聲、清也；舌聲、清也；齒聲、濁也；牙聲、濁也；喉聲、濁也。』以輕重清濁和各組聲紐的分別問題又復相混，直到近代還有這樣的說法；羅常培曾經論過：

『至於等韻一得以喉、牙、舌頭、正齒、重脣為「重音」，而以舌上、齒頭、輕脣為「輕音」，（等韻一得內篇頁三字母簡譜）則以聲母之發音部位為別，與其所謂「戛」「透」「轢」「捺」之「重」「輕」復不相謀！一家之言歧出若此，異代之作，參差可知，韻學不明，此亦一主因也！』（註十二）

這種引用術語混淆的弊病，正是因為他們對于清濁、輕重一類的詞語，卽使關于各種音素絕對的區別，也只認為比較的相對的差異，而判別的時候，又未曾規定一種單純的標準，忽彼忽此，令人難以捉摸。廣韻末又有辨四聲輕清重濁法，於平聲上、平聲下、上聲去聲、入聲，各舉數十字，分別注明『輕清』『重濁』；玆以其於平聲上所舉的為例：

輕清：璉　珍　陳　椿　弘　䎎　員　禋　孚　鄰　從　峯　江　降　妃　伊　微　家

施　民　同

重濁：之　眞　辰　春　洪　諄　朱　般　倫　風　松　飛　夫　分　其　杭　衣　眉

無　文　傍

陳澧切韻考外篇卷三謂『其悠謬不可究詰；』鄒漢勛曾經以韻素上等呼的分別來說明，未免強爲解釋，終不可通。(註十三)元本玉篇載有辨四聲輕淸重濁總例，所舉例字和廣韻裏的幾乎完全相同，而輕淸、重濁的分類大有出入；茲舉平聲上爲例：

輕淸：璡　珍　眞　椿　之　黽　春　禋　孚　鄰　朱　峯　飛　風　妃　伊　微　家

施

重濁：弘　陳　辰　員　洪　諄　從　般　倫　降　松　江　夫　分　其　杭　衣　眉

無

現在依據宋元等韻書上所分的全淸、次淸、全濁、次濁四類來校量，玉篇所錄的大致可以相合，而廣韻裏的辨四聲輕淸重濁法，參差過多，無法究明其界限；我們固然可以推斷廣韻所載是經過無識者的竄亂的；(註十四)但是，也許廣韻所載和等韻書上所分列的相遠，而玉篇所載却和等韻書上的相近，(註十五)便是因爲原來的辨四聲輕清重濁法混合着許多種複雜的標準，——除了聲紐發音情狀的關係以外，還參雜有發音部位或且韻素上的問題，——後來判別輕清、重濁的標準，漸漸『比較的』單純——只是依據於聲紐的發音情狀——於是就這種原來的作品，加以改訂移易，因而成爲玉篇所錄的辨四聲輕清重濁總例所以和等韻書上所分列的，漸漸接近了。可是輕清、重濁之分，仍是認爲比較的相對的差別，而始終總離不了主觀的覺察，彼此所規定的也自然仍有參差出入，如以『鄰』『微』等濁音字爲輕清，『江』『諄』『夫』『分』『衣』『般』等清音字爲重濁，和等韻書上所分列的未能相合。(註十六)而宋元以來的許多等韻家，對於『全清』『次清』『全濁』『次濁』這四個等級彼此間的定名和區劃，也未能完全一致，如韻鏡謂次濁一類爲『清濁』，沈括夢溪筆談和四聲等子及切韻指掌圖又謂爲『不清不濁』，劉鑑切韻指南又謂爲『半清半濁』；而在全濁一類中，四聲等子及切韻指掌圖獨把邪禪二母稱爲『半清半濁』。(註十七)因爲他們雖然都是依據聲紐的發音情狀來區別，而實在未曾把區別的幾種不同一的標準分開來論列，只是混用輕重、淸濁一類的詞語，憑着各人主觀的覺察，來認定一些相對的等差，自然不能獲得普遍的客觀的一致。江永音學辨微於『最淸』『次淸』『最濁』『次濁』四類之外，又另列來日二母爲『濁』，心、審二母爲『又次淸』，邪、禪二母爲『又次濁』，(註十八)可見這些相對的等級，並不限定爲四。當初等韻家所以在聲紐上必謂『縱調之爲四等』，一方面原是因爲這種分別，由依倣梵藏各組體文的排次而來，中國的聲紐在牠們的排次上每組適有四個字母相比對，而另一方面乃是受了韻素上『四等』的影響，韻素上的四等，原來也是認爲相對的比較的差別。

淸濁、輕重一類的詞語，既然用來表明音色的差異，而最初對于音色上元音和輔音的性質，沒有加以明確的區界，把韻素差別和聲紐種類的問題混在一起，因之關于『聲』和『韻』的分別，也只用了這種相對的詞語來表示。廣韻所附錄的辨十四聲例法，牠的前身就是梵文字母上原初賅括聲勢、體文因而區分的十四音，(註十九)吳稚暉國音沿革序把佛經裏所錄的十四類字母拿來和這十四聲例法一一對照，而且令我們注意：凡是辨十四聲例法裏注明『能所俱重』的，都是摩多或韻母注明『能所俱輕』的，都是體文或聲母。（註二十）可見當時對於各種聲和韻，也應用了『輕』和『重』這樣相對的詞語來把牠們分做兩大類；既然把這種音素的區別認爲比較的相對的差異，於是聲和韻的兩大類當中，都可以再把牠們細分出許多等級來，所以在聲紐當中，依據輕重、清濁來分別，就是上文所討論關於聲紐的種類和配列的問題；同樣在韻部或韻素上也自然可以依據這種分別的方法來『細分其條目』，（註二十一）那就關于『開合』『等呼』的問題了。我們在上面第五章第二節裏論到陸法言、孫愐等分析韻部的原理，當時也只是應用清濁、輕重一類相對的詞語來表示；可是實際上關於韻素的區別，包含有許多種的標準。廣韻所錄辨十四聲例法，關於聲母的幾類，有脣、舌、齒、牙、喉等的分別，和字母聲紐上『五音』『七音』及『九音』之說，很可以看出彼此間互相倣傚的痕跡（參看上節）至於應認爲屬於韻母的幾類，有『開口聲』『合口聲』『蹴口聲』『撮脣聲』『隨鼻聲』『舌根聲』等等的名目，（註二十二）又可以想見當時已經依據脣、舌的位置和狀態來判別各種韻素上的差異了，後來等韻家分別韻圖和開合、呼等，也是依據着這種原理的。實在陸孫之徒，對于韻部的分析，早已具有了這種判別的標準；戴震云：

「鄭樵本七音韻鑑爲內外轉圖及元劉鑑切韻指南皆以音聲洪細，別之爲一、二、三、四等列，故稱等韻；各等又分開口呼、合口呼，卽外聲、內聲。……其說雖後人新立而二百六韻之譜，實以此審定部分。」

「就一類分之爲平上去、入，又分之爲內聲、外聲，又分之爲一、二、三、四等列，雖同聲同等而輕重、舒促必嚴辨；此隋唐撰韻之法也。」（註二十三）

錢大昕也說過：「一、二、三、四之等，開口、合口之呼，法言分二百六部時，辯之甚細。」（註二十四）不但是各部的分列依據着這種判別的標準，卽在各韻的排次和各韻裏音切的分別也是符合於這種原理的。江永云：

「若夫東、冬、鍾，支、脂、之，別之爲三；寒、桓、刪、山，蕭、宵、肴、豪，析之爲四。江次冬、鍾，不隨陽、唐；侯、尤、幽，不廁魚、模。此類蓋因當時通行之音審其粗細以別部居。若一部之中同類異等，如「公」、「宮」；同母異呼，如「饑」、「龜」；同音異字，如「岐」、「奇」；皆別其音切，不介淆混。由當時反切等韻之理大明，故能條分縷析。」（註二十五）

可是這種分別的原理，陸孫當時只是應用了輕重、清濁一類相對的詞語來指示，竟把這種音色上絕對的區別也作爲一種比較的相對的差異來看待。原來輕重、清濁用以表明字調的類別，而整個字音，因韻素成分的差異，也影響於實際聽感上高低的分辨，所以這一類的詞語，就轉而爲表明音素種類之用，由聲和韻的分界再進則爲韻部或韻素上的析別，則爲聲紐上的分組和排次，大都糾纏繚繞於這幾個術語當中。這幾個術語既然只是表明相對的比較的差別，所以分辨的結果也只是一些『等差』，聲紐上全清、次清、全濁、次濁的『四等』，和韻素上的『開合』『等呼』，都是因此發生的。大致中國字音裏韻素的成分有下列的三種：

(1)收尾的元音或輔音 (final vowel or consonant)；

(2)主要的元音 (principal vowel)；

(3)中介的元音(medial vowəl)；

上文所述辨十四聲例法當中『開口聲』『合口聲』等等的名目，依據脣、舌的位置和狀態來區別韻素，實包括上列第一種的成分——收尾元音或輔音——和第二種的成分——主要元音

——的差異。而在中國字音裏，第三種的韻素成分——中介元音——關於彼此間的區別，亦甚重要；至於第一種的成分特爲顯著，如果所依據的實際語音系統，並沒有多大的變異，決不至於在收尾音上發生混亂。如刊謬補缺切韻殘卷目錄下附注裏關于六朝諸家的分部，有將冬、鍾、江混同的，有將脂、微亂雜的，有將眞、文併合的，……（註二十六）所謂『各有乖互』，依據切韻的系統來比照，大都關於韻素上主要元音和中介元音的差異問題，並無在收尾音的成分上發生混亂的。（註二十七）而孫愐唐韻等對於陸氏部目的改訂，如別諄於眞，別桓於寒，別戈於歌之類，也大都關于中介元音上的差別；（註二十八）雖于部目的序次，當初並不依照收尾音的成分使各部同類相從，如陽聲韻〔-m〕和〔-ŋ〕兩系排次的凌亂，入聲各韻的和平、上、去不相應，有待於後來的移易變更，（註二十九）但是對於韻部的分析，始終未曾有把收尾音不同的韻混在一起，以致當時發生問題的。可見陸孫之徒，在當時分析韻部，最注意於韻素上主要元音和中介元音的兩種成分，所謂支、脂、魚、虞、先、仙、尤、侯諸韻，各因輕重、清濁之分，便是指在這兩種成分上的彼此差別；其他關于收尾音上異同的問題，已經認爲特別顯著的成分，一般審音文士容易辨別，似乎無需加以論列了。我們因此知道陸孫當時所謂輕重、清濁，就是用來表明韻素裏第二種和第三種成分上的種種差別；等韻家所討論的「開合」「等呼」的問題，也是關於這兩種成分的，所以戴震說：「呼等亦隋唐舊法」(註三十)這是很合於事實的。學術的進步，大都由含混而趨於分晰，十四聲例法所示明「開口聲」「合口聲」等等的分別，不但屬於主要元音的問題，也把韻素上收尾音成分的差異包含在內；隋唐時定韻，却專注意於「開合」「呼等」的問題，顯然把韻素上第一種收尾音的成分和第二種主要元音的成分，分開來論列了。只是因爲中國字音裏彼此間的區別，和第三種中介元音這種成分的關係也很重要，所以在分析韻部的標準上，不能不增進一種中介元音上異同的關係；因此所謂開合、等呼的問題，也就關于主要元音和中介元音這兩種成分了。我們也可以見得開合、呼等的分別，在音韻學史上發生的由來，一方面是受了梵文字母的音理的影響，一方面又是因爲適應着中國實際的語音現象的。

關于韻素上主要元音和中介元音兩種成分，在字音裏彼此間的差異，便是所謂開合呼等的分別。我們依據元音的脣的形狀來觀察，圓脣的元音，或者帶着圓脣化的[w]音之韻在等韻學上稱爲『合口呼，』否則，稱爲『開口呼；』江永音學辨微云：『合口吻聚開口吻不聚；』開合之分，便是依據于主要元音和中介元音的脣的形狀上的差別。而同在開口呼或同在合口呼之韻，我們又可依據元音的舌的位置再爲分別，就是等韻學上『洪細』的『等第；』帶有舌前化的〔i〕音或者元音的舌位較前較高之韻，口腔間共鳴作用較小，音響亦較小，而字音所具有的『固有音調』(inherent pitch) 亦較高，就稱爲較『細』的音，所列的『等第』也較次；否則，就稱爲較『洪』的音，所列的『等第』也較高。（註三十一）江永音學辨微云：『一等洪大，二等次大，三、四皆細，而四尤細；』這種洪細的等第，實在是依據於韻素上主要元音和中介元音的舌位來分別的。（註三十二）『開合』和『洪細』既然不是依據於同一的分別標準，在等韻學上便把牠們分開來論列，因之有所謂『開口四等』和『合口四等』之分；可是，陸孫之徒竟籠統的以淸濁、輕重一類相對的詞語來概括。等韻學既然是爲着要說明韻書上的反切而產生的，自然把陸孫等分析韻部的標準，要作進一步的析理，就將開合的問題和洪細的問題分作兩方面來論列了；這也是學術進步由含混趨于分晰的一個實例。『呼等亦隋唐舊法，』而必有待於等韻家的條析和推闡。但是等韻家仍舊沿襲引用陸孫等的一些術語，脫離不了過去的舊觀念，把這幾種音色上絕對的區別——關于元音脣的形狀和舌的位置——也認爲相對的比較的差異。例如鄭樵七音略於四十三轉圖分標「重」「輕」和韻鏡的「開」「合」相當；(註三十三)又四聲等子序云：「審四聲開闔以權其輕重，辨七音清濁以明其虛實」開口、合口的分別，也用「重」「輕」兩個字來代表。可是鄭氏七音略上各圖，除標明「重中重」「輕中輕」之外，又有標明爲「重中輕」「輕中重」，或且注明「內重」「內輕」的，令人難以索解。這正是因爲當時把這種脣的形狀的區別，作爲相對的比較的差異來看待，所以分列爲許多等差，和上文所說關于聲紐發音狀態也分列爲輕、重的等級，正是同樣的屬於那種學術界裏的習尙；把音色上絕對的區別作爲比較的等差，自然所分列的也往往只能憑着個人主觀的覺察，未必完全符合於客觀的條件。四聲等子的各攝下也標明着「重少輕多韻」、「重多輕少韻」、「輕重俱等韻」、「重輕俱等韻」、「全重無輕韻」這些名目，只是用來表明各攝裏開口字和合口字的多寡有無；(註三十四)可是有了開口、合口的名稱，却還是不廢舊習，引用輕、重兩字來代表。至於因元音舌的位置關係，影響於音的洪細差別，更明顯的認爲相對的比較的『等第，』一一來配列了。關于等韻的名稱，陳澧謂起於宋時，他說：

『字母出於僧守温，守温又有清濁韻鈐一卷，見宋史藝文志。北宋時有洛僧鑒聿，爲韻總五篇，推子母輕重之法，歐陽文忠爲之序；今已亡矣。今世所存者，切韻指掌圖，相傳以爲司馬温公作；四庫提要已疑之；近者鄒特夫徵君考定爲楊中修所作；有孫覿序，見孫覿內簡尺牘，確鑿可據。四聲等子無撰人姓名；玉海有僧宗彥四聲等第圖一卷，蓋卽此書。等韻之名，蓋始於此。切韻指南熊澤民序云：「古有四聲等子，爲流傳之正宗。」此序作於後至元丙子歲；所謂古者，蓋不過北宋時耳。夢溪筆談云：「縱調之爲四等，幫、滂、傍、茫是也；」此所云四等，非等韻家之四等；則等韻家之四等，出於沈存中之後歟。』(註三十五)

我們現在看見守温韻學殘卷裏載有四等重輕例，各於例字下注明韻目，如以豪爲一等，肴爲二等，宵爲三等，蕭爲四等；寒、桓爲一等，山、刪爲二等，仙、宣爲三等，先爲四等之類(註三十六)所分列的和韻鏡諸書都相合。內中舉到宣、選二個韻目，我們曾經以此來證明牠是唐末的作品。（參看上節）又載有定四等重輕兼辨聲韻不和無字可切門，謂『高』字『於四等中是第一字，』『交』字『是四等中第二字』（註三十七）可見四等的分列必尚在守温以前，而等韻的名稱也在唐末以前早已風行了。所以不但是『呼等亦隋唐舊法』而呼等之名也是唐人所立的。不過韻素上開合之分，和洪細等第之分，陸孫輩或稱輕重或稱清濁，或以輕重清濁並舉，等韻家把這兩種分別的標準分作兩方面來論列而仍是沿用輕重的舊稱，守温這裏所謂四等重輕，却是專指洪細的等第而言。（又韻學殘卷載有聲韻不和切字不得例謂：『夫類隔切字有數般，須細辨輕重方乃明之；』也以輕重來表明聲紐的種類。）洪細的差別，固然可以分出許多等級，不必限定爲四等，正和字調的種類不必限定爲『四聲』一樣，（註三十八）而當時也恰定爲四等，不作其他數，這又是因爲受了韻書體例的影響的。字母、等韻之學，既然是爲着說明韻書上的切語而發生的，而韻書上又以四聲分韻，于是第一步類聚雙聲之字，以明瞭一紐之下有平、上、去、入之異；（參看上節）第二步更依字母的次第縱橫排列，成爲圖表，縱以表聲，橫以表韻；韻書上分析韻部，既又依開合洪細的標準，因之在這種圖表上，無論是否將開口呼、合口呼合爲一圖，而橫的層格間，除了字調的關係以外，自然又須表明洪細的差別，這樣，就顯出等第來了。字調既然沿用韻書上的『四聲』，等韻家爲求圖表排列的整齊，自然也列成四等；于是橫分四層，層分四格，或以四聲統四等，或以四等統四聲。(註三十九) 等韻學上把這種橫的層格專用來表明平、上、去、入和洪細的等第，而以韻素成分當中收尾音和其他元音性質的差別關係，(如開合及所謂『內外』等，詳下文) 歸於各圖間的分合問題，這正是分析音讀的智識的一個大進步。而洪細的等第所以分列爲四等，確是受了『四聲』學說的影響，同時爲着圖表上層格的整齊而規定出來的。我們因此也可以知道四等的分列和等韻表的產生是在同一個時期的；前者既然在唐末以前早已風行，那末後者也必定是出於唐代的。韻素上既然橫分四等，在聲紐上也依倣着，而把那種輕重、清濁的等級，『縱調之爲四等』了。總之字母等韻之學，是爲着說明韻書上的切語而發生的，對于韻書體例上固然有不少的補正，在分析音讀的智識方面也有很大的進步，可是牠們本身的形式和內容，仍是直接或間接依據于韻書的。

隋唐時最通行的韻書，首推陸法言切韻和孫愐唐韻諸作，在上面第五章裏已經論列；等韻表上所說明的切語，最初也是依據於切韻一派的韻書，現今所留存最古的等韻書，如七音略韻鏡等，頗和切韻一派的音讀系統相合。日本大矢透韻鏡考謂藤原佐世日本見在書目所載切韻圖一卷，卽屬韻鏡的原型。（註四十）案張麟之韻鏡序云：

『往昔相傳類曰洪韻，釋子之所撰也；有沙門神珙，號知音韻，嘗著切韻圖，載玉篇卷末；竊意是書作於此僧，世俗訛呼珙爲『洪』爾，然又無所據。』

今宋本玉篇所載只有神珙四聲五音九弄反紐圖，殆非張麟之所謂切韻圖；而張麟之所謂珙韻，亦未能定爲卽屬切韻圖。不過依張麟之序文，楊倓韻譜所根據的切韻心鑑就是所謂洪韻；（註四十一）又孫覿內簡尺牘謂楊中修所作切韻類例『著爲十條，爲圖四十四，』（註四十二）和七音略，韻鏡的四十三轉圖當爲相近；通志藝文略又錄有切韻內外轉鈐一卷；牠們和切韻圖以及後來的切韻指掌圖、切韻指南等書，都以切韻爲名，可見牠們原始的作品和切韻一派的韻書定有密切的關係。鄭氏七音略自謂依據於七音韻鑑，其序文云：『臣初得七音韻鑑，一唱三嘆，胡僧有此妙義，而儒者未之聞。』而通志藝文略所載，除切韻內外轉鈐外，又有內外轉歸字一卷，僧行慶定清濁韻鈐一卷，劉守錫歸字圖一卷，及柳曜五音切韻樞等書；至宋志所錄有聲韻圖一卷（通志藝文略及玉海引國史志亦載），洪韻海源二卷，守溫清濁韻鈐一卷，釋元沖五音韻鏡一卷，及司馬光切韻指掌圖一卷；

玉海載有僧宗彥四聲等第圖一卷，又引崇文總目夏竦聲韻圖一卷；通考載有僧鑒聿韻總五篇；此等書亡佚已久，（今本切韻指掌圖係南宋以後的僞作，非北宋人原書，詳下章。）固然不能考見牠們的內容，可是也不能否認牠們和鄭氏所據的七音韻鑑，楊倓所據的切韻心鑑等書有密切的關係；有些或許竟是七音略、韻鏡的藍本，有些或許是和牠們爲同一系統的作品。此外，明王圻續文獻通考又載有宋崔敦詩韻鑑及宋吳恭七音韻鏡等書，和七音略所據的七音韻鑑及韻鏡，在名稱上也很類似；可以見得在南宋以前，因爲切韻一派韻書的風行，這些相類似或同一系統的等韻書也隨之鋒起。大概牠們互相勦襲，屢有改訂，而仍不失其本來的面目，正和隋唐時陸氏切韻一派的韻書一樣，可是因爲妙義出於胡僧而又勦襲雷同的過多，在張麟之那時（南宋初年）已經覺得此等書『其用也博，其來也遠，不可得指名其人』了。（註四十三）所謂『其用也博，其來也遠』，正是因爲牠們是用來說明韻書上的切語，所以和當時最通行的切韻一派的韻書相輔而行；牠們的原型必起于唐代，在切韻一類的韻書通行之後就發生的。羅常培在通志七音略研究一文裏曾列舉四證，以明等韻圖爲唐人所創；茲節錄之如左：

一張麟之韻鏡序作題下註云：「舊以翼祖諱敬，故爲韻鑑，今遷祧廟，復從本名。」案翼祖爲宋太祖追封其祖之尊號，如韻鏡作于宋人，則宜自始避諱，何須復從本名？儻有本名，必當出于前代：此一證也。

七音略之轉次，自第三十一轉以下與韻鏡不同：前者升覃、咸、鹽、添、談、銜、嚴、凡於陽、唐之前，後者降此八韻於侵之後。案隋唐韻書部次，陸法言切韻與孫愐唐韻等爲一系，李舟切韻與宋陳彭年廣韻等爲一系。前系覃、談在陽、唐之前，蒸、登居鹽、添之後；後系降覃、談於侵後，升蒸、登於尤前。今七音略以覃、談列陽、唐之前，實沿陸、孫舊次，特以列圖方便而升鹽、添、咸、銜、嚴、凡與覃、談爲伍。至於韻鏡轉次則顯依李舟一系重加排定，惟殿以蒸、登，猶可窺見其原型本與七音略爲同源耳。此二證也。

敦煌唐寫本守溫韻學殘卷所載四等重輕例，……其分等與七音略及韻鏡悉合。降及北宋，邵雍作皇極經世聲音圖，分字音爲「開」「發」「收」「閉」四類，除舌頭、齒頭、輕脣及舌上娘母與等韻微有參差外，餘則「開」爲一等，「發」爲二等，「收」爲三等，「閉」爲四等（參閱袁子讓字學元元卷一四音開發收閉辨）亦並與七音略合。是四等之分劃，在守温以前蓋已流行，北宋之初亦爲治音韻者所沿用，則其起源必在唐代，殆無可疑，此三證也。七音略於每轉圖末分標「重中重」，「重中輕」，「輕中輕」，「輕中重」等詞，其定名亦實本諸唐人。……其含義雖不與七音略悉符，然「重中輕」「輕中重」之名稱，必爲唐代等韻家所習用，則顯然易見，此四證也。』（註四十四）

等韻的圖表正和字母之學同出於唐代，同是爲着說明韻書上的切語而產生的；而初期等韻書的分等列圖，所以和切韻的系統大致相合，這又是因爲陸孫一派的韻書在當時最爲通行的緣故。在等韻學上對于音讀分析的智識確是較前進步，但是牠的產生，也總離不了利用梵文拼音學理來整理中國音韻的一種結果。

當時大都把這種聲經韻緯的圖表的創始，歸功於一般佛教的僧徒，所謂『梵僧傳之，華僧續之；』（註四十五）又謂『胡僧有此妙義，而儒者未之聞；』這是因爲這種圖表的形式是倣傚於梵文悉曇章的體製的。智廣悉曇字記謂『悉曇十二字爲後章之韻，如用迦字之聲，對阿、伊、甌等十二韻呼之，則生得下「迦」「機」「鉤」等十二字；次用佉字之聲，則生得「佉」「欺」「丘」等十二字；次生得「伽」「其」「求」等十二字；……』所謂等韻表就是依倣這種體製，把韻書反切上的音讀系統總攝成爲若干轉圖。這種聲經韻緯的圖表，正和現代的國音字母拼音表及日本語的五十音圖具有同樣的作用，而最初乃是由模倣梵文的悉曇章而來。初期的等韻書既然是因切韻一類的韻書通行之後而用來說明牠們的切語，所以和切韻的音讀系統頗能相合；那末這些圖表便可以說是悉曇化的切韻『音綴表』(syllabary)。(註四十六)我們再可以從韻鏡諸書裏許多轉圖的『轉』字上來證明等韻表的這種來源；牠們似乎把一圖稱爲一轉，例如四十三圖就稱爲四十三轉，『轉』字的意義就是根據於向來對於佛經的『轉讀』。慧皎高僧傳第十三論曰：

『天竺方俗，凡歌詠法言，皆稱爲唄。至於此土，詠經則稱爲轉讀，歌讚則號爲梵唄。』

『轉』實亦卽古之『囀』字，說文無『囀』字，凡言唱誦歌詠，古祇作『轉』；(註四十七)六代相承，凡是詠誦經文，都謂爲『轉』；(註四十八)因此演變而爲唐、五代的『俗文』『變文』，一些民間的唱本，也稱爲『轉』。(註四十九)另一方面凡是關于字音拼切的方法，也當然可謂之『轉』或『唱』。

空海悉曇字母并釋義於所列五十根本字後更舉『迦』『祈』等十二摩多，謂：

『此十二字者，一箇迦字之一轉也。從此一迦字母門，出生十二字。如是一一字母各出生十二字，一轉有四百八字。如是有二合、三合、四合之轉，都有一萬三千八百七十二字。』

這種轉讀的方法，在等韻學上就是鄭氏七音略序所謂『一唱三歎』，所以後代亦稱等韻之學爲『唱韻』；劉獻廷廣陽雜記云：

『當明中葉，等韻之學盛行於世。北京衍法五臺，西蜀峨嵋，中州伏牛，南海普陀，皆有韻主和尚，純以唱韻開悟學者。學者目參禪爲大悟門，等韻爲小悟門。而徽州黃山普門和尚尤爲諸方所推重。』

趙蔭棠曾作康熙字典字母切韻要法考證一文，（註五十）謂字母切韻要法裏的內含四聲音韻圖源出於禪門日誦裏的華嚴字母韻圖，而都有個『唱』字的痕跡。（註五十一）從這個『唱』字或『轉』字上，又可以作爲等韻表源出於悉曇章的一種顯明的證據。但是初期的等韻書，既然是用來說明切韻一類韻書裏的音切，在形式上固然是依倣了梵文字母拼切的方法，而在內容上總要適應着切韻的音讀系統。我們在上面第五章裏說過，切韻一類的韻書，承襲六朝諸家的分部，同時要包羅古今南北的語音，對於韻部的分析，不能不格外的繁密；因之根據這種韻書裏的音讀系統來列成圖表，自然不能像梵文的『十二轉』或『十六轉』那樣簡單，而比較牠們要複雜得多；所以楊中修所作的切韻類例有四十四圖，今存的韻鏡、七音略，也有四十三轉之多。這便是應用梵文拼音學理來整理中國音韻的一種自然的結果，在事實上當然要設法來表彰那時最通行的一些韻書裏分析韻部的標準；因此我們又須論到那時等韻家怎樣的把這些轉圖分列出來。等韻學上關于各圖間的分合問題，也正是和韻書上的分部有許多地方可相比對；我們在上文說過，等韻圖表裏把橫的層格來表明四聲和洪細的等第，而以韻素成分當中收尾音和其他元音性質的關係爲分列轉圖的標準，這是較韻書上的分析音讀尤爲明晰的地方。韻素當中關于收尾音的異同，早已認爲特別顯著的成分；初期的等韻書所分列的各圖，對于韻素上各種收尾音的分別，也自然和陸孫一派韻書相合，未曾把切韻系統裏收尾音不同的韻混在一起。其次，依元音脣的形狀所分別出來的『開口』、『合口』，初期的等韻書上也大致依照這種分別來列成異圖；如七音略於各轉圖末所標『重』『輕』適和韻鏡的『開』『合』相當。(註五十二)此外，更依據韻素當中主要元音舌體的位置，區爲『內』『外』二大類，而亦用來作爲分列轉圖的標準；所謂『內轉』『外轉』並非指洪、細等第的差別，因爲同一內轉或同一外轉，仍各有洪細的等第；更不是指開、合的分別，因爲內外轉也各有開、合。可是歷來異說紛紜，莫能得一確切詳明的解釋；羅常培在釋內外轉一文裏曾經論過：

『稽之宋元等韻諸圖，內轉不皆收聲（三等），外轉不皆發聲（二等），則袁子讓呂維祺之說不可通；內外轉各有開、合，或闢、翕，則戴震、鄒漢勛、商克、方以智、釋宗常之說不可通。至於吸音、呼音，舌縮、舌舒，內旋、外旋之類，尤嫌玄而不實，難以質言：要皆未能豁然貫通，怡然理順也。』

(註五十三)

羅君於是從切韻各韻的音值（大都依高本漢所測定的）上作歸納的研究，更參照江永及日人大矢透、大島正健諸人之說，求得一區別內外轉的通則；茲節錄他的結論如下：

『內轉者，皆含有後元音[u][o]，中元音[ə]及前高元音[i][e]之韻；外轉者，皆含有前元音[e] [ɛ] [æ] [a]，中元音 [ɐ] 及後低元音 [ɑ] [ɔ] 之韻。』(註五十四)他以爲前者的元音『較後而高，後則舌縮，高則口弇，故謂子「內」；』後者的元音『較前而低，前則舌舒，低則口侈，故謂之「外」；』可見所謂內轉、外轉，純粹以韻素當中主要元音的舌位來作分轉列圖的標準。至於四聲等子及今本切韻指掌圖裏的辨內外轉例所謂『內轉者取脣、舌、牙、喉四音更無第二等字，唯齒音方具足；外轉者五音四等都具足；』也只是內外轉各圖當中某一種分別的現象，而非內外轉區分的本體。(註五十五)而且辨例當中所分的內外轉各攝和所規定的義界本身就有矛盾，如等子及指掌圖的臻攝二等只有正齒而歸於外轉，果攝全無二等而歸於內轉；因之勞乃宣說牠『參互推求每多齟齬，無從窺其條理；』(註五十六)陳澧也說：『內轉、外轉但分四等字之全與不全，與審音無涉，宜置之不論。』(註五十七)其實在初期的等韻書上，內外轉的分別却是關于各圖間分合問題的一個重要的標準；大概牠們依據切韻的音讀系統來分轉列圖，不能不較爲詳密：第一種的分別標準，就是依照韻素當中收尾音的差異；第二種的標準，又是依照元音脣的形狀來分別『開口』、『合口』；第三種的標準，就是依照韻素當中主要元音舌體的位置來分別

『內轉』『外轉』。而每一轉圖當中縱列字母，表明聲紐，橫列韻目，表明四聲和洪細的等第；這種聲經韻緯的圖表，在內容上固然適應着切韻一類韻書的音讀系統，比較梵文的悉曇章要複雜得多，而在形式上，總是依倣於牠們的體製；『釋氏以參禪爲大悟，通音爲小悟』（註五十八）所以等韻之學的創始，和字母之學同樣的出於一些僧徒之手。

等韻圖表上既然把韻書裏的字音，依照所規定的字母，縱橫排列起來，而同一字母之下，除了四聲的分別以外，又依洪、細的差異，列爲四等；我們說過，韻素上這種洪細的等差，並不必限定是四等，等韻家爲着要圖表排列的整齊，并且依倣了四聲，也定爲四等；又在實際的語音系統當中，聲紐和韻素的配列，無論如何總不能像理想的圖表上那樣整齊，某一些聲紐或許有和某一些韻素拼切的字音，而沒有和別一些韻素拼切的字音，例如在某一組的字母之下，有了一等的字音，却沒有二等的字音，而在別一組的字母之下，有了二等的字音，却又沒有一等的字音；這樣，各組的字母和各等間怎樣的配列？又成爲等韻學上一個重要的問題了。原來守溫初定字母，只是拘守梵、藏體文的範圍，用以標明切韻等書裏切語的聲紐，後來參照實際音讀的演變，增成三十六字母；（參看上節）這樣規定出來的字母，和切韻音系的聲紐，本來不是完全能夠吻合的；再在等韻的圖表上用來配列於四等的定型，而因某一些聲紐常和某一些韻素相拼切的情形，就把各組的字組也配定了牠們在各等間的位置。在初期的等韻書上，大都『以一紙列二十三字母爲行，以緯行於上，其下間附一十三字母，盡於三十六，一目無遺』；（註五十九）因爲當時的等韻家，在三十六字母的系統上，規定了舌頭音沒有二、三等，舌上音沒有一、四等，齒頭音沒有二、三等，正齒音沒有一、四等，輕脣音沒有一、二、四等，其餘除日母外，都具足一、二、三、四等，所以彼此相補，列成二十三行。陳澧切韻考外篇卷三列着一個各組字母二十三行分等表，（註六十）并且說：

『切韻指掌圖字母平列三十六行，七音略、四聲等子則置知、徹、澄、孃於端、透、定、泥之下，置非、敷、奉、微於幫、滂、並、明之下，置照、穿、牀、審、禪於精、清、從、心、邪之下，爲二十三行而已。端四母、精五母有一等、四等，無二等、三等；知四母、照五母有二等、三等，無一等、四等，遂以相補；非四母但有三等，無一等、二等、四等，幫四母雖四等具有，而遇三等無字之處，則以非四母相補，可謂巧矣。然不如平列之，使有者自有，無者自無，順其自然，不必相補也。』

其實這種相補的排列，正是顯示各組字母配定在各等間的位置；因之後代的音韻學家竟有說是『辨等之法，須於字母辨之』的。(註六十一)而事實上，當初等韻家因在圖表當中固定爲四等，也間有利用字母或聲紐性質的差異來分別等第的；茲引羅常培的話於下：

『四等之洪細，蓋指發元音時口腔共鳴間隙之大小言也。惟同在三等韻中，而正齒音之二、三等，以聲母之剛柔分（二等爲舌尖後音三等爲舌面前音）；喻母及脣音、牙音之三、四等，以聲母有無附顎作用分（三等有"j"四等無"j"）；復以正齒與齒頭不能平列一行，而降精、清、從、心、邪於四等：此並由等韻立法未善，而使後人滋惑者也。』(註六十二)

這種把分別等第的標準自己混亂的地方，就是由于等韻家太拘泥了四等的定型的緣故。同時又覺得這樣配列的定例和切韻等書裏的切語也有一些不相符合的，於是又不得不立着幾種名目，以作遷就的解釋；等韻學上所謂『門法』就是因此產生的。陳澧云：

『知三母字古音讀如端三母，非四母字古音讀如幫四母，切語上字有沿用古音者，宋人謂之「類隔」。廣韻每卷後有新添類隔今更音和切一條；四聲等子遂立門例，其一條云「端、知八母下一、四歸端，二、三歸知；」又云『以符代蒲，其類奉、並，以無代模，其類微、明；』明僧眞空作門法玉鑰匙，又增減之爲十三條。方素北古今釋疑云「詳其所以立門法者，乃見孫愐切脚不合，而不敢議之，故強爲之遷就之說」澧案此說是也。作門法者本欲補救等韻之病，而適足以顯等韻之病。」（註六十三）

其實這些名目並非是宋人所創始的；在等韻圖表創立的時候，大概門法亦隨着產生，不過沒有像後來那樣繁多的名目罷了。我們現在看到守溫韻學殘卷，載有定四等重輕兼辨聲韻不和無字可切門，舉『高』『交』兩字爲例，謂『高』字『於四等中是第一字，與歸審、穿、禪、照等字不和，若將審、穿、禪、照中字爲切，將高字爲韻，定無字可切；』『交』字『是四等中第二字，與歸精、清、從、心、邪中字不和，若將精、清、從、心、邪中字爲切，將交字爲韻，定無字可切。』（註六十四）又有一段也是論到正齒、齒頭兩組在各等中的位置，與此略同（註六十五）此外幷載有兩字同一韻憑切定端的例，（註六十六）及辨聲韻相似歸處不同一段；也都是表明某一些字音或某幾組的聲紐在各圖或各等間的位置（註六十七）凡是和這些定例不合的切語，便認爲是『聲韻不和，』就是對『音和』而稱的『類隔』

守温韻學殘卷載有聲韻不和切字不得例（註六十八）

『切生　聖僧　床高　書堂　樹木　草鞋　仙客

夫類隔切字有數般，須細辨輕重方乃明之；引例於後：

如都教切罩　他孟切掌　徒幸切瑒（此是舌頭舌上隔）

如方美切鄙　芳逼切堛　苻巾切貧　武悲切眉（此是切輕韻重隔）

如疋問切忿　鋤里切士（此是切重韻輕隔）

恐人只以端、知，透、徹，定、澄等字爲類隔，迷於此理，故舉例□更須子細□□。（原缺）』

隨後又引着『在家疑是客，別國却爲親』的詩句，以表明所謂類隔的切語雖在圖表上可以列在同行，而所切的字音終非同母同等；所以說『聲韻不和，無字可切，』而當時只用『類隔』一門來概括。大概當時所謂『類隔，』不但是指舌頭和舌上、輕脣和重脣的關係，凡是後來所立的『振救門，』『正音憑切門，』『精照互用門，』『寄韻憑切門』等等，也都包含在內，所以說『類隔切字有數般，須細辨輕重方乃明之；』『恐人只以端、知，透、徹，定、澄等字爲類隔，迷於此理。』因此我們可以斷定『門法』的開端正和等韻圖表的創立同出於唐時（尤其是守溫所立辨聲韻不和無字可切門的『門』字給我們相信，）不過名目的滋繁，當是宋元人所爲。(註六十九)總之等韻學是依倣梵文悉曇章的體製，採取牠們的拼音學理，來說明中國韻書反切上的音讀系統；固然其中有許多拘泥定型勉強遷就的配置和解釋，可是經緯交貫對于中國音韻上『聲』『韻』『調』三種元素的種種性質以及牠們內中所包含的成分，確已漸漸分析清楚；不但在我們現今考證古音和研究發音原理上，給了不少的幫助，即在當時韻書的編製上，也予以重大的改進。

本節附注：

(註一)參看智廣悉曇字記，及羅常培梵文顎音五母之藏漢對音研究附四十九根本字諸經譯文異同表。

(註二)參看拙著語音學綱要（開明書店出版）第五章第八節三三頁。

(註三)參看拙著語音學綱要第十章第三節七六頁。

(註四)空海於唐德宗貞元二十年甲申——即日本桓武天皇延曆二十三年，西元八〇四年——入唐留學，從不空三藏弟子曇貞受悉曇。

(註五)參看拙著語音學綱要第五章第三節、第四節、二八——三〇頁。

(註六)參看拙著語音學綱要第十二章第四節、八九頁。

(註七)參看拙著語音學綱要第九章第二節、五九頁。

(註八)茲將王力中國音韻學上册六四頁所載全清次清全濁次濁異名表轉錄於左以備參考：

本篇定名	本篇分類	韻鏡	沈括夢溪筆談	黃公紹韻會	劉鑑切韻指南	李元音切譜	四聲等子及切韻指掌圖	江永音學辨微	等韻切音指南	字母切音要法
全清	幫端精見心 非知照影審	清	清	清	純清	純清	全清	最清 又次清	○ ◒	○ ◒◑
次清	滂透清溪 敷徹穿曉	次清	次清	次清	次清	次清	次清	次清	⊙	⊙
全濁	並定從羣邪 奉澄牀匣禪	濁	濁	濁	全濁	純濁	全濁 半清半濁	最濁 又次濁	●	●
次濁	明泥疑來 微娘喻日	清濁	不清不濁	次濁	半清半濁	次濁	不清不濁	次濁 濁	◒ ◒○	◒◑◐◒◐◒ ◒○

(註九)見江氏音學辨微五辨清濁。

(註十)參看羅常培釋重輕（載中央研究院歷史語言研究所集刊第二本第四分）四四四頁。

(註十一)參看羅常培釋重輕四四四頁。

(註十二)見羅常培釋重輕四四五頁。

(註十三)鄒漢勛五均論下八呼廿論之三論輕重：『廣韻末有辨四聲輕清重濁法，主於明輕重，而清濁其所兼及耳。』又八呼廿論之十六廣韻辨四聲輕清重濁法表：『廣韻所謂輕，殆內二、外二、內四、外四之四等重則內一、外一、內三、外三之四等也。而清濁又非輕重，殆內爲清而外爲濁耳。』羅常培釋重輕謂其『強納舊說於設想之定型中，於原表內容實未嘗深釋。』

(註十四)參看羅常培釋重輕四四五頁。

(註十五)岡井愼吾玉篇研究(二)續篇第二章二九四頁謂：『玉篇所載辨四聲輕清重濁總例，十分之九與韻鏡所分清濁相合，以其與韻鏡近，卽見廣韻所載之與韻鏡遠也。』

(註十六)參看岡井愼吾玉篇研究(二)續篇第二章二九三——二九四頁，及羅常培釋重輕四四五頁。

(註十七)參看本節附註(八)全清次清全濁次濁異名表。

(註十八)參看本節附註(八)全清次清全濁次濁異名表。

(註十九)參看上節。

（註二十）吳稚暉國音沿革序取佛經中所附錄之十四類字母，以與此十四聲例法對照而註釋之；茲約畢如下：

(1)開口聲：阿、哥、河等，並開口聲

卽玄應一切經音義所引大般涅槃經第一類字音之哀，阿。

(2)合口聲：菴、甘、堪、諳等並是合口聲

卽玄應所引第六類之菴、惡。

(3)蹴口聲：憂、丘、鳩、休等，能所俱重也。

吳氏謂此云蹴口而憂、丘等在舌前；應歸玄應之第二類，壹、伊。

(4)撮脣聲：烏、姑、乎、枯，能所俱重。

卽玄應之第三類，塢、烏。

(5)開脣聲：波、坡、摩、婆，能所俱輕。

卽玄應之第十一類，波、頗、婆、娑、摩。吳氏謂：凡言能所俱重者，皆爲摩多或韻母；書能所俱輕者，皆爲體文或聲母。

(6)隨鼻聲：灼、蒿、考、姑等，能所俱重也。

吳氏謂灼疑爲炮之譌；此屬玄應第五類之汚、奧。

(7)舌根聲：奚、雞、溪等，能所俱重。

卽玄應第四類之鷖、蘙。

(8)蹴舌下卷聲；伊、酌、等，能所宜。

即玄應第十二類之䑛、邏、羅。

(9)垂舌聲；遮、車、奢、者，能所俱輕。

即玄應第八類之遮、車、闍、膳、若。

(10)齒聲；止、其、始等，能所俱輕也。

吳氏謂止字必係乏字之誤；此即玄應第十三類之縒、奢、沙。

(11)牙聲；迦、佉、俄等，能所俱輕。

即玄應第七類之迦、呿、伽、咺、俄。

(12)齶聲；鶍、醫等，能所輕。

即玄應第十四類之娑、啊。

(13)喉聲；鴉、加、瘕等，能所俱輕。

吳氏謂以舌頭音爲喉音，乃承古代相傳之僞；而鴉、加、瘕三字皆誤，此必妄人見其爲喉聲，妄竄改耳，此應屬玄應之第十類多、他、陀、馱、那。

(14)牙齒齊呼開口送聲；吒、沙、拏、荼，能所俱輕。

此即玄應第九類之吒、咃、茶、咤、拏。

(註二十一)語見孫愐唐韻部敍，參看上文第五章第二節。

(註二十二)詳本節附註(二十)。

(註二十三)見戴氏聲韻考卷二。

(註二十四)見錢氏潛研堂答問十三。

(註二十五)見江氏古韻標準例言。

(註二十六)詳第五章第一節。

(註二十七)參看王靜如譯中國古音(切韻)之系統及其演變一八九頁廣韻韻目表，及林語堂語言學論叢一九三——一九八頁珂羅倔倫考訂切韻韻母隋讀表。

(註二十八)參看第五章第二節。

(註二十九)參看第五章第二節。

(註三十)見戴氏聲韻考卷二。

(註三十一)參看高元國音學(商務印書館出版)及拙著音韻學第四篇一四三頁。

(註三十二)羅常培通志七音略研究(載中央研究院歷史語言研究所集刊第五本第四分)云：「分等之義，江慎修辨之最精。其言曰「一等洪大，二等次大，三四皆細，而四尤細」(音學辨微辨等列)。惟謂「辨等之法須於字母辨之」(同上)，則不逮陳蘭甫所謂「等之云者當主乎韻，不當主乎聲」(東塾集卷三等韻通序)，尤能燭見等韻本法也。如以今語釋之,則「一二等皆無[i]介音,故其音「大」;三四等皆有[i]介音,故其音「細」。同屬「大」音,而一等之元音較二等之元音略後略低,故有「洪大」與「次大」之別。如歌之與麻,咍之與皆,泰之與佳,豪之與肴,寒之與删,覃之與咸,談之與銜,皆以元音之後[ɑ]前[a]而異等。同屬「細」音,而三等之元音較四等之元音略後略低,故有「細」與「尤細」之別。如宵之與蕭,仙之與先,鹽之與添,皆以元音之低[ɛ]高[e]而異等。然則四等之洪細,蓋指發元音時口腔共鳴間隙之大小言也。」

(註三十三)羅常培釋重輕云:『韻譜之傳於今者,以七音略及韻鏡爲最古。二書同出一源,審音堪資互證。且張麟之稱鄭樵爲「莆陽夫子」,則於漁仲定名本意,必不至茫無所知。今考七音略四十三轉,凡稱「重中重」者十九,「輕中輕」者十四,「重中輕」者三,「輕中重」者二,「重中重(內重)」,「重中重(內輕)」,「重中輕(內重)」,「輕中重(內輕)」,及「輕中輕(內輕)」者各一。韻鏡則悉削「輕」「重」之稱,別標「開」「合」之目。於七音略所謂「重中重」,「重中重(內重)」,「重中重(內輕)」,「重中輕(內重)」及「重中輕」者,均標爲「開」;於所謂「輕中輕」,「輕中輕(內輕)」,「輕中重」及「輕中重(內輕)」者,均標爲合。其因鈔刊譌易,開合互淆者,且可據例校勘,有所是正。故七音略之「重」「輕」,適與韻鏡之「開」「合」相當,殆無疑義。』

(註三十四)參看羅常培釋重輕四四二——四四三頁。

(註三十五)見陳氏切韻考外篇卷三。

(註三十六)見守溫韻學殘卷第一截,茲將四等重輕例錄如左:

平聲

高古豪反	交肴	嬌宵	澆蕭
觀古桓反	關删	勬宣	涓先
樓落侯反	○	流尤	鏐幽
裒薄侯反	○	浮尤	淲幽
擔都甘反	鵮咸	霑鹽	战添
丹多寒反	譠山	邅仙	顚先
喉亡侯反	○	謀尤	繆幽
齁呼侯反	○	休尤	烋幽

上聲

蘚歌旱反	簡產	蹇獮	蠒銑
埯烏敢反	黤檻	掩琰	黶琰

滿莫伴反	矕潸	免選	緬獮
杲古老反	姣巧	矯小	皎篠

去聲

旰古案反	諫（諫）	建願	見霰
岸五旰反	鴈（諫）	彥線	硯霰
但徒旦反	綻襇	纏線	殿霰
半布判反	扮（襇）	變線	遍（線）

入聲

勒郎德反	礐麥	力職	歷錫
刻苦德反	緙麥	隙陌	喫錫
螚奴德反	搦陌	匿職	溺錫
特徒德反	宅陌	直職	狄錫

（黑）呼德反	（赫）陌	艴職	赥錫
北布德反	檗麥	逼職	壁錫
祴古德反	革麥	棘職	擊錫
忒他德反	坼陌	勑職	惕錫
餩烏德反	餛陌	憶職	益錫
墨莫德反	麥麥	窨職	覓錫

（凡加括弧者，皆經校改。）

（註三十七）見守溫韻學殘卷第一截，詳下文。

（註三十八）參看第四章第三節。

（註三十九）詳下章。

（註四十）參看大矢透韻鏡考第三章。

（註四十一）張麟之韻鏡序：『自是研究，今五十載，竟莫知原於誰。近得故樞密楊侯倓淳熙間所撰韻譜，其自序云：「埸來當塗，得歷陽所刊切韻心鑑，因以舊書手加校定，刊之郡齋。」徐而諦之，即所謂洪韻，特小有不同；舊體以一紙列二十三字母爲行，以緯行於上，其下間附一十三字母，盡於三十六，一目無遺，楊變三十六，分二紙肩行而繩引，至橫調則淆亂不協，不知因之則是變之非也。』

（註四十二）孫覿內簡尺牘卷三與致政楊尚書中修書附切韻類例序：『洪農楊公博極羣書，尤精韻學；古篇奇字一覽如素習。……於是出平生所著切韻樂與學者共之。昔仁宗朝詔翰林學士丁公度、李公淑增崇韻學，自許愼而下凡數十家，總爲類篇、集韻，而以賈魏公、王公洙爲之屬。治平四年，司馬溫公繼纂其職，書成上之，有詔頒焉。今楊公又即其書科別戶分，著爲十條，爲圖四十四，推四聲子母相生之法，正五方言語不合之訛，淸濁重輕，形聲開合；梵學興而有華竺之殊，吳音用而有南北之辨。解召釋象，纖悉備具；離爲上下篇，名曰切韻類例。』

（註四十三）見張麟之韻鏡序。

（註四十四）見羅常培通志七音略研究五二二——五二三頁。

（註四十五）見張麟之韻鏡序。

（註四十六）本羅常培中國音韻學的外來影響（載東方雜誌第三十二卷第十四號）三六頁。

（註四十七）淮南子脩務訓：『故秦楚燕趙之歌也，異轉而皆樂。』高誘註：『轉音聲也。』廣韻去聲三十三線：『囀、韻也，又鳥吟、知戀切。』集韻：『囀、株戀切，聲轉也。』雷浚說文外編：『囀、知戀切，鳥鳴也。說文無囀字，祇可作轉。周伯琦六書正譌曰：「轉、別作囀，」非。』

（註四十八）高僧傳支曇籥傳：『嘗夢天神授其聲法，覺因裁製新聲。梵響淸靡，四飛却轉，反折還弄。』智宗傳：『若乃八關之夕，中宵之後，四衆低昂，睡眠交至，宗則升坐一轉，梵響干雲；莫不開神暢體，豁然醒悟。』

(註四十九)如太子五更轉之類。

(註五十)載中央研究院歷史語言研究所集刊第三本第一分。

(註五十一)參看趙蔭棠康熙字典字母切韻要法考證一〇一——一〇五頁。

(註五十二)參閱本節附註(三十三)。

(註五十三)載中央研究院歷史語言研究所集刊第四本第二分；見二一三——二一六頁。

(註五十四)參看羅常培釋內外轉二二一——二二三頁。

(註五十五)參閱大島正健韻鏡新解一三——一四頁，一七——一八頁，及羅常培釋內外轉二二三——二二四頁。

(註五十六)見勞氏等韻一得外篇。

(註五十七)見陳氏切韻考外篇卷三。

(註五十八)見鄭樵通志七音略序。

(註五十九)見本節附註(四十一)。

(註六十)各組字母二十三行分等表：

一等	二等	三等	四等
見	見	見	見
溪	溪	溪	溪

羣	羣	羣	羣
疑	疑	疑	疑
端	知	知	端
透	徹	徹	透
定	澄	澄	定
泥	娘	娘	泥
幫	幫	幫非	幫
滂	滂	滂敷	滂
並	並	並奉	並
明	明	明微	明
精	照	照	精
清	穿	穿	清
從	牀	牀	從
心	審	審	心

邪	禪	禪	邪
影	影	影	影
喻	喻	喻	喻
曉	曉	曉	曉
匣	匣	匣	匣
來	來	來	來
		日	

(註六十一)見江永音學辨微辨等列。

(註六十二)見羅常培通志七音略研究五二七頁。

(註六十三)見陳氏切韻考外篇卷三。

(註六十四)見守溫韻學殘卷第一截。

(註六十五)守溫韻學殘卷第二截首一段云『……精、清、從、心、邪、審、穿、禪、照九字中只有兩等重輕，……。歸精、清、從、心、邪中字與歸審、穿、禪、照兩等中字第一字不和；若將歸精、清、從、心、邪中字爲切，將歸審、穿、禪、照中第一字爲韻，定無字可切。尊生反，舉一例諸也。　又審、穿、禪、照中字却與歸精、清、從、心、邪兩等字中第一字不和；若將審、穿、禪、照中字爲切將歸精、清、從、心、邪中第一字爲韻定無字可切生聾反舉一例諸也』

（註六十六）見守溫韻學殘卷第三截，詳見上節。

（註六十七）見守溫韻學殘卷第三截末一段。魏建功古音系研究二一三頁云：『辨聲韻相似，歸處不同。從例子看來，可以明白是兩字反切聲同的，以韻母定其異；所謂「歸」乃是檢查字音在韻圖所屬位置的意思。丰、風、楓、佩諸字方戎反，封、葑、犎、封諸字府容反，都是邦（非）紐的聲。丰等東韻戎字作切，封等鍾韻容字作切。』

（註六十八）見守溫韻學殘卷第三截。

（註六十九）參看羅常培敦煌寫本守溫韻學殘卷跋二五六——二五七頁，謂守溫所定諸例，『蓋欲「齒音」各等之「出切」「行韻」皆須上下相稱，不爽錙銖。故「切生」以四等清母出切以二等庚韻行韻，「床高」以二等牀母出切以一等豪韻行韻，於例均爲不和。然按諸實際，則廣韻「小私兆切」以四等心母出切以三等宵韻行韻；「似詳里切」以四等邪母出切以三等止韻行韻；「初楚居切」以二等穿母出切以三等魚韻行韻；「鄒側鳩切」以二等照母出切以三等尤韻行韻；「鯫士垢切」以二等牀母出切以一等侯韻行韻；「斬則減切」以一等精母出切以二等豏韻行韻；「犓昌來切」以三等穿母出切以一等咍韻行韻；「茝昌紿切」以三等穿母出切以一等海韻行韻。於是宋元等韻學家乃別立「振救」（小似之例）「正音憑切」（初鄒之例），「精照互用」（鯫斬之例），「寄韻憑切」（犓茝之例）四門，門法滋繁，殆由於此。當其創例之始，原欲以「音和」「類隔」二門括盡所有反切，故謂：「類隔切字有數般，須細辨輕重方乃明之」；「恐人只以端、知、透、徹、定、澄等字爲類隔，迷於此理」，復因齒頭正齒二類非如舌頭舌上之同時不見於一韻，故揭二例以明之。徒以未能詳檢韻書，致與實際切語不合：此雖作始者之疎，亦實等韻拘牽定型之弊也。門法之作，不知創自何人。惟四聲等子序云：「切韻之作，始乎陸氏；關鍵之設，肇自智公。」所謂「關鍵」，或即門法，以其時代考之，或指智廣悉曇字記言。然迄守溫此卷，除「類隔」外，尚無他門。及切韻指掌圖序略云：「遞用則名音和，傍求則名類隔；同歸一母則爲雙聲，同出一韻則爲疊韻；同韻而分兩切者，謂之憑切；同音而分兩韻者，謂之憑韻；無字則點窠以足之，謂之寄聲；韻闕則引鄰以寓之，謂之寄韻。」其言門法始詳。至元劉鑑乃定爲十三門，明釋眞空又增爲二十門；立法彌繁，覽者彌惑！返觀守溫此卷，則等韻雖俶自唐時，而門法恐繁於宋代。』

第七章 宋後『韻書』和『等韻』的沿革

第一節 從『廣韻』到近代的『詩韻』

宋代以來，最著名的韻書，就是陳彭年、邱雍等所校定的廣韻；廣韻在中國音韻學上也佔着極重要的地位，因爲牠以前的韻書大都已歸亡佚，近今所見到的唐寫本切韻、唐韻等，都是殘缺不全；現今完存的，就以此書爲最古了。我們現在要考證魏晉隋唐間的語音，還是應以廣韻一書爲主要的根據。不但這樣，漢魏以前，無所謂韻書，近代研究周漢時代的上古音的，一方面從廣韻韻部的離合，以期建立上古音的系統，一方面又利用廣韻裏所包含的古音來相參證；顧炎武說：『欲審古音，必從唐韻』；（註一）江永說：『古韻既無書，不得不借今韻離合以求古音』（註二）所以廣韻一書也可以說是近代研究古音學的階梯。字母和等韻之學，既然是用來說明韻書上的切語，在內容上無論是否符合於陸氏切韻一派韻書裏的系統，總是應當以切韻一派的韻書爲比較對照的資料，那末，廣韻又是後代研究等韻學所必須參考的韻書。而後代編纂韻書及研究各地的方音的，也常常以廣韻爲重要的依據或歷史的考證的材料。（註三）所以中國過去的音韻學往往以廣韻一書作研究的中心；黃侃與友人論治小學書曾經說過『音韻之學，必以廣韻爲宗，其與說文之在字書，輕重略等。』（註四）這是因爲廣韻之書雖出於宋代，而是集隋唐韻書的大成的；宋本廣韻卷首注明：『陸法言撰本，長孫訥言箋注，劉臻、顏之推、魏淵、（註五）盧思道、李若、蕭該、辛德源、薛道衡八人同撰集，郭知玄、關亮、薛峋、王仁煦、祝尙丘、孫愐、嚴寶文、裴務齊、陳道固增加字；』幷載有陸孫二序，這可以見得廣韻，是以陸孫諸書爲藍本，又依李舟切韻的部次，（註六）定爲二百六韻的部目，更把『諸家增字及義理釋訓，悉纂略備載卷中，』（註七）由這樣編訂成功的。廣韻的名稱，也是沿襲於唐人韻書，卽爲廣切韻的簡稱。（註八）唐人韻書除了孫愐的唐韻以外，又有所謂唐廣韻的書名；而宋時又有雍熙廣韻。王國維論唐廣韻宋雍熙廣韻云：

『唐韻別有廣韻、廣切韻之名，前旣述之。然唐人以廣韻名書者，當不止此。通志藝文略有張參唐廣韻，玉海（四十五）引崇文書目亦有唐廣韻五卷，二者不知是否一書；然其非孫愐書，則可決也。釋文瑩玉壺清話云：「句中正有字學，同吳鉉、楊文舉同撰廣韻。」（宋史句中正傳玉海並同。）是宋雍熙中曾修廣韻，故景德、祥符所修名大宋重修廣韻。」（註九）在吳鉉所撰，通志藝文略錄有五音廣韻五卷，玉海又載有重定切韻一書。總之：這一類的韻書都是承陸氏切韻而作，所以也稱為切韻；依陸氏切韻而廣之，所以又名為廣切韻或廣韻。因為宋雍熙時曾修廣韻，所以陳彭年、邱雍等所校定的詳名為大宋重修廣韻。據玉海所述：廣韻校定於景德四年、十一月戊寅，初名切韻，至詳符元年、六月五日，定名為重修廣韻。（註十）宋本廣韻卷首載有景德四年及祥符元年勅牒；不過景德、祥符間校定者為何人，未曾加以自注。我們從集韻韻例等所傳述的話來考明，才知道是出於陳彭年、邱雍等之手。（註十一）景德勅牒云：

『自吳楚辨音，隸古分體，年祀寖遠，攻習多門，偏旁由是差譌，傳寫以之漏落，矧注解之未備，諒教授之何從；爰命討論，特加刊正。』

宋代校定廣韻，一方面固然保存了陸孫諸書的面目，沿襲牠們的音韻系統，另一方面卻也改進了牠們的漏誤；我們現在把唐寫本切韻、唐韻等殘卷來和宋本的廣韻相校，除了韻部上的差異以及字數的多少和訓釋的詳略不同以外，反切上的用字也不盡相同，關于脣音舌音兩組，切韻裏的「類隔」切也比廣韻裏的要多；此外在切韻的反裏又有泥、娘兩母分界不清的現象，並且發現有以喻切影的例。(註十二)這些都足以表示廣韻將於隋唐韻書的內容也有很多地方加以改訂的。宋代廣韻集合隋唐韻書的大成，正和陸氏切韻的綜合六朝韻書可相比照；「創始者多闊疏，而因仍者易精密，」陸氏切韻一出，六朝韻書統歸亡佚，宋代廣韻一出，隋唐韻書也隨着散失；都是因爲後來較完密的書，也比較適合於實際的需要，就使往時的韻書罕有人奉行的緣故。我們在上面第五章裏說過韻書的編製，並非單爲審音而設，也兼爲時人撰作詩賦之用；陸氏切韻序云：「欲廣文路，自可淸濁皆通，若賞知音，卽須輕重有異；」又云：「凡有文藻，卽須明聲韻；」孫愐唐韻部敍亦謂：「切韻者，本乎四聲，紐以雙聲、疊韻，欲使文章麗則，韻調精明於古人耳。」因此可以見得陸、孫諸書，原來編製的目的，也是爲着作文應試之用；當時這一類韻書的風行，也只是因爲合於這種實際的需要。宋初猶承唐制，以詩賦取士；陳彭年、邱雍等奉勅校定廣韻，也是沿襲陸孫的意旨，兼具審音和作文的兩種目的。玉海卷四十五謂：當時「以舉人用韻多異，詔殿中丞邱雍重定切韻；」廣韻卷首載祥符勅牒亦云：

『朕聿遵先志，導揚素風，設教崇文，懸科取士，考覈程準，茲實用焉。』

一方面固然用以審辨音讀，一方面也以備當時科舉考試的用韻標準；審音辨韻不能不嚴，就是陸氏所謂『若賞知音，卽須輕重有異』；在實際作文時通用又不能不廣，就是陸氏所謂『欲廣文路，自可清濁皆通。』朱彝尊云：

『古人分韻雖嚴，通用甚廣。……蓋嚴、則於韻之本位毫釐不爽；通、則臨文不至牽率而乖其性情。』（註十三）

所謂通用，就是把許多窄韻許令彼此間各得合用；唐封演聞見記云：

『隋陸法言與顏、魏諸公定南北音，撰爲切韻，凡一萬二千一百五十八字，以爲爲文楷式；而先、仙、刪、山之類，分爲別韻；屬文之士共苦其苛細。國初許敬宗等詳議，以其韻窄，奏合而用之；法言所謂「欲廣文路，自可清濁皆通」者也。』

陸氏撰切韻時，固已示人以作文通用之例；到了唐初，許敬宗等詳爲奏定，不過以何韻與何韻得相通用，其目無存。現今所傳廣韻各本，皆於韻目下注明『同用』、『獨用』，凡是注明『同用』的韻就是當時在作文應試上可得通用的。玉海卷四十五：『景德四年，龍圖待制戚綸等承詔詳定考試聲韻。綸等以殿中丞邱雍所定切韻同用、獨用例，及新定條例參正。』因此可知廣韻裏同用、獨用的注，也是出於邱雍等之手；而邱雍等所定，究竟是否依據唐初許敬宗以來之例？這却值得我們研究的問題。韻書的編製，原來兼具有審音和作文的兩種作用；可是宋朝以後，對於陸氏切韻一派的韻書，因爲考試功令的關係，一般人往往把牠們審音的目的忘却，而專注重於作文上的應用，以致將這些注明的同用之韻，一一合併，就演成爲近代的詩韻。

現今所流傳的廣韻，有詳本、略本兩種，詳本爲南宋時槧本，略本爲元時槧本。(註十四)詳本注繁，字數亦較多；略本注簡，字數亦較少。又詳本載陸、孫二序外，又注明隋、唐撰集增字諸家姓氏；卷首幷載景德、祥符勑牒，卷末又有附錄，（卽上文所稱宋本廣韻。）略本卷首僅載孫序，而缺『論曰』一段，卷末亦無附錄。(註十五)此外，韻目上所注同用、獨用，各本亦有參差，略本幷於卷內依同用、獨用，各自爲部，不相連屬；或且卷內所分合，和目錄上所注明的也有出入。這是因爲今存廣韻各本，業經後人竄改，所以韻部的序次及分合（指同用、獨用之例，）常有參差不同的地方；經過了顧炎武戴震諸人迭次的校訂，才得到一個廣韻的舊目。（註十六）茲錄戴震考定廣韻獨用同用四聲表（註十七）於左：

上平聲	上聲	去聲	入聲
東一 獨用	董一 獨用	送一 獨用	屋一 獨用
冬二 鍾同用	湩䳋等字附見腫韻	宋二 用同用	沃二 燭同用
鍾三	腫二 同用	用三	燭三
江四 獨用	講三 獨用	絳四 獨用	覺四 獨用
支五 脂之同用	紙四 旨止同用	寘五 至志同用	
脂六	旨五	至六	
之七	止六	志七	
微八 獨用	尾七 獨用	未八 獨用	

魚九 獨用
虞十 模同用
模十一
齊十二 獨用
佳十三 皆同用
皆十四
灰十五 咍同用
咍十六

語八 獨用
麌九 姥同用
姥十
薺十一 獨用
蟹十二 駭同用
駭十三
賄十四 海同用
海十五

御九 獨用
遇十 暮同用
暮十一
霽十二 祭同用
祭十三
泰十四 獨用
卦十五 怪夬同用
怪十六
夬十七
隊十八 代同用
代十九
廢二十 獨用

眞十七 諄臻同用	軫十六 準同用	震二十一 稕同用	質五 術櫛同用
諄十八	準十七	稕二十二	術六
臻十九	𧤛齔字附見隱韻	齔字附見焮韻	櫛七
文二十 獨用	吻十八 獨用	問二十三 獨用	物八 獨用
欣二十一 獨用	隱十九 獨用	焮二十四 獨用	迄九 獨用
元二十二 魂痕同用	阮二十 混很同用	願二十五 慁恨同用	月十 沒同用
魂二十三	混二十一	慁二十六	沒十一
痕二十四	很二十二	恨二十七	
寒二十五 桓同用	旱二十三 緩同用	翰二十八 換同用	曷十二 末同用
桓二十六	緩二十四	換二十九	末十三
刪二十七 山同用	潸二十五 產同用	諫三十 襇同用	黠十四 鎋同用
山二十八	產二十六	襇三十一	鎋十五

下平聲	上聲	去聲	入聲
先一 仙同用	銑二十七 獮同用	霰三十二 線同用	屑十六 薛同用
仙二	獮二十八	線三十三	薛十七
蕭三 宵同用	篠二十九 小同用	嘯三十四 笑同用	
宵四	小三十	笑三十五	
肴五 獨用	巧三十一 獨用	效三十六 獨用	
豪六 獨用	晧三十二 獨用	號三十七 獨用	
歌七 戈同用	哿三十三 果同用	箇三十八 過同用	
戈八	果三十四	過三十九	
麻九 獨用	馬三十五 獨用	禡四十 獨用	
陽十 唐同用	養三十六 蕩同用	漾四十一 宕同用	藥十八 鐸同用
唐十一	蕩三十七	宕四十二	鐸十九

庚十二耕清同用
耕十三
清十四
青十五獨用
蒸十六登同用
登十七
尤十八侯幽同用
侯十九
幽二十
侵二十一獨用
覃二十二談同用
談二十三

梗三十八耿靜同用
耿三十九
靜四十
迥四十一獨用
拯四十二等同用
等四十三
有四十四厚黝同用
厚四十五
黝四十六
寑四十七獨用
感四十八敢同用
敢四十九

映四十三諍勁同用
諍四十四
勁四十五
徑四十六獨用
證四十七嶝同用
嶝四十八
宥四十九候幼同用
候五十
幼五十一
沁五十二獨用
勘五十三闞同用
闞五十四

陌二十麥昔同用
麥二十一
昔二十二
錫二十三獨用
職二十四德同用
德二十五
緝二十六獨用
合二十七盍同用
盍二十八

鹽二十四添同用	琰五十忝同用	豔五十五㮇同用	葉二十九怗同用
添二十五	忝五十一	㮇五十六	怗三十
咸二十六銜同用	豏五十二檻同用	陷五十七鑑同用	洽三十一狎同用
銜二十七	檻五十三	鑑五十八	狎三十二
嚴二十八凡同用	儼五十四范同用	釅五十九梵同用	業三十三乏同用
凡二十九	范五十五	梵六十	乏三十四

這些同用、獨用的注，玉海已經說過，亦由邱雍等所定；顧炎武音論上謂爲唐人之功令如是，戴震聲韻考卷一亦謂廣韻韻目下『獨用同用之注，則唐初許敬宗所詳議，以其韻窄，奏合而用之者也』（四庫總目提要謂顧氏音論『唐封演聞見記其時亦未刊行，故亦不知唐人官韻定自許敬宗』）皆以爲依據於唐人的用韻，更據封氏所記，這種用韻之例，由許敬宗等所奏定。近人馬宗霍作唐人用韻考（註十八）曾以唐人詩歌用韻和廣韻所注同用、獨用之例相校，不合之處甚多，因知顧、戴所言，實有差失，蓋未經詳考之過。茲錄馬君的辨正如左：

『至獨用同用例，雖許敬宗嘗有奏定之事，見於封演聞見記，而其目不詳。廣韻所注，以唐人用韻校之，不合之處甚多，必非許氏之舊。又考唐書選舉志：永隆二年，考功員外郎劉思立建言，進士試雜文二篇，通文律者然後試策。所謂文律，卽詩賦之律也。而舊唐書許敬宗傳：敬宗薨於咸亨三年。是則以詩賦爲試，尚在敬宗死後九年，亦不得謂敬宗定韻爲選舉之功令也。此則顧、戴兩家皆失之矣。（四庫提要亦同此失。）王應麟玉海曰：「景德四年，龍圖待制戚綸等承詔詳定考試聲韻，綸等以殿中丞丘雍所定切韻同用、獨用例及新定條例參正。」據此則廣韻之注，乃宋丘雍所定也。如謂丘氏當時或見敬宗之書，定韻時偶有所採，理尚可通；要不可遂以丘定者爲許定耳。（戴氏聲韻考亦嘗引玉海此文，以考韻略，而於丘雍定同用、獨用例一語忽焉。蓋由未詳考唐人詩歌用韻，故深信爲許氏之舊而不疑。）』（註十九）

是可知廣韻二百六部之目，雖然依據於唐人韻書，而韻目下獨用、同用之注，則出自宋人，以爲宋初一般應試作文的用韻標準；就是祥符勅牒所謂『懸科取士，考覈程準』。到了宋仁宗時，又將廣韻裏所注明的獨用之韻，改併十三處，這就是禮部韻略和集韻的韻目。

廣韻一書，在宋初既然以備時人應試作文之用，這種把『諸家增字及義理釋訓悉纂略備載卷中』的詳密的韻書，自然有人嫌牠過於繁冗，難以應用，而加以刪節的。集韻韻例云：

『景祐四年，（一云元年三月）太常博士直史館宋祁、鄭戩建言，彭年、雍所定多用舊文，繁略失當。』

所謂多用舊文，就是指廣韻集合諸家的增字注解；這樣繁冗的書，當然內中又不免有疑混的地方。所以玉海卷四十五：

『景祐元年、四月、丁巳，詔直史館宋祁、鄭戩、國子直講王洙刊修廣韻韻略，命知制誥丁度、李淑詳定；祁等言多疑混字，舉人誤用故也。』

在景祐禮部韻略以前，廣韻或許已經有幾種刪節本流行於世；因之現今所傳的廣韻各本，也詳略參差不同。（註二十）當時又曾經頒行韻略一書以備禮部科試之用；玉海卷四十五『按崇文目，雍撰韻略五卷，略取切韻要字，備禮部科試。』戴震謂廣韻和韻略實爲景德、祥符間詳略二書；茲錄其言如左：

「是時無禮部韻略之稱，其書名韻略，與所校定切韻同日頒行，獨用、同用例不殊。明年，切韻改賜新名廣韻，而廣韻、韻略爲景德、祥符間詳略二書。」（註二十一）

韻略爲當時明令刪節廣韻的略本以便於應試作文之用；只是此種韻略現今已經無存了。現今所存的，乃是景祐以後的禮部韻略；當景祐時，丁度等刊修韻略，改稱爲禮部韻略；又依禮部韻略之例，刊修廣韻，以成爲集韻一書。集韻和禮部韻略又爲景祐、寶元間詳略二書；而廣韻的面目也爲之一變。戴震云：

「景祐四年，更刊修韻略，改稱禮部韻略；刊修廣韻，改稱集韻。集韻成於禮部韻略頒行後二年，是爲景祐、寶元間詳略二書。獨用、同用例，非復切韻之舊，次第亦稍有改迻矣。」（註二十二）

禮部韻略爲宋代的官書，從此陸氏切韻一派的韻書專門備作禮部科試之用；陳振孫書錄解題云：

「雍熙殿中丞邱雍、景德龍圖閣待制戚綸所定，景祐知制誥丁度重修，元祐太學博士增補。其曰「略」者舉子詩賦所常用，蓋字書聲韻之略也。」

時人也只通行禮部韻略一書；廣韻、集韻等書僅供少數學者研究之資而已。邵長蘅古今韻略敍錄云：

『禮部韻略五卷，宋景祐四年，詔國子監頒行。藝文志載景祐禮部韻略五卷，又淳熙監本禮部韻略五卷。吾意當時雖有廣韻、集韻，二書不甚通行，蓋廣韻多奇字，集韻苦浩繁也。禮韻雖耑爲科舉設，而去取實亦不苟，每出入一字，必徑兩省看詳，禮部頒下，故又有申明續降諸字。字既簡約，義多雅馴，學士歙然宗之。中閒奇字僻韻，多遭刊落，頗爲嗜古者所少；其實沿用至今。雖諸家互異，要之，仍禮韻而增損之者也。』

禮部韻略在宋代最爲通行，可是也經過歷世的增修。玉海卷四十五：『元祐五年、博士孫諤陳請添收。紹興十一年，進士黃啓宗隨韻輯補，尙多闕遺。三十二年，毛晃上增修互注禮部韻略。』又『淳熙禮部韻略五卷，元年，國子監言，前後有增改刪削，及多差舛，詔校正刊行。』此書經過了元祐、紹興、淳熙諸代迭次的修訂，已經不是景祐的原書；現今所傳的，爲毛晃子居正重增增修互注本及附釋文互注本。茲節錄四庫提要所論於下：

『自景祐以後，敕譔此書，始著爲令式，迄南宋末不改。然收字頗狹。……元祐中、博士孫諤，紹興中、朝散大夫黃積厚福州進士黃啓宗淳熙中、吳縣主簿張貴謨嘉定中、嘉定府教授吳桂，皆屢請增收，而楊伯嵒亦作九經補韻以拾其遺。然每有陳奏，必下國子監看詳，再三審定，而後附刊韻末。……蓋既經廷評，又經公論，故較他韻書特爲謹嚴。然當時官本已不可見，其傳於今者題曰附釋文互註禮部韻略。……』（註二十三）

『宋毛晃增注，其子居正校勘重增，諸家所稱增韻，卽是書也。是書因禮部韻略收字太狹，乃蒐采典籍，依韻增附。又韻略之例，凡字有別體、別音者，皆以墨闌圈其四圍，亦往往舛漏；晃併爲釐定，於音義字畫之誤，皆一一辨證。……居正續拾所遺。……而每字之下，又皆分注，其曰增入、曰今圈、曰今正者，皆晃所加；曰重增者，皆居正所加；其辨論考證之語，則各署名以別之。父子相繼，以成一書，用力頗爲勤摯。其每字疊收重文，用集韻之例；每字別出重音，用廣韻之例。然不知古今文字之別，又不知古今聲韻之殊。……』（註二十四）

原來禮部韻略由景德韻略的改訂而成，專備作時人應試作文之用；像廣韻那樣的詳密，就不合於這種實際的需要，固然爲那時所不取，但是收字過少，注解過略，也不便於應用。所以宋代禮部韻略一書，迭經諸家的增訂補輯；可是他們雖然於原書上音義字畫之誤，多有所辨正，也不過在當時撰作詩文的應用方面不無資助而已，對於音韻學上却沒有何等的貢獻。因為在韻目上還是依照景祐之舊，並沒有加以變更；而我們在音韻學上最要注意的，便是這種景祐的韻目。玉海卷四十五：

『景祐四年六月、丙甲，以丁度所修韻略五卷頒行。初、說書賈昌朝言韻略多無訓釋，疑混聲、重疊字，舉人誤用。詔度等刊定窄韻十三，許附近通用，混聲、重字具為解注。』

所謂定窄韻十三、許附近通用，就是把廣韻或韻略所注明的獨用之韻十三，改為同用；上文已經說過，顧炎武、戴震等都以為廣韻所注的獨用、同用為唐人用韻之例，于是他們就把這十三處的改併，認為是宋人用韻和唐代韻譜不同的所在。茲錄戴氏之言於左：

『景祐中以賈昌朝請，韻窄者凡十三處，許令附近通用；於是合欣於文，合隱於吻，合焮於問，合迄於物，合廢於隊、代，合嚴於鹽、添，合儼於琰、忝，合釅於豔、㮇，合業於葉、帖，合凡於咸、銜，合范於豏、檻，合梵於陷、鑑，合乏於洽、狎。顧氏考唐宋韻譜異同，舉其八而遺其五。』（註二十五）

『唐時諸家韻書大致多本法言韻，亦各有微異。今所傳廣韻、集韻，就二書考景祐所通窄韻十

三，則唐宋用韻沿革之大節目具在。』（註二十六）

其實我們現在所能斷定的，這十三處的改併，只是景德、詳符間和景祐以後韻例的不同；廣韻和韻略為景德、祥符間詳略二書，禮部韻略和集韻為景祐、寶元間詳略二書；韻略成書在廣韻之後，韻略雖不存，牠的韻目必同於廣韻；集韻成書在禮部韻略之後，所以集韻的韻目同於禮部韻略。因之丁度等刊修韻略以成禮部韻略，所改併的十三處，也便是集韻更改廣韻韻目的所在。這十三處的更改，不但是把獨用的韻改併為同用，并且其間的序次也稍有迻易。茲將錢學嘉韻目表所附改併十三處表照錄如左：

	考定廣韻舊第	集韻改併
（一）	二十文 獨用 二十一欣 獨用	二十文 與欣通 二十一欣

(二)	二十四鹽添同用	二十四鹽與沾、嚴通
	二十五添	二十五沾
	二十六咸銜同用	二十六嚴
(三)	二十七銜	二十七咸與銜、凡通
	二十八嚴凡同用	二十八銜
	二十九凡	二十九凡
(四)	十八吻獨同	十八吻與隱通
	十九隱獨同	十九隱
(五)	五十琰忝同用	五十琰與忝、儼通
	五十一忝	五十一忝
	五十二豏檻同用	五十二广

(六)	五十三檻 五十四儼范同用 五十五范	五十三豏與檻、范通 五十四檻 五十五范
(七)	十八隊代同用 十九代 二十廢獨用	十八隊與代、廢通 十九代 二十廢
(八)	二十三問獨用 二十四焮獨用	二十三問與焮通 二十四焮
(九)	五十五豔㮇同用 五十六㮇 五十七陷鑑同用	五十五豔與㮇、驗通 五十六㮇 五十七驗

（十）	五十八鑑 五十九釅梵同用 六十梵	五十八陷與鑑、梵通 五十九釅 六十梵
（十一）	八物獨用 九迄獨用	八物與迄通 九迄
（十二）	二十九葉怗同用 三十怗 三十一洽狎同用	二十九葉與帖、業通 三十帖 三十一業
（十三）	三十二狎 三十三業乏同用 三十四乏	三十二洽與狎、乏通 三十三狎 三十四乏

因爲景祐以後規定這種改併的韻目爲應試作文的標準，所以禮部韻略一出，景德韻略歸於廢棄；集韻一出，廣韻的通行勢力也因之衰歇（註二十七）以致景祐以後『重刊廣韻者誤據集韻以校之，遂移其舊第耳。』（註二十八）所以現今所存廣韻各本都是經過景祐以後的竄改，並非德、景、祥符原書的面目（註二十九）我們也因此可以窺見景祐韻目在宋代通行勢力的一斑了。

考集韻始撰於景祐四年，成於寶元二年同年頒行。玉海卷四十五：『景祐四年，翰林學士丁度等承詔譔；寶元二年九月書成，上之；十一日進呈頒行。』不過又注云：『或曰、治平四年，司馬光繼纂其職。到了清四庫提要更依據今本切韻指掌圖序，謂『此書奏於英宗時，非仁宗時，成於司馬光之手，非盡出丁度等也。』（註三十）莫友芝韻學源流亦本其說。（註三十一）這是因爲受類篇一書編撰的歷史的影響而誤傳的。集韻成書之後因爲『添字既多，與顧野王玉篇不相參協；』於是要『將新韻添入別爲類篇，與集韻相副施行；』這種類篇，始撰於寶元二年，由丁度發起，歷經王洙、胡宿、范鎮諸人之手，到了治平四年才成於司馬光。（註三十二）所謂奏於英宗時，成於司馬光之手，應該是指和集韻相副施行的類篇，決不應誤傳作集韻本書的。我們再看看孫覿切韻類例序上怎樣說：

『昔仁宗朝，詔翰林學士丁公度、李公淑增崇韻學，自許愼而降，凡數十家，總爲類篇集韻；而以賈魏公、王公洙爲之屬。治平四年，司馬温公繼纂其職。書成，上之，有詔頒焉。』（註三十三）

這是混合類篇、集韻二書而言，所以可得說：『治平四年，司馬光繼纂其職；』至於今本切韻指掌圖序竟作：『仁宗皇帝詔翰林學士丁公度、李公淑增崇韻學，自許叔重而降，凡數十家，總爲集韻；而以賈公昌朝、王公洙爲之屬。治平四年，予得旨繼纂其職。書成，上之，有詔頒焉。』內中便單指集韻一書而言；從集韻和類篇在歷史上的關係看來，就可以知道此序爲僞託的了。四庫提要竟誤據此僞序，以推斷集韻成書的年代，尤爲妄論。集韻韻例云：

『景祐四年……因詔祁、戩與直講賈昌朝、王洙同修定，知制誥丁度、李淑典領，令所譔集，務從該廣。凡字訓悉本許愼說文；愼所不載，則引他書爲解。凡古文見經史諸書可辨識者，取之，不然則否。字五萬三千五百二十五，新增二萬七千三百三十一字，分十卷，詔名曰集韻。』

因此可見集韻也是爲着增訂廣韻而作的，所謂新增二萬七千三百三十一字，就是對廣韻的二萬六千一百九十四字（註三十四）增成爲五萬三千五百二十五。集韻的內容，兼注重形體訓詁，又以一字兩音的『互注切語』謂『舊注兼載他切，既不該盡徒釀細文』概行删去。邵長蘅古今韻略敍錄說牠繁略失當尚出廣韻下；四庫總目提要也說牠省所不當省繁所不當繁。（註三十五）但是我們要注意集韻對於廣韻的變更，除了韻目上改併十三處以外，又不僅是增字、易注、析五卷爲十卷而已；牠對於廣韻裏的切語有很多的改訂。廣韻裏的切語大致沿襲隋、唐韻書而來，集韻所收又『務從該廣，』『以粹羣說』（註三十六）因之廣韻共有反切三千八百七十五音，而集韻共有四千四百七十三音，計增五百九十八音，大體上廣韻所有的音集韻都收了；只有少數廣韻反切爲集韻所未收或歸併了的。（註三十七）集韻韻例云『凡通用韻中同音再出者，既爲冗長，只見一音』就把廣韻裏所分列的切語歸併爲一；有兩反切下所領之字不相同，而將牠們合在一起的；有兩反切下所領之字本相同，而併爲一字的。（註三十八）集韻韻部雖仍是二百六韻之舊，而把這種通用韻中的兩反切認爲同音，因把牠們合併起來，固然有些是依據當時實際的音讀，却已爲後此合併韻部的濫觴了。至於把廣韻原有的反切更改了的，有些是因爲所根據的語音系統不同，或者實際音讀轉變的緣故；據近人的考證，集韻裏切語的聲紐實比廣韻裏的要簡少；（註三十九）在廣韻當中有分別的音在當時已經不分或有混同的傾向，（註四十）集韻爲着採取當代讀音，所以不得不把廣韻的反切加以更改。又集韻韻例云：

『凡字之翻切，舊以「武」代「某」，以「亡」代「茫」，謂之類隔，今皆用本字。』

我們在上章第二節說過，唐代等韻家原來只是立着『音和、』『類隔』二門來概括所有的反切；所謂類隔的反切，只是因爲韻書當中的切語，不適合於實際的音讀和等韻上的條例，因而立出來的名目；後代等韻家更列着種種『門法』，強作解釋。可是韻書當中的切語也往往隨着實際的語音加以更改，在上文說過，廣韻裏類隔的反切已經比切韻裏的逐漸減少，從這點上看來，似乎因襲切韻的舊切已然敵不住實際流行的語音了；（註四十一）廣韻每卷末，有『新添類隔今更音和切』一條，又表示着卷內類隔的反切統應改爲音和。陳澧謂等韻家作門法，『其不敢議古人不合，是其謹愼；然如廣韻書中不改舊切，但於衍卷末記所當改之字，亦何嘗非謹愼乎？』陳氏幷將廣韻裏類隔的切語盡行列出，加以更改，注明其字母。（註四十二）在集韻當中，便把這種類隔的切語統統改爲音和；（註四十三）公然採用當時的讀音，不願守着古人的藩籬了。（註四十四）此外，集韻又開始企圖改良反切的方法在反切上字裏也顧及字調的種類和洪細的分別；爲着呼讀的方便，把反切上字也要和所切之字同一調類及同一細音。凡是廣韻中切語上字和所切之字不同一調類的，也改爲同一調類，就是平聲字反切上字用平聲，上聲字反切上字用上聲等等；又集韻裏四等字的反切上字也改用四等字，在廣韻中反切上字三等自成一類而四等與一二等通，到了集韻，四等聲紐也有分立的傾向。(註四十五)集韻本來收字特多而反切上字既須顧到字調，又須顧到細音，於是所用反切上字也特別繁雜；廣韻反切上字僅四百數十個，到了集韻便有八百六十餘個了。(註四十六)集韻對於廣韻裏的反切有這樣多的改進，一方面固然是用來適應實際音讀的轉變，另一方面又顯然是因爲受了等韻學的影響的。字母和等韻之學原來用以說明韻書上的反切幷且補正韻書編製的缺點，結果不特依據牠們來改良反切的方法，幷且隨後韻書的編製也參雜了字母等韻之學的成分。孫愐謂『紐其脣、齒、喉、舌、牙部，仵而次之』，隋、唐時雖然知道依聲紐發音的部位分爲五組，就是所謂『五音』之說，而在韻書的編製上，每韻當中並不根據反切聲紐的組別來排列文字；在集韻前三十年修成的廣韻，同韻字的排列仍是依唐韻舊例『仵而次之』的。這樣序次的雜亂無章，在翻檢時當然要大感不便。到了集韻就大致利用聲紐的組別來排次同韻字的先後，把見、溪、羣、疑和端、透、定、泥等同聲組的字列在一起；這種編排的方法顯然是受了等韻圖表的影響的。過了一百幾年，到金皇統年間（西元後一一四一——一一四九年），就有個荊璞『將三十六字母添入韻中』，（見五音集韻韓道昇序）再過七十幾年，韓道昭改併重編五音集韻，遂公然『陳其字母，序其等第，以見牙音爲首，終於來日字』了，（五音集韻崇慶元年——西元後一二一二年——韓道昭自序）可知韻書各韻中字利用聲紐的組別來排次先後，是集韻開其端的。（註四十七）

在集韻稍後纂成的類篇，依說文玉篇的體例，分部五百四十四；可是同部首的字就依韻目排列先後。這種編排的方法，很可以用來和集韻裏依各組聲紐排列韻中的字相比照；因爲字書的編製受了韻書的影響，同時韻書的編製又受了等韻表的影響，這正是以表示宋代音韻學發達的情形。在景祐以前，玉篇（指宋本玉篇、非顧野王玉篇原本）和廣韻相副施行；（註四十八）景祐以後，集韻一書出世，於是又編纂一種和集韻相副施行的類篇，固然是因爲『添字既多，與顧野王玉篇不相參協』；可是我們尤當注意的，這並行的兩書對於往時字書和韻書編製方法上的改進，正可以顯示那時音韻學的發達和進步。到了韓孝彥和道昭父子二人，著了四聲篇海和五音集韻二書，在字書上又參雜一些等韻的成分而韻書的編製更是等韻化了；這二書間的關係，正和玉篇、廣韻間以及類篇、集韻間的關係差不多，都可以說是一書兩體；而從中得窺見宋金時文字音韻著述演進的情形。四庫總目提要云：

『是編以玉篇五百四十二部，依三十六字母次之，更取類篇及龍龕手鏡等書，增雜部三十有七，共五百七十九部。凡同母之部，各辨其四聲爲先後，每部之內，又計其字畫之多寡爲先後，以便於檢尋。其書成於明昌、承安間，迨泰和戊辰，孝彥之子道昭改併爲四百四十四部，韓道昇爲之序。……道昭又因廣韻，改其編次，爲五音集韻十五卷。明成化丁亥，僧文儒等校刊二書，合稱篇韻類序；篇謂孝彥所編，以玉篇爲本，韻謂道昭所編，以廣韻爲本；二書共三十卷。』

四聲篇海原爲孝彥所撰，後經道昭增訂改併，道昭又重編爲五音集韻一書；所以道昭於此二書，『皆因其父孝彥未成之編續加修定者。』『前書以字母分排，此書以聲韻分排，而每韻中亦各以字母分紐；』（註四十九）都是參雜有等韻表的成分的。道昭五音集韻自序云：

『嘗謂以文學爲事者，必以聲韻爲心；以聲韻爲心者，必以五音爲本；則字母次第，其可忽乎？……是故引諸經訓正諸訛舛，陳其字母序其等第；以見母牙音爲首，終於來日字；廣大悉備，靡有或遺，始終有倫，先後有別，一看如指諸掌。』

所謂『陳其字母序其等第』就是每韻當中以三十六字母，各分四等，排比諸字的先後；納等韻表於韻書中，實在是完成於五音集韻的。四庫提要謂其『所收之字大抵以廣韻爲藍本而增入之字則以集韻爲藍本』；（註五十）道昭自序，謂以龍龕訓字增加五千餘字；今校各韻字數也較集韻爲多。那末牠所增的字數，未必盡依集韻；卷首列着的五萬三千五百二十五言，新增二萬七千三百三十言，大概是指集韻的字數，並非指本書的字數。不過大體上總以廣韻、集韻爲藍本；廣韻各韻裏諸字先後凌亂無序，集韻漸以聲紐組別來排次，到了五音集韻，就整然統以『七音』、『四等』、『三十六母』。四庫提要謂『其等韻之學，亦深究要渺；雖用以顛倒音紐，有乖古例，然較諸不知而妄作者，則尚有間矣。』其實此書的顛倒音紐，有乖古例，正是牠在韻書體例上別開生面，而使我們得以推定當時切語的音讀，對於音韻學上也有絕大的貢獻。五音集韻變更廣韻、集韻最顯著的地方，尤其在韻部的改併。廣韻二百六部的韻目，集韻所謂改併十三處，只是在獨用、同用之例至於道昭此書乃併成爲一百六十部；於是廣韻的面目爲之大變：

平聲　支之合於脂，佳合於皆，臻合於眞，删合於山，仙合於先，蕭合於宵，耕合於庚，幽合於尤，談合於覃，添合於鹽，銜合於咸，嚴合於凡。

上聲　紙止合於旨，蟹合於駭，潸合於產，銑合於獮，篠合於小，耿合於梗，黝合於有，敢合於感，忝合於琰，檻合於豏，儼合於范。

去聲　寘、志合於至，卦、夬合於怪，襇合於諫，霰合於線，嘯合於笑，映合於諍，幼合於宥，闞合於勘，㮇合於豔，鑑合於陷，釅合於梵。

入聲　櫛合於質，黠合於鎋，屑合於薛，麥合於陌，盍合於合，帖合於葉，狎合於洽，業合於乏。

計併合四十六部；所以上平爲二十三部，下平爲二十一部，上聲四十三部，去聲四十七部，入聲二十六部，共一百六十部。牠所併合處多取於廣韻同用之例，未必純粹是用來代表當時北方的語音；所以把切韻一派的韻書合併韻部的，當推始於韓道昭，並不是始於平水韻的。至於各部的序次雖然不完全依照廣韻的原次，也不取集韻所改定的序次；因之後代重刊廣韻的錯誤，以及景祐時所改併的十三處，還可以利用此書的部目把牠們考訂出來。四庫提要云：

「丁度編定集韻，始因賈昌朝請，改併窄韻十有三處。今廣韻各本，儼移豏、檻之前，釅移陷、鑑之前；獨用、同用之注，如通殷於文，通隱於吻，皆因集韻頒行後竄改致舛。是書改二百六韻爲百六十，而併忝於琰，併鑑於豏，併儼於范，併㮇於豔，併鑑於陷，併儼於梵；足證廣韻原本上去聲末六韻之通爲二，與平聲、入聲不殊。其餘如廢不與隊、代通，殷、隱、焮、迄不與文、吻、問、物通，尙仍唐韻之舊，未嘗與集韻錯互，故十三處犂然可考，尤足訂重刊廣韻之譌。」

因此可以知道五音集韻的部目，乃是根據廣韻加以改併的，並非根據於景祐的韻目。

依據景祐韻目來併合韻部的，就是後世所稱的平水韻；我們現在所要推究的，平水韻究竟是指那一種的韻書？是何人所創作的？元、明以來竟有以近代詩韻的韻目原出於沈約，而稱之爲沈韻的，其誤不待辨；也有以爲平水韻爲劉淵所撰，或以爲是指元時陰氏書。胡鳴玉訂譌雜錄云：

「誤以今世所傳詩韻，爲沈約所譔，其來已久，如元黃公紹七音考，周德清中原音韻，宋濂洪武正韻之類，無不極詆約韻爲江左偏音，不足爲據。不知約所譔四聲一卷，久矣無存。近毛大可氏謂今世所用乃宋淳祐閒江北平水劉淵所譔，爲平水韻，非沈韻也。而邵子湘氏謂並非劉氏之舊，乃元時陰氏兄弟所著，其言較毛氏尤爲詳晰。……』(註五十一)

現在我們所能夠知道的，平水韻並非劉淵所創，更非元時陰時夫等所撰的書，乃是出於金人的。劉淵的書作于宋淳祐十二年，（當蒙古憲宗二年，西元後一二五二年）稱爲壬子新刊禮部韻略，其書不傳，牠的韻目爲黃公紹古今韻會所採用，而韻會凡例裏於劉淵之上冠以『江北平水』四字；內中云：

『江南監本免解進士毛氏晃增修禮部韻略，江北平水劉淵壬子新刊禮部韻略互有增字。』

又云：

『舊韻：上平聲二十八韻，下平聲二十九韻，上聲五十五韻，去聲六十韻，入聲三十四韻。近平水劉淵始併通用之類以省重複：上平聲十五韻，下平聲十五韻，上聲三十韻，去聲三十韻，入聲一十七韻。』

毛氏增修禮部韻略只是增字易注，未曾併合部目；至於劉淵壬子新刊禮部韻略於增字外，又將二百六韻併爲一百七。茲依古今韻會所採用的錄其一百七韻的部目如左：

上平　一東　二冬　三江　四支　五微　六魚　七虞　八齊　九佳　十灰　十一眞
十二文　十三元　十四寒　十五刪

下平　一先　二蕭　三肴　四豪　五歌　六麻　七陽　八庚　九青　十蒸　十一尤
十二侵　十三覃　十四鹽　十五咸

上聲　一董　二腫　三講　四紙　五尾　六語　七麌　八薺　九蟹　十賄　十一軫
十二吻　十三阮　十四旱　十五潸　十六銑　十七篠　十八巧　十九皓　二十
哿　二十一馬　二十二養　二十三梗　二十四迥　二十五拯　二十六有　二十
七寑　二十八感　二十九琰　三十豏

去聲　一送　二宋　三絳　四寘　五未　六御　七遇　八霽　九泰　十卦　十一隊
十二震　十三問　十四願　十五翰　十六諫　十七霰　十八嘯　十九效　二十

號　二十一箇　二十二禡　二十三漾　二十四敬　二十五徑　二十六宥　二十七沁　二十八勘　二十九豔　三十陷

入聲　一屋　二沃　三覺　四質　五物　六月　七曷　八黠　九屑　十藥　十一陌　十二錫　十三職　十四緝　十五合　十六葉　十七洽

這一百七部就是將景祐韻目上所注明的同用各韻加以併合，又將不同用的徑和證、嶝也併爲一韻。顧炎武評論之曰：

『按唐韻分部，雖二百有六，然多注同用；宋景祐又稍廣之，未敢擅改昔人相傳之譜。至平水劉氏，師心變古，一切改併；其以證、嶝併入徑韻，則又景祐之所未許，毛居正之所不議，而考之於古，無一合焉者也。』（註五十二）

其實陸法言切韻一派的韻書，分析韻部的詳密，原爲審音而設；自唐以來，作文之士已苦其苛細，所以爲着『欲廣文路，』不得不有異部通用的例；廣韻二百六韻的韻目下所注明的同用獨用，就是本着這種意旨，以備當時應試作文之用。景祐頒行禮部韻略，又議窄韻十三處，許附近通用；韻書而冠以『禮部』字樣，可見完全是當牠作科試用韻的標準了這種異部通用的例，風行日久，成爲習尙；又加以實際語音演變的結果，隋唐韻書裏分析韻部，『以賞知音』的觀念，自然日就消失，似乎此等韻書並非用來表示實際的音讀，而是專爲應試作文而設。於是由析趨混，由分趨合；本來注明通用的各部，自可併合爲一，卽遇原爲注明不通用的窄韻，也可加以併合這樣說來，由二百六部併成一百七部實在是因乎當時的時勢，爲切韻一派韻書自然演變的結果；劉淵的書，也不過迎合這種習尙而作的一種罷了，正不必以『師心變古』來訾議牠。而且併韻的書，並非創始於劉淵；劉書既不傳，劉爲何許人？現在無從參見。錢大昕云：

『向讀崑山顧氏、秀水朱氏、蕭山毛氏、毗陵邵氏論韻，謂今韻之併，始於平水劉淵；其書名曰壬子新刊禮韻略，訪求藏書家，邈不可得。未審劉淵爲何許人？平水何地也。』(註五十三)

以劉氏書爲卽平水韻，大概起於黃公紹古今韻會；黃氏韻會於凡例中旣稱江北平水劉淵，又於每韻所增的字，凡是依據劉書的，都曰平水韻，後代遂以爲平水韻是壬子新刊禮部韻略的別稱。可是到了清代的錢大昕，看見了元槧的王文郁平水新刊韻略，其書卷首有許古敍，內稱平水書籍王文郁；因據金史地理志考明平水在平陽府屬，王文郁爲平水書籍之官，所以其書名爲平水韻略，幷疑江北劉氏不應有平水稱。(註五十四)考山西通志書目有毛麾平水韻；麾爲平陽人，金大定十六年(西元後一一七六年)、授校書郎，有平水集行世。(見謝氏小學考卷三十三錄山西通志)王文郁書，據許敍刊行於正大六年己丑(西元後一二二九年)，是在毛氏平水韻出世之後，而在劉淵刊定禮部韻略之前；因爲劉書名壬子新刊，當蒙古憲宗二年，宋淳祐十二年(一二五二年)後於己丑二十三年。(註五十五)因此可以見得王文郁韻略和劉淵的書，都前有所因襲，所以都稱『新刊』而都可有平水韻的名號。至於錢大昕謂『意淵竊見文郁書，刊之江北而去其序』云云，(註五十六)那却未必是。我們應該注意：黃氏韻會凡例所稱的江北劉淵，是和所舉的江南毛晃對言的；大概元朝的人以江南指南宋，而以江北指南宋時的金、元，所謂江北實當時廣汎的中國北部的稱呼，平水在平陽府屬，自然也在當時所謂『江北』的範圍之內。如果劉淵也是平水人，或者也是像王文郁那樣和平水地方有某種的關係，那末，江北劉氏正應當加上『平水』二字；否則，便是黃氏韻會因劉書亦稱爲平水韻，遂致誤傳爲平水劉淵了。但是，無論劉淵和平水地方有否某種的關係，併韻者總不是始於他；而所謂平水韻，既不是劉氏所創，也不是王文郁所創；論刊行的時代，劉書固在王文郁韻之後，而劉書未必是根據王文郁韻而作。因爲劉氏壬子新刊禮部韻略有一百七韻，而王文郁平水新刊韻略上平、下平各十五，上聲二十九，去聲三十，入聲十七，只一百六韻，已併上聲拯韻於迥韻；又兩書都以『新刊』爲名，都別有所本；毛麾平水韻，就是在這兩書之前的。王國維又見到金張天錫草書韻會，部目和王文郁韻相同，作書的時代也相差不遠，因此斷定兩書也都別有所本而證明了一百六韻的部目，並非起於王文郁的。茲錄王國維之言如左：

『自王文郁新刊韻略出世，人始知今韻一百六部之目，不始於劉淵矣。余又見金張天錫草書韻會五卷，前有趙秉文序，署正大八年二月。其書上、下平聲各十五韻，上聲二十九韻，去聲三十韻，入聲十七韻，凡一百六部，與王文郁韻同。王韻前有許古序，署正大六年己丑季夏，前乎張書之成才一年有半。又王韻刊於平陽，張書成於南京，未必卽用王韻部目。是一百六部之目，并不始於王文郁；蓋金人舊韻如是，王、張皆用其部目耳。』（註五十七）

更可以推斷合併韻部乃是原出於金時的功令。金人取士，也注重詞賦，大概當時採取宋代的官書，而加以併合；所以一百七部和一百六部的韻目，都是由金人所爲。王文郁、張天錫、劉淵諸人的作品，都是依據於金人的官書的；王、劉把這種官書加以刊定，也不過是增字加注而已。(註五十八) 因爲金人襲取宋人的文化，考試的制度和用韻的標準，也沿用宋人的舊習，不過所定的官韻，因乎當時的時勢，爲着應用上的便利，將宋人的禮部韻略裏通用的各部合併爲一，卽本不通用的窄韻，也加以合併；早已發生了一百七部和一百六部的韻目，並非是創於王、劉諸人的。黃氏韻會稱江北劉淵，以和南宋的毛晃（毛氏係衢州人）對言，劉氏必定是北方的人，所以能夠刊定金人的官書，以成壬子新刊禮部韻略。至於王書、劉書所以都得稱爲平水韻的，或因原爲平水人所定，或者經平水書籍所刊行，或且因爲牠們都是根據從前的一種平水韻而作，于是這個書名成爲這一類韻書的通稱了。

一百七部或一百六部這種韻目產生之後，在元、明間發生了兩種作用：一種是承襲集韻、五音集韻的體例，把這種韻目和等韻表配合，是用來審辨音讀的，可以拿黃公紹古今韻會來做代表；另一種便是由禮部韻略的意旨相沿，專備作時人應試作文之用，就從陰時夫的韻府羣玉產生了近代的詩韻。清朝的兩部官書音韻闡微和佩文詩韻，就是沿襲了這兩種成緒而來的。黃氏韻會作於元至元二十九年（西元後一二九二年）之前因前載劉辰翁序，劉序作於此年；其書本於說文，參以古、籀、隸、俗，以至律書、方技、樂府、方言、經、史、子、集、六書七音，靡不研究，（本張鯤序）可謂集元以前字書韻書的大成的。熊忠歎其『編帙浩瀚，四方學士不能徧覽，』『因取禮部韻略，增以毛、劉二韻及經傳當收未載之字，別爲韻會舉要一編。』（見熊忠自序）現今所存者是熊氏的舉要，不是黃氏的原本；四庫提要云：『舊本凡例，首題黃公紹編輯，熊忠舉要；而第一條卽云今以韻會補收闕遺，增添注釋；是韻會別爲一書明矣。其前載劉辰翁韻會序，正如廣韻之首載陸法言、孫愐序耳，亦不得指舉要爲公紹作也。』但是，熊氏舉要和韻會原書，所異也不過是詳略增損之間，於編製的體例和形式上並無多大的變更；所以韻例云：『舊韻上平、下平、上、去、入五聲，凡二百六韻，今依平水韻併通用之韻，爲一百七部；』這樣的分部，是依據於黃氏原書的。四庫提要評論牠說：

『自金韓道昭五音集韻，始以七音、四等、三十六母，顛倒唐宋之字紐，而韻書一變；南宋劉淵淳祐壬子所刊禮部韻略，始合併通用之部分，而韻書又一變。忠此書，字紐遵韓氏法，部分從劉氏例，兼二家所變而用之，而韻書舊第，至是盡變無遺。』

所謂韻書上的二變，就是韻部的併合，因乎當時的時勢，和韻書的等韻化，又是因爲當時等韻學發達的結果？熊氏此書編製的方法，也應認爲是依據於黃氏原書的。韻例云：『舊韻所載，本無次序；今每韻並分七音、四等，始於見，終於日，三十六母爲一韻。』每韻中各字的排次，一面依據於呼等，一面又依據於字母，幷於各組聲紐之下，分別注明清、濁、次清、次濁之音；把等韻學理參合於韻書當中，較之五音集韻，尤爲詳備。但是，等韻學原是用來辨別實際的音讀的，這一類韻書上的部目，在當時又是專爲應試作文的便利而設；熊氏此書表面上雖然是依照那種部目——所謂平水韻的部目，實質上却隱藏着當時實際的音讀系統，(註五十九)因音讀系統演變的結果，自然依據等韻學理所辨別的音讀和相傳的韻部有許多枘鑿不相入的地方；於是採用了那種部目之外，又不得不另立一些『字母韻』以表明當時實際的音讀。韻例云：

『舊韻所載，考之七音，有一韻之字而分入數韻者；有數韻之字而併爲一韻者。今每韻依七音韻各以類聚，注云巳上案七音屬某字母韻。』

這種字母韻，就是從等韻圖的音綴表上得來的；後此的孫吾與韻會定正，以一公、二居、三觚、四江等字爲韻目，（註六十）卽因乎韻會的遺法。明萬曆間，方日升作韻會小補，據韻會增加注文，不過是用以說明每字古今音義的演化的。（註六十一）呂維祺又作音韻日月燈，其書以一百六韻爲經，以三十六母、四等爲緯，而以開口合口標於部上，獨音、衆音注於字旁。呂氏書也是參合等韻圖表於韻書當中，依仿黃氏韻會而成，他的自序中有云：

「其分一東、二冬，非獨以其相承久也，蓋聖祖嘗謂正韻猶未盡善，而于韻會一書稱善刊行，賜名洪武通韻；韻會固分一東、二冬矣，亦可想見聖祖之意，非必以一百六韻爲非也。」

所以『反切、字畫、釋義，皆本洪武正韻，』而部目仍沿用一百六韻。到了清朝，李光地等奉勅撰音韻闡微一書，始修於康熙五十四年（一七一五年），告成於雍正四年（一七二六年）；其書也依黃氏韻會的體例，每部之字，以三十六母爲次，而開、齊、合、撮四呼，分析尤爲明顯；確是表明近代的音讀，但其分部仍遵用一百六韻。所謂平水韻的部目，到了宋、元以後，確是和實際的音讀系統不相適合，可是以審音爲目的的韻書，還有許多把牠這樣謹謹的保守着；陸氏切韻一書的精神，到了平水韻上，殆已消失淨盡，乃元、明以來大部分的人，還是把這種殘留的軀殼保存不廢，雖或明知其不合於現代實際的音讀，也沿着一般的習俗，不敢加以厚非，這是因爲近代六百年間『北音』的勢力雖然日漸擴張，而政府考試功令，文士撰作詩賦，仍是沿用一百六韻的部目；所以這一類的韻書，還是暫時保持着牠的正統的地位。我們在上文說過，一百六韻的部目，源出於金人，非元時陰氏兄弟所創；而往時所以多推始於陰氏韻府羣玉的，因爲過去所存金、元押韻之書，一般只知道以此書爲最古；近代通行的詩韻和清朝所編的佩文韻府，也都以牠爲藍本。四庫提要云：

『元代押韻之書，今皆不傳；傳者以此書爲最古。又今韻稱劉淵所併，而淵書亦不傳；世所通行之韻，亦即從此書錄出。是韻府、詩韻皆以爲大輅之椎輪。』

按其書爲陰時夫撰，其弟中夫注，實爲一種以韻隸字的類書；凡例有云：『尋索事實易於指掌，不專爲詩詞而設；亦或考辯疑義，訓釋奇事，場屋或一助云。』可以見得牠不是爲着審音而作，在音韻學上並無多大的價值，不過和中國近代歷史上的關係却很重要。明嘉靖間，潘恩依此書的部目，作詩韻輯略五卷。萬曆間，潘雲杰又作詩韻釋要，注釋聲韻，參訂頗詳。明末梁應圻更因以翻刻補葺，名爲詩韻釋略。清康熙時（康熙四十三年至五十五年間，）又把陰氏韻府加以擴大，編成佩文韻府，同時又輯佩文詩韻一書；大概佩文詩韻就是佩文韻府的單字底本或節本，所收共一萬零二百三十五字，實爲清代一部權威最大的官書，士子作試帖詩所必須遵守的標準韻。徐琪（清光緒時人）佩文詩韻釋要序云：『國家令甲凡殿廷考試舉人覆試及新進士朝考，皆發有簡明佩文詩韻一册。』可見這部書在清代正和禮部韻略在宋代的情形差不多。坊間流行的詩韻合璧詩韻含英等書，都是以牠爲底本的。（註六十二）這些詩韻既然專備時人應試作文之用，所以每韻中字的排次，不特不採用字母聲紐的順序，而且打破了隋、唐以來『同音字類聚』的體例，只以常用字列前，罕用字列後，就使士子不識字音也可撰作詩文。（註六十三）總之從廣韻遞演到了近代的詩韻，陸氏切韻一派的韻書遂完全成爲紙上的死語了。茲將廣韻二百六部和詩韻的一百六部列成對照表如左：（註六十四）

平聲			上聲			去聲			入聲		
次第	詩韻	廣韻	次第	詩韻	廣韻	次第	詩韻	廣韻	次第	詩韻	廣韻

1	2	3	4	5	6	7	8		9	10
東	冬	江	支	微	魚	虞	齊		佳	灰
東	冬鍾	江	支脂之	微	魚	虞模	齊		佳 皆	灰 咍
1	2	3	4	5	6	7	8		9	10
董	腫	講	紙	尾	語	麌	薺		蟹	賄
董	腫	講	紙旨止	尾	語	麌姥	薺		蟹 駭	賄 海
1	2	3	4	5	6	7	8	9	10	11
送	宋	絳	寘	未	御	遇	霽	泰	卦	隊
送	宋用	絳	寘至志	未	御	遇暮	霽祭	泰	卦怪夬	隊代廢
1	2	3								
屋	沃	覺								
屋	沃燭	覺								

11	眞	眞諄臻	11	軫	軫準	12	震	震稕	4	質	質術櫛
12	文	文殷	12	吻	吻隱	13	問	問焮	5	物	物迄
13	元	元魂痕	13	阮	阮混很	14	願	願慁恨	6	月	月沒
14	寒	寒桓	14	旱	旱緩	15	翰	翰換	7	曷	曷末
15	刪	刪山	15	潸	潸產	16	諫	諫襉	8	黠	黠鎋
1	先	先仙	16	銑	銑獮	17	霰	霰線	9	屑	屑薛
2	蕭	蕭宵	17	篠	篠小	18	嘯	嘯笑			
3	肴	肴	18	巧	巧	19	效	效			
4	豪	豪	19	晧	晧	20	號	号			
5	歌	歌戈	20	哿	哿果	21	箇	箇過			
6	麻	麻	21	馬	馬	22	禡	禡			
7	陽	陽唐	22	養	養蕩	23	漾	漾宕	10	藥	藥鐸

15	14	13	12	11	10	9	8
咸	鹽	覃	侵	尤	蒸	青	庚
凡銜咸	嚴添鹽	談覃	侵	幽侯尤	登蒸	青	清耕庚
29	28	27	26	25		24	23
豏	儉	感	寑	有		迥	梗
范檻豏	儼忝琰	敢感	寑	黝厚有		等拯迥	靜耿梗
30	29	28	27	26		25	24
陷	豔	勘	沁	宥		徑	敬
梵鑑陷	釅㮇豔	闞勘	沁	幼候宥		嶝證徑	勁諍映
17	16	15	14		13	12	11
洽	葉	合	緝		職	錫	陌
乏狎洽	業怗葉	盍合	緝		德職	錫	昔麥陌

本節附註：

（註一）見顧氏音論上。

（註二）見江氏古韻標準例言。

（註三）林語堂研究方言應有的幾個語言學觀察點：『（二）應以廣韻二百六部爲研究起發點——廣韻切韻這些書是極精於辨音的書，然而所分二百〇六部，今人許多解不清楚。我們既然要研究方音，自當有歷史的系統，有歷史的起發點。此起發點，除去廣韻二百〇六部以外，別無他處可以尋求。我們若能以各韻中比較最常見於俗語中的字選錄出來，而略以此幾字爲根據，考察各韻在各方音中的讀法（俗話中的讀法，不是書上字音的讀法）必定可以找出來許多幫助明白中古音的材料。』（語言學論叢二四二頁。）

（註四）載唯是第三期。

（註五）應作魏瀅或魏彥淵，參看劉盼遂廣韻敍錄校箋（文字音韻學論叢二五三頁。）

（註六）參看第五章第二節。

（註七）見宋本廣韻卷首。

（註八）參看第五章第二節。

（註九）見王氏觀堂集林卷八。

(註十)玉海卷四十五：『景德四年十一月、戊寅，崇文院校定切韻五卷，依九經例頒行，(本陸法言撰)祥符元年、六月、五日，改爲大宋重修廣韻。』

(註十一)集韻韻例云：『眞宗時，令陳彭年、邱雍因法言韻就爲刊益。』玉海卷四十五：直齋書錄解題及宋史藝文志所言略同。

(註十二)參看羅常培十韻彙編序七六——八一頁。

(註十三)見曝書亭集卷三十一，與魏善伯書。

(註十四)參看拙著廣韻研究(商務印書館出版)第一章第四節，四三——四五頁。

(註十五)參看拙著廣韻研究第一章第五節，四五——四八頁。

(註十六)參看拙著廣韻研究第一章第九節，五五——五八頁。

(註十七)見戴氏聲韻考卷二。

(註十八)見馬宗霍音韻學通論第四，二九——三七頁。

(註十九)見馬宗霍音韻學通論第四，九——十頁。

(註二十)參看拙著廣韻研究第一章第四節，四三——四五頁。

(註二十一)見戴氏聲韻考卷二。

(註二十二)見戴氏聲韻考卷二。

（註二十三）見四庫總目附釋文互註禮部韻略提要。

（註二十四）見四庫總目毛晃增修互註禮部韻略提要。

（註二十五）見戴氏聲韻考卷二，參看顧氏音論上。

（註二十六）見戴氏聲韻考卷二。

（註二十七）李燾說文解字五音韻譜自序有云：『集韻、類篇列於學官，而廣韻、玉篇微矣。』

（註二十八）見四庫總目集韻提要。

（註二十九）參看拙著廣韻研究第一章第九節，五五——五八頁。

（註三十）四庫總目集韻提要云：『舊本題宋丁度等奉敕撰；前有韻例，稱景祐四年，太常博士直史館宋祁、太常丞直史館鄭戩建言：陳彭年、邱雍等所定廣韻多用舊文，繁略失當；因詔祁、戩與國子監直講賈昌朝、王洙同加修定，刑部郎中知制誥丁度、禮部員外郎知制誥李淑爲之典領。晁公武讀書志亦同。然考司馬光切韻指掌圖序稱：仁宗皇帝詔翰林學士丁公度、李公淑增崇韻學，自許叔重而降，凡數十家，總爲集韻，而以賈公昌朝、王公洙爲之屬，治平四年，余得旨繼纂其職，書成上之，有詔頒焉；書因討究之暇，科別淸濁爲二十圖云云，則此書奏於英宗時，非仁宗時，成於司馬光之手，非盡出丁度等也。』

（註三十一）見莫友芝韻學源流，羅氏鉛印本一六——一七頁。

（註三十二）參看類篇後附記及謝氏小學考卷十七。

（註三十三）詳見第六章第二節附註（四十二）。

(註三十四)參看宋本廣韻卷首。

(註三十五)四庫總目集韻提要『其駁廣韻註凡姓望之出，廣陳名系，既乖字訓，復類譜牒，誠爲允協。至謂兼載他切，徒釀細文，因併刪其字下之互註，則音義俱別與義同音異之字，難以遽明，殊爲省所不當省。又韻主審音，不主辨體，乃篆籀兼登，雅俗並列，重文複見，有類字書，亦爲繁所不當繁。』

(註三十六)集韻韻例：『凡經典字有數讀，先儒傳授，各欲名家，今並論著，以粹羣說。』

(註三十七)依據白滌洲集韻聲類考（載中央研究院歷史語言研究所集刊第三本第二分）一八五——一八六頁。

(註三十八)參看白滌洲集韻聲類考一八六——一八九頁。

(註三十九)白滌洲考得廣韻聲紐爲四十七類，參看他所著的廣韻聲紐韻類之統計一文，及本書第六章第一節附註(二十五)守溫字母源流表。又白滌洲集韻聲類考考得集韻聲紐爲三十九類；較之三十六字母，照、穿、牀、審分爲莊、初、崇、生、和章、昌、船、書八類，喻母分爲以、云二類，又泥、娘不分，船、禪不分。

(註四十)參看白滌洲集韻聲類考一八九——一九一頁。

(註四十一)依據羅常培十韻彙編序八〇頁。

(註四十二)見陳氏切韻考外篇卷三。

(註四十三)參看白滌洲集韻聲類考二三四——二三六頁附錄(4)集韻反切上字類隔改用音和一覽表。

(註四十四)參看白滌洲集韻聲類考一八一——一八二頁。

(註四十五)參看白滌洲集韻聲類考一八二——一八五頁及二〇〇——二三四頁，附錄(2)集韻反切上字改用同聲調字一覽表，附錄(3)集韻細音反切上字改用細音字一覽表。案一等與四等的劃分在慧琳音義中之反切已然，可徵此種音變已兆於唐；參看黃淬伯慧琳一切經音義反切考二三二頁。

(註四十六)參看白滌洲集韻聲類考一八四頁。

(註四十七)依據白滌洲集韻聲類考一七九——一八一頁。

(註四十八)參看岡井愼吾玉篇研究。

(註四十九)天祿琳琅曰：『改併五音集韻，金韓道昭著，十五卷，前昭兄道昇序；前書以字母分排，此書以聲韻分排，而每韻中亦各以字母分紐，皆因其父孝彥未成之編，續加修定者。』(見謝氏小學考卷三十三)

(註五十)四庫總目提要：『考廣韻卷首云：凡二萬六千一百九十四言；集韻韻例云：凡五萬三千五百二十五言，新增二萬七千三百三十一言；是書亦云凡五萬三千五百二十五言，新增二萬七千三百三十言；合計其數，較集韻僅少一字，殆傳寫偶脫。廣韻註十九萬一千六百九十二字；是書云：註三十三萬五千八百四十言，新增十四萬四千一百四十八言；其增多之數，則適相符合；是其依據二書，尤爲明證。』

(註五十一)見謝氏小學考卷三十一。

(註五十二)見顧氏音論上。

(註五十三)見錢氏跋王文郁平水新刊韻略。

（註五十四）錢氏跋毛文郁平水新刊韻略：『頃吳門黃蕘圃孝廉得平水新刊韻略元槧本，余假讀之，前載正大六年己丑季夏中旬，河間許古道眞敍其略云：「平水書籍王文郁攜新韻見頤菴老人曰：稔聞先禮部韻略，或譏其嚴且簡；今私韻歲久，又無善本；文郁留意隨方，見學士大夫精加校讎，又少添註語；不遠數百里，敬求韻引，」是此韻爲文郁所定也。……考正大己丑在淳祐壬子前二十有四年，而其時已併上下平聲各十五，上聲二十九，去聲三十，入聲十七，則不得云併韻始於劉淵，豈淵竊見文郁書而翻刻之耶？又其時南北分裂，王與劉既非一姓，刊版又不同時，何以皆稱平水？』又曰：『許敍稱平水書籍王文郁，初不能解，後讀金史地理志，平陽府有書籍，其倚郭縣平陽有平水，是平水卽平陽也。史言有書籍者，蓋置局設官於此。元太宗八年，用耶律楚材言，立經籍所於平陽，當是因金之舊。然則平水書籍者，文郁之官稱耳。劉淵亦題平水，而黃公紹韻會凡例又稱爲江北劉氏；平陽與江北相距甚遠，何以有平水稱？是又可疑也。』

（註五十五）案劉書名壬子新刊禮部韻略，此『壬子』決非指元皇慶元年（西元後一三一二年）；因黃公紹韻會作於元至元二十九年（西元後一二九二年）之前，淵書應更在韻會之前也。又非指宋紹熙三年或金明昌三年之壬子（當西元後一一九二年）；因黃氏韻會凡例稱：『近平水劉淵』云云，宋紹熙時與元至元時相距約百年，不得謂『近』故當以宋淳祐十二年或蒙古憲宗二年之壬子爲斷。

（註五十六）錢氏十駕齋養新錄云：『予䖏於吳門黃孝廉烝烈齋，見元槧本平水韻略，卷首有河間許古序；乃知爲平水書籍王文郁所撰，後題正大六年、己丑、季夏中旬，則金人，非宋人也。考己丑在壬子前二十有三年，其時金猶未亡；至淳祐壬子，則金亡已久矣。意淵竊見文郁書，刊之江北，而去其序，故公紹以爲劉氏書也。王氏平水韻，幷上、下平聲各十五，上聲二十九，去聲三十，入聲十七，皆與今韻同。文郁在劉淵之前，則謂併韻始於劉淵者，非也。』案劉淵亦當爲北方人，所謂『江北，』乃當時北方之通稱，非近今所稱之江北也。文郁韻許古序云：『稔聞先禮部韻略或譏其嚴且簡，』足徵金元韻書亦多據禮部韻略而作；淵書名壬子新刊禮部韻略，錢氏既以王文郁爲金人，則劉淵亦當爲金人或元人也。

（註五十七）見王氏觀堂集林卷八書王文郁新刊韻略張天錫草書韻會後。

（註五十八）王國維書王文郁新刊韻略張天錫草書韻會後：『王文郁書，名平水新刊韻略，劉淵書，亦名新刊禮部韻略韻略上冠以「禮部」二字，蓋金人官書也。宋之禮部韻略，自寶元迄於南渡之末，場屋用之者逾二百年。後世遞有增字，然必經羣臣疏請，國子監看詳，然後許之。惟毛晃增註本，加字乃逾二千，而其書於紹興三十二年表進，是亦不啻官書也。然歷朝官私所修改，惟在增字增註，至於部目之分合，則無敢妄議者。金韻亦然。許古序王文郁韻，其於舊韻，謂之簡嚴「簡」謂註略，「嚴」謂字少，然則文郁之書，亦不過增字增註，與毛晃書同；其於部目，固非有所合并也。故王韻并宋韻同用諸韻爲一韻，又并宋韻不同用之迥、拯、等及經、證、嶝六韻爲二韻者，必金時功令如是。考金源詞賦一科，所重惟在律賦；律賦用韻，平、仄各半。而上聲拯、等二韻，廣韻惟十二字，韻略又減焉，在諸韻中字爲最少。金人場屋，或曾以拯韻字爲韻，許其與迥通用，於是有百七部之目，如劉淵書；或因拯及證，於是有百六部之目，如王文郁書及張天錫所據韻書。至拯、證之平入兩聲猶自爲一部，則因韻字較寬之故。要之，此種韻書爲場屋而設，故參差不治如此，殆未可以聲音之理繩之也。』（王力中國音韻學下册，第四編，第六章，第三十六節附註（十三）謂：『劉淵書但併經、證，不併迥、拯，王先生云云，想係一時筆誤。』

（註五十九）參看王力中國音韻學下册，第四編，第六章，第三十七節，一九八頁。

(註六十)見錢曾敏求記，參看謝氏小學考卷三十三。

(註六十一)參考謝氏小學考卷三十三。

(註六十二)參看黎錦熙佩文新韻（卽國音分韻常用字一覽表，人文書店出版）序，一頁。

(註六十三)陳澧切韻考卷六：『廣韻同音之字，雖多至數十字，皆合爲一條；惟於第一字註切語及同音字數，亦必陸氏舊例。此不但類聚羣分，不相離廁，且使人易於識字。（隋書經籍志有異字同音一卷，亦此意也。）如蕫、鶇、倲、倲、餗、佺諸字，皆不常見，以其與東字同音，皆置之東字之下；則一展卷而盡識其音。故凡同一切語之字，必以常見之字爲首也。後世韻書改其例，以不常見之字置於韻末；其書非爲識字而作，但爲作詩賦之用，故今人直名之爲詩韻也。』

(註六十四)從王力中國音韻學下册一八一——一八四頁中錄出。

第二節　宋後『等韻表』的演變

在上節裏講到廣韻一系韻書的沿革，在韻部上，爲着應試作文的便利加以合併，而在編製的體例和注音上，却有許多參進了等韻的成分，或竟把韻書完全成爲等韻圖化了；我們因此可以想見當時等韻學的發達和這種圖表的流行於社會當中。我們從上面第六章裏，又可以知道等韻表也是起源於唐代，牠的發生，是因爲切韻一派韻書盛行之後，用來說明這些韻書當中的切語的；所以初期的等韻表和切韻諸書的音讀系統大致相符合，可以供我們擬測隋、唐音系的參證。不過現今所完存的最古的等韻書，只是七音略和韻鏡兩種；這兩種雖然是宋人的作品，而兩者同出一源，幷且牠們的原型也出自唐人。（註一）雖然各圖裏的歸字有許多改從宋音，聲紐的標目也是宋人的三十六字母，不用唐人的三十字母，可是我們不能便因此而否認牠們源出於唐代。茲錄羅常培通志七音略研究之言如左：

『論者或謂七音略第一轉匣母平聲三等「雄」字，廣韻爲「羽弓切」，應屬喩母，今列匣母下，則從集韻「胡弓切」之音；第四轉脣音平聲三等有「陂」「縻」二字，廣韻「陂、彼爲切」，「縻、靡爲切」，依下字當列第五轉合口，今列開轉內，則從集韻「班縻切」與「忙皮切」之音。至其所收之字見於集韻而不見於廣韻者，尤不勝枚舉。此並可證明七音略與韻鏡之歸字從宋音而不從唐音。且七音略揭明三十六字母標目，而七音各以類從，均較唐人三十字母秩然有別。則此系韻圖縱有妙用，亦限於審正宋音，未可據以遠溯隋、唐。此說似是而實非也。蓋兩書之歸字卽使遷就宋音，而其原型則未必不出於前代。正猶康熙字典卷首之等韻切音指南歸字雖從淸音，而劉鑑之切韻指南則固作於元末也……然其所異者不過歸字之出入，而其不可易者則爲結構與系統，儻使劉鑑原書已佚，後人遂據切音指南之歸字而斷定此系韻圖不出於元季，寧非厚誣古人耶？故據七音略與韻鏡之歸字而否認其原型作自唐代者，其失殆與是埒也。』（註二）

因爲兩書同出一源，所以組織的形式和內中所包含的音讀系統也不致相吻合；牠們的原型雖然是依據於唐人韻書，和宋代廣韻的部次有參差出入的地方，（註三）而牠們都是把二百六韻歸納在四十三轉當中。（註四）入聲各韻，除了七音略的第二十五轉以外，也都是依照切韻的系統，隸屬於『陽聲韻』，不屬於『陰聲韻』。（這裏所謂陰聲韻，是指沒有收尾鼻音的韻母；陽聲韻是指具有收尾鼻音的韻母。在切韻系統裏，陽聲韻分 [-ŋ]，[-n]，[-m] 三系，入聲韻分 [-k]，[-t]，[-p] 三系。參看第五章第二節。）每一轉圖當中又都是縱列三十六字母爲二十三行，輕脣、舌上、正齒分附於重脣、舌頭、齒頭之下；（註五）橫以四聲統四等，卽橫分四層，以表四聲，層分四格，以表四等。（註六）但是兩書雖然同是源出於一種唐人的等韻書，而因爲經過迭次的改訂，就不免有相參差出入，也互有正訛是非。現今所傳的韻鏡，是張麟之在紹興辛巳（西元後一一六一年）所刊行，而在慶元丁巳（西元後一一九七年）重刊的；嘉泰三年（西元後一二〇三年）張麟之又作一序。（註七）據其初刊時的序云：『余嘗有志斯學，獨恨無師承；既而得友人授指微韻鏡一編，且教以大略；』又第二序云：『自是研究今五十載，竟莫知原於誰；近得故樞密楊侯（倓）淳熙間所撰韻譜；……既而又得莆陽夫子鄭公（樵）進卷先朝中有七音序略；』可知他對於指微韻鏡的原書，在重刊時，想來也不無改訂的地方。他所謂『因之則是，變之非也，』只是對於『舊體列二十三行，楊變三十六』而言，在各圖的內容上，他陸續得到多種相類的校本而加以重刊，自然應有所改訂。鄭樵是北宋末、南宋初（西元後一一〇四——一一六二年）的人，他著七音略，自序謂本於七音韻鑑。七音韻鑑和指微韻鏡又未必是同屬一書；自從唐代到了南宋初年，發生了這許多互相因襲而屬於同一系統的等韻書；（註八）彼此間又遞相改訂，自然有大同小異的地方。這種情形，正和唐、宋間切韻一派韻書的演進可相比照，而且在演進的過程上也有相爲因果的關係。韻書的沿革，我們在上節裏說過，是受有等韻學的影響的；同時等韻表上的改進，也往往因乎韻書當中的一種演變。我們比較七音略和韻鏡兩書的異同，最值得我們注意的，就是這兩書裏所列的四十三轉在序次上的參差；自第三十一圖以下牠們排次的差異，很可以見得等韻表上的改訂也受了韻書部目演變的影響。自第三十一圖以下，七音略所據，顯然為孫氏唐韻以前的部次，而韻鏡所據又是李舟切韻以後的部次，但是牠們都把蒸、登二部放在最後，足以證明牠們的原本是出於唐代的。（註九）我在等韻學派系統的分析一文裏曾經論到這個問題：

『魏了翁唐韻後序說：「今韻降覃、談於侵後，升蒸、登於靑後；」足以見得宋人韻書是如此，而和唐韻原次不同。七音略三十四圖以上的序次，覃、談在歌、麻之後，是依據於孫氏唐韻的。又把鹽、銜、嚴、凡升上來，乃是為了排列等呼和配置開合的關係，不得不如此。韻鏡把侵、覃以下九韻排在三十九圖以下，顯然是依據於魏氏所謂「今韻」加以改排的；可是，蒸、登二部排在最後，仍留了一個不可磨滅的痕跡。我們從這韻部序次上觀察，一方面可以斷定七音略和韻鏡兩書同出於一種藍本，而與其說是為廣韻而作，不如說牠們原來都是為唐韻而作。另一方面，又

可以斷定韻鏡的面目是經過幾次修改的結果，七音略一書的面目反較為近古的呢！』（註十）

又兩書的分轉列圖韻鏡所標明的開合，就是七音略所標明的重輕；可見七音略對於開合的分別，仍沿襲隋唐的舊名，而為韻鏡所改定了的。（註十一）但是從另外的幾點上看來，韻鏡所保持的面目又似乎較七音略為古。如韻鏡各圖裏入聲各韻都配屬於陽聲韻，七音略也大體相同；只是鐸、藥兩韻的開口，七音略複見於第二十五（豪、肴、宵、蕭）及第三十四（唐、陽）兩圖，和韻鏡單見於第三十一圖（唐、陽）的不同；或者七音略中所列的，已經顯露着後來等韻書上以入聲兼承陰陽的先兆了。（註十二）又聲紐的標目，七音略所採用的，實多改從宋代的習尚；茲引羅常培通志七音略研究之言如左：

『韻鏡各轉分聲母為「脣」、「舌」、「牙」、「齒」、「喉」、「半舌」、「半齒」七音，每音更分「清」、「次清」、「濁」、「次濁」諸類，而不別標紐文。七音略則首列幫、滂、並、明，端、透、定、泥，見、溪、郡、疑，精、清、從、心、邪，影、曉、匣、喻、來、日二十三母；次於端組下複列知、徹、澄、娘，精組下複列照、穿、牀、審、禪，而輕脣非、敷、奉、微四母，則惟複見於第二、第二十、第二十二、第三十三、第三十四、五轉幫、組之下；又於第三行別立「羽、」「徵、」「角、」「商、」「宮、」「半徵、」「半商」七音以代「脣、」「舌、」「牙、」「齒、」「喉、」「半舌、」「半齒：」此其異也。就標明紐目而論，則鄭漁仲改從宋代習尚者，實較張麟之爲多。(註十三)

至於兩書其他參差之處，我們更可以依據現今所考得切韻系統裏的音値以及等韻學上分析音素的標準來論定牠們的是非正訛。如兩書於各圖所標明的「內、」「外，」也用以表示當時分轉列圖的標準；(註十四)而七音略所標明的「內、」「外，」有三圖和韻鏡不同：第十三圖咍、皆、齊、祭、夬諸韻以及第三十七圖庚、清諸韻（韻鏡爲第三十四圖）七音略爲內轉，而韻鏡爲外轉；第二十九圖麻韻七音略爲外轉，而韻鏡又爲內轉。根據音理來說，第十三轉應該爲「外，」七音略的第三十七轉，即韻鏡的第三十四轉，也應該爲「外，」這是韻鏡所標明的爲是而七音略的爲非；第二十九轉也應該爲「外，」這是七音略所標明的爲是而韻鏡的爲非。(註十五)又諸字在這兩書各圖當中所列的等第也間有出入，依據當時分等的標準來校量，也可以辨認牠們的各有正誤。(註十六)羅常培通志七音略研究曾校訂兩書等列的歧異，幷舉出七音略誤而韻鏡不誤者二十五條，韻鏡誤而七音略不誤者十四條；謂：『若斯之類，並宜別白是非，各從其正者也。』（註十七）更有關於廢韻，兩書所歸的轉圖亦不一致；韻鏡將廢韻之字分歸於第九轉（微、內開）和第十轉（微、內合）兩圖的三等，七音略則列於第九轉的一等及第十六轉（佳、外輕）的三等而於第十五轉（佳、外重）僅存廢韻之目；依音理來說，廢韻屬於外轉三等，應列第十五轉及第十六轉；這是七音略較韻鏡稍爲得當的地方。（註十八）總之：兩書雖爲南宋初年所傳述，對於他們的原型也經過了多次的修改，以致兩相參差，各有正訛；但是大體上牠們總可以代表中國初期等韻書的組織和系統，和隋、唐韻書裏的音讀也比較吻合。後來所發生的等韻表，更隨着韻書的演變，多有所改革；遂和七音略、韻鏡兩書顯然具着不同的形式。

所謂後來發生的等韻表，現今所存而年代可以確定的，爲元劉鑑的經史正音切韻指南。劉鑑自序作於至元二年丙子，當西元後一三三六年；自序謂：『因其舊制，次成十六通攝，作檢韻之法，析繁補隙，詳分門類，并私述元關六段，總括諸門，盡其蘊奧，名之曰：經史正音切韻指南；與韓氏五音集韻互爲體用，諸韻字音，皆由此韻而出也。』可見此書以五音集韻爲牠的依據，所以各圖裏所標明的韻目，也取於韓氏所併成的部目(註十九)韓氏把二百六韻併成一百六十部，爲韻書中合併通用韻的創始；劉鑑之徒既然根據了五音集韻來撰作等韻表，自然隨着韻書上的這種演變，把初期等韻書裏詳細分析的轉圖歸併起來，以成經史正音切韻指南的二十四圖。(註二十)張麟之韻鏡序謂：其製以韻書自一東以下各集四聲，列爲定位，實以廣韻、玉篇之字，配以五音淸濁之屬；』所以『不出四十三轉而天下無遺音；』韻鏡和七音略雖多改從宋音，而牠們所沿襲的舊製和廣韻等書相表裏，所以能夠符合於隋、唐的音讀系統。到了宋、元之間，通韻併韻的風氣日盛，因之等韻表上也改變了面目；同時又因爲實際音讀的單純化的趨勢，原來主要元音上有分別的韻素有很多歸於混同了；於是依倣梵文的十六轉和十二轉，把韻素當中主要元音及收尾音的成分相同或相類的歸納成爲『韻攝』。韻攝的名稱大概是起於南宋末年以後；因爲此時以前的等韻書只是分轉列圖，並無韻攝之名。勞乃宣云：

「唐、宋韻書部分，自二百六部歸併至一百六部，而其中聲音相同者猶多。戴東原謂定韻時有意求其密，用意太過，強生分別，是也。故考古韻者必歸併部分；等韻家之定爲韻攝，亦此意也。切韻指掌圖分爲二十圖，鄭氏七音略分爲四十三圖，猶未有韻攝之名。劉氏切韻指南乃定爲通、江、止、遇、蟹、臻、山、効、果、假、宕、曾、梗、流、深、咸十六攝。」（註二十一）

可見等韻學上的建立韻攝，雖然未必就是創始於劉鑑，而總不是在他以前很早的時候；至於歸倂部分，定爲韻攝，在當時並非用以考求古韻，而是爲着適應韻書上改倂部目和實際語音演變的趨勢的。歸倂韻圖和建立韻攝之後，於是各圖間關於主要元音及收尾音兩種成分的區別，格外明顯；初期等韻書上所標明的『內』、『外』轉，以爲分列圖表的重要標準的，到了此時就成爲不甚注重的問題；因之四聲等子及切韻指掌圖所附列的辨內外轉例，謂以通、止等八攝括內轉六十七韻，江、蟹等八攝括外轉一百三十九韻，而只知道以二等字具足與否來區別；（註二十二）把從前分轉列圖的一種重要意義失傳了，這便是因爲牠們倂轉爲攝之後，不注重於這種區別的緣故。倂轉爲攝，既然足以顯示各種韻素上主要元音舌體位置的分別，所以在四聲等子和切韻指南等書的各攝下只是沿襲舊制存着『內』『外』的名目，（註二十三）而不注重牠們區別的意義了。可是韻素上元音兩脣形狀的分別，尤其是關於中介元音的那種成分，不是在韻攝上顯示出來的，於是初期等韻書上所標明的重輕或開合，到了此時却變成特別的重要了。因爲韻攝由各種韻素上比較主要元音及收尾音的同異而歸納得來的，除了四聲、等第之外，又概括了所謂『開』、『合』的分別；因之各攝當中，有些是有開無合的，有些是有合無開的，也有是開合兼具的。這時要表明開合分別的關係，自然須於各攝或各圖上特別注明；而同是一攝，也因之有分爲兩圖或數圖的（也有兩攝開合相同，而相附爲一圖或二圖的。詳下文。）切韻指南分十六攝而有二十四圖，四聲等子也分十六攝而有二十圖；切韻指南對於單是有開或單是有合的諸攝，注明曰、『獨韻』，對於開合兼具的諸攝而各分兩圖的，分別注明曰、『開口呼』或『合口呼』；四聲等子有『重少輕多韻』『重多輕少韻』、『輕重俱等韻』、『全重無輕韻』這些名目，以表明各攝裏開口字和合口字的多寡有無，可是已經用了重輕來代表開合，却又往往於各圖上注明了『開口呼』或『合口呼』。（註二十四）開、合的區別雖然仍是用爲分列圖表的一種標準，而把開合隸屬於韻攝之下，并且別立『呼』之名，以表示同一主要元音及收尾音的韻素當中，又可因脣的形狀和中介元音的關係分列爲開口呼、合口呼；較之初期等韻書上僅於各圖上注明重輕或開合的，分析音素尤爲明晰。這種進步正是由於採用梵文拼音的形式把轉圖併爲韻攝的一種結果；同時又適合着韻書上改併部目和實際語音單純化的趨勢而來的。中國語音單純化的趨勢，最顯明的在韻素上表示出來，還不僅是一些主要元音的歸於混同，尤有一些收尾音的日漸失落。切韻系統裏以入聲諸韻配屬於陽聲諸韻，就是以 [-k]，[-t]，[-p] 三系配屬於 [-ŋ]，[-n]，[-m] 三系，七音略和韻鏡的各圖裏也大致相同（參看上文）；入聲諸韻在這種音讀系統裏所以不能隸屬於陰聲諸韻，就是因爲具有了那三種收尾音的關係。可是語音單純化的結果，那三種收尾音漸漸歸於失落；於是入聲諸韻固然可以配屬於陽聲韻，同時也可以配屬於陰聲韻了；我們看四聲等子和切韻指南兩書裏以入聲兼承陰陽，各圖裏都列着入聲字，顯然和初期等韻書的面目不同；我們也因此可以推見當時音讀系統裏入聲諸韻性質的轉變了。可是學術的產品雖然隨時有改進，而總不免帶着一點因循守舊的色彩。從上面所說，可以知道從前等韻表的組織，只是適合切韻一派的韻書，到了宋元之間，因爲實際音讀系統的轉變不得不加以更改；切韻指南、四聲等子等書併轉爲攝，又於各攝下分別開口呼、合口呼，更以入聲兼承陰、陽，顯然是因爲適應着實際語音的轉變而更改了初期等韻書的面目。但是，牠們分等的方法還是承襲從前的舊貫；於是所分列的等第不合於實際的音讀，乃作種種的解說，又不得不加詳門法。四聲等子前有辨門法十一例，切韻指南後有門法玉鑰匙十三門，以至後來眞空增為二十門。（註二十五）茲將切韻指南後所列的十三門錄如左：

一、音和門　二、類隔門　三、窠切門　四、輕重交互門　五、振救門　六、正音憑切門　七、精照交互門　八、寄韻憑切門　九、喩下憑切門　十、日寄憑切門　十一、通廣門　十二、侷狹門　十三、內外門

原來初期的等韻家於『音和』之外，又立着『類隔』；也就是用來表明語音的轉變和等韻組織上的變例。如鼂公武讀書志所錄王宗道切韻指元論云：『切歸本母，韻歸本等者，謂之音和，常也；本等聲盡，汎入別等者，謂之類隔，變也。』（註二十六）後來音變愈顯，可是分等的條例還是應循未改，反切亦多沿用舊文，覺其不合者愈多，所列的門法遂愈加詳細。茲舉劉鑑切韻指南自序之言為證：

『若以浮淺小法，一概求切，而不究其原者，予亦未敢輕議其非，但恐施於誦讀之間，則習為蔑裂矣。……又如「符羈切」如「肥」字，本是「皮」字；「都江切」如「當」字，本是「椿」字，

字；「士魚切」如「殊」字，字本是「鋤」字；「詳里切」如「洗」字，字本是「似」字；此乃門法之分也。如是誤者，豈勝道哉？』

種種門法，似乎都是由原初等韻家所立的門例上衍變而來，(註二十七)可是愈推愈密的現象，正足以反照實際音讀系統的劇變。牠們保持了從前分等的方法，因之推衍出許多種門法來強作解釋；只是面目上以四等統四聲，卽橫分四層，以表四等，層分四格，以表四聲，和七音略、韻鏡諸書不同而已。又劉鑑切韻指南併轉爲攝，而二十四圖的敍次，除了曾攝（登、蒸諸韻）的第十七、第十八兩圖更依宋人韻書移於梗攝（庚、淸、青諸韻）之前以外，都和韻鏡四十三轉的敍次相同。(註二十八)至於四聲等子和今本切韻指掌圖都分二十圖，牠們的次敍却和唐、宋韻書的部目頗有差異，這種顯然是經過後人改竄的痕跡。我們這裏再來討論四聲等子和今本切韻指掌圖兩書發生的年代。

四聲等子一書不知係何人所作。原序有『近以龍龕手鑑重校』和『以此附龍龕之後，』等語，因而有人疑四聲等子也是出於遼僧行均的，卽屬龍龕手鑑後的五音圖式。(註二十九)又陳澧切韻考外篇以爲卽屬僧宗彥的四聲等第圖。(註三十)這些都是推測之辭，未能確信。錢曾敏求記謂四聲等子『卽劉士明切韻指南，曾一經翻刻，冠以元人熊澤民序而易其名。』(註三十一)四庫提要不以錢氏此書爲然，謂二書顯非於一手，并據切韻指南熊澤民序，斷定劉氏書實本四聲等子而加以改作的。茲錄其言如左：

『今以二書校之：若辨音和、類隔、廣通、偈狹、內外轉攝、振救、正音憑切、寄韻憑切、喻下憑切、日寄憑切、及雙聲疊韻之例，雖全具於指南門法玉鑰匙內，然詞義詳略，顯晦不侔。至內攝之通、止、遇、果、宕、曾、流、深，外攝之江、蟹、臻、山、效、假、梗、咸十六攝圖，雖亦與指南同，然此書曾攝作內八而指南作內六；流攝此書作內六而指南作內七；深攝此書作內七，指南作內八：皆小有不同。至於江攝外一，附宕攝內五下；梗攝外七，附曾攝內六下；與指南之各自爲圖，則爲例迥殊。雖指南假攝外六，附果攝內四之下，亦閒併二攝；然假攝統歌、痲二韻，歌、痲本通，故假得附果。若此書之以江附宕，則不知江韻東、冬，不通陽、唐；以梗附曾，則又誤通庚、蒸爲一韻；似不出於一手矣。……切韻指南卷首有後至元丙子熊澤民序，稱古有四聲等子，爲流傳之正宗；然而中間分析，尙有未明；關西劉士明箸書曰經史正音切韻指南。則劉鑑之指南十六攝圖，乃因此書而革其宕攝附江，曾攝附梗之誤，此書實非鑑作也』

我們在這裏應當注意的，切韻指南和四聲等子雖然都是分十六攝，而四聲等子以江攝附於宕，以梗攝附於曾，顯然和『北音韻書』裏合併江、陽、唐為一部，合併庚、耕、清、青、蒸、登為一部的系統（註三十二）相合，是受了北音韻書韻部系統的影響的；而北音韻書應當推始於周德清的中原音韻。（註三十三）所以四庫提要僅據熊澤民的切韻指南序以為切韻指南因此書而革其宕攝附江，曾攝附梗之誤，並不足以為四聲等子在切韻指南前的確證。我們應該再從這兩書攝圖的序次上研究一下：切韻指南的攝次，和所列的二十四圖序次相應；四聲等子的攝次，却和二十圖的序次不相應。（註三十四）因之我們對於四聲等子，應該把牠的攝次和圖次分開來觀察；四聲等子的攝次，以流攝作內六，深攝作內七，曾攝作內八，把登、蒸諸韻列在侵、覃諸韻之後，和韻鏡轉圖的序次相合。我們在上文說過，韻鏡的圖次，已經根據了李舟切韻以下韻書的部目改訂過一番，可是最後的兩圖仍為登、蒸諸韻，和宋人的韻書尚未完全相合；四聲等子的攝次正是由韻鏡轉圖的序次上得來的。切韻指南以曾攝作內六，流攝作內七，深攝作內八，就是再依據宋人韻書或五音集韻的部次，重訂了一番，把蒸、登列在尤、侯之前。劉鑑自序謂『因其舊制，次成十六通攝』『通』字已經有併轉爲攝的意思，『次』字便有改訂序次的意思。而所謂『舊制』也就是熊澤民序上所指的『古有四聲等子爲流傳之正宗』所謂古者，陳澧謂：『不過北宋時耳，』其實最多也不過是南宋的末年由韻鏡的流變，成爲四聲等子，由四聲等子的改訂，成爲切韻指南。從攝次上觀察，我們似乎可以斷定把四十三轉併爲十六攝，並非創始於劉鑑，四聲等子當在劉氏書之前。不過宋、元間的等韻書也正和韻書上演變的情形一樣把從前的一種或幾種原本勦襲過來，加以改訂，合併，或且任意的竄亂，而目上漸易爲『今』，而淵源却甚『古』，仍不失爲流傳之正宗；由初期的等韻書當中產生韻鏡一類的東西，更由韻鏡等書改併爲四聲等子、切韻指南的面目，我們都應當作如是觀。我又疑今本四聲等子攝次和圖次不相應，分圖也僅二十，乃是元、明間人合併竄亂的痕跡；原序所謂：『以三十六字母約三百八十四聲，別爲二十圖』等語，亦未必完全可靠，正和今本切韻指掌圖的情形（詳下文）相仿。因爲以江攝附於宕，以梗攝附於曾，確是受了北音韻書上分部的影響的，如果直接根據於韻鏡等書，決不會有這樣改併的情形；或許竟是改竄者附會熊序『中間分析尙有未明』一語，遂據劉氏書的二十四圖加以併合的。這樣說來：錢曾敏求記謂四聲等子卽切韻指南的『一經翻刻』也不無幾分可信的理由；而四庫提要以爲劉氏的二十四圖卽因此書而革其宕攝附江，曾攝附梗之誤，不特不足以爲四聲等子在切韻指南前的確證，且把先後因革的關係倒置了。總之：四聲等子一書，牠的發生確在劉鑑的切韻指南以前，但是最古也不過是南宋的末年，而今本又經過劉氏後人的改竄了的。至於今本切韻指掌圖，決非司馬光所作；前列的一篇自序，乃由孫覿切韻類例序改竄而成，在上節裏講到集韻、類篇兩書撰述的歷史，已辨其僞。四庫提要謂：『光傳家集中下至投壺新格之類，無不具載，惟不載此書，故傳本久絕；』實則司馬光何嘗作過此書？鄒特夫據孫覿書考定原書出於楊中修，本名切韻類例。鄒氏切韻指掌圖跋云：

『孫序稱著爲十條，爲圖四十四，而今指掌爲圖二十。疑南宋流傳，改併失眞，乃冒溫公名以求售。』

今本指掌圖和切韻類例的關係，正如今本四聲等子和韻鏡的關係差不多；牠們的演成都不是單由一次的『改併失眞』，而是改併之後，又經過後人的竄亂的。指掌圖雖無韻攝之名，而牠的二十圖實際就是四聲等子的二十圖；四聲等子以假攝附於果之外，又以江攝附於宕，梗攝附於曾，可併成十三攝；指掌圖以開合各圖相併，亦可歸爲十三攝，或且以第十七至第二十這四圖歸爲一攝，認爲實際僅十二攝（註三十五）只是圖次又和四聲等子不同；『首獨韻、次開合韻，每類之中又以四等字多寡爲次，故「高」爲獨韻之首，「干」、「官」爲開合韻之首；』（註三十六）不依韻書上的部次，又顯然是經人更改後的面目。又指掌圖的各圖裏雖以四聲統四等，和七音略、韻鏡相同，而以入聲兼承陰、陽，『於舊有入者不改，舊無入者悉以入隸之，』（註三十七）和切韻指南、四聲等子相合。此外，指掌圖的第十八圖支之諸韻的齒頭音，更由原來的四等改爲一等，和切韻指南的後身康熙字典卷首的等韻切音指南相同。從音讀系統上這幾點特徵看來，可以知道今本切韻指掌圖的出世，決不在今本四聲等子以前，也許同是元、明間的產物，並非如鄒特夫所謂出於南宋的。四庫提要據王行後序考定邵光祖爲元之遺民，（註三十八）邵光祖就是爲今本切韻指掌圖作檢例的人；此書的改訂爲今本的面目，便當在光祖以前不遠的時候，因爲牠和今本四聲等子都是曾受北音韻書的影響的。光祖跋云：『舊之檢例，全背圖旨』，因自撰爲檢圖之例；現今舊例已佚，不知和光祖所撰之例異同若何；或許因爲舊圖改併失眞，以致和舊例不相合，如果這種原來的檢例還自留存，或許我們得藉以窺見舊圖面目的一斑呢！今本指掌圖和切韻指南、四聲等子的面目，還有一點不同的，就是關于各圖裏字母排列的方法。四聲等子和切韻指南雖將韻鏡等書脣、舌、牙、齒、喉的次第改爲牙、舌、脣、齒、喉（喉音的影、曉、匣、喻也改排做曉、匣、影、喻，）而仍以三十六字母列爲二十三行，和韻鏡七音略的排列法相同；切韻指掌圖卻分字母爲三十六行，以輕脣、舌上、正齒和重脣、舌頭、齒頭並列。等韻表上這種排列的方法，實又依倣於集韻等書以聲紐排次各韻中字而來；把初期等韻的面目加以變更，於是輕脣、舌上、正齒和重脣、舌頭、齒頭在等韻條例上的關係，漸以不明，而適足以顯示這幾組聲紐間分化的完成；聲紐的組別由五音、七音而爲九音，等韻表上字母排列的方法也自然由二十三行而爲三十六行。這種變更，據張麟之韻鏡序，成許始自楊倓韻譜，所謂『楊變三十六，分二紙肩行而繩引，』大概也所以適應實際語音的演變的。我們因此也可以見得今本切韻指掌圖乃經過多次的改訂而成；牠和切韻類例的關係，較之今本四聲等子對于韻鏡的變更，或尤爲劇進。

等韻表的演變，大都關於實際音讀系統的變遷；而其中有些把原書勦襲過來，保存了大部分的面目於內容上略加以改訂，這種可稱爲漸變的；有些却因適應實際音讀的變化，把從前的等韻書大加改革，不特在內容上，而且在面目上，也顯然和原書相異，這種可稱爲劇變的。前者的例，如七音略、韻鏡諸書和牠們原型的異同；後者的例，如切韻指南、今本四聲等子、切韻指掌圖和韻鏡諸書的異同。我們看到康熙字典卷首所載的字母切韻要法和等韻切音指南兩書，牠們對於切韻指南諸書的改變，也正是一種是劇變的，一種是漸變的例子。我們要知道，這兩種演變正和其他歷史上事物的因革相同，論其事實，固然漸變的較劇變的爲守舊；可是論其發生的時代，並不必定是劇變的要在漸變的之後，有時或且漸變的作品因受了劇變的作品的影響而發生的。康熙字典卷首的這兩種等韻書，也便可作爲這樣的例子。我們先來討論字母切韻要法和劉氏切韻指南的異同。字母切韻要法分十二攝：

迦　結　岡　庚　裓　高　該　傀　根　干　鉤　歌

把指南的深、咸二攝除去，就是因爲明、清間的北音系統裏〔-m〕諸韻併入於〔-n〕諸韻的緣故。勞乃宣說明要法和指南分攝的不同，完全從音變上立論。勞氏云：

『要法合而指南分者三：岡與江、宕，則要法從今音，以江、陽爲一；指南從古音，以江、陽爲二也。庚與梗、通，祴與止、遇，則要法以開口該合口，指南以通、遇兩合口別爲韻也。要法分而指南合者二：迦、結與假，則要法從今音分麻與車、遮爲二，指南從古音合爲一也。該、傀與蟹，則要法從北音分佳、灰爲二，指南從南音合爲一也。指南列攝，而要法附列者三：曾與【庚】則以蒸與庚古分而今合，指南從古別曾於庚，要法從今附【庚】於庚也。深與【根】，咸與【干】則以古音侵異於眞、文、元，覃、咸異於元、寒、刪、先，而今音相近；指南從古分列，要法從今附列也。』(註三十九)

字母切韻要法裏圖表有兩種：內含四聲音韻圖和明顯四聲等韻圖；此兩種應認爲一書。(註四十)內含圖首行的【庚】【根】【干】等，就是歸併的記號，以示由指南的十六攝演成這十二攝。這十二攝和明萬曆間喬中和元韻譜所分的十二括及清初樊騰鳳的十二韻極相近，都是合併梗、通而把深、咸二攝除去的。(註四十一)而內含圖的面貌又襲取於華嚴字母韻圖；由華嚴字母韻圖產生了康熙時的大藏字母切韻要法。大藏字母切韻要法卽爲康熙字典所轉載；所以內容上是適合於明、清間的音讀系統，而面目上却又更深的受了梵音圖表的影響。(註四十二)因爲明、清間的等韻家，如袁子讓作字學元元、馬自援作等音之類，都是依據華嚴字母韻圖來分析中國音韻的；所以這十二攝在數目上看來也是中外的混血兒。(註四十三) 內含圖『凡有四篇圖之橫者有十二韻。圖之豎者有百兩先分開合次分正副十二韻中內含四聲。四聲俱者凡有四韻；無入聲者，凡有八韻。』(註四十四) 由內含圖分析綜合以成爲明顯四聲等韻圖，把開合、正副和平上、去、入列在各攝之下每攝一圖，共爲十二圖每圖縱爲三十六行，橫以四『呼』統四聲。初期等韻書裏只是以開合爲分轉列圖的一種標準；到了切韻指南諸書，併轉爲攝，遂立着開口呼合口呼的名目，可是開合仍分列各圖。這種等韻表上，就廢去從前分列等第的方法，完全依據於當時實際的音讀，把開合四等併成爲四呼。因爲近代語音單純化的結果，韻素上主要元音及收尾音的差異，既然隸屬於各攝間的區別，於是依據元音脣的形狀和中介元音的關係，自然也列出開合、正副的四呼了。從前分等的標準，到了明、淸間，遂完全變化了；一方面把開合併入於等第，另一方面又依元音脣的形狀爲分別的標準。潘耒類音遂將這四呼定爲『開』、『齊』、『合』、『撮』四種名目。茲錄羅常培所論如左：

『宋元韻譜，於四等之外，但言開合，明人不知等之所指，乃捨等益呼，以求易解。於是韻法橫直二圖增立「開口」「合口」「撮口」「閉口」「齊齒」「啓脣」「齊齒捲舌」「齊卷而閉」以及「混呼」「舌向上呼」諸稱：觀點不一，得失參半。然皆就韻以分呼，猶未因呼而存位。厥後等音、聲位及字母切韻要法之屬，雖皆據呼定音，異乎前軌，而一以宮、商、角、徵、羽分類，一以開、合、正、副定名，仍與習用之稱謂不合。其定「開」「齊」「合」「撮」爲四呼，先音後字，遷就定型，爲清代等韻家所宗者，則惟潘耒類音及宗常經緯圖而已。』（註四十五）

開、齊、合、撮四呼，據潘氏云：『初出於喉，平舌舒脣，謂之開口；舉舌對齒，聲在舌腭之間，謂之齊齒；斂脣而呼之，聲滿頤輔之間，謂之合口；蹙脣而成聲，謂之撮口。』（註四十六）可見牠們是以元音脣的形狀爲分別的主要標準了。就是開口呼包括齊齒、合口、撮口三呼以外的音，齊齒呼指具有元音[i]的音，合口呼指具有元音[u]的音，撮口呼指具有元音[y]的音。同文韻統裏的華梵字母合璧譜和李光地等的音韻闡微也都取這四類來分別等呼；清末勞乃宣更用『阿』『厄』『伊』『烏』『俞』五字來說明呼：『阿』字，『厄』字，必開其口，故曰開呼；『伊』字必齊其齒，故曰齊齒呼；『烏』字必合其口，故曰合口呼；『俞』字必撮其口，故曰撮口。又謂開口必生於『阿』『厄』，齊齒必生於「伊」合口必生於「烏」，撮口必生於「俞」」(註四十七)分別四呼，更加明顯了。凡是主張這樣分別等呼的，對於切韻指南以前許多等韻書——就是以音的洪細來分別等第的宋元學派——可稱爲明清學派。(註四十八)宋元學派既依脣的形狀分列開、合，又於開、合當中依音的洪、細各分四等；這種繁複的區分原來是用以適合切韻等書的音讀系統的。到了近代北音的發展，語音由繁複化爲簡單；等韻學上也自然要起了一種大改革：一方面把關于元音舌位變化的洪細分別，加以併合，大抵由一、二等或一、二、三等合併爲後元音或中元音，由三、四等或二、三、四等合併爲前元音；另一方面更將從前開、合的區別併入於等第當中，而當作一種重要的分等標準，首分開口、合口兩類，即關於兩脣的收圓與否；再各分正、副，即關於舌的前進或後退。又察看了脣的形狀，開口音當中的後元音或中元音往往爲自然脣；開口音當中的合前元音，往往爲平脣；合口音當中的後元音和合口音當中的前元音也各有不同；因之從前的開合各有四等，演成爲近代的開合共只四呼了。這四呼就是由開、合、洪、細兩種區別併合而成；如胡垣古今中外音韻通例所謂：「開口呼狹而圓，合口呼闊而扁；正呼聲高，副呼聲低；」並不完全依脣的形狀來區別，所以不及潘耒、勞乃宣說得那樣明確至於宋、元派的分等方法，到了明、淸時代，更不能瞭解了，或且直斥『諸家之譜，立法未善，非字音果有八等也；』如潘耒類音和勞乃宣等韻一得外篇所鬧出的一段笑話。章炳麟國故論衡音理論也以爲開、合八等，空有名而無其實。黃侃與友人論治小學書亦謂：『等韻之弊，在於破碎；開合洪細，不過四等，而故作八等之說者，緣見廣韻分部繁多，不明所以，因創之以濟其窮爾。』其實他們只是依近代北音發展後的普通音來分析宋、元的等韻書，自然要覺其不合；不知道語音系統的變更，分等的標準也要隨之改革。字母切韻要法和切韻指南所列的等第完全異趨，而要法分圖立攝，『以開口該合口』，也都是所以適應實際語音系統的演變的。切韻指南以入聲諸韻兼承陰陽，已經足以顯示入聲諸韻收尾音失落的傾向；到了字母切韻要法，『四聲俱者，凡有四韻；』其他無入聲的八韻，又有『借入聲法』，所謂『迦、結、裓、歌四聲全；該、干、迦下借短言；庚於裓求，傀如是；岡、高、根、鉤，歌內參』這四句列在內含圖之後，而用處却在於明顯圖。(註四十九)明明說入聲只是『短言』，沒有〔-k〕〔-t〕，〔-p〕的收尾音的，所以只是迦、結、裓、歌四攝的單純韻母具有這種入聲；其餘岡、庚、根、干四攝，是附有收尾鼻音的陽聲韻，高、該、傀、鉤四攝又是複合韻母，都應該無入而圖裏所以具有入聲的字，只是作爲『借入』的入聲這樣的分配，又顯然足以看出近代入聲的性質和切韻系統裏的完全不同了。從上面的幾點看來，字母切韻要法和劉氏切韻指南諸書不特在內容上，而且在面目上，也顯然相異，所以可謂爲等韻沿革上劇變的例。

至於康熙字典所載的等韻切音指南顯然是因襲劉氏切韻指南，加以改訂牠的結構和系統，大致未改，而內容上却受了字母切韻要法比照的影響，多所更動。茲引羅常培所舉切韻指南和切音指南兩書的異點如左：

『一、韻攝次第不同：切韻指南以通、江、止、遇、蟹、臻、山、效、果、假、宕、曾、梗、流、深、咸、爲序；切音指南以果、假、梗、曾、通、止、蟹、遇、山、咸、深、臻、江、宕、效、流、爲序。且切音指南于曾攝合口三等見母下複列通攝之「恭」字；宕攝二等開口複列江攝牙音、脣音、喉音字，合口複列江攝舌音、齒音、半舌音字；又江攝見母下之「光」「恇」二字，止攝合口見母下之「皆」「傀」二字，咸攝第二圖見母下之「干」字，精母下之「尖」字，深攝見母下之「根」字：均爲切韻指南所無。此種修改，殆因清初之字母切韻要法併梗、曾、通爲庚攝，江、宕爲岡攝，山、咸爲干攝，深、臻爲根攝而欲比照删併者也。

二、各攝之開合口不同：切韻指南以止、蟹、臻、山、果、假、宕、曾、梗九攝各有開口、合口二呼，以通、江、遇、效、流、深、咸七攝爲獨韻。切音指南於劉鑑所定之獨韻七攝，改江攝爲開口呼，效、流、深、咸爲開口呼，通、遇爲合口呼。

三、脣音開合口之配列不同：切韻指南梗攝合口三等「丙」「皿」二字，曾攝合口三等「逼」、「堛」、「愎」「窅」四字。山攝合口二等「班」、「版」、「扮」、「攀」、「襻」、「蠻」、「矕」七字，四等「褊」、「緬」二字，宕攝合口一等「幫」、「螃」、「膀」、「傍」四字，切音指南均改列開口；惟將宕攝開口三等之「方」、「昉」、「放」、「縛」等十六字改列合口：此種修改亦與字母切韻要法相同。

四、正齒音二三等之分劃不同：切韻指南通攝正齒音二等有「崇」、「㓲」二字，宕攝正齒音二等有「莊」、「㤶」、「壯」、「斮」等十三字，切音指南均降列三等，且自開轉合。此與字母切韻要法以「崇」等爲庚攝合口副韻，以「莊」等爲岡攝合口副韻之例適合。

五、止攝齒頭音及脣音之等第不同：止攝齒頭音「貲」、「雌」、「慈」、「思」、「詞」等十九字，切韻指南原在四等，切音指南均改列一等。又切韻指南於脣音二等內複列三等之「陂」、「縻」、「彼」、「紴」、「被」、「美」六字，切音指南更升爲一等而删去複見三等之字。

六、入聲之系統不同：切韻指南蟹攝合口三等屋韻之「竹」、「畜」、「逐」、「屻」，切音指南易以術韻之「㤕」、「黜」、「朮」、「貀」，足徵 -k -t 兩尾已混而不分。又切韻指南通攝三等燭韻之「瘃」、「棟」、「躅」、「傉」，切音指南易以屋韻之「竹」、「畜」、「逐」、「屻」，復以三等之「辱」字改列一等，足徵屋、燭兩韻亦洪細莫辨。他如切音指南以藥、鐸承流攝以德承止攝一等，亦皆受字母切韻要法之影響。

七、字母之標目不同：切韻指南之羣、牀、孃三母切音指南改爲羣、狀、娘，與字母切韻要法同。此由當時讀第三位爲不送氣音，故易平爲仄，以免誤會也。』（註五十）

因此我們可以知道字母切韻要法和等韻切音指南兩書對於切韻指南的改變，前者固然是屬于劇變的，後者是屬于漸變的；可是切音指南却受了要法的影響而產生的。論其事實，切音指南還是保存了切韻指南的面目；論其時代，切音指南卻又產生在要法之後。

切韻指南以後，在明、清間，等韻家的作品很多；清末勞乃宣曾約略論之，茲節錄其言如左：

「古今言等韻諸書，四庫著錄者，有宋司馬光切韻指掌圖、無名氏四聲等子、元劉鑑經史正音切韻指南；此三書乃等韻家之正宗也。見於四庫存目者，有元楊桓書學正韻；明趙撝謙聲音文字通、章黼韻學集成、蘭廷秀韻略易通、濮陽淶韻學大成、李登書文音義便考私編、無名氏併音連聲字學集要、袁子讓字學元元、葉秉敬韻表、呂維祺音韻日月燈、陳藎謨皇極圖韻、元音統韻、桑紹良青郊雜著、文韻考衷六書會編、馬自援馬氏等音外集內集；國朝楊慶佐同錄、耿人龍韻統圖說、徐世溥韻表、潘耒類音、熊士伯等切元聲、仇廷模古今韻表新編、顧陳垿八矢注字圖說、錢人麟聲韻圖譜、王植韻學臆說、樊騰鳳五方元音、江永四聲切韻表、龍爲霖本韻一得、潘咸音韻源流、王祚禎音韻清濁鑑、潘遂聲音發源圖解諸書。其書或存或佚，未能全見。其是非得失，則四庫提要已有定論。後出之書，愚所見者，有戴震聲韻考、聲類表、洪榜四聲韻和表、示兒切語，皆精核可據。又有李元音切譜，亦頗正當。惟皆以古音爲重，未能兼及時音。其言時音者，世俗盛傳空谷傳聲、李氏音鑑二書：空谷傳聲爲全椒吳杉亭、江雲樵舊譜，汪氏增損之者。……李氏音鑑爲大興李汝珍撰。……其書文辭辯博，徵引浩繁，類有學者所爲，故淺人多爲所震，其實未窺等韻門徑。」（註五十一）

勞氏這裏所舉的，當然未曾完備；可是我們總得要知道，明、清等韻家的作品，實不外此二大類：一類是以古音爲重，一類就是所謂兼及『時音』；在等韻沿革上所謂以古音爲重的，大致總是沿襲切韻的系統，至於兼及時音的，往往是受了北音韻書的影響，而把相沿的學說或面目加以更改，最值得我們的注意。我們可以從分等的標準，所列的韻攝，四聲的系統，以及字母的增刪和分類，這幾點上來觀察牠們遞嬗演進的情形，幷且探究她們所受近代語音演變的影響。關於分等的標準，由宋、元派的開合各有四等，演成明、清派的開、齊、合、撮四呼，已如上文所述。至於所列的韻攝，也大抵由繁複而趨於簡單，漸次受了近代北音系統的薰染，如韻鏡、七音略的四十三轉，併成切韻指南的二十四圖，指南的十六攝，演成要法的十二攝，都是隨着實際語音的演變而來的。又如呂坤交泰韻所列二十一韻，馬槃什等音所列十三韻，李氏音鑑所列二十二『同音』，胡垣古今中外音韻通例所列十五韻，雖分合略有異同，而大都把麻、遮分列，不列深、咸二音，是以近代中國北部、中部的音為根據的。勞氏等韻一得多還就切韻的音讀系統，他說：『麻與車、遮，時音雖分為二，而古音不別；故要法不列於圖內，則要法的迦、結可併。』又謂：『侵、覃、鹽、咸之於眞、文、元、寒、刪、先，今閩、廣音尚分，則要法之【根】、【干】當列攝，指南之深、咸當存。』所以勞氏列着阿、厄、餩、埃、額、敖、歐、昂、鞍、安、恩、諳、䛓十三攝，又加上伊、烏、俞三音，以盡等呼之變；自己說是『天造地設，不可移易；』其實併合迦、結，并列着諳、䛓二音，只是就近代的北音系統改參古音而已。再就四聲的系統而言：上面所論列的許多等韻書，大都承襲切韻一派韻書的系統，并兼採近代中部、南部方音的，仍沿用平、上、去、入的名目；又因聲紐的清濁，影響於音調的高低，就把四聲各分清濁。近代北音裏濁音既多歸併於清音，入聲又漸漸變為長音，分歸於平、上、去。(註五十二)所以周德清中原音韻只分陰平、陽平、(這裏所指的陰、陽平是指音調的變異而言)上、去；(詳下節)因為濁上、濁去多併入清音中，只有平聲分陰、陽，尚留有一點清、濁的遺跡。但是入聲存在的區域現代還是很廣；不過和切韻系統裏入聲的性質未必完全相同罷了。所以字母切韻要法以及潘氏類音、勞氏等韻一得仍用平、上、去、入為標目；而調和二者之間的，就是五聲之說。方以智通雅定啌平、啌平、上、去、入五聲；馬槃什等音定爲平、上、去、入、全，郎以全聲爲陽平；林本裕聲位改爲開、承、轉、縱、合五聲，避去五聲之名，而用其實。胡垣通例謂：『從李松石音鑑，用中原音韻陰、陽二平聲，配上、去、入三仄聲；如衣、移、倚、意、乙五字連讀』，就是平聲陰、陽，仄聲上、去、入的五聲。這五聲之說，就是採取北音的陰、陽、上、去，加上中部或西南的入聲，和切韻系統裏的四聲，完全不同了。至於三十六字母，明、清時的等韻家仍多沿用。江永音學辨微且謂爲『不可增減，不可移易。』勞乃宣等韻一得外篇亦謂三十六母『實足以括一切有字之音，後世諸家刪之，併之，皆非也。』但是也有把這三十六字母加以增損的：增益字母的，始於北宋邵雍；雍作皇極經世聲音圖，列正音四十八類，每類各分開、發、收、閉，共得一百九十二音，實以賅一切有字無字的音。清時潘耒類音的五十字母和勞乃宣等韻一得的五十八母，都是祖述邵氏之說而略加以損益的。（註五十三）不過邵氏雖增益十四類，而把娘、敷合於泥、非，減了二母，已經開了刪併字母的風氣。因之陳晉翁切韻指掌圖節要的三十二母，有知、徹、澄、泥而無照、穿、牀、娘；吳澄的三十六字母，有芹、威以易羣、非，刪知、徹、牀、娘而別增牙音細音的圭、缺、羣、危；（註五十四）黃公紹韻會的三十六字母，併知、徹、澄和照、穿、牀爲三母，又分併疑、喻、影、匣的一部分另列魚、幺、合三母；梅膺祚韻法直圖沿用的三十二母有照、穿、牀、泥而無知、徹、澄、娘。大概因為知、徹、澄、娘和照、穿、牀、泥的混變，從北宋以來更漸漸的顯著了。至李登書文音義便考私編及楊選杞聲韻同然集的三十一母，刪去知、徹、澄、娘四母，并併敷於非，和洪武正韻的聲紐種類相同。（註五十五）葉秉敬韻表又刪去知、徹、澄、娘、敷、疑六母；王應電聲韻會通刪併知、徹、澄、娘、牀、邪、敷、奉、喻、匣十母，而把疑、禪各分二類，共二十八類；併音連聲字學集要的二十七母，刪去羣、疑、透、牀、禪、邪、知、徹、娘、非、徹、匣十二母，又增入勤、逸、歎，以當羣、疑、透三母。（註五十六）看牠們對於三十六字母刪併的地方，大都總是用以適應實際語音的演變的；但是近代北音裏濁音聲紐是很多併入於清音當中的，而牠們尚未把『全濁』的諸紐盡行刪去，只可以說是對於三十六字母的系統為漸變的，而非劇變的。這種劇變的例子，要待下節裏詳細敘述。至於聲紐的分類，從前各組裏全清、次清、全濁、次濁的分法，也因北音裏濁音聲紐的減少，不適合於實際的語音。於是方以智通雅廢去清濁，而改分『發』、『送』、『收』三類，就是近代等韻家所謂『聲等』之說。陳澧切韻考外篇以為宋、元人所指的清、濁，實在就是發、送、收的聲等；但是陳氏要分析廣韻切語上的聲紐，又不能不承認潘耒和江永清、濁相配三十六母共爲五十位之說；所以兼用淸、濁和發、送、收來分析字母。於是聲等的分劃，只是關於輔音氣程阻礙的程度差異，兼及送氣、不送氣的分別，而和淸、濁的關於輔音的帶樂音與否分開來論列了。到了勞乃宣，以爲發、送、收三類不甚整齊；見、端和溪、透等屬於發聲送氣的分別，誠爲至當，至以鼻音的疑、泥諸母和邊音、摩擦音的來、日等都歸於收聲一類，總是勉強。勞氏就把發、送、收三類改爲『戛』、『透』、『轢』、『捺』四類；等韻一得裏的字母譜，除了喉音的影、喻二母只有淸濁之分，其餘的各組，(註五十七)淸濁的分別以外，又分爲戛、透、轢、捺四類。勞氏關於這四類的解釋：

『音之生由於氣。喉音出於喉，無所附麗，自發聲至收聲，始終如一，直而不曲，純而不雜，故獨爲一音，無戛、透、轢、捺之別。鼻（卽指牙音）舌、齒、脣諸音皆與氣相遇而成。氣之遇於鼻、舌、齒、脣也，作戛擊之勢而得音者，謂之戛類；作透出之勢而得音者，謂之透類；作轢過之勢而得音者，謂之轢類；作按捺之勢而得音者，謂之捺類。』(註五十八)

可見聲等的分別，到了此時，完全屬於輔音在發音時氣程阻礙的程度上的差異，卽指破裂音或破裂兼摩擦音的送氣和不送氣及邊音、摩擦音、鼻音的幾類；論到淸、濁，就專指關於輔音帶樂音與否的區別，不像從前只以全淸、次淸、全濁、次濁四類來混同的概括了。這種分析音素的進步，固然是因爲受了西洋語音學理輸入的影響，（詳下第九章）而也是由於近代語音演變的現象有以促成的。等韻學上既然因北音系統的發展而發生劇變，韻書上也自然對切韻以至詩韻一系而別成北音韻書。

本節附註：

（註一）參看第六章第二節，又日本河野通淸韻鏡古義標註引舊記云：『皇和人王八十九世龜山院文永之間，南都轉經院律師始得韻鏡於唐本庫焉。』疑日本最初所得者，並非張麟之刻本。

（註二）載中央研究院歷史語言研究所集刊第五本第四分，五二一——五二二頁。

（註三）參看第五章第二節及第六章第二節。

（註四）魏建功古音系研究一二〇——一二四頁載有轉圖次第表，註云：『韻次以一、二、三、四等爲序，便察其韻書狀況；不依廣韻之次，更依所得成擬目。』因轉錄如左：

轉圖次第	韻鏡 轉	韻鏡 等列	韻鏡 擬目	七音略 轉	七音略 等列	七音略 輕重	七音略 擬目
	內外	一二三四	平上去入	內外	一二三四	輕重	平上去入
第一	內開	東東東東	東董送屋	內	東東東東	重中重	東董送屋
第二	內開合	冬○鍾鍾	冬○宋沃 鍾腫用燭	內	冬○鍾鍾	輕中輕	冬○宋沃 鍾腫用燭
第三	外開合	○江○○	江講絳覺	外	○江○○	重中重	江講絳覺
第四	內開合	○支支支	支紙寘	內	○支支支	重中輕內輕	支紙寘
第五	內合	○○支支		內	○○支支	輕中輕	
第六	內開	○脂脂脂	脂旨至	內	○脂脂脂	重中重	脂旨至
第七	內合	○脂脂脂		內	○脂脂脂	輕中重內輕	
第八	內開	○之之之	之止志	內	○之之之	重中重內輕	之止志

圖	內外	開合	韻	韻目	內外	韻	輕重	韻目
第九	內	開	○○微○　○○廢○	微尾未　廢	內	○○微○　廢○○○	重中重內輕	微尾未　廢
第十	內	合	○○微○　○○廢○		內	○○微○	輕中輕內輕	
第十一	內	開	○魚魚魚	魚語御	內	○魚魚魚	重中重	魚語御
第十二	內	開合	模模虞虞	模姥暮　虞麌遇	內	模模虞虞	輕中輕	模姥暮　虞麌遇
第十三	外	開	哈皆齊齊　○○祭○　○夬○○	哈海代　灰賄隊　皆駭怪　夬　齊薺霽　祭	內	哈皆齊齊　○○祭○　○夬○○	重中重	哈海代　灰賄隊　皆駭怪　夬　齊薺霽　祭
第十四	外	合	灰皆○齊　○○祭○　○夬○○		外	灰皆○齊　○○祭○　○夬○○	輕中輕	
第十五	外	開	○佳○○	佳蟹卦	外	○佳○○	重中輕	佳蟹卦

		泰○○○ ○○○祭	泰		泰○○○ ○○○祭		泰
第十六	外合	○佳○○ 泰○○○ ○○○祭		外	○佳○○ 泰○○○ ○○○祭 ○○廢○	輕中輕	
第十七	外開	痕臻眞眞	痕很恨(沒)	外	痕臻眞眞	重中重	痕很恨(沒)
第十八	外合	魂諄諄諄	魂混慁沒 臻　櫛 諄準稕術 眞軫震質	外	魂諄諄諄	輕中輕	魂混慁沒 臻　櫛 諄準稕術 眞軫震質
第十九	外開	○○欣○	欣隱焮迄	外	○○欣○	重中輕	欣隱焮迄
第二十	外合	○○文○	文吻問物	外	○○文○	輕中輕	文吻問物

攝	內外開合	韻	韻書	內外	韻	輕重	韻書
第二十一	外開	○山元仙	寒旱翰曷 桓緩換末 山產襉鎋 刪潸諫黠 元阮願月 仙獮線薛 先銑霰屑	外	○山元仙	重中輕	寒旱翰曷 桓緩換末 山產襉鎋 刪潸諫黠 元阮願月 仙獮線薛 先銑霰屑
第二十二	外合	○山元仙		外	○山元仙	輕中輕	
第二十三	外開	寒刪仙先		外	寒刪仙先	重中重	
第二十四	外合	桓刪仙先		外	桓刪仙先	輕中重	
第二十五	外開	豪交宵蕭	豪皓號 交巧效 宵小笑 蕭篠嘯	外	豪交宵蕭	重中重	豪皓号 交巧效 宵小笑 蕭篠嘯 （鐸）（藥）
第二十六	外合	○○○宵		外	○○○宵 鐸鐸藥藥	重中重	
第二十七	內合	歌○○○	歌哿箇	內	歌○○○	重中重	歌哿箇

第二十八	內 合	戈○戈○	戈果過	內	戈○戈○	輕中輕	戈果過
第二十九	內 開	○麻麻麻	麻馬禡	外	○麻麻麻	重中重	麻馬禡
第三十	外 合	○麻○○		外	○麻○○	輕中輕	
第三十一	外 開	唐唐陽陽	唐蕩宕鐸	外	覃咸鹽添	重中重	覃感勘合 談敢闞盍 咸豏陷洽 銜檻鑑狎 鹽琰豔葉 嚴儼釅業 添忝㮇帖
第三十二	內 合	唐○陽陽	陽養漾藥	外	談銜嚴鹽	重中重	
第三十三	外 開	○庚庚清	庚梗敬陌	外	○○凡○	輕中輕	凡范梵乏
第三十四	外 合	○庚庚清	耕耿諍麥	內	唐唐陽陽	重中重	唐蕩宕鐸
第三十五	外 開	○耕清青	清靜勁昔	內	唐○陽陽	輕中輕	陽養漾藥
第三十六	外 合	○耕○青	青迥徑錫	外	○庚庚清	重中重	耕耿諍麥

第三十七	內開	侯侯尤幽	侯厚候 尤有宥 幽黝幼	外	○庚庚清	輕中輕	庚梗敬陌 清靜勁昔 青迥徑錫
第三十八	內合	○侵侵侵	侵寑沁緝	外	耕清青○	重中重	
第三十九	外開	覃咸鹽添	覃感勘合 談敢闞盍 咸豏陷洽 銜檻鑑狎 鹽琰豔葉 嚴儼釅業 添忝㮇帖	外	○耕○青	輕中輕	
第四十	外合	談銜嚴鹽		內	侯侯尤幽	重中重	侯厚候 尤有宥 幽黝幼
第四十一	外合	○○凡○	凡范梵乏	內	○侵侵侵	重中重	侵寑沁緝
第四十二	內開	登登蒸蒸	登等嶝德	內	登登蒸蒸	重中重	登等嶝德
第四十三	內合	登○蒸○	蒸拯證職	內	登○蒸○	輕中輕	蒸拯證職

(註五)參看第六章第二節。

(註六)參看第六章第二節。

(註七)參看古逸叢書本韻鏡卷首。

(註八)參看第六章第二節。

(註九)參看本節附註(四)、轉圖次第表,及第五章第二節,第六章第二節。

(註十)載暨南大學文史叢刊第一集。

(註十一)參看第六章第二節。

(註十二)本中央研究院歷史語言研究所集刊第五本第四分羅常培通志七音略研究五二九頁。

(註十三)羅常培通志七音略研究五二九頁。

(註十四)參看第六章第二節。

(註十五)羅常培通志七音略研究五二六頁:『據例以求,第十三轉所含之元音爲[ɑ][a][æ][ɐ],第三十七轉所含之元音爲[ɐ][æ],則韻鏡是而七音略非;第二十九轉所含之元音爲[a],則七音略是而韻鏡非:互有正訛,未可一概而論也。』

(註十六)參看第六章第二節。

(註十七)參看羅君原文五二七——五二九頁。又高元國音學第三章第八節闢等呼論亦有論列。

(註十八)參看羅常培通志七音略研究五二九頁。

(註十九)參看本章第一節。

(註二十)茲將魏建功古音系研究二一七——二二一頁所載攝圖次第表一轉錄於左以資參考：

經史正音切韻指南四聲等子等韻切音指南

次第	第一	第二
攝名	通攝	江攝
(轉)內外	內一	外一
呼門	侷門	見邦曉喻開知照來日合
等列 一	東冬	○
二	東○	江
三	鍾○	○
四	鍾○	○
攝名	通攝	效攝
(轉)內外	內一	外五
輕重	重少輕多韻	全重無輕韻
等列 一	東	豪鐸(本無入聲)
二	東(東冬鍾相助)	肴覺
三	鍾	宵(藥)藥(藥併入宵韻)
四	○	宵(藥)藥
攝名	果攝(假攝)	
(轉)內外	內四(外六)	
呼門	開口呼狹門	合口呼狹門
等列 一	歌鐸○	戈鐸○
二	麻鎋○	麻鎋○
三	麻薛月	麻薛月
四	麻薛月	麻薛月

第三

止攝　內二開口呼　通門

○	之	脂	脂
○	支	微	微
○	櫛	質	質
○		物	物

合口呼　通門

○	○	微	微
○	脂	脂	脂
○	櫛	物	物
○	○	質	質

第四

宕攝（江攝）　內五（外一）　陽唐重多輕少韻　江全重開口呼

唐（內外混等）	唐（內外混等）
江（江陽借形）	江
陽	陽
陽	○

梗攝　外七開口呼　廣門

○	庚	清	清
○	○	青	青

合口呼　廣門

○	庚	清	清
○	○	青	青

第五

遇攝　內三獨韻　侷門

模	魚	魚	魚
○	○	虞	虞
屋	燭	燭	燭

遇攝　內三重少輕多韻

模	沃（本無入聲）
魚	屋（魚虞相助）
魚	燭
魚	燭

曾攝　內六開口呼　侷門

登
登
蒸
蒸

第六	第七	第八
蟹攝		臻攝
外二		外三
開口呼 廣門	合口呼 廣門	開口呼 通門
咍 泰 曷	灰 泰 末	痕 ○
皆 ○ 鎋	皆 ○ 鎋	（臻） ○
齊 祭 質	齊 廢 術	眞 殷
齊 ○ 質	齊 ○ 術	眞 殷
流攝	蟹攝	
內六	外二	
全重無輕韻	輕重俱等 開口呼	輕重俱等 合口呼
侯 屋 （本無入聲）	咍 泰 曷 （本無入聲）	灰○○末○ （本無入聲）
侯 屋	皆（佳）○ 黠 （佳併入皆韻）	皆○○黠○
尤（幽）屋 （幽併入尤韻）	齊 祭 薛	齊祭廢屑月 （祭廢借用）
尤（幽）屋	齊 ○ 屑	齊祭○屑○
	通攝	止攝
	內一	內二
合口呼 侷門	合口呼 侷門	開口呼 通門
登	東 冬	？ ？ 德 ○
○	○ ○	？ ？ ？ ○
蒸	鍾 ○	脂 微 質 術
○	鍾 ○	脂 微 質 術

第九	第十	第十一
	山攝	
	外四	
合口呼 通門	開口呼 廣門	合口呼 廣門
魂 ⊙	寒 ○	桓 ○
○ ○	山 ○	山 ○
諄 文	仙 元	元 仙
諄 文	仙 元	元 仙
止攝		臻攝
內二		外三
重少輕多韻開口呼	重少輕多韻合口呼	輕重俱等韻開口呼
○ ○	○ ○	痕
? ○	脂 質（本無入聲）	臻（有助借用）
脂 質（本無入聲）	微 物	眞
脂 質	脂 質	眞
	蟹攝	
	外二	
合口呼 通門	開口呼 廣門	合口呼 廣門
（皆） ○ ○ ○	咍 代 曷	灰 ○ 末
（傀） ? ○ ○	皆 ○ 鎋	皆 ○ 鎋
微 脂 物 迄	齊 祭 質	齊 廢 術
微 脂 物 迄	齊 ○ 質	齊 ○ 術

第十二	第十三	第十四
效攝	果攝(攝假)	
外五	內四（六外）	
獨韻 廣門	開口呼 狹門	合口呼
豪 鐸	歌 鐸	戈 鐸
肴 覺	麻 鐸	麻 鐸
宵 藥	麻 ○	麻 ○
宵 藥	麻 ○	○ ○
	山攝	
	外四	
輕重俱等 韻 合口 呼	輕重俱等 韻 開口 呼	輕重俱等 韻 合口 呼
魂 ○	寒	桓
○ ○	山 (刪)(山併刪)	山 (刪)(山併刪)
文 諄 (助相諄文)	仙 (先)(仙入併先)	元 (助相元仙)
諄 ○	仙 (先)	仙
遇攝	山攝	
內三	外四	
合口呼 侷門	開口呼 廣門	合口呼 廣門
模 ○ 屋 沃	寒 ○	桓
模 ○ 屋 沃	山 ○	山
魚 虞 燭 ○	仙 元	元 仙
魚 虞 燭 ○	仙 元	元 仙

第十五

宕攝	內五	開口呼 侷門	唐	唐	陽	陽
果攝（假攝）	內四（外六）	重多輕少韻 開口呼	歌 鐸（本無入聲）	歌 鐯（內外混等）	麻 鐯	麻 ○
咸攝	外八	開口呼 狹門	覃	咸	鹽	鹽

第十六

宕攝	內五	合口呼 侷門	唐	○	陽	○
果攝（假攝）	內四（外六）	重多輕少韻 合口呼	戈 鐸（內外混等）	麻 鐯（本無入聲）	麻 鐯	麻 ○
咸攝	外八	開口呼 狹門	○	○	凡	○

第十七

曾攝	內六	開口呼 侷門	登	登	蒸	蒸
曾攝（梗攝）	內八（外七）	重多輕少韻 啓口呼	登（內外混等）	庚	蒸（鄰韻借用）	青
深攝	內八	開口呼 狹門	侵	侵	侵	侵

第十八	第十九	第二十
	梗攝	
	外七	
合口呼 侷門	開口呼 廣門	合口呼 廣門
登	○ ○	○ ○
○	庚 ○	庚 ○
蒸	清 青	清 青
○	清 青	清 青
	咸攝	深攝
	外八	內七
重多輕少韻 合口呼	重輕俱等韻	全重無輕韻
登（內外混等）	覃（四等全併）	侵（獨用孤單韻）
○	咸（一十六韻）	侵
庚（鄰韻借用）	凡	侵
清	鹽	侵
臻攝		江攝
外三		外一
開口呼 通門	合口呼 通門	開口呼 侷門
痕 ○	魂 ○	（光）
痕 ○	魂 ○	江
眞 殷	諄 文	○
眞 殷	諄 文	（恈）

第二十一		第二十二	第二十三	第二十四
流攝		深攝	咸攝	
內七		內八	外八	
獨韻 狹門		獨韻 狹門	獨韻 狹門	狹門
侯	屋	侵	覃	○
侯	屋	侵	咸	○
尤	燭	侵	鹽	凡
尤	燭	侵	鹽	○

宕攝		效攝		流攝	
內五		外五		內七	
開口呼 侷門	合口呼 侷門	開口呼 廣門		開口呼 狹門	
唐	唐	豪	鐸	侯	鐸
江	江	肴	覺	侯	鐸
陽	陽	宵	藥	尤	藥
陽	○	宵	藥	尤	藥

(註二十一)見勞氏等韻一得外篇。

(註二十二)參看第六章第二節。

(註二十三)參看本節附註（二十）攝圖次第表一。

(註二十四)參看第六章第二節，及本節附註（二十）攝圖次第表一。

(註二十五)參看第六章第二節。

(註二十六)見謝氏小學考卷三十一。

(註二十七)參看魏建功古音系研究二一五頁，及本書第六章第二節。

(註二十八)魏建功古音系研究二二二——二二四頁所載轉攝演變表，茲轉錄如次：

韻鏡轉次→	經史正音切韻指南攝次→	明顯四聲等韻圖章次
一	通攝內一	庚攝章第四
二		
三	江攝外一	岡攝章第三
四	止攝內二	祴攝章第五
五		
六		
七		

等	攝	章
八、九、十		傀攝章第八
十一、十二	遇攝外三	祴攝章第五
十三、十四、十五、十六	蟹攝外二	該攝章第七
十七、十八、十九、二十	臻攝外三	根攝章第九

二十一	山攝外四	干攝章第十
二十二		
二十三		
二十四		
二十五	効攝外五	高攝章第六
二十六		
二十七	果攝內四	歌攝章第十二
二十八		
二十九	假攝外六	迦攝章第一
三十		結攝章第二
三十一	宕攝內五	岡攝章第三
三十二		
(四十二)	曾攝內六	庚攝章第四
(四十三)		

三十三	梗攝外七	庚攝章第四
三十四		
三十五		
三十六		
三十七	流攝內七	鉤攝章第十一
三十八	深攝內八	根攝章第九
三十九	咸攝外八	干攝章第十
四十		
四十一		

（註二十九）見顧實四聲等子書後。

（註三十）參看第六章第二節。

（註三十一）見謝氏小學考卷三十三。

（註三十二）參看趙蔭棠中原音韻研究（商務印書館出版）卷上第二章。

（註三十三）參看趙蔭棠中原音韻研究卷上第一章。

（註三十四）參看本節附註（二十）攝圖次第表一

（註三十五）魏建功古音系研究二二四——二二六頁載有僞司馬光切韻指掌圖因革演變表，轉錄如次：

圖次	門呼	等列因革演變情形 一	二	三	四	當韻鏡轉次	當切韻指南攝次	當明顯四聲圖章次	實際十二攝
一	獨韻	鐸　豪	覺　爻	藥　宵	藥 蕭 宵	二十五 二十六	外五	第六	1
二	獨韻	冬　東	東	鍾　東	鍾	一 二	外一	第三	2
三	獨韻	沃屋　模	沃屋　魚	燭屋虞魚	燭屋　魚	十一 十二	內三	第五	3
四	獨韻	德　侯	櫛　尤	質迄　尤	質幽尤	三十七	內七	第十一	4

五	獨韻	談 覃	咸 銜	鹽 嚴 凡	鹽 添	三十九 四十 四十一	外八	第十	5
六	獨韻		侵	侵	侵	三十八	內八	第九	6
七	開口	寒	山 刪	仙 元	先 仙	二十一 二十二	外四	第十	7
八	合口	桓	刪 山 先	仙 元	先 仙	二十三 二十四	外四	第十	7
九	開口	痕 魂	臻	眞 欣	眞 諄	十七 十八	外三	第九	8
十	合口	魂		諄 文 魂	諄 眞 文	十九 二十	外三	第九	8

圖	開合					韻	內外	攝	
十一	開口	歌 曷	麻 黠 鎋	麻 薛 月	麻 屑 薛	二十七	內四	第十二	9
						二十八		第一	
十二	合口	戈 禾	麻 鎋 黠	戈 薛 月	麻 薛 屑	二十九	外六		
						三十		第二	
十三	開口	唐	陽	陽	陽	三十一	內五	第三	10
十四	合口	唐	江	陽		三十二	外一		
十五	合口	庚 耕	登	耕	清 青	三十三	內六	第四	11
						三十四			
						三十五			
十六	開口	登	庚 耕 蒸	庚 清	清 青	三十六	外七		
						四十二			
						四十三			

十七	十八	十九	二十
開口	開口	合口	合口
哈泰曷	之支德	灰泰沒	
皆佳夬鎋黠	之支脂櫛	支質	皆佳哈夬轄
佳哈祭	之支脂質	微脂支迄術質物	卦
	之支脂齊祭質	齊支脂術質	
四五六七	八九十十三	十四十五十六	
外二	內二		外二
第七	第五	第八	第七
12			

（註三十六）見四庫總目切韻指掌圖提要。

（註三十七）見戴震答段若膺論韻書。

（註三十八）四庫總目切韻指掌圖提要：『光祖字宏道，自稱洛邑人，其始末未詳考。……據王行後序作於洪武二十三年，稱其歿已數年；則元之遺民入明尚在者也。』

（註三十九）見勞氏等韻一得外篇，并參看本節附註（二十八）轉攝演變表。

（註四十）參看趙蔭棠康熙字典字母切韻要法考證九九——一〇一頁。

（註四十一）參看趙蔭棠康熙字典字母切韻要法考證九六——九七頁，并詳下節。

（註四十二）參看趙蔭棠康熙字典字母切韻要法考證。

（註四十三）依據趙蔭棠康熙字典字母切韻要法考證九四——九九頁。

（註四十四）見阿摩利諦大藏字母文字陀羅經；此卽字母切韻要法的原刊，參看趙蔭棠康熙字典字母切韻要法考證九九——一〇〇頁。又魏建功古音系研究二二二頁列有轉攝次第表二，轉錄如左，以見內含圖和明顯圖的關係：

次第	攝名	明顯四聲等韻圖			
		等列			
		一	二	三	四
第一	迦攝章				

第二	結攝章
第三	岡攝章
第四	庚攝章
第五	裓攝章
第六	高攝章
第七	該攝章
第八	傀攝章
第九	根攝章
第十	干攝章
第十一	鉤攝章
第十二	歌攝章

開口正韻

開口副韻

合口正韻

合口副韻

內含四聲音韻圖

（註四十五）見羅常培等韻發疑，此段係本劉文錦類音跋（載中央研究院歷史語言研究所集刊第一本第四分）引。

（註四十六）見潘氏類音卷二。

（註四十七）見勞氏等韻一得外篇。

(註四十八)依據高元國音學第三章第八節闢等呼論。

(註四十九)參看趙蔭棠康熙字典字母切韻要法考證一〇〇——一〇一頁。

(註五十)見羅常培通志七音略研究五二四——五二五頁。

(註五十一)見等韻一得外篇

(註五十二)參看拙著中國語音系統的演變(載暨南學報第一卷第一號。)

(註五十三)參看羅常培敦煌寫本守溫韻學殘卷跋二五八——二六〇頁,及本書第六章第一節附註(二十五)守溫字母源流表。

(註五十四)見吳澄文正集切韻指掌圖節要序。

(註五十五)詳下節,并參看拙著國語上輕脣音的演化。

(註五十六)參看第六章第一節附註(二十五)守溫字母源流表,及羅常培敦煌寫本守溫韻學殘卷跋二六〇——二六一頁。

(註五十七)參看第六章第一節附註(五十一)聲母發音部位異名表。

(註五十八)等韻一得外篇。

第三節　近代『北音韻書』的源流

我們在上節裏說過，等韻和韻書在演進的歷史上往往發生着交互的影響，而且這兩方面都具有漸變的和劇變的例子；從廣韻到近代的詩韻，牠們對於陸法言切韻一系的韻書，只可以說是漸變的，雖然在編製的形式和面目上有一些更動，而於實際的音讀系統並沒有劇烈的變化。到了元代的周德清輯成中原音韻一書，遂創立『北音』一系的韻書，和切韻、廣韻一系適相對立；北音韻書的產生，正和宋後等韻表上的種種改革，大都同是爲着適應實際語音的演變而起的。我們從上面的幾章幾節裏，知道了廣韻等書的內容是沿襲陸法言綜合古今南北的宗旨而來，包含有多種不同的系統，在隋唐時已經和任何一種實際的方音不能完全適合；（註一）因之宋後千餘年間一般文人依據這一系的韻書所撰作的詩賦，就成爲紙上的死語，和他們實際的口語完全趨於兩途。金、元以來，政治中心漸移於黃河流域諸省，北音的勢力也漸漸發展。北音的系統比較簡單，正和廣韻諸書裏繁複的聲韻兩相對抗。近代提倡新文學的，提倡國語統一運動的，就用這種最有勢力的北音做標準。這就是北曲文學和北音韻書所以發生的緣故。北曲文學是對於詩賦的舊文學起一個革命，北音韻書就是對於廣韻一系的韻書起一個革命。彼此相扶而行，更足以促進北音勢力的發展而建立國語統一運動的基礎。北音韻書的首創者，當推周氏的中原音韻；周氏書成於元泰定甲子（西元後一三二四年。）或傳此書之前，已有中州韻一書；（註二）其實中州韻卽指卓從之的中州樂府音韻類編，大抵成於元至正辛卯（西元後一三五一年）年間，在中原音韻作成後約二十七年。（註三）或幷誤傳菉斐軒詞林韻釋出於南宋；據近人的考證，菉斐軒詞韻乃是明成化間陳鐸所作。（註四）至於宋元間所謂『中原雅聲』『中原雅音』之類，只是指普通流行的官話，並未曾有固定的作述。（註五）洪武正韻宋濂序云：

『欽遵明詔，研精覃思，壹以中原雅音爲定；復恐拘於方言，無以達於上下。……』

這裏所謂中原雅音，明代的記載都以爲是指周氏中原音韻，其實也不過承襲往時所謂雅聲，是對各地的方言而說的，並非固定的書名。（註六）因此可知周氏以前，並未曾有正式的北音韻書出現。周氏中原音韻自序云：

『言語一科，欲作樂府，必正言語，欲正言語，必宗中原之音。樂府之盛之備之難，莫如今時；其盛則自縉紳及閭閻歌詠者衆，其備則自關、鄭、白、馬，一新製作，韻共守自然之音，字能通天下之語。

……』

可見周氏書直接的根據是元代那些戲曲家的作品；他從這種戲曲的作品上歸納出來的韻書，自然和廣韻一系不相合。周氏書裏另有中原音韻正語作詞起例，屢屢提起廣韻，以表明他對於廣韻一系韻書改革的主張。他說：

『余嘗於天下都會之所，聞人間通濟之言，世之泥古非今，不達時變者衆，呼吸之間，動引廣韻爲證，寧甘受鴂舌之誚而不悔。亦不思混一日久，四海同音，上自縉紳講論治道，及國語翻譯，國學教授言語，下至訟庭理民，莫非中原之音。不爾止依廣韻呼吸。……如此呼吸，非鴂舌而何？不獨中原，盡使天下之人俱爲閩海之音可乎？……合於四海同音，分豁而歸併之，與堅守廣韻方語之徒，轉其喉舌，換其齒牙，使執而不變，迂潤庸腐之儒，皆爲通儒；道聽途說，輕浮市廛之子，悉爲才子矣。』（見正語作詞起例）

他以爲廣韻一系的韻書是代表東南閩、浙之音，雖不盡合於事實，更以爲牠們起於六朝江左，爲南方鴂舌之音，持論亦不免偏激；但是他想要打破一般文人墨守的舊習，要採取當時最通行的北音以作『正言語』之用，自然要排斥廣韻一系韻書在傳統上的勢力。所以他在中原音韻自序裏說：

「嗚呼！言語可不究乎！以板行謬語而指時賢作者皆自爲之詞；將正其己之是，影其己之非，務取媚於市井之徒，不求知於高明之士；能不受其惑者幾人哉？」

他認定語言和文學都是適應時代而演變的，尤其是語言爲文學的基礎，適合於某時代最通行的語言，才可算是某時代的正式文學；戲曲文學既然適合於當時最通行的北音，所以周氏依據這些作品來創定一種韻書，以表明那班奉行『板行謬語』來撰作詩文的，都是『不達時變。』毛先舒聲韻叢說裏有云：

「或以周德清中原音韻，不過寫北方土音耳。不知此書專爲北曲而設，故往往與北人土音相合。至其斟酌聲韻，宛轉喉吻，則具有精微焉。」

他是爲着提倡文學的革命，因而創立北音韻書，以分析北音系統裏的聲韻；在當時北音已經有統一全國的趨勢，而且北音區域爲近代政治中心所在的地方，所以叫做中原之音；一方面爲戲曲文學上所依據，另一方面又應爲當時語言上正音的標準。不過周氏係江西高安人，他以南方人而作北音韻書，遂使人對於他的著作內容發生疑問。明王伯良在曲律論韻第七上說：

『周江右人，率多土音，去中原甚遠，未必字字訂過；是欲憑影響之見，以著為不刊之典，安保其無離而不叶於正哉？』

周氏書裏所分析的，固然也有一些不合北音的地方，（註七）但是元代戲曲的作品，既然符合於中原之音，周氏書本於戲曲而作，大體上自然也符合於中原之音。周氏書實在前無所本，只是就元代戲曲作品上歸納出來，而以改革廣韻一系的韻書的。牠和廣韻的主要異點，就是關於實際音讀系統上的；各別現在列舉於下：

一、中原音韻的韻部共為十九，和廣韻的二百六韻比較起來，除了四聲各合為一韻以外，大都由廣韻的各部併合而成。（註八）這十九部的韻目如左：

一、東鍾　二、江陽　三、支思　四、齊微　五、魚模　六、皆來　七、眞文　八、寒山　九、桓歡　十、先天　十一、蕭豪　十二、歌戈　十三、家麻　十四、車遮　十五、庚青　十六、尤侯　十七、侵尋　十八、監咸　十九、廉纖

其中只是家麻和車遮由分析廣韻的麻韻而來。這十九部和劉鑑切韻指南的十六攝比較如下

十九韻	十六攝
東鐘	通攝
江陽	江宕兩攝
支思	止攝精、照、日組
齊微	止攝及蟹攝開口三四等及合口
魚模	遇攝
皆來	蟹攝開口一二等
眞文	臻攝
寒山	山攝開口一二等、合口二等及咸攝非組
桓歡	山攝合口一等
先天	山攝開口三四等、合口三四等

蕭豪　效攝
歌戈　果攝一等
家麻　假攝二等
車遮　假攝三四等
庚青　曾、梗二攝
尤侯　流攝
侵尋　深攝
監咸　咸攝一二等
廉纖　咸攝三四等

這樣一比較，可見中原音韻雖然合倂了廣韻的各韻，可是十九部當中還是有承襲切韻、廣韻諸書，如寒、桓、先之類，採取以等呼分韻的辦法的。至於車遮和支思二部的分立，在毛註禮部韻略和吳棫韻補裏已見有端倪，（註九）足見南宋時代這兩部已有獨立的趨勢；但是必待中原音韻才明確的分析，這可以認爲是北音系統裏分韻的特徵。切韻指南把韻鏡的四十三轉併成這十六攝，已經顯示着近代語音演變上單純化的現象（註十）只是切韻指南直接根據於韻鏡諸書，未曾脫離切韻系統的範圍，其間雖然也曾受有北音系統的影響，而所立的十六攝，終未盡符合北音的分部。不過在另一方面看來：等韻表上把四聲各韻合爲一圖，已經改變了從前以四聲分韻的體例，而漸漸把四聲各韻隸屬於『轉』、『攝』之下；後來又因爲入聲演化的結果，使得中國字調的區別，只成爲音調變化上的關係，不參雜有其他音素的差異。所以到了北音韻書裏，並不以四聲爲綱，而只是把四聲隸屬於韻部之下；這種韻書體例的改革，又是受有等韻表的影響的，同時也用以適應實際語音系統的演變。

二、中原音韻把入聲分歸於平、上、去，又和切韻的系統顯然相異。他自序云：

『聲分平仄者，謂無入聲，以入聲派入平、上、去三聲也。作平者最爲緊切，施之句中，不可不謹；派入三聲者，廣其韻耳。有才者，本韻自足矣。』

這種結果，也是從戲曲的作品當中歸納而來。中原音韻的起例上說：

『平、上、去、入四聲，音韻無入聲，派入平、上、去三聲。前輩佳作中間，備載明白，但未有以集之者，今撮其同聲；或有未當，與我同志改而正諸。』

那時的入聲，已經遺失了收尾輔音，成爲陰聲韻的短促音，所以有些音韻書上把這種入聲同隸於陰、陽聲韻；(註十一)而同時又已具有延長變爲陰聲韻的趨勢，在戲曲作品上遂得和平、上、去通押。陶宗儀輟耕錄有云：

『今中州之韻，入聲似平聲，又可作去聲。』

陶氏和周氏係同時人，足以見得元代北音裏已經漸漸把入聲韻混合於平、上、去，達到了入聲演化史上的第三階段。(註十二)但是周氏還未敢毅然斷定當時入聲的消滅，起例上說：

『入聲派入平、上、去三聲者，以廣其押韻，爲作詞而設耳。然呼吸言語之間，還有入聲之別。』

這或許因爲他是江右人，心目中還有入聲的存在；只是他從前輩佳作中間見到入聲和平、上、去通押的例，就把牠派入三聲。所以說『廣其押韻，』『或有未當，』『施之句中不可不謹，』正是表明他的書直接根據於戲曲作品，未必由觀察實際的語音系統而作。但是語言爲文學的先驅，元代戲曲作品當中既然反映着入聲派入三聲，那末我們可以斷定當時的入聲韻，至少具有延長變爲陰聲韻的趨勢，和現代北平音的字調系統漸次相合了。

三、中原音韻又把平聲分爲『陰』『陽』二類（這裏所謂陰、陽，是指音調變化的關係而言，和陰聲韻、陽聲韻關於韻母上有無收尾鼻音的分別，不可相混；）他說這裏所謂陰、陽平的分別，和廣韻裏上平、下平，根本不相干。中原音韻自序云：

『字別陰、陽者，陰、陽字平聲有之，上去俱無。上、去各止一聲，平聲獨有二聲，有上平聲，有下平聲。上平聲非指一東至二十八山而言，下平聲非指一先至二十七咸而言。（註十三）前輩爲廣韻平聲多，分爲上下卷，非分其音也。殊不知平聲字俱有上平、下平之分，但有有音無字之別，非一東至山皆上平，一先至咸皆下平也。如「東」「紅」二字之類，「東」字下平聲屬陰，「紅」字上平聲屬陽；陰者卽下平聲，陽者卽上平聲。試以「東」字調平仄，又以「紅」字調平仄，便可知平聲陰、陽字音，又可知上、去二聲各止一聲，俱無陰、陽之別矣。』

這種陰、陽的分別，原來是由聲紐上清、濁的混同而起；從前把各組聲紐分做全清、次清、全濁、次濁四類；(註十四)後來全濁音漸漸變成次清，於是清、濁的分別只是在音調上還留着高低的差異；元、明以來的音韻學家就有很多對於清、濁的觀念分辨不清楚了。例如方以智所發的疑問：

『將以用力輕爲清用力重爲濁乎？將以初發聲爲清，送氣聲爲濁乎？將以啌喉之陰聲爲清，嘡喉之陽聲爲濁乎？』(註十五)

清、濁的關於聲紐的帶樂音與否，本來和陰、陽的關於音調高低的變化，是兩件事；不過在整個字音上，聲紐的清、濁，使得音調也隨着發生高低的差異；(方氏疑以用力輕重來分清、濁或卽因此。)全濁音既然變成次清，於是清、濁的分別只遺留着音調高低的差異，而容易誤認爲就是『發聲、』『送氣』的區別。(註十六)再到了近代北音裏，全濁聲紐的字音，在平聲裏又分化出一種陽調，聲紐本身也完全變成次清，在仄聲裏卻更因字調的影響先把送氣的成分消失，再漸漸和全清音混倂，於是濁音的遺跡消滅，而只在平聲裏留了一個陽調了。所以周氏云『陰、陽字平聲有之，上去俱無；』或者不察，遂誤以啌平的陰聲爲清，嘡平的陽聲爲濁了。(註十七)但是，我們要知道，陰、陽平的分別，固然不能認爲就是聲紐的清、濁，不過在音韻沿革史上看來，陰、陽平的發生，大都由清、濁聲紐的分別上蛻變而來；因爲北音系統裏全濁音的消滅就使中原音韻裏產生着『字別陰、陽。』講到這裏，我們就要來考察中原音韻具有怎樣的聲紐種類了。中原音韻雖沒有依照字母次序排列韻中諸字，但是凡屬同音的字都放在一起，用圓圈隔開。起例云：

『音韻內每空是一音，以易識字爲頭，止依頭一字呼吸，更不別立切脚。』

他不用反切來注音，這又是和廣韻體例不合的地方；因爲以易識字爲頭，用不着別立切脚了。羅常培曾經將那些同音字分類研究，知道中原音韻的聲紐共有二十類。(註十八)這二十類和三十六字母比較起來，恰好和近代依據北音系統來倂合字母的相符；最値得我們注意的，就是其中濁音聲紐的減少。(註十九)中原音韻所代表的語音系統裏，既然沒有全濁音，那末在字調上平聲也就演成了陰、陽二類，再加以入聲的消滅，只有陰、陽、上、去四類，和現代北平音的字調種類相合了。

上面所述中原音韻和廣韻的主要異點——關於韻部的分合和字調的種類等等——足以顯示切韻系統和元代北音系統的歧異所在；這種韻書上的劇變，正是因爲適應實際音讀系統的變更而起的。自從元代到了最近經過五百年光景，所謂北音區域裏的實際音讀當然也不免有一些變動；中原音韻裏的字調種類雖然和現今北平音裏的相同，而有些字依北平音應歸入此調，而中原音韻歸入彼調的；往時的入聲字，在現代北平音裏多混入陰平調，這是在中原音韻裏所沒有的。（註二十）又各韻所隸之字有些依北平音應歸此部而在中原音韻裏歸於彼部的。（註二十一）至於侵尋、監咸、廉纖三部和眞文、寒山、先天諸部，在元代的北音裏是彼此獨立的；周氏分列此三部，並非爲着保存古音，用以遷就切韻的系統的。因爲周氏既然指斥廣韻爲閩、浙之音，如果當時北音裏或戲曲作品當中侵尋等三部已經和眞文、寒山諸部混合，周氏自然不肯根據廣韻而把牠們分列開來。侵尋等三部，詞曲家相傳謂之『閉口韻』，就是具有〔-m〕的收尾音的，周氏正語作詞起例裏列着辨別『針』『眞』不同音諸例，可以知道當時收〔-m〕的字和收〔-n〕的字並未相混。正語作詞起例云：

『六朝所都江、淮之間，緝至乏俱無閉口，獨浙有也。以此論之，止可施於約之鄉里矣。』

他以爲緝至乏之諸韻的字都無閉口，就是不具有〔-p〕的收尾音的，因而把緝至乏之諸韻的字歸入齊微、歌戈等部主張不應以配那些收〔-m〕的侵至凡；他指明了緝至乏俱無閉口，又可以反證侵尋等部當時仍讀閉口。又周氏所列入侵尋諸部的字並非完全依據於廣韻的，如舊韻裏閉口韻的脣音諸母的字在當時已經因『異化作用』（dissimilation）而變爲非閉口韻的（收〔-n〕或收〔-ŋ〕），周氏並沒有依照舊韻把牠們歸入侵尋等三部；可見他立此三部，完全和當時的實際音讀相合，而這三部的爲閉口韻也可得着一個反證了。（註二十二）因此我們知道中原音韻雖然由戲曲作品當中歸納而來，周氏未必曾經實地考察當時的北音，但是牠的內容大體上總和實際的北音系統相合。後來發生的許多北音韻書，一部分隨着實際北音系統的演變，把周氏的原著陸續加以改訂；一部分又參雜了其他方音的成素，并且受了南曲文學的影響，也變更中原音韻的一些面目。這一系韻書的流變，可以說完全是依據於實際音讀的紛歧和變遷的。

中原音韻在泰定甲子後流行的各本頗不一致；後來刊行時，始訂爲定本。正語作詞起例云：

『中原音韻的本內，平聲陰如此字，陽如此字，蕭存存欲鋟梓以啓後學，值其早逝。泰定甲子以後，嘗寫數十本散之江湖。其韻內平聲陰如此字，陽如此字，陰、陽如此字。夫一字不屬陰則屬陽，不屬陽則屬陰豈有一字而屬陰又屬陽也哉？此蓋傳寫之謬，今旣的本刊行，或有得余墨本者，幸毋譏其前後不一。』

卓從之的中州樂府音韻類編大概就是依據周氏書的那種未定稿而作成的，牠的韻內正是『陰如此字，陽如此字，陰陽如此字』現存嘯餘譜本係出自明王文璧增訂本，非卓氏原書；今得見鐵琴銅劍樓所藏楊氏編太平樂府前列卓氏書，（註二十三）平聲分陰字、陽字、陰陽字三類。卓氏書簡稱中州音韻，或中州韻（註二十四）也有稱爲中原音韻類編，（註二十五）容易和周氏書混而爲一；因爲周氏的中原音韻也有稱爲中州音韻的。（註二十六）而關於此書的作者，又有許多異說，或謂王鴳所作，（註二十七）或且謂爲宋太祖所創；現今卓氏原書旣已得見，此等異說自可無庸置辨。卓氏書依太平樂府所載鄧子晉序，知道牠是作於至正辛卯年間，（西元後一三五一年間）又名爲北腔韻類。（註二十八）又原書題名中州樂府音韻類編，下署燕山卓從之述，可以知道牠是繼述周氏的中原音韻，也是爲北曲而設的。牠的十九韻目，幾乎和周書完全相同，只是歌戈稱爲哥戈，侵尋稱爲尋侵而已。（註二十九）至於所分的陰字、陽字、陰陽字三類，王伯良曲律上有一條說：

『凡字不屬陰則屬陽，無陰陽兼屬者。余家藏得燕山卓從之中原音韻類編，與周韻凡類皆同，獨每韻有陰，有陽，又有陰、陽通用之三類。』

所謂陰、陽通用的一類，並非指有陰、陽兼屬之字；因為周德清已經明白說明當時並無可陰可陽之字，卓氏書刊行於其後，當然也無此類。至如沈寵綏度曲須知所謂『陰出陽收』一類的字，大都和原來的濁音聲紐有關；而卓氏所列的陰、陽字一類，有屬於原來的清音，也有屬於原來的濁音的，可見也不是沈氏所謂陰出陽收的字。(註三十)大概卓氏所謂陰字是指單有陰而無陽的，所謂陽字是指單有陽而無陰的，所謂陰陽字是指有陰有陽可以偶配的；不過原書有經傳寫之誤，很易引起誤解，需要我們細細的校訂的。(註三十一)周氏書散在江湖的，也有這樣的配列，恐怕引起誤解，所以刊行時只列陰、陽二類，而於起例上特別說明，謂當時並無一字而屬陰又屬陽的。卓書刊行在泰定甲子後不過二十七年，大概卓氏所得見的，竟是中原音韻正式刊行以前的那種傳寫本，所以依據周氏的未定稿而作，是書內容上也就成為『其韻內平聲陰如此字，陽如此字，陰、陽如此字。』現在把周氏中原音韻和卓氏中州音韻所收的字數來比較，更可以推想卓氏所根據的乃為中原音韻的未定稿因爲同一系統的韻書產生在後的，如果不是對原有的韻書故意的節略，總比產生在前的字數要增多，例如唐、宋諸家對於陸氏切韻大都爲增字加注而作。（註三十二）現在嘯餘譜本的中州音韻較卓氏原書爲詳，也是屬於這種事例。可是卓氏書產生在中原音韻以後，而所收的字數反比周書爲少，（周書約五八七六，卓書約四〇九四）（註三十三）這並非和韻書演進的公例不合，正是由於卓氏所根據的乃爲周書刊行以前的未定稿的緣故。因此可見周氏的中原音韻和卓氏的中州音韻雖爲兩書，而大體上總算是周規卓隨，並沒有什麽變更。變更周氏書的，當首推明初的洪武正韻。洪武正韻雖然說是『壹以中原雅音爲定，』可是內容上並非純粹屬於北音系統，一方面遷就了舊韻書，一方面又參雜了當時南方的方音；所以這部書可以說是北音韻書南化的開始。明史樂韶鳳傳：

『八年，帝以舊韻出江左，多失正，命與廷臣參考中原雅音正之；書成，名洪武正韻。』

洪武正韻成於洪武八年（西元後一三七五年，）當時周氏、卓氏等書已很流行，當然要受牠們的影響；不過所謂中原雅音，並非指固定的一種北音韻書，上文已經論過了。又正韻凡例有云：

『以三衢毛居正、昭武黃公紹之說爲據，不及者補之，及之而未精者，以中原雅音正之。』

此書的直接根據雖然還是禮部韻略等書，而對於舊韻的韻部，却依照所謂中原雅音，有根本的改正，如卷首宋濂序裏所云：『有獨用當併爲通用者，如東、冬，清、青之屬，亦有一韻當析爲二韻者，如虞、模，麻、遮之屬。』這樣把舊韻併合分析的結果，共得七十六韻，平、上、去各二十二韻，又入聲十韻；我們把四聲合起來計算得二十二部，如下表：

	平	上	去	入
(一)	東	董	送	屋
(三)	齊	薺	霽	
(五)	模	姥	暮	
(七)	灰	賄	隊	
(九)	寒	旱	翰	曷
(十一)	先	銑	霰	屑

	平	上	去	入
(二)	支	紙	寘	
(四)	魚	語	御	
(六)	皆	解	泰	
(八)	眞	軫	震	質
(十)	删	產	諫	鎋
(十二)	蕭	篠	嘯	

（十三）爻　巧　效　　（十四）歌　哿　箇

（十五）麻　馬　禡　　（十六）遮　者　蔗

（十七）陽　養　漾　藥　　（十八）庚　梗　敬　陌

（十九）尤　有　宥　　（二十）侵　寑　沁　緝

（二十一）覃　感　勘　合　　（二十二）鹽　琰　豔　葉

洪武正韻對於舊韻，不但是倂合，還有加以分析的；而就倂合的各韻看來，牠和平水韻、詩韻等根本不同。平水韻等只是把整個的韻部歸倂起來，洪武正韻却是把每一個字重新定音歸納於各韻當中；（註三十四）所以洪武正韻雖然仍是採用四聲分韻的體例，沒有像中原音韻那樣把四聲隸屬於韻部之下，而何字歸於何部，和中原音韻也有許多不同的地方；可是牠依中原雅音歸納的結果，在分部上和中原音韻大致相同。洪武正韻的二十二部和周氏的十九部比較起來，只是把齊微分爲齊和灰，魚模分爲魚和模，蕭豪分爲蕭和爻，其餘完全相合。（註三十五）因此洪武正韻也是韻書革命上的一種重要著作，而爲後來曲韻家所採用。但是，洪武正韻的分部雖然和中原音韻相合，而在其他方面看來並非純粹屬於北音系統。依宋濂序所載，參加此書的撰述的是樂韶鳳（安徽全椒人）、宋濂（浙江浦江人）、王僎、李叔允、朱右（浙江臨海人）、趙壎（江西新喻人）、朱廉（浙江義烏人）、瞿莊、鄒孟達、孫蕡（廣東順德人）、荅祿與權（蒙古人）；更質正於汪廣洋（江蘇高郵人）、陳寧（湖南茶陵人）、劉基（浙江青田人）、陶凱（浙江臨海人）。（註三十六）據籍貫可以查考的看來，除荅祿與權外，都是南方人，都非生長在北音區域的中原的；所以宋序云『復恐拘於方言，無以達於上下』；正足以表明其書的內容不免參雜有南方的方音。同時又『以三衢毛居正、昭武黃公紹之說爲據』，對於舊韻書的體例，當然也有一些遷就的地方。舊韻上具有入聲，而且以入聲韻配屬於陽聲韻；洪武正韻列着入聲十韻，并以配屬於東、眞、寒、刪諸部，陽聲韻分做 [-ŋ]，[-n]，[-m] 三系，入聲韻既然專配陽聲韻，那末承認入聲也分做 [-k]，[-t]，[-p] 的三系了。中原音韻起例云：

『廣韻入聲緝至乏，中原音韻無合口，派入三聲亦然；切不可開、合同押。』

這裏所謂合口，就是指脣音收尾的閉口韻；中原音韻裏侵尋等部還是收 [-m] 的音，和收 [-p] 或收[-m]的諸韻不能同押，所以說『切不可開合同押。』不過入聲派入三聲，既然沒有短促音，更沒有收[-k],[-t],[-p]的音。所謂『緝至乏，中原音韻無合口』就是說沒有收[-p]的音。周氏又謂『江、淮之間，緝至乏俱無閉口，獨浙有也；』可見當時南方方音當中還有一部分保存着廣韻裏入聲的系統，除了收[-p]的閉口音之外，還有收[-t]收[-k]的；而其他大部分具有入聲的方音只是留着一些短促音，並沒有[-p],[-t],[-k]的收尾音。周氏所謂『呼吸言語之間，還有入聲之別，』這大概是指那種短促音，周氏心目中還有入聲的存在，已經是受了南方方音的影響了。起例裏引着孫德卿的話：

『中原音韻三聲乃四海所同者，不獨正語作詞。夫曹娥義社，天下一家，雖有謎韻學者，反被其誤，半是南方之音，不能施於四方，非一家之義。今之所編，四海同音，何往而不可也。』

可見入聲派入三聲，正可以代表那時最通行的音讀系統，而所以不敢毅然斷定入聲的消滅，便是半因被舊韻所迷誤，半因受南方方音的影響。洪武正韻的二十二部當中，東、眞、寒、删等十部爲陽聲韻，恰好入聲也列着屋、質、曷、轄等十韻，無論這些入聲韻的音讀實際上具有[-k],[-t],[-p]的收尾音，或僅是一種短促音，而在配列的系統上看來，顯然是承襲舊韻書的體例而來；入聲韻旣然專配了陽聲韻，就承認牠們是同於切韻系統上的入聲了。因此可知洪武正韻總不免是當時文人雜採古今韻書，調和新舊主張的一種著作，同時又參雜了南方方音，不像中原音韻那樣純粹的屬於北音系統。洪武正韻又依舊韻書的體例，於各字下注明反切；這些反切雖然也是當時重新定音的結果，不是直錄於某種舊韻書上的，但是從語音系統方面觀察，正見得此書內容的包含着南方方音。表面上說是『韻學起於江左，殊失正音』，實際上却仍是採取江左的吳音；從那些反切上歸納得來的聲紐種類，便是這個的確證。近人劉文錦作洪武正韻聲類考，（註三十七）從反切上字的系聯，考得其聲紐三十一類，和中原音韻及近代北音裏的聲紐顯然屬於不同的系統；而和宋人的三十六字母較為接近，只是非、敷相混，及知、照，徹、穿，澄、牀（一部分又和禪混，）泥、娘等彼此相混而已，可以歸屬於刪併字母的一派（註三十八）其中最值得我們注意的，就是全濁音聲紐依然存在，清、濁的界限極嚴，和中原音韻裏的全濁音在平聲混同於次清，在仄聲混同於全清的情形，恰好相反。我們在上文說過，平聲裏分出陰、陽兩調，是由聲紐上清、濁的混同而起；所以在中原音韻裏平分陰、陽，而此則陰、陽不分實際上因聲紐的清、濁，使得平、上、去、入各分高、低；可是這種高、低的分別，和北音系統裏的陰、陽調又完全是兩種性質，因之只依舊韻列着平、上、去、入而不分陰、陽。我們因此斷定洪武正韻的分部，雖然和北音韻書相合，而內中聲紐及字調的系統，又是採用舊韻及南方方音的。因爲這一度雜糅南北的結果，就使後來曲韻和北音韻書的演化，也分歧成『南從洪武』和『北問中原』的兩條大路了。

周氏和卓氏的書原爲戲曲上作詞而設，於是繼周、卓而起，競作曲韻，可名爲曲韻派；這派的著作，大都受了洪武正韻南化的影響，又因時代和地域的關係，喪失了一些中原音韻的本色。就是這派對於字調的分析，大都從南而不從北。明寧獻王朱權作瓊林雅韻，他自序云：

『卓氏著中州韻，世之詞人歌客莫不以爲準繩。予覽之，卓氏頗多誤脫；因琴書清暇，審音定韻，凡不切於用者去之，舛者正之，脫者增之，自成一家，題曰、瓊林雅韻。』（註三十九）

可見朱氏書是直接取中州音韻而加以增删的；韻目亦分十九部，和周、卓所列全同，不過字面上改做穹、窿、邦、昌、詩、詞、丕、基等有意義的兩字罷了。（註四十）平聲不分陰、陽，把卓書裏陰字、陽字、陰陽字的幾類完全取消;因此書雖直接根據於中州音韻,而作成於洪武戊寅(西元後一三九八年)多少要受洪武正韻的影響。所收字數也較中州音韻多出一倍,幷且增加注釋;曲韻的有注釋的,當首推是書。(註四十一)蓑斐軒詞林要韻非出於南宋,實爲明成化間陳鐸所作。據千頃堂書目所載:

『陳鐸詞林要韻一卷(字大聲號七一居士成化癸卯序。)』

可知此書的年代在成化癸卯間(西元後一四八三年。)韻目亦分十九部,據韻目的字面,也可以知道牠是由中州音韻和瓊林雅韻二書拼合而成;(註四十二)平聲不分陰、陽,也和瓊林相同。現存此書向認爲宋本,今知其僞;又錯誤脫漏很多,非復成化之舊;不過我們從韻字的排次上,還可以窺見牠依據瓊林的痕跡。(註四十三)卓氏中州音韻又經王文璧的增訂,日本石山福治在他的考定中原音韻上說內閣文庫有明刊王璧文中州音韻校正本,幷據卷末附載明人張某後序,考明此書成於弘治末年和正德初年之交;趙蔭棠中原音韻研究亦據蔡淸序考知此書作於正德三年(一五〇八年)以前,刊行於弘治十六年(一五〇三年)以後。(註四十三)據蔡序及後序,又知道王氏中州音韻爲周、卓諸書補缺正訛而作,幷增加音切注釋;其分韻自東鍾至廉纖共十九部,和中原音韻無異，不過平聲不分陰陽，增字加注之外，又有反切，和周卓書不同罷了。(註四十四)王氏書在國內所見，皆經後人重校，非其原刊；嘯餘譜本的中州音韻，就是王氏原刊的重校本。又王伯良曲律云：「吳興王文璧嘗字爲釐別，近檇李卜氏復增校以行於世，於是南音漸正。」檇李卜氏的增校本就是中原音韻問奇集，此書平聲又復分陰、陽，和王氏原本不同；王伯良謂爲『南音漸正，』南曲韻書也分出陰、陽，似乎是恢復中原音韻之舊，實際只是開始把南方方音裏清、濁之分和陰、陽調相混而已。北音系統上陰、陽調的區分，在南方的人看來，就不容易明白，所以初期南曲的韻書，如瓊林雅韻、菉斐軒詞林要韻，以至王文璧的中州音韻，都把周、卓的陰、陽字樣取消；這實在是北曲韻的第一步南化。一方面受了洪武正韻的影響，另一方面也因地域的關係。後來把聲紐上清、濁的關係和陰、陽調的區分看做一起；因爲聲紐的清、濁，使得整個字音的音調也受着影響而發生高低的差異；這種高低的差異，就認爲陰、陽的區別了。因此在南方方音或南曲的文學當中，不但平聲有陰、陽之分，仄聲也可以分陰陽。我們看王文璧所增的反切，正是清、濁分紐，和洪武正韻的聲紐系統相同；牠們把陰、陽取消，正是表明北音韻書裏陰、陽之分，不適用於南方方音。後來既然把這種清、濁之分和陰、陽相混，於是初則中原音韻問奇集復周卓平分陰陽之舊，繼則變本加厲，范善臻的中州全韻和王鵕的中州音韻輯要分出平去兩聲的陰陽，周昂的增訂中州全韻分出平上去三聲的陰陽這都是根據牠們的方音並不是嚮壁虛造的。自從洪武正韻出世之後曲韻漸漸的南化，陰陽的意義也和原來周卓書上所列的愈趨愈遠了。范善臻的中州全韻，據燃藜居士序，知道他是明末人字昆白，少居嘐城（今江蘇嘉定）長遊姑蘇；書中韻目亦分十九部，和周卓相同，而字面特異。(註四十五)范書有註解反切，和王文璧中州音韻大抵相同；所最不同的，平聲分陰陽之外去聲亦分陰陽。王鵕也是江蘇崑山人，他的中州音韻輯要，作成於清乾隆辛丑（西元後一七八一年），自序謂中原音韻『註切未明，陰陽互混；及見中州全韻，而覺遠勝於彼。』於是『斟酌兩本，删其僻而輯其要。』此書既爲范氏中州全韻的輯要，所以平去也俱分陰陽。不過分韻爲二十一，比周范多出兩韻：把齊微分爲機微、歸回二部，把魚模分爲居魚、蘇模二部；這是依據於洪武正韻的。(註四十六)王鵕之後，有沈乘麐作曲韻驪珠；沈氏係婁湄人，依周少霞序，他的書刊行於乾隆五十七年（西元後一七九二年）分韻也和王鵕相同，都是二十一部；不過又列入聲八韻。所以此書韻目最值得我們注意每韻下又注明讀法，錄之如左：

東同（鼻音）　江陽（鼻音）　支思（直音）
機微（直音）　灰回（收噫）　居魚（撮口）
姑模（滿口）　皆來（收噫）　眞文（抵腭）
干寒（抵腭）　歡桓（抵腭）　天田（抵腭）
蕭豪（收嗚）　歌羅（直音）　家麻（直音）
車蛇（直音）　庚亭（鼻音）　鳩侯（收嗚）
侵尋（閉口）　監咸（閉口）　纖廉（閉口）

入聲八韻

屋讀（滿口）　恤律（撮口）　質直（直音）
拍陌（直音）　約略（直音）　曷跋（撮口）
豁達（直音）　屑轍（直音）

他所謂『鼻音』是指收[-ŋ]的韻；所謂『抵腭』是指收[-n]的韻；所謂『閉口』是指收[-m]的韻；他所謂『收噫』『收嗚』是指複合元音收[-u]、收[-i]的韻；所謂『滿口』『撮口』、『直音』是指[u]、[y]、[i]、[a]等單純元音的韻。我們要注意他所列入聲的八韻，注明着『滿口』、『撮口』『直音』都是單純元音的韻，可見都是陰聲韻的短促音沒有收尾音的入聲，不是配列於陽聲韻的；換言之陽聲韻雖依舊分做收[-ŋ]、收[-n]、收[-m]三系，入聲韻却是沒有[-k]、[-t]、[-p]的收尾音的。因之曲韻驪珠列出入聲八韻，似乎是受有洪武正韻的影響，實際上配列的系統，和切韻及洪武正韻根本不同，而和近代的吳音系統更爲接近了。因爲近代吳音裏，雖然具有入聲韻，只是單純元音的短促音，並非收[-k]、[-t]、[-p]的音的。所以明、淸以來的曲韻家，固然都是受着洪武正韻的影響，可是實際上又因地域的關係，以他們的方音爲依據的。

在沈乘麐先後間的周昂(卽周少霞)，作增訂中州全韻，分韻爲二十二部；可是他不依照洪武正韻，而從王、沈的齊微部裏分出『知』、『癡』『池』等字，從居魚部裏分出『如』、『諸』、『書』等字，另外合立一個知如部；這也是根據於近代吳音的音讀的。又聲紐上淸、濁的關係，既然混作陰、陽調的分別，不但平聲可分陰陽，仄聲也可分陰陽；於是范善臻、王鵕，平、去都分陰陽，到了周昂此書更分出平、上、去的陰陽了；曲韻演變到了增訂中州全韻，可謂南化到了極點，和周、卓二氏原以北曲爲主的書來相比較，眞是相去極遠，最明顯的，尤其在字調系統上的相異。這些南曲的韻書應當注意的，發生的地域都是在南方吳音的區域，時代也都是在洪武正韻之後。

洪武正韻之後，除了曲韻的逐漸南化以外，又有一派韻書大都爲一般平民『據音識字』而作，可稱爲小學派；這派韻書的演化却和曲韻的由北向南的趨勢恰好相反，大都是由南向北而變愈趨而和北音系統愈接近。因爲這派的韻書本來不是爲作詞押韻而設；所以在戲曲文學上儘管因南曲的盛行和地域的關係，使曲韻日就南化；而在實際口語上，仍舊隨着北音的發展和演進通行了全國最合標準的語音；這派的韻書既然是爲着平民識字而作，自然要採取最普通的語音以爲標準，而依據於北音系統了。不過這派的韻書，發源於中原音韻和洪武正韻，又和曲韻派相同。首出的，當推蘭茂的韻略易通。蘭氏字廷秀，一號止庵，楊林人；謝氏小學考竟誤作兩人，一曰蘭氏廷秀韻略易通，一曰止庵韻略易通，實則同是一書。(註四十七)蘭氏書成於明正統七年（西元後一四四二年，）正當他從王驥征麓川的時候，所以此書頗流行於山東一帶。（註四十八）此書是爲平民識字之用，故名曰韻略易通，凡例云：

『玉篇見字之形始知其音，廣韻卽字之聲而尋其文，深有便於學者；然其間有「古文」「籀文」「通用」等字，又有形同音異形異音同數十萬言，難於周覽。此編只以應用便俗字樣收入，其音義同而字形異者，止用其一，故曰韻略。』

『篇韻之字，或有音切隱奧，疑似混淆，方言不一；覽者不知孰是。且字母三十有六，犯重者十六，似有惑焉。此編以早梅詩一首，凡二十字爲字母，標題於上；卽各韻平聲字爲子，叶調於下；得一字之平聲，其上聲、去聲、入聲字一以貫之，故曰易通。一切字音皆可叶矣。』

玉篇、廣韻兩書，在宋時、金時只加以增廣改編，總不適於平民識字之用。（註四十九）此書在編輯的宗旨上，又是對於集韻等書起一個革命，正不僅在語音系統上對於唐、宋音韻的改革而已。四庫總目提要謂：『其凡例稱惟以應用便俗字樣收入，讀經史者當取正於本文音釋，不可泥此；則亦自知其陋矣。』其實韻略易通的宗旨正在於應用便俗，本來不是爲文人讀經史之用，而是爲着一般平民識字的便利；如果一味推崇廣韻、集韻等書，自然要泯沒韻略易通的價值了。我們從音韻學史上看來，韻略易通的價值，却不在中原音韻之下；因爲周氏作中原音韻還是偏重於戲曲文學上的目的，以致一變而爲南曲韻書，仍舊離不了是文人雅士的玩弄品；到了蘭氏此書，才開始標明努力於平民識字的宗旨，才將夠打破了一些因襲的思想，而努力於適合當時最普通的音讀。不過蘭氏書裏尙有一部分受了洪武正韻的影響，還有遷就舊韻之處；分韻爲二十，其目如下：

一、東洪　二、江陽　三、眞文　四、山寒　五、端桓　六、先全　七、庚晴

八、侵尋　九、緘咸　十、廉纖　十一、支辭　十二、西微　十三、居魚　十四、呼模

十五、皆來　十六、蕭豪　十七、戈何　十八、家麻　十九、遮蛇　二十、幽樓

比中原音韻多一部，（註五十）就是把魚模分析爲居魚和呼模；這是依據於洪武正韻的。這二十部的次序，前十部爲陽聲韻，後十部爲陰聲韻，既然變更了舊韻的排次，可是又列入聲十韻分配於前十部的陽聲韻，後十部陰聲韻無入聲；這也是因襲於洪武正韻的。各部不分陰、陽調，似乎也和洪武正韻相同；但是我們看蘭氏二十部的韻目，把陰平、陽平一一配列，較中原音韻的韻目，尤爲整齊；范

氏中州全韻以下的那些曲韻也漸次採用這樣一陰一陽配列的韻目，（註五十一）和蘭氏不約而同或許也曾經受了蘭氏等書的啓示；我們因此知道蘭氏書裏雖然依據洪武正韻不分陰、陽，而在韻目的字面上却已隱示着實際陰、陽的分別。又韻略易通的早梅詩二十字：

『東風破早梅，向暖一枝開，冰雪無人見，春從天上來。』

此二十字實爲北音系統上聲紐具有標目之始，確爲蘭氏的創作。（註五十二）因爲中原音韻只是把韻內同音的字排在一起，尚未有聲紐的標目；蘭氏所定的這二十字，竟然和中原音韻的聲紐種類相合，（註五十三）其中最值得我們注意的，就是全濁音的消滅。而從聲紐上淸、濁的混同，也可以見得蘭氏書裏實際平聲應有陰、陽之分。蘭氏書最大的價值，就是在創立早梅詩二十字以標明北音系統的聲紐；後來以詩詞代表字母的，可以說都是受蘭氏的影響。至於其他因襲洪武正韻，不合於實際音讀處則有待於後人的改正。蘭氏爲雲南人，其書同時流行於北方；因之蘭氏後的北音韻書，並不完全依據於中原音韻，隨着實際北音系統的演變而加以改正，其中有一部分還參雜了一些西南的方音。雲南叢書刊有韻略易通二卷，原題『眞空本悟禪師集，』乃是據蘭氏原書而加以增改的分韻仍依蘭氏，亦爲二十部，可是又有『重韻』之說，所謂重某韻，就是和某韻同音的意思；我們從這些相重的韻，可以看出當時對於某某的幾韻或某某幾韻的一部分已相混讀。這種混讀的現象，正足以表示韻部系統上由繁複變成簡單的趨勢。如本悟的重韻，可以知道當時東洪和庚晴混讀，緘咸、廉纖和先全、山寒及端桓混讀，侵尋和眞文混讀，支辭韻裏知、照諸母之字有和西微韻裏知、照諸母之字混讀，正和近代北音演變的結果相合；又山寒、端桓及先全有一部分和江陽混讀，眞文有一部分和東洪及庚晴混讀，這大概是西南或南方方音裏的情形。(註五十四)韻部系統上既然由繁複演成簡單，所以蘭氏後這派的韻書，不能不有歸併韻部的趨勢。如畢拱辰的韻略匯通，便是把蘭氏書『更爲分合删補；非敢僭也，期於簡便明備，爲童蒙入門嚆矢耳。』（韻略匯通自序）畢氏是山東掖縣人，萬曆間進士，崇禎十七年死難於太原；韻略匯通的自序是作於崇禎十五年（一六四二年）。此書對於韻略易通的分合删補處：合眞文、侵尋爲眞尋，歸廉纖於先全，歸緘咸於山寒，這是正式表明閉口韻的消變，就是收[-m]的韻併入於收[-n]的韻；又併端桓於山寒，這是開始取消以等呼分韻的辦法。後來樊騰鳳五方元音更進一步，把山寒、端桓、先全合成一個天部了；分西微韻的一部分歸於居魚，其餘一部分更名爲灰微；後來仍依據洪武正韻分析齊、微二韻和五方元音把齊、微、魚合成一個地部的，也是發源於此。此外又併入聲十韻爲六，雖仍依蘭氏之舊配列於陽聲韻，可是分割歸併，並不依照舊韻配列的系統；平聲分上平、下平，就是陰平、陽平的變名；後來更進一步把入聲配列於陰聲韻，以成爲五方元音等書裏上平、下平、上、去、入『五聲』的系統。總之由韻略易通的二十部改併爲韻略匯通的十六部和近今的北音系統更爲接近了。山東的十五音又合併山寒、先全爲一部，湖北的字音彙集更又合併呼模、居魚爲一部，分韻益趨於簡單；到了五方元音遂删併爲十二韻。考樊氏作五方元音，在順治十一年和康熙十二年之間（西元後一六五四年——一六七三年）（註五十四）他自序上說：

『因按韻略一書，引而伸之，法雖淺陋，理近精詳；但從前老本，韻拘二十，重略多繁；聲止有四，錯亂無門；且母失次序，韻少經緯。』

因此可知五方元音也是爲改訂蘭氏韻略易通而作的。他的五聲釋下云：

『蘭廷秀早梅詩删繁就簡，似覺洒然，而缺略無統；且入聲有無法欠自然，俱未備天地之元音。』

我們看樊氏書裏字數和注解多仍蘭氏之舊，更可以斷定牠是以韻略易通爲藍本的；牠又作於韻略匯通之後，又應受有畢氏書的影響；不過畢氏書的反切多採自洪武正韻，對於聲紐種類的標明，反不及蘭氏樊氏兩書的顯著。樊氏更將韻部簡約爲十二；這又是受了喬中和元韻譜的影響的。茲將五方元音的十二韻目錄如左：

天　人　龍　羊　牛　獒　虎　駝　蛇　馬　豺　地

這十二韻，除了把東洪、庚晴合併爲龍部，把山寒、先全合併爲天部，把灰微、居魚合併爲地部以外，又取消了支辭韻，湊成了十二之數；字母切韻要法的十二攝，也是根據這種韻部而來的。（註五十五）這種韻部數目的限制，一方面固然受了梵文字母的影響，一方面也依據於中國神妙的舊習慣和舊思想。樊氏的十二韻釋云：

『一元有十二會，一運有十二世，一歲有十二月，一日有十二時，日月一年有十二會，黃鐘一年有十二律，韻亦十二，出於自然，增之不可，減之不可，謂非天地之元音亦不可。』

又有十二韻應十二圖，自注云『十二韻應十二律聲氣自然循環無端，理數相通之義。』這是由喬氏元韻譜的十二括應十二律圓圖脫胎而來；喬氏自注謂：『十二括應十二律，乃聲氣之自然，而陰陽迭運，有循環無端之情焉。』因爲拘守着這十二的數目，所以五方元音的地韻概括了國音字母的『一』『＼』『ㄩ』『儿』和『帀』這些韻母；字母切韻要法的裓攝也概括了『ㄜ』『一』『ㄨ』『ㄩ』這些韻母。（註五十六）此外，更有主張十三數的，就是十二律加上閏月之數，如馬自援（槃什）等音所說：

『前人分韻多寡不一，今援僅以天下之音按五音共併成一十三韻，使歸於正，以合十二律及閏月之數。』

又林本裕聲位的十三韻論：

『前人分韻多寡互異，……惟馬槃什等音分屬五音，每聲各十三韻，合律閏之數，其入聲止有五韻，內八韻係借聲。誠獨得之妙，增之不可，減之不可，前無古人，後無來者矣。』

由這十三之數，又產生徐州十三韻和滕縣十三韻，以至演成滇戲的十三韻及鼓棒詞十三轍；（註五十七）這種分部的大綱，隨着北音勢力的發展和官話區域的擴大，竟普遍的流行於國內。同時又因爲曲韻的日趨南化，在語音上看來，旣然不適合於國語演進的大勢，在文學的作品上看來，南曲又恰成爲文人雅士的玩弄品，不宜於大衆的觀賞，一度盛行之後，自然隨卽衰歇；所以皮黃成爲崑曲衰落後的一種新興文藝，所用押韻的標準，也就由南化而轉趨合於北音。只可惜十三轍不過是這小學派韻書的緒餘，雖然因捲舌韻的關係，另立『小轍』兩條，（註五十八）而仍是謹謹拘守這韻部的數目。這小學派韻書的通病，就是沒有純粹採取一種最有勢力的方音以作爲國語的標準；一方面在廣汎的官話區域——除了北音區域以外，又包括了中國的中部和西南部——內選擇一些比較普通的音讀；另一方面又牽涉了無謂的舊習慣、舊思想，竟用以限制音韻分類上的數目，自然不免有膠柱鼓瑟的弊病。因爲韻部限制爲十三，所以自從等音、聲位諸書，就不能保持韻略易通裏支辭和居魚兩部的分立，而對於國音字母的『帀』、『儿』、『ㄜ』、『ㄩ』幾韻，始終無法安置了。這不但對於韻部的分析是如此，卽關於字調的系統，也竟以中國舊習慣、舊思想上的數目來附會，如樊氏五方元音自序所云：『添四聲爲五聲，以象行、數、方音，與天地之五位相當而並無遺失。』

樊書出於畢氏之後又直接受喬中和的影響所以大唱五聲之說；標出上平、下平、上去、入五聲，就是陰、陽、上、去、入五調。關於入聲的配列，樊氏一反洪武正韻的系統，五方元音自序云：

『卷分上下，配兩儀；前六韻入聲俱無，輕清上浮以象天；後六韻入聲全備，重濁下凝以配地。』

前六韻爲天、人、龍、羊、牛、獒，是具有收尾鼻音和複合元音的韻；後六韻爲虎、駝、蛇、馬、豺、地，大都是單純元音的韻；入聲所以配列於後六韻，並非如樊氏自己所說的理由，以爲『入聲字音重濁』應配重濁的後六韻，只是因爲他當時所謂入聲是一種單純元音韻的短促音，沒有[-k]，[-t]，[-p]的收尾音的。這樣的入聲，大概當時是採取於西南的方音的，再加上北音的陰、陽、上、去四調，以成爲五聲之說；明、清間的音韻家如馬自援、林本裕等，倡五聲說的，大都是北方人或生長在西南地方，顯然是由蘭氏韻略易通一書遞嬗而來，逐漸的官話化。所以這派的韻書，在字調的系統上看來，雖然並沒有純粹依據北音，像中原音韻那樣把入聲派入三聲；可是牠們和南曲韻書的依據於吳音系統而產生在江、浙地方的，恰好成一個反照。我們說過，陰陽調的分別，是由聲紐上清、濁的混同而起；南曲韻書上陰、陽字面的取消和變本加厲，正是表明全濁音的存在；反之，五聲說裏的平分陰、陽，又是表明全濁音的消滅所以這派韻書裏的聲紐，完全和中原音韻相同。樊氏五方元音對於韻略易通的早梅詩，以爲『母失次序，』改依發音的部位來排列，所定的聲紐也爲二十類：

梆　匏　木　風　斗　土　鳥　雷

竹　蟲　石　日　剪　鵲　絲　雲

金　橋　火　蛙

這二十字母和蘭氏早梅詩二十字比較起來，只是沒有無母（卽國音字母的『万』），而把一母分爲雲、蛙二類；這大概也是受喬中和十九字母的影響的。明、淸間依據北音或普通的官話音來製定字母的，雖有多寡詳略的不同，總是和中原音韻及蘭、樊二家所列，屬於同一的系統；（註五十九）最相同的地方，就是全濁音的消滅。因之在字調的系統上，依據中原音韻分出陰、陽調；只是保存了一個單純韻短促音的入聲，和近代北平音尙未完全符合罷了。這派韻書最大的缺點，就是只在廣汎的官話區域內選擇一些比較普通的音讀，沒有純粹採取北平的方音來做標準。民國初年製作注音字母和規定國音字典的時候，還是沿襲着這種弊病。（註六十）牠們所規定的音讀，不但在字調上，卽在聲韻上也和北平音有很多的出入；可是北平音的勢力逐漸發展，一般已承認牠爲國語的標準音了，因之原來規定的音讀和實際的標準音不合的地方，清代戲曲家遂根據牠們來立着『尖團字』和『上口字』的名目。所謂尖團字，是指精組的齊齒呼、撮口呼的字和見組及曉、匣二母的齊齒呼、撮口呼的字；這兩種字音在北平音裏讀成混同了，就是見組及曉、匣二母的齊、撮呼讀爲『ㄐ』、『ㄑ』、『ㄒ』，而精組的齊、撮呼不讀爲『ㄗ』、『ㄘ』、『ㄙ』，却也讀爲『ㄐ』、『ㄑ』、『ㄒ』了；戲曲家却叫前者爲『團音』，後者爲『尖音』。他們所以列出這種分別，便因爲原來規定的這兩種字音，在北平音裏雖然都讀爲『ㄐ』、『ㄑ』、『ㄒ』，還是應該照舊把尖音字讀爲『ㄗ』、『ㄘ』、『ㄙ』；所以立着這種名目，以表示牠們的分別。同樣，所謂上口字也是指戲劇韻書當中，除了尖音字以外，其他種種規定的聲韻和北平方音不同的讀法。（註六十二）總之：近代北音韻書的發生和演進，大都和戲曲文學有密切的關係；其中雖然有一部分純粹抱着『正言語』的宗旨，而也免不了一些文人因襲的思想；因爲產生在前的，由根據文學的作品而來，產生在後的又難免互相因襲，更以受着一些舊韻書的影響，自然不能完全依據實際語音的演變而隨時加以改進。

同時又未曾確定一種純粹的活語言來作正音的標準，因地域的關係，又參雜各種方音的成分，姑無論曲韻派的日趨南化，即小學派的由南轉北，也未能和北平的音讀完全符合。民國初年所製定的國音字典，只是採取官話區域內一些普通的音讀；所以趙元任在民國十一年作的國音新詩韻，還是依陰、陽、上、去、入五聲，把每部分爲五韻，定爲一百零三韻。直到民國二十一年，教育部公布了一部國音常用字彙，才是完全依據北平方音所規定的標準音讀。民國二十三年，黎錦熙、白滌洲又本着這種國音常用字彙，編成了國音分韻常用字表，一名佩文新韻；(註六十二)這種才是最合實際標準音讀的韻書，可以認牠爲近代北音韻書演變史上的一個結束。茲將佩文新韻所定的十八部韻目錄如左：

一、獅「帀」　二、鯊「ㄚ」　三、駝「ㄛ」　四、蛇「ㄜ」　五、蝶「ㄝ」
六、豺「ㄞ」　七、龜「ㄟ」　八、貓「ㄠ」　九、猴「ㄡ」　十、蟬「ㄢ」
十一、人「ㄣ」　十二、狼「ㄤ」　十三、僧「ㄥ」　十四、龍「ㄧㄨㄥ」　十五、兒「ㄦ」
十六、雞「ㄧ」　十七、烏「ㄨ」　十八、魚「ㄩ」

本節附注：

（註一）參看本書第五章第二節。

（註二）參看趙蔭棠中原音韻研究卷上第一節。案程明善嘯餘譜凡例謂中州韻爲宋太祖所編。

（註三）參看趙蔭棠中州音韻源流考（載二十年一月七日北平晨報學園）。

（註四）參看趙蔭棠菉斐軒詞韻時代考（載十九年十二月十七、十八兩日北平晨報學園）及菉斐軒詞林要韻的作者（二十年四月一日北平晨報學園）。

（註五）參看趙蔭棠中原音韻研究卷上第一章六頁。

（註六）本趙蔭棠中原音韻研究卷上第一章。

（註七）例如『高』與『交』與『嬌』之分；參看趙蔭棠中原音韻研究二頁，九一——九三頁。

（註八）參看趙蔭棠中原音韻研究卷上第二章。

（註九）毛註禮部韻略微韻後案語云：『所謂一韻當析爲二者，如麻字韻自奢以下，馬字韻自寫以下，禡字韻自藉以下，皆當別爲一韻，但與之通可也。蓋麻、馬、禡等字皆喉音，奢、寫、藉等字皆齒音，以中原雅音求之，夐然不同矣。』吳棫韻補各韻字排列，始見終日而在支韻日母『人』字後，忽列『貲』、『次』、『斯』、『茲』等字，正是表明支思韻的分立。

（註十）參看本章第二節。

(註十一)參看本章第二節。

(註十二)參看唐鉞入聲演化與詞曲的關係（載國故新探，商務印書館出版。）

(註十三)二十七成的韻目，與今所傳各本廣韻不合，未知周氏係何所據。

(註十四)參看第六章第二節。

(註十五)見方氏通雅卷五十切韻聲原。

(註十六)參看本章第二節。

(註十七)參看羅常培舊劇中的幾個音韻問題（東方雜誌第三十三卷第一號）四〇一—四〇四頁。

(註十八)參看羅常培中原音韻聲類考（載中央研究院歷史語言研究所集刊第二本第四分。）

(註十九)羅常培中原音韻聲類考四三七頁，載中原音韻聲類源流表，玆節錄如左：

等韻三十六字母	中原音韻二十聲類	蘭茂二十字母
幫 並(去)	崩	冰
滂 並(平)	烹	破
明	蒙	梅
非 敷 奉	風	風
微	亡	無
端 定(去)	東	東
透 定(平)	通	天
來	龍	來
泥 孃	朧	暖
見 羣(去)	工	見
溪 羣(平)	空	開
曉 匣	烘	向
影 喻 疑	邕	一
照 知 牀 澄(去)	鍾	枝
穿 徹 牀 澄 禪(平)	充	春
審 禪(去)	雙	上
日	戎	人
精 從(去)	宗	早
清 從(平)	悤	從
心 邪	嵩	雪

桑紹良二十字母	苞	盤	民	弗	忘	德	天	賚	乃	國	開	向	王	楨	昌	壽	仁	增	千	歲
李如眞二十二字母	邦	滂	明	敷非	微	端	透	來	泥	見	溪	曉	疑影	照	穿	審	日	精	清	心
喬中和十九字母	幫	滂	門	（非）	（微）	端	退	雷	農	光	孔	懷	外翁	中	揣	誰	戎	鑽	存	損
金尼閣二十字父	百	魄	麥	弗	物	德	忒	勒	搦	格	克	黑	額	者	撦	石	日	則	測	色
方以智二十字母	幫	滂	明	夫	微	端	透	來	泥	見	溪	曉	疑	知	穿	審	日	精	從	心
馬自援二十一字母	邦	滂	明	非	微	端	透	來	泥	見	溪	曉	疑影	知	穿	審	日	精	青	心
林本裕二十字母	邦	滂	明	非	微	端	透	來	泥	見	溪	曉	疑	知	穿	審	日	精	青	心
樊騰鳳二十字母	梆	匏	木	風		斗	土	雷	鳥	金	橋	大	雲蛙	竹	蟲	石	人	剪	鵲	系
李汝珍三十三字母	博便	盤飄	眠滿	粉		對蝶	陶天	巒漣	嫩鳥	個驚	空溪	紅翾	鷗堯	中	春	水	然	醉酒	翠清	松仙
許桂林十九音	幫	旁	忙	非		當	湯	郎		姜岡	羌康	央昂	香杭	張	昌	商	攘	（臧）	（倉）	（桑）
鄒漢勛二十聲	邦	滂	明	夫非	微	端	透	來		見	谿	匣	疑影	照	穿	審		精	清	心
周贇十九經聲	逋	鋪	模	敷		都	菟	爐	駑	枯	刳	呼	烏	朱	初	疎	濡	租	粗	蘇
李鄴二十一母	幫	滂	明	敷非	微	端	透	來	泥	見	溪	曉	疑	照	穿	審	日	精	清	心
胡垣二十二字母	奔	噴	捫	分	文聞	登	吞	能	仍	根	鏗	亨	穎恩	眞	稱	申	人	增	層	僧

華長忠五十衍	國音二十四聲母
伯必	ㄅ
迫僻	ㄆ
莫覓	ㄇ
弗	ㄈ
	ㄪ
德狄獨	ㄉ
拼惕禿	ㄊ
勒內鹿	ㄌ
諾匿訥	ㄋ
各國角節	ㄐ,ㄍ
客廓闕妾	ㄑ,ㄎ
赫或雪絜	ㄒ,ㄏ
額渥月葉	ㄏ,兀 (ㄧ,ㄩ,ㄨ)
浙卓	ㄓ
徹綽	ㄔ
涉說	ㄕ
日弱額(兒)	ㄖ
責作	ㄗ
測錯	ㄘ
瑟索	ㄙ

（註二十）依據王力中國音韻學下册第四編第三十八節二〇八——二〇九頁。

（註二十一）依據王力中國音韻學下册第四編第三十八節二〇八——二〇九頁。

（註二十二）依據王力中國音韻學下册第四編第三十八節二〇五——二〇七頁。

（註二十三）鐵琴銅劍樓書目太平樂府九卷下注：『明萬曆間擺印，即楊氏（青城澹齋楊朝英）所編者，卷首冠以燕山卓從之中州樂府音韻類編一卷。邑人孫唐卿氏所藏。以元刻本校過並跋。』吾友盧前有單刊本。

（註二十四）也是園書目『卓從之中州韻一卷』。王國維曲錄：『中州音韻一卷，嘯餘譜本元卓從之撰』。

（註二十五）見王伯良曲律。

（註二十六）見中原音韻虞集序。

（註二十七）張恩成等韻易簡：『平聲分陰陽，元周德清中原音韻分類標明，李書雲音韻須知，王鵕中州音韻悉遵之。』

(注二十八)商務印書館影印太平樂府前有至正辛卯巴西鄧子晉序，中有云：『且以燕山北腔韻類冠之。』

(註二十九)羅常培舊劇中的幾個音韻問題三九六——三九七頁，載有曲韻韻目對照表，因錄如左：

中原音韻	東鍾	江陽	支思	齊微	魚模	皆來	眞文	寒山	桓歡	先天
卓中州	東鍾	江陽	支思	齊微	魚模	皆來	眞文	寒山	桓歡	先天
洪武	東	陽	支	齊 ○灰	魚 ○模	皆	眞	寒○刪		先
瓊林	穹窿	邦昌	詩詞	丕基	車書	泰階	仁恩	安閑	[illegible]鸞	乾元
菉斐	東紅	邦陽	支時	齊微	車夫	皆來	眞文	寒山	鸞端	先天
王中州	東鍾	江陽	支思	齊微	魚模	皆來	眞文	寒山	歡桓	先天
范中州	東同	江陽	支思	機微	居魚	皆來	眞文	干寒	歡桓	天田
輯要	東同	江陽	支時	機微 ○歸回	居魚 ○蘇模	皆來	眞文	干寒	歡桓	天田
驪珠	東同	江陽	支時	機微 ○灰回	居魚 ○姑模	皆來	眞文	干寒	歡桓	天田
周中州	東鍾	江陽	支時	齊微 ○歸回	居魚 ○知如 ○蘇徒	皆來	眞文	寒山	桓歡	先天

蕭豪	歌戈	家麻	車遮	庚青	尤侯	侵尋	監咸	廉纖	一三二四
蕭豪	哥戈	家麻	車遮	庚青	尤侯	尋侵	監咸	廉纖	一三五一
蕭○爻	歌	麻	遮	庚	尤	侵	覃	鹽	一三七四○又多出入聲十韻
簫韶	珂和	嘉華	硨硨	清寧	周流	金琛	潭巖	恬謙	一三九八
蕭韶	和何	嘉華	車邪	清明	幽游	金音	南山	占炎	一四八三
蕭豪	歌戈	家麻	車遮	庚青	尤侯	侵尋	監咸	廉纖	一五〇八前
蕭豪	歌羅	家麻	車遮	庚亭	鳩尤	侵尋	監咸	纖廉	?
蕭豪	歌羅	家麻	車蛇	庚亭	鳩由	侵尋	監咸	纖廉	一七八一
蕭豪	歌羅	家麻	車蛇	庚亭	鳩侯	侵尋	監咸	纖廉	一七九二○又多出入聲八韻
蕭豪	歌羅	家麻	車遮	庚青	鳩由	侵尋	監咸	廉纖	一七九一?

（註三十）參看趙蔭棠中原音韻研究卷上第三章二〇——二二頁。

（註三十一）參看趙蔭棠中原音韻研究卷上第三章二二——二三頁。

（註三十二）參看本書第五章第二節，及本章第一節。

(註三十三)依據趙蔭棠中原音韻研究卷上第三章二四頁。

(註三十四)王力中國音韻學下册第四編第三十九節『例如二支所收的只有支、脂、之、微中一部份的字，而嘗時支韻的『離』、『彌』、脂韻的『尼』、『肌』，之韻的『基』、『欺』，微韻的『機』、『幾』都歸入三齊，又支韻的『規』、『危』，脂韻的『追』、『推』，微韻的『歸』、『揮』都歸入七灰。這種極端自由的歸併法，與中原音韻同，但何字歸何部，則與中原音韻又有許多不同的地方。』

(註三十五)參看本節(註二十九)曲韻韻目對照表。

(註三十六)參看趙蔭棠中原音韻研究卷上第四章二七——二八頁。

(註三十七)載中央研究院歷史語言研究所集刊第三本第二分。

(註三十八)參看本章第二節。

(註三十九)見丁氏善本書室藏書志。

(注四十)參看本節(注二十九)曲韻韻目對照表

(註四十一)依據趙蔭棠中原音韻研究卷上第五章三六頁。

(註四十二)參看趙蔭棠中原音韻研究卷上第五章三九——四二頁。

(註四十三)參看趙蔭棠中原音韻研究四三——四六頁。

(註四十四)參看石山福治考定中原音韻。

(註四十五)參看本節(註二十九)曲韻韻目對照表。

(註四十六)參看本節(註二十九)曲韻韻目對照表。

(註四十七)謝氏小學考卷三十四「止庵韻略易通述古堂書目一卷」；又卷三十六「蘭氏廷秀韻略易通千頃堂書目二卷」。

(註四十八)參看趙蔭棠中原音韻研究卷上第六章五〇——六〇頁。

(註四十九)參看本章第一節。

(註五十)羅常培舊劇中的幾個音韻問題三九八——三九九頁載有小學派韻目對照表，因錄于左：

中原音韻	易通	匯通	十五音	彙集	五方元音	切韻要法	等音	聲位	徐州十三韻	滕縣音	潍戲韻	十三轍	國音字母
東鍾	東洪	東洪	東	風	龍						空同	中東	ㄧㄨㄥ
江陽	江陽	江陽	江	央	羊	岡	岡	岡	秧養樣陽	江	堂郎	江陽	ㄤ
支思	支辭	支辭	支	詩									ㄭ
齊微	西微	灰微	齊	依	地	裓(齊)	基	基	吉紀記極	吉	提擱	一七	ㄧ〇ㄦ
			微	威	(地)	傀	規	圭	灰惑會回	饑	灰堆	灰堆	ㄟ

魚模	呼模 居魚	呼模 居魚	姑 虞	夫	虎 (地)	(褫)(合) (褫)(撮)	孤	沽	屋武誤吳	居	土伏	姑蘇	ㄨ ㄩ
皆來	皆來	皆來	皆	哀	豺	該	該	該	部噫泰臺	皆	開懷	懷來	ㄞ
眞文	眞文	眞尋	眞	深	人	根	根	根	溫穩問文	金	靑沉	人辰	ㄣ
寒山	山寒	山寒	元	焉	天	干	干	干	焉衍彥言	堅	天仙	言前	ㄢ
桓歡	端桓												
先天	先全	先全											
蕭豪	蕭豪	蕭肴	蕭	蒿	獒	高	高	高	腰咬要堯	交	暴燥	遙條	ㄠ
歌戈	戈何	戈何	歌	呵	駝	哥○(褫)(開)	哥	哥	豁火貨和	角	梭波	梭波	ㄛ○ㄜ
家麻	家麻	家麻	家	巴	馬	迦	他	迦	鴨雅亞牙	加	抓麻	發花	ㄚ
車遮	遮蛇	遮蛇	遮	賒	蛇	結	迦	結	葉耶夜爺	結	跌雪	乜斜	ㄝ
庚靑	庚晴	庚晴				庚	庚	庚	靑請倩情	經			ㄥ
尤侯	幽樓	幽樓	幽	優	牛	鈎	勾	鈎	幽有又尤	鳩	喉頭	油求	ㄡ
侵尋	侵尋												

監咸	緘咸												
廉纖	廉纖												
一三二四	一四四二	一六四二			一六五四—一六七三?	一六九九—一七〇二?							

(註五十一)參看本節(註二十九)曲韻韻目對照表。

(註五十二)趙蔭棠中原音韻研究卷上第六章，六二頁：『此詩明代音韻之書多轉載之久而不知爲他所創；如方以智便將此詩的著作權歸於張洪陽。按張洪陽卽張位。張位字明成，新建人，隆慶戊辰進士，官至吏部尙書武英殿大學士。他作有問奇集一卷，考論諸字形聲訓詁分十九門其中有早梅詩切字例其作書之年雖不可知，然他的時代旣後於蘭氏，則早梅詩是轉載蘭氏的，毫無疑問。蘭氏之後以詩詞代表字母者不知凡幾，可以說都是受他的影響。』

(註五十三)參看本節(註十九)中原音韻聲類源流表。

(註五十四)參看趙蔭棠中原音韻研究卷上第六章六八——七〇頁，七五——七八頁。

(註五十五)參看本章第二節及本節(註五十)小學派韻目對照表。

(註五十六)參看本節(註五十)小學派韻目對照表。

(註五十七)參看本節(註五十)小學派韻目對照表，及魏建功說轍兒(國語週刊第一〇三，一〇四期，亦載國音分韻常用字表卷末。)茲更錄羅常培舊劇中的幾個音韻問題三九五頁所載北音韻書演化系統表如左：

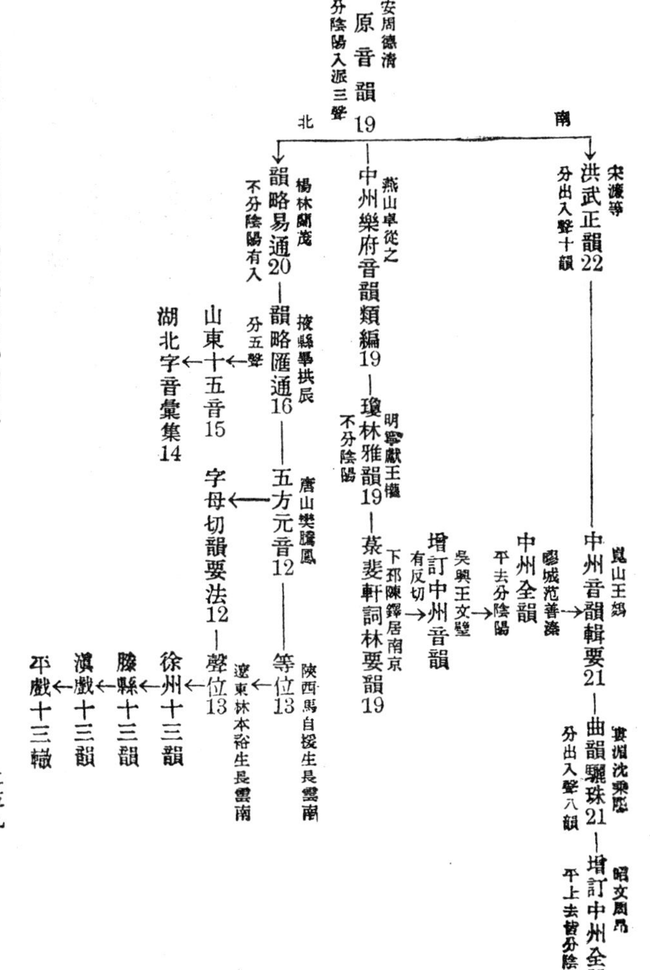
高安周德清
中原音韻19
平分陰陽入派三聲
北
南
楊林蘭茂
韻略易通20
不分陰陽有入
燕山卓從之
中州樂府音韻類編19
宋濂等
洪武正韻22
分出入聲十韻
掖縣畢拱辰
韻略匯通16
分五聲
山東十五音15
湖北字音彙集14
明寧獻王權
瓊林雅韻19
不分陰陽
唐山樊騰鳳
五方元音12
字母切韻要法12
菉斐軒詞林要韻19
下邳陳鐸居南京
有反切
增訂中州音韻
吳興王文璧
平去分陰陽
中州全韻
鄒城范善溱
崑山王鵔
中州音韻輯要21
雲間沈乘麐
曲韻驪珠21
分出入聲八韻
昭文周昂
增訂中州全韻22
平上去皆分陰陽
陝西馬自援生長雲南
等位13
遼東林本裕生長雲南
聲位13
徐州十三韻
滕縣十三韻
濱戲十三韻
平戲十三轍

(註五十八)參看魏建功說轍兒。

(註五十九)參看本節(註十九)中原音韻聲類源流表。

(註六十)參看下第九章。

(註六十一)參看羅常培舊劇中的幾個音韻問題四〇五——四一〇頁。

(註六十二)參看黎錦熙佩文新韻序二頁(北平人文書店出版。)

第八章　明清時代的『古音學』

第一節　『古音學』的起源和明清諸家的學說

上面幾章講到韻書、等韻的源流，可以知道韻書和等韻表上所表現的，都是六朝以至近代的音讀系統；牠們彼此間的紛歧，和先後間的改進，也大都是隨着六朝以來音讀的演變和各地方音的歧異而發生的。我們如果根據韻書和等韻表上所代表的語音，來誦讀周、漢時代的古書，或者用以說明中國古代文字上的表音方法，自然要感到許多扞格不通的地方，而覺得周、漢人的音讀和六朝以來韻書、等韻上所表現的也有極大的變異。從這種古今音異的觀念上，推想到周、漢的上古音，在『聲』、『韻』、『調』的幾方面，都或者有特異的現象，因而從事探求、考證，遂促成周、漢古音學的發生。我們在上文第四章第二節裏說過，鄭玄、劉熙諸人已經注意到古今音的異同，在漢、魏之間可以說是已具有古音學的根源。只可惜當時音韻學的基本智識未曾發達，所以對於上古音也未曾加以系統的研究。到了六朝、隋、唐一般音義家，凡是遇見上古詩歌或其他韻語裏和當時音讀不合的地方，往往改讀字音以求諧合。如沈重毛詩音的『協句』之例，徐邈毛詩音的『取韻』之例，在陸德明經典釋文裏叫做『協韻』，顏師古漢書注裏又叫做『合韻』。（註一）實在他們都是用當時之音來讀古書，覺其不協、不合，就勉強把字音改讀使之協合；對於古書上本來的音讀怎樣，便置之不問了。這種協句、合韻之說，又為宋人『叶韻』之所自出。錢大昕音韻問答云：

『使沈音尚存，較之吳才老叶韻，豈不簡易而可信乎？協句亦謂之協韻。邶風：「寧不我顧，」釋文：「徐音古；此亦協韻也，後仿此。」陸元朗之時，已有韻書，故於今韻不收者，謂之協韻。協與叶同。顏師古注漢書，又謂之合韻；合猶協也。是吳才老叶韻之所自出矣。』

但是同時陸德明又有『古人韻緩不煩改字』之說，以為古書上用韻，不像後人那樣的苛細；他實在已經明明指示古今韻部的不同了。戴震聲韻考云：

『唐陸德明毛詩音義，雖引徐邈、沈重諸人紛紛謂合韻、取韻、叶句；而於召南華字云：古讀華為敷；於邶風南字下云：古人韻緩，不煩改字。是陸氏已明言古韻，特不能持其說耳。』

陸氏這句話，雖然似乎簡陋得很，可是說古韻寬疏，開宋後古韻通轉之例的始基，實爲近代研究古音學的發軔。可惜陸氏之後數百年，竟少有人注意到陸氏這句話的意義，中間幷且一度發生改經的陋習。如唐明皇改書洪範『無偏無頗』的頗爲陂，因謂其不能與下文『遵王之義』的義字協讀；後來范諤昌改易漸卦『鴻漸於陸』的陸爲逵，孫奕改雜卦傳『明夷、誅也』的誅爲昧；這樣的改經，幾成爲唐代一時的風氣了。結果正如顧炎武答李子德書所謂『古人之音亡而文亦亡』了。（註二）宋代的學者也曉得這樣改經的不適當，不再依附唐人的陋習；一派是採取陸氏韻緩不煩改字之說，把韻書上的韻部通合併用，以求古音；一派仍轉而採取協句、合韻之例，復倡『叶韻』。前者以吳棫的韻補爲代表，後者以朱熹的詩集傳爲代表。吳棫字才老，北宋宣和時進士；他的韻補一書，就是把廣韻的二百六韻，注古通某，古轉聲通某，古通某或轉入某。如果依他所注明的通轉來歸類，便可得古韻的九類：

一、東（冬、鍾通，江或轉入）；二、支（脂、之、微、齊、灰通，佳、皆、咍轉聲通）；三、魚（虞、模通）；四、眞（諄、臻、殷、痕、耕、庚、淸、靑、蒸、登、侵通，文、元、魂轉聲通）；五、先（仙、鹽、添、嚴、凡通，寒、桓、刪、山、覃、談、咸、銜轉聲通；）六、蕭（宵、肴、豪通；）七、歌（戈通，麻轉聲通；）八、陽（江、唐通，庚、耕、清或轉入；）九、尤（侯、幽通。）

吳氏這種通轉之例，顧炎武說是仍有『一字數叶』的弊病，所以作了韻補正一書，就是用來糾正吳氏。吳氏的韻補一書除了戴震六書音均表序所謂『分合疎舛』之外，又所采擇的證據漫無標準，所引書五十種當中連歐、蘇的作品也包羅在內。（註三）陳振孫書錄解題曰：

『棫取古書自易、書、詩而下以及本朝歐、蘇，凡五十種，其聲韻與今不同者，皆入焉。朱侍講多用其說於詩傳、楚辭注。』

自來都說朱子叶韻之例本於吳氏的毛詩補音；補音已經不傳，無從證明；但是我們並不能把宋人叶韻之說歸咎於吳氏。因爲我們現在考吳氏說古音的地方很多，和朱子所注明的叶音不相符合；因此推知朱子詩集傳等書並非盡用吳氏之說。茲錄錢大昕韻補跋之言如左：

『世謂叶音出於吳才老，非也。才老博考古音，以補今韻之闕，雖未能盡得六書諧聲之原本，而後儒因是知援詩、易、楚辭以求古音之正，其功已不細。古人依聲寓義，唐人久失其傳，而才老獨知之可謂好學深思者矣。朱文公詩集傳間取才老之補音，而加以叶字；才老書初不云叶也。楊用修譏才老叶音：「母氏劬勞」，勞叶音僚；「四牡有驕」，驕叶音高。考才老書初無此文；殆誤仞朱氏之叶音爲皆出於才老爾。詩：「外禦其侮」，吳讀謨逢切；朱不從吳氏，而讀戎爲汝以叶務音。騶虞之虞，朱於第一章叶音牙，第二章叶五紅反；誰謂女無家，朱於前章叶音谷，後章叶各空反，皆吳氏所無，未可歸咎於吳也。』

叶韻原來是用後代的語音勉強合於古書中，和研究古音的根本觀念相違背；我們既然認定吳才老是依據陸氏韻綴不煩改字之說，來作韻補，遂爲近代古音學的萌芽，便應當斷定他並不是提倡叶韻的。明代楊愼、陳第諸人竭力排斥叶韻的謬誤；王夫之船山遺書裏也有詩經叶韻辨一篇，條舉叶韻十蔽。至於元戴侗六書故、明焦竑筆乘，以及陳第毛詩古音考，更謂叶韻就是古人本音，所謂叶，實在是古韻不合於今讀的地方；古書上的用韻都是依據古人本來之音，並不曾有故意強叶的事實。（註四）錢氏十駕齋養新錄卷一亦謂『協句卽古音』，其言曰：

「沈重生於梁末，其時去古已遠，而韻書實始萌芽；故於今韻有不合者，有協句之例。協句卽古音也。自陸德明叛爲古人韻緩不煩改字之說，於沈所云協句者，皆如字讀；自謂通達無礙。而不知三百篇用韻諧暢明白，未嘗緩也。」

可見近代古音學的創立，完全是由破除叶韻的迷障，初則謂爲古韻的寬疏，因以定通轉之例，繼則離析後代的韻書，以直言古音了。吳氏後又有程迥作音式，其書不傳；只知道他「以三聲通用，雙聲互轉爲說，」（註五）大概也是說明古音通轉之例的。此外鄭庠又有古音辨一書，開始把古韻分爲六部：陽、支、先、虞、尤、覃。（註六）這六部的詳目見於夏炘古韻表集說，大抵依平水韻目加以合併，所列入聲三部也是依切韻一系韻書的系統，隸屬於陽聲三部；大概只是「就唐韻求其合，不能析唐韻求其分」的。不過，近代正式分列古音的韻部的，應當推始於鄭庠。到了明朝，楊愼作轉注古音略、古音叢目、古音略例諸書，雖然他以爲古來叶韻總不外是轉注之例，其說不盡確當，而對於吳氏韻補的增訂，不爲無功。我們可以說在陳第以前古音的研究已具有萌芽，不過只是把陸德明古人韻緩這句話加以表彰和發揮，把後代韻書上的韻部通合併用，還未能直接規定古音，還未能打破韻書的範圍。

陳第，字季立，他的最重要著作是毛詩古音考（西元後一六〇六年作成）於各字下注明古讀，本證之外，又以其他經書、子書上的用韻爲旁證；又作屈宋古音義，和前書互相發明，取楚辭上的韻語以和毛詩相印證。此外更有讀詩拙言一種，謂說文形聲字從某得聲之例，很多可以用來證明毛詩音；幷謂『時有古今，地有南北，字有更革，音有轉移，亦勢所必至。』他抱着這種語音歷史和地域的觀念，所以能破除叶韻，直言古音；清代顧炎武、江永諸人的古音研究，實陳氏爲之開除先路。

（註六）顧炎武，字寧人，號亭林（西元後一六一三——一六八二），是清代學術界的首領，也是奠定古音學基礎的人。他以三十年的蒐討工夫，作音論、詩本音、易音、唐韻正、古音表五種，稱爲音學五書。音論是汎論古音的，共有三卷十五篇；詩本音是五書中最重要的一部，以毛詩用韻爲主，而以其他經書爲旁證，來考定毛詩音的；易音是依易經裏的一些韻語來考定易經音的；唐韻正表面上是用來改正唐韻的，其實是把詩本音裏許多證據拿來另編的一部書，可以認爲是詩本音的詳細的註解；古音表又變更唐韻的組織，列出古音十部，而以入聲四部分附其下。玆節錄之如左：

一、東、冬、鍾、江；　二、支之半，脂、之、微、齊、佳、皆、灰、咍、尤之半（去聲祭、泰、夬、廢亦屬此部，）（入聲質、術、櫛、昔之半，職、物、迄、屑、薛、錫之半，月、沒、曷、末、鎋、麥之半，德、屋之半；）　三、魚、虞、模、麻之半，侯，（入聲屋之半，沃之半，燭、覺之半，藥之半，鐸之半，陌、麥之半，昔之半；）　四、眞、諄、臻、文、殷、元、魂、痕、寒、桓、删、山、先、仙；　五、蕭、宵、肴、豪、尤之半，幽，（入聲屋之半，沃之半、覺之半，藥之半，鐸之半、錫之半；）　六、歌、戈、麻之半，支之半　七、陽、唐、庚之半；　九、蒸、登　十、侵、覃、談、鹽、添、咸、銜、嚴、凡（入聲緝、合、盍、葉、怗、洽、狎、業、乏。）

顧氏一方面能夠離析唐韻的韻部，如以支韻字半入脂、之，半入歌、戈；麻韻字半入歌、戈，半入魚、虞；尤韻字半入脂、之，半入蕭、宵之類；另一方面又變更唐韻入聲的分配，入聲四部除一部以配侵、覃諸韻以外，餘悉以配陰聲韻，不依切韻以屋承東、以沃承冬之例；這便是顧氏打破韻書的範圍以考求古音，爲前人所不及處。不過顧氏對於語音抱着一種復古的思想，看他的論調，似乎要用上古的音讀來糾正六朝、唐、宋的違失，和語音的歷史觀念不相符合。江永批評他這種主張，謂：『顧氏音學五書與愚之古韻標準，皆考古、存古之書，非能使之復古也。』（註七）顧氏先後間的古音學家，有方日升作韻會小補，毛先舒作聲韻叢說，柴紹炳作古韻通，邵長衡作古今韻略、韻學通指，大抵仍本諸通轉叶韻之說以論古音，和陳第顧炎武異趨。至於毛奇齡的古今通韻，創爲五部、三聲、兩界、兩合諸例，以說明古韻的通轉，而於出諸例外者，又謂之叶音；毛氏書冀以駁難顧氏的學說，實則只是顯示他自己的武斷罷了。此外又有李因篤作古今韻考，對於顧氏的學說頗多推闡。（註八）清代直承顧氏之學而加以縝密的補正的，當首推江永。江氏作古韻標準，以爲顧氏『考古之功多，審音之功淺』，所以他又根據音理，把顧氏的十部重訂爲十三部。茲錄其目如左：

一、東、冬、鍾、江； 二、分支，脂、之、微、齊、佳、皆、灰、咍，分尤； 三、魚，分虞、模，分麻； 四、眞、諄、臻、文、殷、魂、痕，分先； 五、元、寒、桓、刪、山，分先、仙 六、分蕭，分宵，分肴，分豪； 七、歌、戈，分麻，分支； 八、陽、唐，分庚； 九、分庚，耕、清、青； 十、蒸、登 十一、分尤，侯、幽，分虞，分蕭，分宵，分肴，分豪； 十二、侵，分覃，分談，分鹽； 十三、分覃，分談，分鹽，添、嚴、咸、銜、凡。

這十三部和顧氏十部的異同，古韻標準例言曾約略的說明：

『第四部爲眞、文、魂一類，第五部爲元、寒、仙一類，顧氏合爲一也。第六部爲蕭、肴、豪，分出一支，不與尤、侯通；第十一部爲尤、侯一類，當分蕭、肴、豪之一支，不與第六部通，而顧氏亦合爲一也。第十

二十三、自侵至凡九韻，當分兩部，而顧氏又合爲一也。』

江氏又於各部總論，詳說其分列的理由，最足使我們注意的，除了以廣韻分屬魚、模和侯、幽以外，又依音的侈斂，把眞以下的十四韻和侵以下的九韻各分爲兩部，這便足以表示江氏審音的功夫。江氏對於古音上的字調問題，大致和顧炎武『四聲一貫』之說相合，以爲雖有四聲，而平仄可相通押；但是同時又謂入聲和去聲最近，幷且主張『數韻共一入』，所列入聲的八部，可隸屬於陰聲韻，也可隸屬於陽聲韻，已開陰、陽、入通轉說的端緒了。（註九）江氏以前，對於古音的考證，總以古書上的韻語爲主要材料，偶然間採了一些形聲偏旁的關係來作分部標準的輔助；到了段玉裁，才完全從說文解字裏考求古音，依形聲系統來分韻部，而只以古書上押韻的字列例；也可以說從前只是論古代詩歌韻語中的少數字音，到了段氏引用這種方法，才可以研究周、漢時代全部的音讀系統了。

段氏，字若膺，一字懋堂，所著說文解字注，書後附有六書音均表，共分五篇：今韻古分十七部表，古十七部諧聲表，古十七部合用類分表，詩經韻分十七部表，羣經韻分十七部表。他在古十七部諧聲表的前面說：

『六書之有諧聲也，文字之所以日滋也。考周、秦有韻之文，某聲必在某部，至賾而不可亂；故視其偏旁以何字為聲，而知其音在某部，易簡而天下之理得也。許叔重作說文解字時，未有反語，但云某聲某聲，卽以為韻書可也。自音有轉變，同一聲則分散於各部各韻；如一「某」聲，而「某」在厚韻，「媒」「腜」在灰韻；一「每」聲而「悔」、「晦」在隊韻，「敏」在軫韻，「晦」、「痗」在厚韻之類。參差不齊，承學者多疑之，要其始則同諧聲者必同部也。』

段氏承顧、江之後，又依據古代文字上的表音方法，本着這種同諧聲必同部的原則，考得古音十七部如左：

一、之、咍，（入聲職、德）　二、蕭、宵、肴、豪；　三、尤、幽，（入聲屋、沃、燭、覺）　四、侯；　五、魚、虞、模，（入聲藥、鐸）　六、蒸、登；　七、侵、鹽、添，（入聲緝、葉、怗）　八、覃、談、咸、銜、嚴、凡，（入聲合、盍、洽、狎、業、乏；）　九、東、冬、鍾、江；　十、陽、唐；　十一、庚、耕、淸、靑；　十二、眞、臻、先，（入聲質、櫛、屑；）　十三、諄、文、欣、魂、痕；　十四、元、寒、桓、刪、山、仙；　十五、脂、微、齊、皆、灰，（去聲祭、泰、夬、廢、屬此，）（入聲術、物、迄、月、沒、曷、末、黠、鎋、薛）　十六、支、佳、（入聲陌、麥、昔、錫）　十七、歌、戈、麻。

這十七部和顧氏、江氏所分列的，有三點重要的不同，就是夏炘古韻表集說所謂：

『段氏於支、脂、之、微、齊、佳、皆、灰、咍九韻析支、佳爲一部；脂、微、齊、皆、灰爲一部，之、咍爲一部。於眞、臻、先、諄、文、殷、魂、痕八韻，析眞、臻、先爲一部，諄、文、殷、魂、痕爲一部。又顧氏改侯從魚，江氏改侯從尤，段氏則以尤、幽爲一部，侯與虞之半別爲一部。故得十七部。』

尤其是關於第一點，分析支、脂、之三部，大家都說是段氏對於古音學上的特見，其實這三部的分列差不多同時獨立發明的，不單是段氏一人，還有王念孫和江有誥。（註十）我們因此可以見得顧、江以後，古韻分部日就縝密，而古音學家的意見也漸漸趨於一致了。段氏又依音的遠近來定韻部的次第，不依唐韻的目次爲序；他把十七部區分爲六類：第一部爲第一類；第二至第五部爲第二類；第六至第八部爲第三類；第九至第十一部爲第四類；第十二至第十四部爲第五類；第十五至第十七部爲第六類。（註十一）又創爲『合韻』之說，依次第遠近而定牠們相通的規則；更依江氏『異平同入』的主張，以爲同一入聲可以配屬於幾個平聲，而即以此爲合韻之樞紐；這就是戴氏陰、陽、入通轉說所由演成的。段氏謂：『古四聲不同今韻，猶古本音不同今韻也。』他以爲周、秦時僅有平、上、入而無去聲，到魏晉時入聲多轉而爲去聲，平聲多轉而爲仄聲；又謂古代平、上爲一類，去、入爲一類，平、上相近，去、入相近。這種說法，頗爲後來的古音學家所遵用。段氏弟子江沅依據古十七部諧聲表作說文解字音均表；所以分部一同段氏。至於段氏師戴震，乃首創陰、陽、入對轉之說的；他的聲類表成書在段氏六書音均表之後，所以也有採取段氏說的。茲將聲類表的九類二十五部之目，節錄如左：

(1)歌、魚、鐸類　一、阿　二、烏　三、堊；

(2)蒸、之、職類　四、膺　五、噫　六、億；

(3)東、尤、屋類　七、翁　八、謳　九、屋；

(4)陽、蕭、藥類　十、央　十一、夭　十二、約；

(5)庚、支、陌類　十三、嬰　十四、娃　十五、戹；

(6)眞、脂、質類　十六、殷　十七、衣　十八、乙；

(7)元、祭、月類　十九、安　二十、靄　二十一、遏；

（8）侵、緝類　二十二、音　二十三、邑；

（9）覃、合類　二十四、醃　二十五、諜。

這二十五部阿、烏、堊等等的韻目，是戴氏選取喉音影母的字來表明各韻的讀法的；其實戴氏所定的音讀，多以等韻學理為根據；這二十五部的分合，也難免有主觀的論斷。他自己說：

『僕謂審音本一類，而古人之文偶有相涉，有不相涉，不得舍其相涉者，而以不相涉者為斷。審音非一類，而古人之文偶有相涉，始可以五方之音不同，斷為合韻。』（註十二）

因之他把段氏的十七部當中的第三、第四兩部合為謳部，把段氏的第十二、第十三兩部合為殷部；這是他改從江永之說的。江永為戴氏師，所以兩人都是以審音和考古並重；可惜他們所謂審音，總不外以宋、元以後的等韻學來推測周、漢的古音，不但不合於客觀的事實，并且把中國語音系統上幾個演變的階段，容易使之迷亂。戴氏更把切韻系統裏有入諸韻和無入諸韻，各得牠們的入聲兩兩相配；他以為古音當中，雖未必有四聲的分別，而必定有了陰聲韻、陽聲韻、入聲韻三種。他說：『有入者，如氣之陽；……無入者，如氣之陰。……』又說：『有入之入與無入之去近。』（註十三）陰聲、陽聲的名目，是戴氏創始的。陰、陽相配，因入聲可以通轉；只是侵以下九韻，『方之諸韻，聲氣最斂，詞家謂之閉口音；在廣韻雖屬有入之韻，而其無入諸韻，無與之配。』(註十四)於是由江氏、段氏的異平同入之論，一變而爲陰、陽、入通轉之說。其實戴氏這種學說，只是因爲顧炎武古音表把入聲多配於陰聲諸韻，和切韻的系統不合，所以引用了所謂審音的結果，把廣韻的組織和古韻融合起來。戴氏又依他所分析的韻類立爲『正轉』『旁轉』諸例，他說：『正轉之法有三：一爲轉而不出其類，脂轉皆，之轉咍，支轉佳是也；一爲相配互轉，眞、文、魂、先轉脂、微、灰、齊，……模轉歌是也；一爲聯貫遞轉，蒸、登轉東，之、咍轉尤，職、德轉屋，東、冬轉江是也。』(註十五)所以淸代講古韻通轉的，當首推戴氏。我們看戴氏的審音，還有許多疏謬的地方，他以爲侵以下九韻沒有陰聲字，『以其爲閉口音而配之者更微不成聲也；』(註十五)已經覺得很牽強，又認歌、戈、麻近於陽聲，用魚、虞、模與之相配，更是不合於音理。不過陰、陽二聲相配之說，確是發明於戴氏的。王國維韻學餘論五聲說：

『自明以來古韻上之發明有三：一爲連江陳氏古本音不同今韻之說；二爲戴氏陰、陽二聲相配之說；三爲段氏古四聲不同今韻之說，而部目之分析，其小者也。』(註十六)

戴氏發明陰陽相配之說以外，他於部目的分析上也有創見；如主張脂、祭當分，於段氏的第十五部，分爲衣、靄兩部；也是爲後來的古音學家所遵從的。我們可以說近代對於周、漢古音的考證，到了顧、江、戴、段四家已經完成了基礎；後起的古音學家大都是承襲他們的成緒，陸續加以補充修訂的而已。現在就周、漢古音學上的幾個主要的問題，分別敍述戴、段以後諸家學說的大略於下：

在戴、段稍後，有洪亮吉漢魏音一書，只是刺取漢、魏傳注訓詁當中的音讀字而編次仍從說文字部舊目，未列古韻的諸部。直承戴氏、段氏之學的，當推孔廣森。孔廣森，字衆仲，一字撝約，爲戴東原弟子，著有詩聲類，分古韻爲陽聲九部、陰聲九部。玆約舉其目如左：

陽聲九：一、原類　二、丁類　三、辰類　四、陽類　五、東類　六、冬類　七、侵類　八、蒸類　九、談類

陰聲九：一、歌類　二、支類　三、脂類　四、魚類　五、侯類　六、幽類　七、宵類　八、之類　九、合類

孔氏於段氏的十七部，將第十二、第十三兩部合爲辰類，又將第九部分爲東、冬兩類，將第七、第八兩

部的入聲併合另立爲合類，共得十八部。孔氏後有嚴可均，作說文聲類，併冬於侵，又將孔氏的合部附於談部，共得十六部。(註十七)至於姚文田的古音諧及說文聲系列平、上、去十部，入聲九部，大都本於段氏和戴氏的。劉逢祿詩聲衍表分二十六部，實以戴氏的學說爲主，而參以段氏、孔氏之說。(註十八)王念孫對於古韻的著作，有詩經、羣經、楚辭韻譜，見於羅振玉所輯高郵王氏遺書；又有韻譜及合韻譜，未刊行。他主張分古韻爲二十一部，茲依王引之經義述聞卷三十一所載，錄其目如左：

一、東（平、上、去）；二、蒸（平、上、去）；三、侵（平、上、去）；四、談（平、上、去）；五、陽（平、上、去）；六、耕（平、上、去）；七、眞（平、上、去）；八、諄（平、上、去）；九、元（平、上、去）；十、歌（平、上、去）；十一、支（平、上、去、入）；十二、至（去、入）；十三、脂（平、上、去、入）；十四、祭（去、入）；十五、盍（入）；十六、緝（入）；十七、之（平、上、去、入）；十八、魚（平、上、去、入）；十九、侯（平、上、去、入）；二十、幽（平、上、去、入）；二十一、宵（平、上、去、入）。

和他幾乎完全相合的，就是江有誥的分部。江有誥字晉三，著有音學十書：卽詩經韻讀、羣經韻讀、楚辭韻讀、子史韻讀、漢魏韻讀、二十一部韻譜、諧聲表、入聲表、四聲韻譜、唐韻四聲正十種。(註十九)也分古韻爲二十一部，約舉其目如左：

一、之　二、幽　三、宵　四、侯　五、魚　六、歌　七、支　八、脂　九、祭　十、元　十一、文　十二、眞
十三、耕　十四、陽　十五、東　十六、中　十七、蒸　十八、侵　十九、談　二十、葉　二十一、緝

江有誥於段氏的十七部，又和戴氏相同分列脂祭二部，更依孔廣森之說，分列東冬二部（以爲冬部甚窄，改用中字標目，）此外，幷另立入聲葉、緝二部，所以共爲二十一部。王念孫東、冬不分而另立至部，所以也是二十一部。夏炘著有詩古韻表二十二部集說，敍述鄭庠、顧炎武、江永、段玉裁、王念孫、江有誥諸家的分部和學說，結論則贊成江有誥的二十一部，而另加以王氏的至部，定古韻爲二十二部。（註二十）丁以此毛詩正韻也分二十二部。王國維周代金石文韻讀也依此分部；他自序云：

「古韻之學，自崑山顧氏，而婺源江氏，而休寧戴氏，而金壇段氏，而曲阜孔氏，而高郵王氏，而歙縣江氏，作者不過七人，然古音二十二部之目，遂令後世無可增損。故訓故名物文字之學有待於將來者甚多；至古韻之學，謂之前無古人，後無來者，可也。原斯學所以能完密至此者，以其材料不過羣經諸子及漢、魏有韻之文，其方法則皆因乎古人用韻之自然，而不容以後說私意參

乎其間，其道至簡，而其事有涯，以至簡入有涯，故不數傳而遂臻其極也。』（註二十一）

至於黃以周六書通故的十九部，實際就是二十一部，東、冬之分依於孔氏，眞、文之分，依於段氏，不過緝、盍併合爲一部，和王氏不同。朱駿聲說文通訓定聲分十八部，大致依據於段氏，而參以王氏之說。張成孫說文諧聲譜本於其父張惠言，分二十部，除葉、緝二部相併外，其餘盡和江有誥之說相同。（註二十二）集清代古音學之大成的是章炳麟，他的古音學說，見於小學略說、二十三部音準諸篇，及文始等書。他的二十三部，以王念孫的二十一部爲基礎，幷參以孔氏東、冬分部之說，又從脂部分出隊部。他把平、上韻和去、入韻完全分開，也頗採取戴氏的理論。於是他的弟子黃侃承襲他的學說，更從廣韻裏考定三十二部『古本韻』，其中歌、戈、曷、末、寒、桓、痕、魂八韻，認爲以開、合分的，復使各自併合，共得二十八部：

陰聲八：歌　灰　齊　模　侯　蕭　豪　咍

陽聲十：寒　先　痕　青　唐　東　冬　登　覃　添

入聲十：曷　屑　沒　錫　鐸　屋　沃　德　合　怗

黃氏自己說這二十八部的設立，『皆本昔人，未曾以臆見加入』；茲錄其所本如左（註二十三）：

歌顧炎武所立	寒江永所立	曷王念孫所立
	先鄭庠所立	屑戴震所立
灰段玉裁所立	痕段所立	沒戴所立
齊鄭所立	青顧所立	錫戴所立
模鄭所立	唐顧所立	鐸戴所立
侯段所立	東鄭所立	屋戴所立
蕭江所立		
豪鄭所立	冬孔廣森所立	沃戴所立
咍段所立	登顧所立	德戴所立
	覃鄭所立	合戴所立
	添江所立	怗戴所立

可是這二十八部，雖然說是由綜合過去古音學家的學說而來，實際乃是從廣韻上切語的聲紐分別古今，因而考定牠們為古韻的；黃氏這種結論可以致疑的地方很多。（詳下節）我們只能說三百年來古韻分部的研究，可以推黃氏這二十八部最為詳密罷了；正如章氏小學略說所謂：『大抵前修未密，後出轉精；』並不應認為古韻分部上的定案的。黃氏的二十八部，實在只是把章炳麟的二十三部再加入聲錫、鐸、屋、沃、德五部；他自己說：『本師章氏論古韻二十三部，最憭慬矣；余復益以戴君所論，成為二十八部。』（註二十四）就是他承受了戴氏入聲諸部獨立的主張；可是蕭部的入聲仍沒有分立，因之黃氏晚年頗想改為二十九部。（註二十五）而章炳麟晚年發表的音論，（註二十六）又主張併冬於侵，改定二十三部為二十二。最近王力著上古韻母系統研究一文，（註二十七）也贊成冬、侵合併，又主張脂、微當分為兩部，謂入聲德、覺、屋、沃、鐸、錫諸部不應分立，於是定為古韻二十三部，就是：之、蒸、幽、宵、侯、東、魚、陽、歌、曷、寒、支、清、脂、質、眞、微、術、諄、侵、緝、談、盍。我們因此可以知道關於古韻分部的問題，到了最近，還未能得到完全一致的結論。

關於古音的字調問題，我們可以和古韻通轉及入聲分配的問題參合起來敘述。孔廣森繼承戴氏陰、陽相配之說，在詩聲類裏分陰聲九類、陽聲九類，兩兩相配，可以對轉。孔氏謂古音無入聲，入聲只是去聲的短音，所以把入聲諸部附麗於陰聲韻。只有緝合諸韻是閉口急讀的音，不能長言，沒有平、上、去三聲，而侵、談諸韻無陰聲可配，就不得不用緝、合諸入聲韻當做陰聲來和牠們相配。又孔氏說明陰、陽所以對轉，仍以入聲爲樞紐；他的學說很有含糊矛盾的地方。大概孔氏講陰、陽聲對轉，承認戴氏『有入之入與無入之去近』的話，而以入聲歸於去，又是依據於段氏『平、上爲一類，去、入爲一類』的話。後來章炳麟的成均圖，多採取孔氏這種學說，而又參以嚴可均的主張。嚴可均說文聲類的十六部，本來用以彌縫詩聲類而作，他這十六部，純粹分做陰、陽兩類；陰、陽各部得互相對轉，又因比近得相通，因比近的對轉也得相通。章炳麟立正轉、旁轉諸例，遠則承於戴氏，近卽襲取嚴氏之說。(註二十八)段、孔諸家，或以爲古無去聲，或以爲古無入聲，大抵主張古音裏並不完具四聲。到了江有誥，却以爲古音四聲完具，不過各字所讀的聲調和後代韻書上所規定的不合；於是又本段氏四聲不同今韻之說，作唐韻四聲正一書，重定古音上各字的四聲。江有誥又以爲古韻上非每部鑒定四聲，有幾部有平、上、去而無入聲的，有幾部有去、入而無平、上的，有只有平聲而無上、去、入的，有只有入聲而無平、上、去的。關於入聲的分配，江君一以九經用韻及形聲偏旁爲依據，他說『此部之入他部不能假借』，不贊成戴、段異平同入之論，所以也不主張陰、陽、入對轉之說。但是也立着通韻、合韻、借韻諸例，將段氏合韻之說加以修正，在應用上，仍不能廢棄古韻的進轉。（註二十九）王念孫也主張古有四聲的分別，把他的二十一部分爲二類：一類是皆有平、上、去而無入，一類是或四聲具備，或有去、入而無平、上，或有入而無平、上、去；就是一類是有入聲的，一類是無入聲的。所以王氏雖然沒有把陰、陽兩聲相配，而分無入之韻和有入之韻爲兩類，却是和孔廣森的學說暗相呼應。（註三十）夏炘古韻表集說，也依照江君，說古有四聲；黃以周六書通故上四聲的分配，和王氏也什九相同。至於張惠言，說古音本無四聲的區分，所謂輕重長短，只是求一時的諧和；和顧炎武古時四聲一貫平仄通押之說相合，而反對王念孫、江有誥古時四聲分別固定的主張。張氏入聲各部的分配，和王、江略同，而關於四聲的意見却大相反。張氏又有『正紐』『反紐』之說，以爲入聲短促，引而長之，就成爲平聲，這叫做反紐平聲；延長急收其音，便成爲入聲，這叫做反紐。他以爲平、入的分別，完全在音長的關係，以正紐、反紐來定平、入的分配，就是異平同入的原理，也是合韻、轉音之所由發生的。所以張氏很推崇段氏合韻之說，而爲陰、陽對轉之論助長聲勢。(註三十一)劉逢祿詩聲衍條例：『一、論古有四聲，辨孔氏無入聲之誤，』『二、論長言、短言、重讀、輕讀，辨段氏古無去聲之誤。』他主張古有四聲，而自有疆界不同今韻；和王念孫、江有誥之說，頗相類似。劉氏的分部，雖然很近於戴氏，而對於入聲的分配，多歸於陰聲；陽聲除侵、鹽外，都是無入聲的；和顧炎武的主張相合，而和戴氏陰、陽二聲同入相配之說異趣。不過劉氏也贊成段氏合韻之例，以爲異部相通，不外同入合用的道理；則和王念孫、江有誥的入聲分配，固定不移的論調，又不相同。(註三十二)大抵清代古音學家，對於古韻四聲及入聲分配問題，可分兩派：一派是顧炎武，把入聲諸韻分配於陰聲；王念孫、江有誥遵從其說，而又主張古時四聲完具；劉逢祿也近於此派。另一派是戴、段，異平同入之論；孔廣森就依據他們，分成陰、陽兩類，而以入聲爲兩者對轉的樞紐。章炳麟、黃侃是屬於戴、孔一派；王國維的五聲說，是屬於王、江一派。王國維謂：『陽聲自爲一類，有平而無上、去、入；』『陽聲一與陰聲平、上、去、入四，乃三代、秦、漢間之五聲。』他以爲古音四聲完具，只是屬於陰聲；陽聲不但沒有入聲，並且沒有上、去。他自己說：『余之五聲說，及陽聲無上、去、入說，不過錯綜戴、孔、段、王、江五家，而得其會通，無絲毫獨見參於其間。』其實王靜安這種說法，和戴、孔的學說相差很遠，和王、江二家頗爲接近；他不過把古音完具四聲，和陽聲無入的主張，加以推闡罷了。章炳麟的二十三部，雖然大體依照王念孫，而分爲陰、陽二類，講古韻通轉之理，却根據於孔廣森、嚴可均二家。章氏認定古音去、入韻和平、上韻塹截兩分，平、上韻無去、入，去、入韻亦無平、上。二十三部裏，既然分出平、上韻和去、入韻兩類，又平、上韻裏有陰、陽聲的分別，去、入韻裏也有陰、陽聲的分別。章氏也承認陰、陽聲的分別，完全爲收尾輔音的關係；不過他只認定古音入聲只有收[-p]的一類，沒有收[-k]、收[-t]二種；所以說：『泰、隊、至者，陰聲去、入韻也；緝、盍者，陽聲去、入韻也。』以爲緝、盍收脣而爲去，和侵、談同收，所以叫做陽聲去入韻，泰、隊、至收喉，和寒、諄、眞收聲不同，所以叫做陰聲去、入韻。又章氏以只有陽部爲『獨發鼻音』，以東、冬、蒸爲撮脣鼻音，青爲『上舌鼻音』；他以爲古韻上只有陽部是收[-ŋ]的，其餘東、冬、蒸、侵、談都是收[-m]的，青、寒、諄、眞都是收[-n]的。這種假定雖然也可以有一二事實上的證明，而和江、戴以來審音的學說，完全立異。

章氏又依他自己所分析的音列成一個成均圖，把二十三部分爲陰侈、陰弇、陽侈、陽弇四列，以魚、陽二部爲中軸之音，兼攝弇、侈；茲錄各部的序次如左：

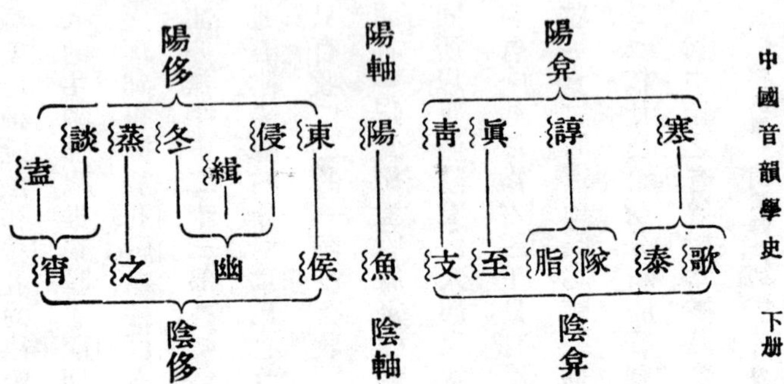
陽弇
寒
諄
眞
青
歌
泰
隊
脂
至
支
陰弇
陽軸
陽
魚
陰軸
陽侈
東
侵
緝
冬
蒸
談
盍
侯
幽
之
宵
陰侈

各部的通轉，章氏立出許多名目：二部同居的，叫做『近轉』；陰、陽相對的，叫做『正對轉』；同列相近的，叫做『近旁轉』；同列相遠的，叫做『次旁轉』；又從旁轉而成的對轉，叫做『次對轉』。魚、陽二部和陰侈、陽侈、陰弇、陽弇諸部，各得成『次旁轉』『次對轉』；所以說『兼攝弇、侈，與之交捷。』章氏又立了『交紐轉』和『隔越轉』二個變例，凡不是同列的各部，也得相轉。可以見得他立例很為繁瑣，而仍不能統概音義轉變的事實；所以正例之外，又有變例。（註三十三）江有誥寄段懋堂先生書，論到合韻云：『近者可合，以音相類也；遠者亦謂之合，則茫無界限，失分別部居之本意矣。』至於姚文田說文聲系自敍，更反對合韻和對轉之說，以為：

『段書諸部皆言合韻；里巷歌謠，天籟自發，音諧則用，詎識部居？故合韻之說，不可用也。孔氏又創為對轉之例；鄉曲一隅，脣吻互異，惟變所適，衆類僉同；故對轉之說，不可用也。』

姚氏以為一切音變，毫無軌跡可尋；漢儒釋經和諧聲之法，只是『聲相近』『聲之轉』兩種途徑，正不必立出許多繁瑣的例，而結果仍舊是茫無界限。姚氏的話，固未免說得過分一點，却很可以用來矯正嚴氏、章氏之說的。黃侃音略略例云：『古無去聲，段君所說；今更知古無上聲，惟有平、入而巳。』平聲分陰陽兩類；平、入之分，就是陰、陽、入之分。黃氏對於二十八部的配列，多依據于戴氏的聲類表；不過戴氏立着正轉、旁轉諸例，而黃氏却只承認陰、陽對轉一例，謂其餘章氏所列種種通轉之例，都可以用雙聲、疊韻的原理來賅括。音略略例云：『古音通轉之理，前人多立對轉、旁轉之名，今謂對轉於音理實有，其餘名目皆可不立。以雙聲、疊韻二理，可賅括無餘也。』錢玄同文字學音篇也說：『古音言語之轉變，由於雙聲者多，由於疊韻者少。不同韻之字，以同紐之故而得通轉者往往有之；此本與韻無涉，未可偏據以立旁轉之名也。』原來過去古音家所建立的韻部，無論怎樣的細密，總不能免除各部間相通的字音；因爲所根據的材料除了詩、騷及其他古書的韻語以外，又取徑於說文等書裏形聲字的系統，旁及於假借、讀若、聲訓之類；這些材料的本身上所顯示的語音，並非完全屬於同一的系統，其間彼此間還有時代的和地域的紛變的關係；所以從這些帶有混雜性的材料中間所歸納得來的音韻系統，在各個部類之間，自然不免有許多字音出入相錯。要解釋這種變異的現象，就由『合韻』之說進而爲『異平同入』之論，再進而列着『陰陽對轉』以及『正轉、』『旁轉』諸例。講陰、陽對轉的，大都主張古音四聲不具備；因爲陰、陽、入的分別，屬於韻素上收尾音的關係爲音色上絕對的區別，而四聲的分別，大部分屬於音調、音量等的變化，爲比較的相對的差別，當然前者較爲顯著，而後者較爲隱微；我們測定古音上韻素的種類，也當然要比測定字調的種類爲明確可靠。但是所謂陰、陽、入和四聲的分別，一般古音學家總是根據六朝以來所演成的切韻系統來觀察的；據最近所擬測的上古字音的『音値』知道周、漢時收尾音的種類，遠比切韻系統裏的要繁多；那末，依照韻素的收尾音部分來區分上古的韻部，是否仍用陰、陽、入的三類爲確當，已成疑問。而從上古音演變到了切韻系統，如許多收尾音的失落等等，我們要得到確切的解釋，又不能不假定音調、音量等的變化，原來在上古音裏也佔着很重要的成分。(註三十四)我們現在雖然還未能確定上古音裏字調的種類，而謂當時只有平、入之分，又已爲事實所否認了。

過去的古音學家又有一個通病，就是他們對於所分列的韻部太看得固定，以爲一個韻部，僅是包含一種『韻値』；於是對於許多穿錯變易的字音，不得不立着通轉的例；立例過繁，仍不能統概字音的轉變，又不得不委之雙聲相轉。錢大昕音韻問答立『雙聲假借』一例，幷有『聲隨義轉』之說，以爲一字原來可依雙聲轉而爲數音，正不必受韻部的拘束。我們在這裏要明瞭雙聲相轉的道理，就須講到古音上聲紐種類的問題了。在錢氏以前，如顧、江、戴、段諸家，往往注重古韻，而忽略了古紐問題。江永極尊信三十六字母，以爲不可增減，不可移易；(註三十五)戴震聲類表裏僅分二十紐，以影、喻、微爲同紐，又以疑雜於精、清、從和心、邪之間，不但不合古音，且不合於宋元的等韻，頗令人不解。(註三十六)到了錢大昕，始發明古今聲類有異；錢氏十駕齋養新錄卷五有古無輕脣音說，以明古音非、敷、奉、微四母皆讀入幫、滂、並、明四母；又有舌音類隔之說不可信一篇，謂：『古無舌頭、舌上之分，知、徹、澄三母以今音讀之，與照、穿、牀無別也。求之古音，則與端、透、定無異。』又謂：『古人多舌音，後來多變爲齒音，不獨知、徹、澄爲然。』又音韻問答及養新錄卷五謂古音影、喻、曉、匣四母多相混無別，而和見、溪諸母也沒有顯然的區分。章炳麟謂：『審紐莫辨乎錢，』他論古音聲紐及雙聲相轉，多本於錢氏。章氏更作古音娘日二母歸泥說一篇，謂：『古音有舌頭泥紐，其後支別，則舌上有娘紐，半舌、半齒有日紐，於古皆泥紐也。』又新方言卷十一謂：『精、清、從、心、邪本是照、穿、牀、審、禪之副音；』也主張正齒、齒頭二組古亦不分；於是斷定古音僅有喉、牙、舌、齒、脣、半舌六組。古雙聲說裏說：

『古音紐有舌頭，無舌上；有重脣，無輕脣；則錢大昕所證明。娘、日二紐，古並歸泥，則炳麟所證明。

正齒舌頭慮有鴻細，古音不若是繁碎，大較不別。齊、莊、中、正，爲齒音雙聲；今音「中」在舌上，古音「中」在舌頭；疑於類隔舌、齒有時旁轉；錢君亦疏通之矣。此則今有九音，於古則六，曰：喉、牙、舌、齒、脣、半舌也。』

黃侃承章氏之學，又從廣韻切語上所定的四十一聲類，分爲『今變聲』和『古本聲』；又從『古本聲』考得三十二『古本韻』，更從這三十二『古本韻』考得古音聲紐十九類。（參看下節）

章氏菿漢微言說這是音韻學上的一個發明：

『黃侃云：歌部本爲元音；觀廣韻：歌、戈二韻音切，可以證知古紐消息；如非、敷、奉、微、知、徹、澄、娘、照、穿、牀、審、禪、喻、日諸紐，歌、戈部中皆無之，即知古無是音矣。此亦一發明。』

茲錄黃氏所定古十九紐如下表：（他說『凡旁注者，古音所無』）

喉音	牙音	舌音	齒音	脣音
影（爲、喻）	見	端（知、照）	精（莊）	幫（非）
曉	溪（羣）	透（徹、穿、審）	清（初）	滂（敷）

匣　疑　定（澄、神、禪）　從（牀）　並（奉）

泥（娘、日）　心（邪、山）　明（微）

來

黃氏這古音十九紐之說，可以懷疑的地方很多：第一、清代對於古韻的研究，愈到後來，分部也愈細密；只是古紐的研究，自從錢大昕到章炳麟，再到黃氏，分紐愈趨愈少。他們只是於後代的聲紐上求其合，而不求其分。關於這一點，林語堂曾經批評過，以爲他們『於合併古紐，既未得其分出今紐的條件，而所根據以爲合併之理由，也不外乎數紐古時之通用而已。如果承認「通用」卽是同音，就韻母的通用（合韻）正又不少，結果只須把古韻分成苗夔的七部完事，何必分爲二十幾部呢？從這一點，已可看見古聲母研究的方法及成績，都比韻母研究的成績方法幼稚疏陋的多。』（註三十七）因爲現在所能利用的研究古音的材料，如詩經用韻及說文形聲字等，大都便於古韻的研究，而不便於古紐的測定，所以古音中已經遺失的聲紐和複輔音的問題，爲往時古音學家所未曾注意到的。（註三十八）第二、黃氏從廣韻裏的切語來推測周、漢的古音，利用所謂『古本韻』和『古本聲』來互相證明，自身已陷於循環論證的謬誤，而且把周、漢古音的系統混入於隋、唐的韻書，好像認廣韻的二百六韻單爲是表明古今音變而設的；我們要知道研究古音只可以用後代的韻書做比較的標準，以表明古今音韻變遷的痕跡，總不能以廣韻爲直接測定古音的材料；所以黃氏的十九紐之說，不能令人置信。因爲古音聲紐的未曾明瞭，所以對於雙聲相轉的理論，尤多牽強附會之談；他們所併合成功的古音聲紐當中，在各類間，仍有許多變異的事例，於是又發生章炳麟的古雙聲說，他說：『類隔舌、齒有時旁轉；』『喉、牙二音，互有蛻化；』又謂：『喉、牙足以衍百音，百音亦終輒復喉、牙；』他立了同紐的『正紐雙聲』和同類（就是發音部位相同的各組、各紐）的『旁紐雙聲』二例以外，又因喉、牙音的字往往和舌音、齒音、脣音的字，可以相通，就假定喉、牙爲人生的元音，舌、齒、脣諸音，有時遒斂爲喉、牙，喉、牙有時也發舒爲舌、齒、脣。要是我們認定古音裏原來有複輔音的組織，和許多字音原來具有起首輔音，後經失落了一部分或全部分而起的單純化的現象，那末章氏這種理論就根本不能成立了。總之過去古音學家對於所運用的材料，處置得不很精密，對于實際語音演變的現象，也未能有明確的認識，因之他們所得到的成績，只是使我們知道周、漢間一些字音原來有同音或雙聲疊韻的關係，而終不能明瞭當時實際語音系統的內容。研究古音，固然於『考古』之外，須注重『審音』，而在審音時，尤須抱定時、地的觀念深切認識語音演變的事實，切不可憑着韻書和等韻上研究的結果以爲直接測定古音的根據；這樣才不致把後代的語音系統混入於古音當中。

本節附註：

（註一）參看拙著中國古音學（商務印書館出版）第二章。

（註二）見顧氏音學五書卷首。

（註三）參看四庫總目韻補提要。

（註四）參看拙著中國古音學第三章。

（註五）見四庫總目韻補提要。

（註六）參看拙著中國古音學第五章，及第六章。

（註七）見江氏古韻標準例言。

（註八）參看拙著中國古音學第七章。

（註九）參看王力中國音韻學下册第三編第二十七節，及拙著中國古音學第八章。

（註十）參看林語堂支脂之三部古讀考（載中央研究院歷史語言研究所集刊第二本第二分，亦載語言學論叢）一、支脂之古分三部發明的歷史。

（註十一）見六書音均表三。

（註十二）見戴氏答段若膺論韻（載聲類表卷首）。

（註十三）見戴氏答段若膺論韻。

（註十四）見戴氏答段若膺論韻。

（註十五）見戴氏聲韻考及答段若膺論韻。

（註十六）見廣倉學宭第四册。

（註十七）參看拙著中國古音學第十二章及第十三章。

（註十八）參看拙著中國古音學第十七章。

（註十九）參看王力中國音韻學下册第三編第三十二節，一〇七——一〇八（註二。）

（註二十）茲錄夏氏表中所列詩經用韻之字如左：（原表分四聲排列，今改爲雜列。）

之部第一、

䑛絲治訧䆎來思淇姬謀尤蚩丘期媒塒佩貽鋂偲其梅裘騏貍臺萊基時矣箕詩僛郵牛牒飴黽秠齋駓才采友否母苡有趾子沚事汜以悔李裏已久耳齒止俟右婦玖涘里杞洧士晦喜畝屺鯉耜載祉芑試仕殆宰史使負似恃梓在恥紀起秄敏薿忌改祀杯忌海鮪舊異背痗疚富克服備戒能識食誨囿伏字螢式寺倍熾福得側特麥北弋極德國飾力直革緎息襋棘輻億稷域式牧飭急則奭菑意蜮侑敕或穡蟦賊黑匿色亟匐嶷慝塞織馘。

幽部第二、

鳩洲逑流求逵仇休讎售漕悠滺遊昴裯猶舟憂游救陶翻脩歎淑軸好抽膠瀟瘳滔慆聊條周收輈袍矛綢綠遒莍椒蜩茅裒柔蘖醻浮醜酒妯觩幽炮孚臭頪叟蹂曹牢匏酉劉騷苞優囚搜球旒包誘手老軌牡埽道狩鴇首阜鼬茂栲杻考保盞飽缶皓懰受慅棗稻壽蚤韭臭皓罶草戊禱卯擣昊莠柳蹈寶蓼朽茆鳥冒報宿匊篤燠薁菽畜復奧蹙戚俶迪夙簫穆。

宵部第三、

夭勞旄敖驕鑣朝桃瑤苗搖消麃喬遙漂要忉儦殽謠號巢苕膏曜飄嘌鴞譙翹嘵蒿昭恌傚旐悄囂敖刀膋鎬教瀌高寮笑薨藻潦小少摽皎僚沼弔罩炤盜廟貌耄到籥翟爵藥鑿襮沃櫟駮的濯翯躍熇削溺。

侯部第四、

婁駒姝隅躕驅侯殳濡渝樞榆芻逅株諏趨越揄愚笱後枸楰耇瘉口愈侮樹數厚主醹斗后咮蠨豆醧具孺餱奏祿裕饇取木附屬欲句鋟漏覯谷角族屋獄足樕鹿束玉讀辱曲賣櫝穀霂穀粟僕椓卜濁霖渥綠局沐獄。

魚部第五、

砠瘏痡吁華家罝夫牙車葭豝乎虞居諸虛邪且狐烏旟都瓜瑕蘇闍荼蘆娛著素渠餘輿壺苴樗据租胡膚瑕帑圖塗書魚徒辜鋪幠舍盱廬菹蒲屠胥譽舒與沮瞿袪徂呶楚馬筥釜下處渚輔阻暑莒祜紓羽野雨土顧苦怒虎舞組五予甫許滸父武舉所鱮鼠黍戶者杜湑踽栩盬怙禦鼓夏紵語宇股圃稼蕡羜酤暇寫旅午夒寡祖堵扈羖鯆斝御若賦昇脯圉助補茹吐吁噳浦緒虜稌瞽虞蝦秬膂露夜據愬故射瞿莫路蔆惡洳度岵除固庶作穫去芋据柘禡呱訏豫呼鷺裕斁落石席蓆擇伯薄鄭夕澤戟駱奕舄繹宅錯蠹客閣橐懌踖炙格酢白柏赫獲郭咢籍貊螫柞維逆諸尺昔恪。

歌部第六、

皮紽蛇沱過歌爲何離施河儀他伽佗宜猗磋磨阿蓏靡羅罹吪麻嗟加吹和多差娑池陂荷縭嘉錡鯊椅莪駕馳破羆議訛瘥左俄傞那沙可犧瑳掎我拖禍可哆侈地瓦賀佐。

支部第七、

支觿知斯枝提伎雌易祇篪卑疷圭攜辟刺晳翟鬄揥易帝椑適益謫簀錫甓鷊惕鶪績蹐脊蜴蹢剔解髀狄。

脂部第八、

萋飛喈歸私衣嵬隮鷽懷桑綏枚飢祁薇悲夷微靁遲違譏霏妻姨葵脂躋犀眉畏晞崔淒湄躋坻師隮蓍騑騤依腓哀氏維呲迷底鷖階伊儕資壞黎推鄘齊鴟追祇圍威尾煨邇瀰鷕非體死薺弟泲禰姊煒美指禮瀰偕火葦毀几韡鱧旨泥豈矢兕醴罪七砥履視穉爾妣秭皆肆棄壁謂潰紕四畀濟洟悸醉穗醉季痵比佽棣檖萃惠戾屆闋瘁淠蔚穧利駟愛妹謂翳對穟匱位溉內退僾逮隧悖替濟出卒述律弗沒茀仡肆忽拂。

至部第九、

至嚏疐疾實室袺襭七吉節日栗漆瑟穴即盡慄穟結一垤窒恤徹逸血珌設抑畢瓞密瑟挃櫛秩匹。

祭部第十、

敗憩拜脫帨吠厲揭蘖邁衞害逝帶艾外噦濊肺晢殺蔕旆歲晣嘒勩秣嘒愒瘵蠆世祓兌駾茷栵大蹶惙伐茇闊活月佸桀說

渴達闕濊發孽竭葛闥閱雪偈烈褐滅烕舌撮髮軷撥幭奪傑越截鉞曷蘖。

元部第十一、

干言歎展袢顏媛澗寬垣關漣還乾瑞園檀餐還閒肩儇鬈閑廛貆旃然焉菅簡卷悁冠欒摶原山軒憲巘安幡怨儺樊反僊遠

燔巘連嫄繁宣巘單殘藩番嘽完蠻典禋駽燕丸虔梴轉選管洒浼鮮僩亶諼阪溥願踐愆嬋痯諫板癉亶簡鴈旦泮晏怨岸館

粲慢孿彥爛渙婉孌丱貫亂訕衎霰宴喙援羨鍛澗衍翰漢難。

文部第十二、

詵振麕春緡孫門殷貧艱奔君啍隕漘昆聞諄雲存巾員綸輪淪囷鶉飧羣錞恩勤閔晨煇旂犉云慇塵痻雰芹麏薰欣芬辰川

焚遯濆純耘訓先墐忍殄盼順問慍壼允。

眞部第十三、

蓁人蘋濱淵身洵信薪榛苓天零田千姻命申仁榛顚令粼鄰年駰均詢闐親臻陳翩臣賢甸賓矜民玄莘堅鈞旬塡泯燼頻神

領盡引電。

耕部第十四、
縈成丁城盈星征鳴旌青瑩聲清庭營名正甥菁姓買苹笙平甯嚶生嚶聽鶯楹冥定醒政程經爭楨屏靈涇馨刑傾牲甗蠲敬
聘冥頻騁。
陽部第十五、
筐行岡黃觥傷荒將方裳亡頏良忘鏜兵臧涼雱央防襄詳長唐鄉姜上疆兄堂京桑蘦狂湯爽杭望梁陽簧房牆揚彭旁英翔
明昌光瀼狠蕩蹌霜嘗常楊蒼魴牂煌稂庚斯場饗羊皇享王剛遑藏貺衡瑲珩祥牀喤痒盟漿章箱傍享祊慶倉炳仰抗張讓
商伉璋相喪康糧囊卬綱卿螗饔尚腸粻鏘錫洸罔穰鶬芒香莊廣泳永養景掌往競梗兩向。
東部第十六、
僮公墉訟從縫縱東同雝蓬豵封庸容罿凶聰松龍充童雙功濛顒攻龐調饔傭訩誦邦用邛共空重恫衝樅鏞鐘廱豐莽訌彤
邕勇廱幪唪動竦總控送丰巷。
中部第十七、
中宮蟲螽忡降襛冬窮沖躬戎濃融終潨宗崇仲宋。
蒸部第十八、
薨繩掤弓夢懵升朋興增恆崩承懲雄兢肱勝騰冰陾登馮滕膺。
侵部第十九、

林心三風音南甚耽衿欽駸陰岑琴湛駸諗僭壬煁男飲諶譖臨深琛綅黮簪寢錦甚枕。

談部第二十、

嚴噞惔談斬監涵讒甘餤藍襜詹檻炎敢菼巖玷貶濫。

葉部第二十一、

葉涉韘甲業捷。

緝部第二十二、

揖蟄及泣溼合軜邑隰翕濈集楫入輯洽。

（註二十一）見王氏觀堂集林卷八。

（註二十二）參看拙著中國古音學第十四、第十五、第十六章。

（註二十三）見黃氏音略。

（註二十四）見黃氏音略。

（註二十五）參看黃永鎭古韻學源流（商務印書館出版）；聞黃永鎭二十九部之說，即爲黃侃晚年的主張。又劉盼遂黃氏古音二十八部商兌又有古韻二十六部之說（文字音韻學論叢二七五——二九〇頁）。

（註二十六）載光華大學中國語文學研究（中華書局出版）。

（註二十七）載清華學報第十二卷第三期。

（註二十八）參看拙著中國古音學第十二、十三、十八章。

（註二十九）參看拙著中國古音學第十四章。

（註三十）參看拙著中國古音學第十五章。

（註三十一）參看拙著中國古音學第十六章。

（註三十二）參看拙著中國古音學第十七章。

（註三十三）參看拙著中國古音學第十八章。

（註三十四）參看下章第二節及拙著中國語音系統的演變（載曁南學報第一卷第一號）二二五——二二六頁

（註三十五）見江氏四聲切韻表凡例。

（註三十六）參看王力中國音韻學下册第三編第二十九節五六頁。

（註三十七）見林氏語言學論叢古音中已遺失的聲母四五頁。

（註三十八）參看拙譯高本漢漢語詞類（商務印書館出版）一〇一——一〇六頁，及林語堂語言學論叢古有複輔音說及古音中已遺失的聲母。

第二節　近代對於『廣韻』的研究

我們在上節裏所敍述的『古音學』的歷史，是指諸家對於周、漢上古音的研究；過去往往把周、漢上古音稱爲『古音』，而把六朝、唐宋間的語音稱爲『今音』；所謂今音並不是指現代普通的音讀。段玉裁云『古今者不定之名也。三代爲古，則漢爲今；漢、魏、晉爲古，則唐宋以下爲今。』（註一）他們以周、漢的上古音爲『古』，就以六朝、唐宋的古音爲『今』了。代表六朝、唐宋間的古音的，就是切韻一系的韻書；他們對於這一系的韻書也往往稱爲『今韻』。其實對於這一系韻書的研究，在某種廣義上，也可以劃入古音學的範圍；而且依據過去的歷史看來，研究周、漢上古音的，一方面『借今韻離合以求古音』，（註二）一方面又往往利用他們分析『今韻』的結果，以爲古音學的參證。所謂今韻韻書完存於世的既然以廣韻爲最古，（註三）所以近代對於廣韻的研究，我們在這裏講到了古音學也應該把牠的經過附帶的敘述一下。廣韻的二百六韻，是沿襲陸法言綜合古今、南北以爲分韻的宗旨而來，牠的內容也大體上保存了陸、孫諸書的面目；因之過去的音韻學家，往往就認廣韻爲切韻、唐韻。陸、孫諸書，在當時雖然很流行於社會，而因包羅古今南北的語音，分韻既繁，以輕、重、清、濁辨韻的意義，又不易使人瞭解；（註四）因之唐、宋以來，就對牠們發生一種『音同韻異』之說。李涪刊誤謂切韻『有字同一聲，分爲兩韻。』陳振孫書錄解題亦云：『韻書肇於陸法言，於是有音同韻異；若東、冬、鍾，魚、虞、模，庚、耕，清、青，登、蒸之類。』到了清代，才有幾個學者覺得這種說法的不對。江永說：

『廣韻本之唐，唐又本之隋；其原蓋自六朝創之。平聲五十部，上聲五十五部，去聲六十部，入聲三十四部，凡二百有六部。分類細入毫芒；韻之相似，如東、冬、鍾，支、脂、之，當分而不可合，必有其所以然者。』（註五）

既然認定各韻應當有分別，那就要推究其分別的所以然了。我們在第六第七兩章裏曾經說明等韻學上所謂開、合、等呼的分別，起源於隋、唐的時候；陸、孫諸人所謂輕重、清濁，就是指這種開、合、等呼的分別；七音略、韻鏡諸書也是起源於唐代，而用來分析切韻一系韻書的音讀的。因之依據宋、元等韻學派所分列的開合等第來考察廣韻，對於其中音韻的部類，很可以得到許多的解釋。戴震云：

『鄭樵本七音韻鑑爲內外轉圖及元劉鑑切韻指南，皆以音聲洪細別之爲一、二、三、四等列，故稱等韻；各等又分開口呼、合口呼，卽外聲、內聲。……其說雖後人新立，而二百六韻之譜，實以此審定部分。』（註六）

江永作四聲切韻表謂『依古二百六韻，條分縷析，別其音呼等第』（見凡例）表裏各韻分開口、合口二呼外，又注明一、二、三、四的等第。戴氏考明了二百六韻同用、獨用、四聲的舊目，（註七）又作聲類表，開合也各爲四等，和江氏四聲切韻表相同，不過以『內外』和『輕重』的名稱來代表等第罷了。戴氏更以『外聲』名開口，『內聲』名合口；茲錄他所論各韻的等呼於左：

『廣韻上聲二腫湩字下云「此是冬字上聲。」蓋昔人論韻，審其洪細，爲一、二、三、四等列。如平聲二冬、十一模、十五灰、二十三魂、二十六桓，全韻皆內聲一等；十六咍、二十四痕、二十五寒、六豪、七歌、二十二覃、二十三談，全韻皆外聲一等。十九臻、五肴、二十六咸、二十七銜，全韻皆外聲二等。二十文，全韻皆內聲三等。二十八嚴、二十九凡，全韻皆外聲三等。三蕭、二十幽、二十五添，全韻皆外聲四等。上去入大致準此。餘韻或主辨等，兼內聲、外聲爲一韻。如十一唐、十七登及十四泰，一等；三江、十三佳、十四皆、二十七刪、二十八山、十三耕及十七夬，二等。八微、十二齊、二十二元，三等。一先、十五青，四等。並兼內聲、外聲，上、去、入準此。或因字少不煩別出，則兼數等爲一韻。鍾韻兼三等、四等，腫韻之三等、四等字爲鍾之上聲；惟湩、鳩二字屬一等，爲冬之上聲；以字少不別立部目。

又臻、櫛二韻無上去聲字者，其上、去聲字在隱、焮二韻內；臻韻、櫛韻並二等，欣韻、迄韻並三等，惟上聲隱韻、去聲焮韻兼二等、三等，其二等𧤏、齔等字，即臻、櫛二韻之上、去也；亦以字少，不別立部目。』（註八）

江氏、戴氏的書，可以說是以等韻來考析廣韻二百六韻，最爲詳密的。可是開口各分四等，後代學者往往不明牠們所以分析的理由；如章炳麟、黃侃等竟以爲開、齊、合、撮四呼之外，再沒有其他可以分別的音了，這是依據明、清等韻學派的分等標準來批評宋、元學派的，（註九）就謂開、合各分四等『原其爲是破碎者，嘗覩廣韻、集韻諸書分部繁穰；不識其故，欲以是通之爾。』（註十）這樣武斷的論調，毫不足以毀損江、戴諸書的價值。但是純粹依據等韻學理來分析廣韻，還是不能完全明瞭其中分韻的理由。戴氏答段若膺論韻云：

『僕因究韻之呼等，一東內一等字與二冬無別，六脂內三等字與八微無別，十七眞二等字與十九臻無別，十七眞、十八諄內三等合口呼與二十文三韻皆無別，眞韻內三等開口呼與二十一殷無別，二十七刪與二十八山無別，二仙內四等字與一先無別，四宵內四等字與三蕭無別，十二庚內二等字與十三耕無別，十二庚、十四清內三等開口呼兩韻無別，清韻內四等字與十五青無別，十八尤內四等字與二十幽無別，二十二覃與二十三談無別，二十四鹽內四等字與二十五添無別，鹽韻內三等字與二十八嚴、三十九凡三韻皆無別，二十六咸與二十七銜無別，其餘呼等同者音必無別。』

這是因為宋元等韻表的組織，雖多原本於唐人的作品，而必定陸續的加以改訂，所以內容上已經有很多改從了宋後的音；(註十二)最初的等韻作品因拘守定型，是否能和陸氏切韻等書的內容完全密合，已經可成疑問，而以現存的宋元等韻表來考察這種依據隋唐人所定的二百六韻，當然又因實際語音混同和單純化的結果而發現有『音同韻異』的現象了。戴氏當時沒有從這種實際語音的演變上去作進一步的探究，就貿然以為『呼等同者，音必無別。』音既無別，何以分為異韻？戴氏的結論，只是『蓋定韻時有意求其密，用意太過，強生輕重。』我們在上節裏說到江、戴研究周、漢的上古音，已經可以知道他們常喜根據等韻學說來作主觀的演繹，對於廣韻的研究，也不免有此種弊病；結果就是指斥陸、孫諸人的分韻為『強生輕重』了。

後來陳澧就改用客觀的歸納方法，不從等韻的途徑來研究廣韻，他以爲利用宋、元的等韻表來考析隋、唐人所定的韻書，總不免是『自爲法以範圍古人之書，不能精密也。』（註十二）他實在覺得江、戴所謂審音只是用後人的系統來範圍古人，總免不了主觀演繹的危險；所以研究廣韻，須純粹從牠本身的材料作一種客觀的考據。陳氏作切韻考，『惟以考據爲準，不以口耳爲憑；必使信而有徵，故寧拙而勿巧。』（註十三）他用切語『系聯』的方法，要想從廣韻裏考析陸氏切韻的聲紐和韻類；切韻考自序云：

『音隨時變，隋以前之音至唐季而漸混；字母、等子以當時之音爲斷，不盡合於古法。……澧謂切語舊法當求之陸氏切韻；切韻雖亡而存於廣韻。乃取廣韻切語上字系聯之爲雙聲四十類；又取切語下字系聯之，每韻或一類或二類或三類、四類；是爲陸氏舊法。』

切語用字凡是有『同用』『互用』『遞用』的，都得系聯爲一類；這是依反切而確定其爲同類的。又據廣韻『同音之字不分兩切語』之例，因是推知『其兩切語下字同類者，則上字必不同類；』『上字同類者，下字必不同類；』這是依反切而證明其爲異類的。茲錄陳氏切韻考條例所言如左：

『切語上字與所切之字爲雙聲，則切語上字同用者，互用者，遞用者，聲必同類也。同用者，如冬、都宗切，當、都郎切，同用都字也；互用者，如當、都郎切，都、當孤切，都當二字互用也；遞用者，如冬、都宗切，都、當孤切，冬字用都字，都字用當字也。今據此系聯之爲切語上字四十類。』

『切語下字與所切之字爲疊韻，則切語下字同用者，互用者，遞用者，韻必同類也。同用者，如東、德紅切，公、古紅切，同用紅字也；互用者，如公、古紅切，紅、戶公切，紅公二字互用也；遞用者，如東、德紅切，紅、戶公切，東字用紅字，紅字用公字也。今據此系聯之爲每韻一類、二類、三類、四類。』

『廣韻同音之字不分兩切語，此必陸氏舊例也。其兩切語下字同類者，則上字必不同類，如紅、戶公切，烘、呼東切，公、東韻同類，則戶、呼聲不同類；今分析切語上字不同類者，據此定之也。上字同類者，下字必不同類，如公、古紅切，弓、居戎切，古、居聲同類，則紅、戎韻不同類；今分析每韻二類、三類、四類者，據此定之也。』

陳氏這種切語系聯的方法純粹是採取客觀的歸納，頗爲近代構擬某種音韻系統者所取法；如上面幾個章節裏所舉到的黃淬伯慧琳一切經音義反切考、白滌洲集韻聲類考、劉文錦洪武正韻聲類考等大都是依倣於陳氏的。陳氏應用這種方法的結果在聲紐方面，於三十六字母當中，除明、微合併外分出莊、初、神、山、於（即爲類）五類，共爲四十類；這五類的分出，便是他在音韻學上的一個貢獻。（註十四）在韻類方面，考定二百六韻爲三百十一類，不但這二百六韻應當有分別，而每韻有二類、三類、四類的，也原來有分析的理由；他說：『陸氏分二百六韻，每韻又有二類、三類、四類者，非好爲繁密也；當時之音，實有分別也。』（註十五）這顯然是他和戴氏的態度不同處。可惜陳氏書裏沒有完全採用他所定的正規的方法，他所考得的聲紐四十類，並非純粹由於切語系聯的結果，還參雜一些變例，有原來不相系聯而依『一字兩音』的『互注』切語來定爲同類的。切韻考條例云：

『切語上字既系聯爲同類矣，然有實同類而不能系聯者，以其切語上字兩兩互用故也。如多、得、都、當四字，聲本同類，多得何切，得多則切，都當孤切，當都郎切，多與得、都與當兩兩互用，遂不能四字系聯矣。今考廣韻一字兩音者，互注切語，其同一音之兩語，上二字聲必同類。如一東、凍、德紅切，又都貢切；一送、凍、多貢切，都貢、多貢同一音，則都、多二字實同一類也。今於切語上字不系聯者而實同類者，據此以定之。』

可是他又沒有完全兼據這種變例；如果完全兼據這種變例，原不相系聯而統統定爲同類，那末所剩的不到四十類了。例如語韻褚、丑呂切，又張呂切；同韻褚、丁呂切；可見「張」和「丁」是同類；又陽韻長、直良切，又丁丈切；養韻長、知丈切；可見「丁」、「知」二字是同類。這些陳氏都沒有顧到。依後人的研究，如果完全依據變例合併起來，只有三十三類了。（註十六）據近人的意見，一字兩音而互注的切語，正是用來表明古今南北音讀的紛變，因爲切韻一系的韻書，包羅有各種不同的音讀系統，所以在切語當中也用來表明音讀的歧異，有「本音」的切語，有「又音」的切語。本音和又音未必屬於同一的系統，凡是本音的切語不相系聯的，便是音系裏不相混的各類，不得根據又音的切語強使合併。（註十七）我們現在考析廣韻的聲紐，應當純粹採用切語系聯的方法，凡是陳氏依據一字兩音互注的切語來併合的，都應當順牠們的本然，一一分開，結果，共有四十七類。（註十八）所以陳澧所考得的四十類，現在已經爲學術界所不取了。至於他所定的三百十一韻類，也並不是完全依據於切語下字系聯的結果，也有不相系聯而依四聲相承之韻以定其分類的；（註十九）現今學術界所公認的廣韻二百九十韻類，乃是參用切語下字出現次數的統計方法而得；（註二十）也可因以知道陳氏的研究，只是開後來的法門，他所得的結果，便不完全可靠。又對於切韻一系韻書的源流演變，陳氏當時因爲切韻、唐韻和王仁昫刊謬補缺切韻的殘卷尚未發現，還是認定隋、唐韻目和廣韻並無二致，他說：『廣韻平、上、去、入二百六韻，必陸氏之舊也。』（註二十一）淸代學者，如顧炎武、段玉裁，看見顏元孫干祿字書和夏竦古文四聲韻等書，已漸漸覺得唐、宋的部次有異；錢大昕始根據魏鶴山唐韻後序及徐鍇說文解字篆韻譜等書，斷定廣韻和唐人韻書分部及次第都有異同。（註二十二）直到近年的王國維，才因爲得到直接的材料，考明了隋、唐以至宋人韻書因革的史實。（註二十三）不但如此，廣韻的切語及反切用字，也和隋、唐韻書並不完全相符合；（註二十四）因之陳氏書名爲切韻考，至今也還有斟酌的餘地。總之：陳氏對於廣韻一書，深深下了考據的功夫，在積極方面，只是啓導後人以研究的方法，在消極方面，却又明白表示宋、元等韻學理和組織的不合於韻書反切。陳氏切韻考外篇列着二百六韻分併爲四等開合圖攝，自謂於等韻之學『著其源委而指其得失；明其本法而祛其流弊。』（註二十五）茲錄他的結論如左：

『廣韻切語有一韻一類者，有一韻二類、三類、四類者，以相近之韻合計之，有多至十三、四類者。

等韻家則限定四等；有開口、合口，則限定開、合各四等。如魚、虞、模三韻，皆一類，當分三等耳；而等韻家則以模韻爲一等，魚、虞皆分析爲二等、三等、四等。又如元、寒、桓、刪、山、先、仙七韻共十三類，雖分開口、合口二圖，亦不能每圖只四等也；而等韻家亦限於四等。又如東、冬、鍾三韻，東二類，冬、鍾皆一類，共四類，適可分四等矣；而等韻家則以冬韻爲一等，鍾韻爲三等，東韻則析之爲一、二、三、四等，皆不依切語下字分類。』（註二十六）

我們講過宋、元等韻學派所分列的洪、細的等第，實際並不必限定是四等；可是初期的等韻家因爲受了四聲表格的影響，拘牽定型，就只列成四等。（註二十七）以固定的形式來適合實際繁複的語音系統，當然有許多相出入的地方；陳氏在這裏表明切語上的韻類和宋、元等韻學上所分等第不相符合，又包含着時代的關係，所謂『自爲法以範圍古人之書，不能精密也；』就是依據現存的宋、元等韻表以考察隋、唐人所定的韻書，結果像江、戴那樣詳密的研究，還是有許多不能解釋其中分析的理由。所以陳氏『惟以考據爲準，不以口耳爲憑，』純粹從廣韻切語上作客觀的歸納在切語上應分爲各類，即使在等韻學上不能解釋其分析的理由，也應認爲本來有分別的。章炳麟對於陳氏這種學說，曾經發表如下的一種批評：

『夫其開闔未殊，而建類相隔者，其殆切韻所承聲類、韻集諸書，丵嶽不齊，未定一統故也；因是析之，其違於名實益遠矣。』(註二十八)

章氏因為切語上的韻類不能以開闔的音理來分，就致疑於陸氏『捃選精切，除削疏緩』的書為『未定一統』；這正是陳澧所謂『自為法以範圍古人之書』了。

不料章氏弟子黃侃又據陳氏的三百十一類，依開、齊、合、撮四呼，併析為三百三十九類。例如支韻，陳氏考定為四類，以只有齊、撮二呼，於是併為二類；戈韻，陳氏考定為二類，以有合、齊、撮三呼，於是析為三類；麻韻，陳氏考定為三類，以有開、齊、合、撮四呼，於是析為四類；這樣又併析為三百三十九類。(註二十九) 因為章、黃諸氏不承認有開口四等、合口四等的分別，所以考析韻類的開、齊、合、撮，是依據於李元音切譜所注的廣韻二百六韻的開、合、正、副。可見他們是用明、清等韻學派的音理來併析廣韻的韻類，無論和切語上的證據相合與否，總是以現代的音讀系統來推測隋、唐的韻類；比之江、戴的學說，令人置信的程度，更不可以道里計了。(註三十) 黃氏又把他所定的開、齊、合、撮的三百三十九類，歸併成爲二十三攝(註三十一)純粹依據明、淸等韻學派的學理幷參合現代的一些音讀系統來規定說明；雖然對於陰、陽、入三類和收尾輔音各類的分別，大致和切韻的語音相合，而其他韻素上的種種推測，自然很多不符於古讀；最近學者所擬構的隋、唐音讀，足以證明黃氏假定的許多錯誤。(註三十二)而且依黃氏所規定的，凡是異韻而在同攝之內，呼等相同的，又不得不說是『音同韻異。』例如支、脂、微、齊、諸韻依黃氏所定，同爲依攝的齊、撮呼；魚、虞兩韻同爲烏攝的撮口呼；尤、幽兩韻，同爲謳攝的齊、撮呼；豪、肴兩韻，同爲熝攝的開、合呼；咍、佳、皆三韻同爲哀攝的開、合呼；寒、刪、山和桓、刪、山同爲安攝的開合呼；先、元、仙同爲安攝的齊、撮呼；江韻和唐韻第二類，同爲鴦攝的合口呼；鍾韻和東韻第二類，同爲翁攝的撮口呼；……凡此都是認爲音讀相同的韻。戴氏依宋、元等韻學理來研究廣韻，結果有許多『呼等同者音必無別，』就指斥陸氏的『強生輕重；』黃氏却不然，對於他所認爲音讀相同的韻以爲在韻書中所以立爲異部異類的，乃是用來表明古、今音的變異；這種主張也是啓發於江氏、戴氏及章炳麟的。(註三十三)黃氏就把二百六韻和他所定的三百三十九類，那一個是『古本韻，』那一個是『今變韻，』一一分開來了。(註三十四)他把陳氏切韻考所定廣韻聲紐四十類，加以明、微的分別，定「今音」聲紐爲四十一類；又據錢、章諸氏研究「古音」聲紐的結果，發現廣韻切語當中，在所謂「古本韻」裏只有古紐而不雜有今紐，考定了「古本聲」十九類，「今變聲」二十二類。（註三十五）更依這種「古本聲」、「今變聲」的分別來辨認「古本韻」和「今變韻」：凡韻部裏切語但有「古本聲」的，就認定爲「古本韻」，其餘雜有「今變聲」的，就認定爲「今變韻」；因此考得「古本韻」三十二部，其餘都是「今變韻」。（註三十六）黃氏又分「今變韻」爲五類，茲述之如左：

「一、古在此韻之字，今變同彼韻之音，而特立一韻者。如古東韻之字，今韻有變同唐韻之合口呼者，因別立江韻；則江者，東之變也。二、變韻之音，全同本韻，以韻中切語雜有今變聲，因別立爲變韻。如寒、桓爲本韻，山爲變韻；青爲本韻，清爲變韻，是也。三、合數本韻爲一變韻者，又別於一本韻之變韻。如微爲灰、痕、魂之變韻，別於脂爲灰之變韻。（案以上三類之今變韻，爲古本韻所有者。）四、變韻之音爲古本韻所無者。如模韻變爲魚韻，覃韻變爲侵韻，是也。五、黃氏以古音無上、去，只有平、入之分；則凡上聲、去聲諸部，皆變韻也。（案以上二類之今變韻爲古本韻

所無者。）』（註三十七）

黃氏這種學說，一方面根據三百年來古音學家研究的結果，一方面更從廣韻切語上獲得古紐古韻兩兩相證的現象；似乎可以令人信從了。其實他的觀點根本錯誤。我們在上節裏說過古音學上種種問題，如古韻分部，古紐種類，古音字調，和入聲分配的問題等，大都未得圓滿的解答；黃氏古韻二十八部陰、陽、入相配之說，以及古紐十九類之說，我們純粹在古音學的立場上看來，是不能認爲完全可信，要留待我們更定的實在很多。至於他以廣韻裏各韻的切語爲強烈的證據，尤屬絕大的錯誤。廣韻時代離上古音的時期千餘年；陸氏切韻承襲六朝韻書，綜合諸家的分部，因之兼賅古今、南北的語音；廣韻又集合隋、唐韻書而成（註三十八）我們決不能憑廣韻的切語去探測上古的音系。又他所謂『古本韻』中但有『古本聲』之例，詳細考究起來，也有一些例外。（註三十九）卽使這些例外字認爲後人所增益，非隋、唐韻書所原有，而他以『古本聲』證『古本韻』，同時又以『古本韻』證『古本聲』；終究是以乙證甲，又以甲證乙的循環式的乞貸論證。（註四十）而且黃氏把陸氏切韻諸書誤認做單爲着表明古今音的變異而設，竟把陸氏切韻序裏『論南北是非』一類的話置之不顧我們再從黃氏學說的本身上也可以看出許多缺點。他所定各部『今變韻』裏，如脂爲灰的變韻，微之一部也是灰的變韻而都是由灰變同齊韻的；幽爲蕭的變韻，尤之一部也是蕭的變韻，而都是由蕭變同侯韻的變撮呼；……於是黃氏定爲變韻的第三例，以爲『合數本韻爲一變韻者，又別於一本韻之變韻。』但是牠們所由變來的本韻和所變成的某韻都是一樣，當時定韻，正可以併合爲一，何必要這樣故意的參差呢？（註四十一）又如皆韻爲灰的變韻，由灰而變同咍韻，佳韻爲齊的變韻，由齊而變同咍韻，當然承認皆、佳和咍，在定韻時，發音相同，牠們所以分列爲各部的，完全因爲要表明古今音的變異罷了。脂爲灰的變韻，由灰而變同齊韻，微爲灰、痕、魂的變韻，由灰、痕、魂而變同齊韻，當然承認脂、微和齊，在定韻時，發音相同，所以分列爲異部的也只是爲着表明古、今音的變異的其餘如魚和虞，尤和幽……之類，都是同例。他單是用古、今音的變異來說明廣韻的分部，所以根本不能不承認廣韻裏各部有許多是『音同韻異』的。但是向來對於廣韻音同韻異的這個觀念，我們有許多事實可以證明牠的錯誤：第一、陸氏切韻序裏說『剖析毫釐，分別黍累；』支、脂、魚、虞、先、仙、尤、侯，大都由於輕重清濁之異；可見當時分韻定切實在有分別的。第二顏氏家訓音辭篇說：『北人以庶爲戍，以如爲儒，以紫爲姊，以洽爲狎，如此之類，兩失爲多；』可見當時北方的音，御、遇（魚、虞去聲）不分，魚、虞不分，紙、旨（支、脂上聲）不分，洽、狎（咸、銜入聲）不分，顏氏說是北人之失；切韻對於這些韻一一分別，就是依照顏氏所決定的。而這些韻在當時定韻，必在音讀上能夠分別。第三，廣韻上有一字兩音互注的切語，把一字異讀的分隸於各韻裏，以表明音讀的變異。例如皆韻、街、古諧切，又音佳，別見於佳韻；脂韻、薇、武悲切，又音微、別見於微韻；虞韻、蘧、其俱切，又巨居切，別見於魚韻；尤韻、朻、居由切，又居虯切，別見於幽韻；假使分韻的時候，承認佳和皆，脂和微，魚和虞，尤和幽在音讀上完全沒有區別，那末，這些字正何必要分隸兩韻呢？我們承認這些字是有異讀的，才分隸於兩韻，那就不能不承認這兩韻的音讀應當有分別的。從這幾點看來，切韻各部在陸、孫當時，必能一一分別讀出；後人不知道牠們的讀法，又不瞭解他們辨韻的意義，就發生『音同韻異』之說。音同韻異之說，既然根本的錯誤，那末，黃氏這種『古本韻』和『今變韻』的假定，完全失去根據了。茲更引王力中國音韻學下冊自註之言如左：

『所謂「古本紐」（例如幫）與「變紐」（例如非，）在古代的音值是否相同呢？如不相同則非不能歸併於幫，亦卽不能減三十六紐爲十九紐；如古代非、幫的音值相同，則幫紐可切之字，非紐何嘗不可切呢？……我們不信黃氏的說法，這也是一個強有力的理由。」（註四十二）

總之：黃氏學說本身上有很多的缺點，而其根本的錯誤，還是在處處應用主觀演繹方法，沒有認淸語音演變的實際。他用明、淸等韻學派的音理來考析廣韻的韻讀，又以廣韻的切語來作周、漢上古音的證據，他自己以爲審音和考古兼顧，實際只是把中國語音系統當中幾個演變的階段紊亂無餘了。中國音韻學上所以會演成這樣的情形，我們仍不能不歸咎於中國文字本身的性質；中國文字不是採取字母拼音的制度，音讀的變遷和紛歧，在字體的結構固定以後，就無從顯示出來；如果我們仍用漢字來作標音的工具，沒有運用現代科學的方法和智識來做基礎，那末，研究的結果，最多也只能使人家認識了一些同音的雙聲、疊韻的關係，而得不到各個字音裏所包含的元素，得不到各個字音在某種語音系統裏確鑿的讀法；於是對於各種語音系統的析別和語音演變史上階段的劃分也容易發生淆惑和迷亂。我們要求中國音韻學的進步，必須採取一種適當的音標字母來作注音的工具，同時又須根據近代語音學和語言學學理，或且運用一些漢字以外的材料，以整理，現代音考證古代音；這樣，才能有豐富的創獲，而給人以明確的認識。這樣，就要講到近代西洋語文和學術的輸入，在中國音韻學上所發生的影響了。

本節附註：

（註一）見段氏經韻樓集卷八王懷祖廣雅註序。

（註二）江永古韻標準例言：『古韻既無書，不得不借今韻離合以求古音。』

（註三）參看第七章第一節。

（註四）參看第五章第二節。

（註五）見江氏四聲切韻表凡例。

（註六）見戴氏聲韻考卷二。

（註七）參看第七章第一節。

（註八）見戴氏聲韻考卷二。

（註九）參看第七章第二節。

（註十）見章氏國故論衡卷上音理論。

（註十一）參看第七章第二節

（註十二）見陳氏切韻考外篇自序。

（註十三）見陳氏切韻考自序。

（註十四）依據林語堂語言學論叢古音中已遺失的聲母，四五頁。

（註十五）見陳氏切韻考卷六。

（註十六）三十三類之說，見於張煊求進步齋音論（載國故第一期。）羅常培切韻探賾又有二十八類之說。

（註十七）本黃淬伯討論切韻的韻部和聲紐（載中山大學語言歷史學週刊第六十一期。）

（註十八）四十七類之說見於白滌洲廣韻聲紐韻類之統計（載北平女師大學術季刊第二卷，第一期，）又黃淬伯亦考定度韻聲紐爲四十七類，說見慧琳一切經音義反切考卷二；皆與高本漢所考定的不謀而合。

（註十九）參看陳氏切韻考條例。

（註二十）詳見白滌洲廣韻聲紐韻類之統計。

（註二十一）見陳氏切韻考卷三。

（註二十二）參看羅常培十韻彙編序七四頁。

（註二十三）參看第五章第二節。

（註二十四）參看羅常培十韻彙編序七六——八〇頁。

（註二十五）見陳氏切韻考外篇自序。

（註二十六）見陳氏切韻考卷三。

（註二十七）參看第六章第二節。

（註二十八）見章氏音理論。

（註二十九）詳見錢玄同文字學音篇（北京大學出版。）

（註三十）王力中國音韻學上册第二編第二十二節二三九頁（註二）：『黃侃依李元音切譜所註開合正副四等，以併析廣韻，共分三百三十九類，乃是絕對不可依從的。例如凡韻，廣韻中僅有「凡」「芝」二音，而「芝」又爲匹凡切，可見二音實同一類；銜韻，僅有「銜巉巖攙衫監鑑嵌」八音，「銜」爲戶監切，餘字則皆以「銜」爲切，可見二音實同一類。今黃氏於銜凡各分齊、撮二類，殊不可信。李元生於切韻後一千年，我們決不能拿他的分類去窺測切韻的韻類。』

（註三十一）參看拙著廣韻研究（商務印書館出版）第三章第六節。

（註三十二）參看下章第二節，及拙著廣韻研究第三章、第六節、第十節。

（註三十三）參看拙著廣韻研究第三章第七節。

（註三十四）詳見錢玄同文字學音篇，及拙著廣韻研究第三章第七節。

（註三十五）參看上節。

（註三十六）參看上節，及拙著廣韻研究第三章第七節。

（註三十七）錄自拙著廣韻研究一五〇頁。

（註三十八）參看第五章第二節及第七章第一節。

（註三十九）如『狗、脩、蕭、鄒、醬、移、遂、歡、餓、牆、臾、疠』等字，黃氏謂爲『後人沾益』；又東一類的『諷、賵、鳳』三字，則云『以平聲準之，此三字當入第二類。』參看黃氏與友人論治小學書。此外劉盼遂又查出例外字十五個：『編（上聲）、弸、胚、醬、奔（去聲）、癩、伽、縛、毿、俄、痭、懵、擲、脂、笸』。詳見劉盼遂文字音韻學論叢黃氏古韻二十八部商兌，二八〇——二八三頁。

（註四十）本林語堂語言學論叢古音中已遺失的聲母四五——四六頁。

（註四十一）本楊亮功論廣韻分部（載中國公學中國文學季刊創刊號。）

（註四十二）王力中國音韻學下册第三編第三十三節，一三七頁，（註十三。）

第九章　近代中國音韻學所受西洋文化的影響

第一節　『反切』的改良和『國音字母』的產生

因爲中國語言本身性質的關係，使文字上演成爲一種表意的字體；每個字體具有一個音綴而牠的結構，不是採取字母拼音的制度，所以沒有確定的『音值』；那個音綴裏所包含的元素，更無法在字體上表示出來。古代文字上的表音方法和『讀若』、『直音』的效用，只是使我們知道當時某個字體和另一個字體有音同或音近的關係罷了。後來受了梵文拼音學理的影響，由直音進而應用『反切』，把字音裏所包含的元素漸次分析出來，而用兩個字體來表明雙聲、疊韻的關係了；但是仍舊沿用着漢字注漢字的方法。由疊韻的關係產生『韻書』，由雙聲的關係產生『字母』，更由韻書和字母構成了『等韻表』，中國字音裏所包含的元素，隨着音韻基本智識的進步，分析得很細密了；可是韻書和字母等韻之學，也只是反切的整理和說明，在注音方法的本身上並沒有加以改革。因之在韻書、等韻表和過去許多音韻學家的學說當中，我們只能窺知當時所認為某種同音字的系統，而不能確定各個字的音值。這是因為他們仍是應用漢字來注音的緣故。同時韻書上代表韻部的韻目和等韻上標明聲紐的字母，也只是運用漢字來指示音韻的部類，使得雙聲疊韻的關係格外明顯罷了；並沒有利用牠們來統一切語的用字。所以反切最大的弊病，就是用字太繁。漢、魏以來的切語用字，各家既彼此不相劃一，而且數目很多。現今一查廣韻裏的反切上字有四百多個，下字有一千多個，合共約有一千五百個。我們要應用廣韻上的切語，必須先認識這一千五百個切語用字的音讀。我們既然認定反切上字和所切字為雙聲，下字和所切字為疊韻，那末，應當每一類雙聲字當中取出一字，每一類疊韻字當中取出一字；凡屬聲紐相同或韻素相同的字，都用這種規定的字來拼切。這樣，所用的字簡單，學習的人就比較容易得多了。宋、元以來的等韻家，大都利用字母和韻目來說明反切的原理或方法，沒有更進一步依據牠們來確定切語用字。而所謂反切的改良，也只是把原來的切語用字重新改訂一下，使當時雙聲、疊韻和同調字的關係表現得更明顯，或使拼切的方法上增進一些便利罷了。又或因為適應實際語音的演變，把過去的反切不合於後代的讀法的改從後代音；如把所謂『類隔』切改爲『音和』之類。（註一）丁度等的集韻爲改良反切創始的書，除把類隔改爲音和之外，又往往將反切上字改做和所切字同一調類同一等呼。（註二）後來明朝呂坤的交泰韻和淸初楊選杞的聲韻同然集也有改良反切的主張：呂坤主張在反切上字裏，入聲字必用平聲字，平聲字必用入聲字，上聲字必用上聲字，去聲字必用去聲字；在反切下字裏，還須顧及陰、陽調的分別；例如『東』由『德紅切』改爲『篤翁切』，因爲『紅』字屬於陽調，而『東』和『翁』都屬於陰調。至於楊選杞的主張，已經受了西洋拼音字母的影響了。（詳下文）反切還有一種弊病，就是在上、下二字不易合讀；反切在學理上本來以上字代表所切字的聲紐，以下字代表所切字的韻素，可是中國文字具有整個的音綴，上字聲下有韻，下字韻上有聲，中間往往介雜着無用的音素；以致於所切之音不能貫讀卽得。於是潘耒的類音訂了一種改良反切的辦法，他主張在反切上字裏，除了仄聲切平平聲切仄以外，又必須應用呼等相同的字；例如『先』由『蘇前切』改爲『薛煙切』，因爲『蘇』是合口，『先』和『薛』都是齊齒；又『薛』是入聲，『蘇』是平聲。在反切下字裏，又主張應用影、喻兩母的字；如果影、喻無字可用，則用曉、匣；曉、匣再無字可用，才用見、溪、羣、疑。因爲影、喻兩母的字，認爲是沒有起首輔音的，用來做反切下字，可以省去韻上雜有輔音的困難。江永的音學辨微又有一種『借韻轉切法』。例如：『德紅』切『東』，讀做『德丁顛東』；『戶公』切『紅』，讀做『戶形賢紅』；……這種方法，在連讀不同韻的雙聲字，使口腔習於聲紐發音的部位，而下一字不再讀出，只意念中預存一個疊韻字，使口腔的作勢與之相合；這樣，於不知不覺中，就會讀出所切之音，而可以避去切字合讀的困難了。不過江氏只是指示一種拼切的方法，未曾直接更改反切用字。到了李光地的音韻闡微，因受滿文十二字頭的影響，定爲『合聲反切法』。凡例第一條云：

『從來考文之典，不外形聲二端，形象存乎點畫，聲音在於翻切。世傳切韻之書其法繁而取音難。今依「本朝」字書合聲切法，則用法簡而取音易。如「公」字舊用「古紅切」，今擬「姑翁切」；「巾」字舊用「居銀切」，今擬「基因切」；「牽」字舊用「苦堅切」，今擬「欺煙切」；「蕭」字舊用「蘇彫切」，今擬「西腰切」。蓋翻切上一字定母，下一字定韻。今於上一字擇其能生本音者，下一字擇其能生本韻者，緩讀之爲二字，急讀之卽成一音。此法啓自「國

書」十二字頭，括音韻之源流，握翻切之竅妙，簡明易曉，前古所未有也。」（註三）

所謂『上字取其能生本音』就是反切上字採用支、微、魚、虞、歌、麻韻中字；因為這些韻認為是由單純元音構成，沒有其他的收尾音，用了這些韻的字，可以在拼切時免除中間的障礙的。所謂『下字取其能生本韻』就是反切下字採用影、喻二母中字，也認為是沒有起首輔音的，也可以使拼切時免除中間的障礙。又不僅是反切下字取其同一等呼，同一調類，即反切上字也取其開、齊、合、撮和平、上、去、入相同。又不僅是反切上字取其同清濁，在平聲裏，連反切下字也取其同清濁；仄聲則但憑上字定清濁，下字可以不拘。原因是『平聲清、濁之辨甚顯，上、去、入聲清濁之辨甚微。』（註四）反切的改良，可以說到了音韻闡微已經臻於極點；更抱定劃一反切用字的原則：凡同母、同呼、同調的字，其反切上字應該相同；凡同韻、同呼、同調的字，反切下字應該相同。但是因為對於反切用字限制這樣的嚴格，就不能不立着許多變例。音韻闡微裏，遇到本母本呼在支、微、魚、虞、歌、麻數韻當中沒有字的，『則借仄聲或別部之字以代之，但開、齊、合、撮之類不使相淆；』遇到本韻在影、喻兩母當中沒有字的，『則借本韻旁近之字以代之，其清母、濁母之分，不使或紊；』凡是這兩種情形的反切，都係以

『今用』兩字要是借鄰韻的影、喩兩母中字以協其聲的，則係以『協用』兩字；借鄰韻非影喩兩母中字的，則係以『借用』兩字。所以要在『合聲』以外，另立『今用』、『協用』、『借用』三例，只是因爲『漢文有音無字者多，又支、微、魚、虞數韻併各韻影、喩二母皆單音之字不能合聲，欲得正音，欲婉轉以求其相近』罷了。（見音韻闡微凡例）因此可知反切的注音，雖然得着拼音文字的啓示，要想在應用上設法加以改良，但是沒有放棄漢字以另外採取一種簡易的拼音符號，總不免有許多困難。清道光時，裕恩作音韻逢源，據禧恩所作的序裏說：

『其法以「國書」十二字頭，參合華嚴字母，定爲四部十二攝，四聲二十一母，統一切音，編成字譜凡四千零三十二聲。生生之序，出於自然，經緯錯綜，源流通貫，雖向之有音無字者，亦可得其本韻天地之元聲，於是乎備矣。』

所謂『四部』，就是開、齊、合、撮四呼；所謂『四聲』，是指上平、上去、下平，就是陰、陽、上、去四調；所謂十二攝，二十一聲也是依據於北音的聲韻系統而定的；綜合這些音的種類，編成字譜，可以統攝四千零三十二個音綴。對於有音無字的，在反切之外，另注滿文對音；這樣就不必像音韻闡微裏立着那些「今用」、「協用」、「借用」的變例了。因此更可以明瞭，我們要免除反切上的許多困難，至少必須有另外一種拼音字母的輔助。中國文字既然是表意的字體，字體形式繁密，各個字體又具有整個的音綴，本來不適宜於作分析和注明音讀的工具；而且音值沒有確定，反切用字自身的音讀，並無標準，常隨着古今語和方音而轉變。結果在某個時代所作的切語，就不能通用於別個時代；依據於某種方音所作的切語，也不能適用於別種方音；我們從反切上，只能推知某種語音系統裏一些字體的雙聲、疊韻和同調類的關係，而不能確定反切用字自身的音值。所以反切的弊病，必定要等到正式的拼音符號產生之後，才能掃除淨盡。

漢、魏以後，中國音韻學上所受外來拼音學理的影響，不可不謂至深且鉅；自從梵、藏字母以至滿文字頭，一般學者和別國拼音文字的接觸，也很繁多了。可是，當時只利用漢字來注明漢字的音讀，沒有想到採取另外一種拼音符號，以專注中國的語音。所以反切發明之後，經過了一千幾百年，實際在注音方法的本身上，並沒有多大的進步。直到明、清時代，西洋文化向東方傳播；基督教士也進到中國來傳教。他們要學習中國語，要研究中國音韻，就用羅馬字母來注漢字的音讀，而且根據西洋的拼音學理來整理反切和等韻之學。這種運動的創始當推利瑪竇（Matteo Ricci）和金尼閣（Nicolas Trigault）。在程氏墨苑裏有利瑪竇所作四篇羅馬字注音，大概就是所謂西字奇蹟。羅常培曾根據這四篇文章裏三百八十七個不同音的字，歸納牠們拼音的條理，發見有二十六個聲母、四十三個韻母，四個「次音」，五個字調符號。（註五）後來金尼閣的西儒耳目資就是從這個條理擴充而成的。西儒耳目資作於明天啓六年（西元後一六二五年），書裏分譯引首譜、列音正譜、列邊正譜三部分，關於聲、韻、調的分類，大致和利瑪竇相同。他把元、明以來的北音系統分析音素，用二十九個字母來代表；又把這二十九個音素分爲三類：「自鳴」者五，就是五個元音；「同鳴」者二十，就是二十個輔音；「不鳴」者四，就是指四個「他國用，中華不用」的輔音。再拿「自鳴」的五個字母互相結合或和「同鳴」的"-m"，"-n"，"-l"結合，生出二十二個「自鳴二字子母」，二十二個「自鳴三字孫母」，一個「自鳴四字曾孫母」。另外加上一個「次音」記號，一個「中音」記號和五個字調符號，用以拼切當時官話音系統裏各字的讀法。金尼閣又應用他所分析的音素，作成了中原音韻活圖和四品切法；於是向來被人認爲繁雜艱難的反切，經過這樣一番整理和表白自然變爲簡明易曉的了。王徵稱讚他說『不期反而自反，不期切而自切，第舉二十五字才一因重摩盪而中國文字之源畢盡於此！』（註六）西儒耳目資出世以後，中國的音韻家如方以智、楊選杞、劉獻廷輩大都深受牠的影響；他們雖然還未曾直接應用羅馬字拼音，而對於音素的分析，和拼音的原理頗多新穎的發明。方以智云：

『字之紛也卽緣通與借耳。若事屬一字，字各一義，如遠西因事乃合音，因音而成字，不重不共，不尤愈乎？』（註七）

楊選杞云：

『辛卯（西元後一六五一年），餬口舊金吾吳期翁家。其猶子芸章一日出西儒耳目資以示余，予閱未終卷，頓悟切字有一定之理，因可爲一定之法。』（註八）

劉獻廷作有新韻譜，他的書曾參證於『泰西臘頂語』，又自謂於琉球紅夷等國的文字，想要『懸金而求募賊以竊』。對於當時流行的金尼閣書，必曾寓目。（註九）所以西儒耳目資在中國音韻學史上的地位，正和據梵藏字母而定的守温字母可相比並。近百餘年來，海禁大開，通商傳教，交涉日益繁密，凡是稅關、郵局、公牘、報章所用的人名、地名，必經西譯；同時來華的傳教士，爲學習中國語文的便利，也爭事研究羅馬字拼音法式。最著名的，如威妥瑪（Sir Thomas Wade）的語言自邇集，馬提爾（C. W. Mateer）的官話類編等。教會所出，有些專拼官話音，有些隨地拼各處方音，如寧波白、廈門白、上海白等，總計不下百種。（註十）而在國人方面，也因受西洋文化的激刺，以爲國內方言的龐雜，和平民教育的不普及，大半由於漢字不易認識的原因，總覺得西洋的拼音文字，較中國表意的字體簡易得多；卽日本的假名字母，也比漢字易記易認；於是要救濟漢字認識的困難，自然需要有適當的拼音符號來注音。而屬於急進派的人們，幷且主張廢棄漢文，改用拼音文字了。自從西洋教士所創的羅馬字拼音風行以後，國人也很多依倣牠們的體製，以自造切音新字的，如盧戇章的中國第一快切音新字、（西元後一八九二年製）朱文熊的江蘇新字母（一九〇六年），劉孟揚的中國音標字書（一九〇八年），黃虛白的拉丁文臆解（一九〇九年），邢島的拼音字母（一九一三年），劉繼善的新華字（一九一四年），鍾雄的新字母發明書（一九一八年）等，（註十一）實爲現今『國音字母』第二式——國語羅馬字——開先河的作品。後來胡適、傅斯年、黎錦熙等屢有討論國語羅馬字拼音問題的文辭發表，歐、美學者也有注意於中國文字的改革問題的，而日本諸橋轍次、鳥谷陽太郎等也曾著書表示同情於漢語採用羅馬字拼音運動。至於實際創製羅馬字拼音制度的，有民國十一年（一九二二年）所發表的錢玄同式兩種；趙元任式一種；民國十二年（一九二三年）周辨明式一種；民國十三年（一九二四年）林語堂式一種，大都主張拼音時必用『詞類連書』，而於所採用的字母和標明字調的方法，意見未能完全一致。其他學者也常有擬定國語羅馬字拼音制度的方案。(註十二)民國十四年，劉復、趙元任、錢玄同、黎錦熙、林語堂、汪怡等織組數人會議定國語羅馬字拼音法式。(註十三)民國十五年，由國語統一籌備會公布；國民政府成立以後，復由大學院於十七年（一九二八年）九月正式公布。於是國音字母的第二式正式成立；中國語應用外國字來拼切的也居然得到了全國人民的承認了。而最初的濫觴，又不得不推西字奇蹟和西儒耳目資二書。

國音字母的第一式，就是注音符號，牠的公布在國語羅馬字以前，而簡字拼音運動的發軔，却在羅馬字拼音試驗以後。當明、清間，方以智、劉獻廷等已有提倡拼音的計議，可惜其法不傳了。後來龔自珍欲搜羅中國十八省方言及滿洲、高麗、蒙古、喀爾喀等語，纂爲今方言一書；謂『旁採字母翻切之旨，欲撮舉一言可以一行省音，貫十八省音可以納十八省音於一省也。』(註十四)書雖未成，也可以見得他具有統一國語的意見。清季以來，欲改革文字以促進教育者，除了羅馬字拼音一派以外，又有簡字拼音的一派；這派所採用字母的形式，有借用漢字偏旁，如日本假名的，可謂之假名系；有用點畫撇鉤，如速記術的，可謂之速記系；有取之於篆文或草書的，可謂之篆文系或草書系。假名系當中以盧戇章的中國切音新字、中國新字、中華新字等書，王照的官話合聲字母、官話字母字彙等書，勞乃宣的簡字全譜、簡字叢錄等書爲最著名；此外又有李元勳代聲術，黃虛白漢文音和簡易識字，及民國初年的蔡璋音標簡字，汪榮寶簡字，汪怡國語音標概說等。(註十五)速記系當中，如蔡錫勇的傳音快字，力捷三的閩腔快字、無師自通切音官話字書，沈學的盛世元音，拼音新字，王炳耀的拼音字譜，劉世恩的音韻記號，及民國初年的李良材簡易記音法，胡雨人簡字、陳振先陳氏天然拼音新字等。(註十六)篆文系如吳敬恆所作的『荳芽字母』及章炳麟駁中國改用萬國新語說一文裏所定的『紐文』及『韻文』。草書系如美國烈茀雅 (Rev. Alfred E. Street) 所作的平民、廣話字母平民官話字母（一九二一年所作，在注音符號發生以後）等。此外，又有楊瓊、李文治的形聲通，馬體乾的串音字標，高鯤南的記音簡法，以及鄭藻裳、陳遂意、張海晝、李業鴻等各式的簡字，各創形制，不屬於上列諸系的。（註十七）在注音符號發生以前，王照的官話字母、勞乃宣的簡字譜頗流行於社會，曾爲南北各省所傳習。民國元年（一九一二年）教育部召集讀音統一會，這會的職務是：（一）審定一切字音爲法定國音；（二）將所有國音均析爲至單至純之音素，核定所有音素總數；（三）採定字母，每一音素均以一字表之。次年正式開會，選吳敬恆爲正議長，王照爲副議長，關於所採定字母的形式，爭持許久，終依章炳麟所擬的『取古文篆籀逕省之形』的原則，製定三十九個注音字母。（註十八）當時的目的只是在統一讀音，字母的形式既然仍取於簡筆的漢字，在新派的人看來，很符合於拼音文字的效用，可以爲統一國語的工具；在舊派的人看來，很適合於雙聲疊韻的原理，可以用來改良反切的弊病。所以注音字母的推行，頗能得全國人的贊助。到了民國七年，（一九一八年）又經過教育部正式的公布。在注音上有了一種正式的拼音符號，這算是中國歷史上的一個創舉。民國九年，教育部所設的國語統一籌備會，將注音字母加以修正，分析『ㄜ』母爲

『ㄛ』、『ㄜ』二母，於是三十九個字母又變爲四十個了。民國十九年，以字母這個名稱，易滋歧誤，由國民政府通令改稱爲注音符號。(註十九)注音符號既然由讀音統一會的三項職務上產生出來的，所以能承受雙聲、疊韻的原則，參合西洋拼音學理，以掃除反切的種種弊端。反切用字過於繁複，學習的人很覺得不便；而注音符號的數目只有數十；學習的人只要記得二十四個聲母的符號，和十六個韻母的符號，就能拼切各個字音了。切語用字，本身的音讀無標準，所以應用的人，覺得很困難；至於注音符號的形式雖然仍舊是簡筆的漢字，而依雙聲、疊韻，分別確定聲母和韻母的性質，所以各個符號所代表的音素是固定的。我們現在呼讀二十個聲母，常常附帶着一個韻母，使牠們能夠顯現於聽官；但是聲母和別個韻母拼合的時候，就須把附帶的韻母除去，這是拼音字母裏所具有的一種普通情形；不像反切那樣，常在聲、韻中間還介雜着無用的音素。注音符號在拼切的應用上，又和反切有許多不同的地方：注音符號有『單寫法』、『雙拼法』、『三拼法』諸例，隨着音讀的性質而異；(註二十)反切的通例，却是用兩個字來切成一個音，上字代表聲紐，下字代表韻素，即使沒有起首輔音的字音（如影、喻兩母的字），也板定用兩個字來拼切。反切當中，無論用下字或兼用上字來表明等呼，總是不很明顯；注音符號上却利用『一』『ㄨ』『ㄩ』三個符號來顯示等呼：含有『一』的爲齊齒呼，含有『ㄨ』的爲合口呼，含有『ㄩ』的爲撮口呼，不含有『一』『ㄨ』『ㄩ』的，便是開口呼。反切當中無論用下字或兼用上字來表明字調，也是不很明顯；注音符號上通常要表明字調的種類，就另外加上音調的標記，雖然也有不便的地方，可是比較反切當中要明顯得多了。(註二十二)但是，注音符號雖然足以革除反切的弊端，而聲母和韻母的分別，仍是依據於反切上聲下韻的習慣，並沒有將其中包含有兩個以上單純的音素的再加以分析。例如『ㄞ』『ㄟ』『ㄠ』『ㄡ』這幾個複合元音，『ㄢ』『ㄣ』『ㄤ』『ㄥ』這幾個具有收尾鼻音的韻母，明明包含有兩個音素的，可是都只用一個符號來代表，並沒有做到讀音統一會『析爲至單至純之音素』那項職務。因此也可以見得注音符號的本身還不能算是一種完備的記音工具。同時注音符號和牠的拼法上，還是有許多因爲承襲了等韻學上拘守四等的弊病，以致和實際的音讀不適切的地方。例如『ㄣ』『一ㄣ』『ㄨㄣ』『ㄩㄣ』四音，並非讀爲[en]，[ien]，[uen]，[yen]，而是讀爲[ən]，[in]，[un]，[yn]；『ㄥ』『一ㄥ』『ㄨㄥ』『ㄩㄥ』四音，並非讀爲

[eŋ],[ieŋ],[ueŋ],[yeŋ],而是讀爲[əŋ],[iŋ],「uəŋ」(或「oŋ」)「ioŋ」,(『ㄧㄨㄥ』、『ㄩㄥ』實際却是開口呼、齊齒呼。)(註二十二)而且當最初製定注音字母的時候,並不是用一種純粹的方言做根據;那時因爲要調和各派的心理,不得不採取多數表決的辦法以致注音字母的本身和所規定的國音字典,只是代表所謂普通官話的『國音』,而不是用北平音來做純粹的標準。(註二十三)到了民國二十一年(一九三二年)教育部公佈國音常用字彙,才正式指定北平音爲標準;對於國音字典最重要的改正,有下列的幾點:

1. 入聲併入陰、陽、上、去四聲;
2. 精組齊、撮口歸入見組齊、撮口;
3. 『万』母取消;
4. 『兀』母取消;
5. 『广』母併入『ㄋ』母的齊撮呼。(註二十四)

這樣,既不取『五聲』之說,更沒有近代戲劇上所謂『上口字』和『尖、團字』了。(參看第七章

第三節）而四十個字母減去了『万』『兀』『广』三個，實際又只剩得三十七個符號了。其實這種改正，在國語羅馬字拼音法式上已經做到；而且注音符號上其他許多缺點和錯誤，國語羅馬字母也加以補救和改訂。現在把注音符號上的聲母和韻類拿來和國語羅馬字對照如左：（註二十五）

注音符號	國語羅馬字	注音符號	國語羅馬字	注音符號	國語羅馬字
ㄅ	b	(帀)	y	一	i
ㄆ	p	ㄚ	a	一ㄚ	ia
ㄇ	m	ㄛ	o	一ㄛ*	io
ㄈ	f	ㄜ	e		
万	v*	ㄝ*	e	一ㄝ	ie
ㄉ	d	ㄞ	ai	一ㄞ*	iai
ㄊ	t	ㄟ	ei		
ㄋ	n	ㄠ	au	一ㄠ	iau
ㄌ	l	ㄡ	ou	一ㄡ	iou
ㄍ	g	ㄢ	an	一ㄢ	ian
ㄎ	k	ㄣ	en	一ㄣ	in
兀	ng*	ㄤ	ang	一ㄤ	iang
ㄏ	h	ㄥ	eng	一ㄥ	ing
ㄐ	j	ㄨㄥ	ong	ㄩㄥ	iong
ㄑ	ch	ㄦ	el		
广	gn*				
ㄒ	sh				
ㄓ	j				
ㄔ	ch				
ㄕ	sh				
ㄖ	r				
ㄗ	tz				
ㄘ	ts				
ㄙ	s				

ㄨ	u		
ㄨㄚ	ua		
ㄨㄛ	uo		
		ㄩ	iu
		ㄩㄝ	ie
ㄨㄞ	uai		
ㄨㄟ	uei		
		ㄩㄢ	iuan
		ㄩㄣ	iun
ㄨㄢ	uan		
ㄨㄣ	uen		
ㄨㄤ	uang		
ㄨㄥ	ueng		

看上面這個表裏，『ㄪ』『ㄫ』『ㄬ』『ㄝ』諸母以及『ㄧㄛ』『ㄧㄞ』諸類，都注明『*』的符號；就是因爲這些音，是在北平音裏所不用或少用的。又把注音符號裏所包含的音素，一一分析出來，如複合元音和具有收尾鼻音的韻母包含有兩個以上的音素的，都用二個以上的符號來表明。因之從前注音符號上注音混亂的地方，到現在國語羅馬字母裏便加以明晰的區別了。例如"ueng"和"ong"實在是兩種音，而注音符號上都用『ㄨㄥ』來表明；「ㄣ」是"en"，而『ㄧㄣ』『ㄩㄣ』却並不是"ien"，"iuen"，而是"in"，"iun"；『ㄥ』是"eng"，而『ㄩㄥ』却並不是"iueng"，而是"iong"；這些國語羅馬字母裏都加以明晰的區別。又北音韻書上，支思韻裏大部分的字，

（註二十六）注音符號不另立韻母（就是『帀』，或只用『ㄖ』、『ㄙ』來代表）單用『ㄓ』、『ㄗ』等來注音；國語羅馬字母裏才另立"y"母。這些就是國語羅馬字補正注音符號缺誤的地方；此外，國語羅馬字還有兩個特點：『ㄐ』、『ㄑ』、『ㄒ』只有齊撮呼，『ㄓ』、『ㄔ』、『ㄕ』只有開、合呼，所以同用"j"、"ch"、"sh"三個符號而不混；同樣，『ㄜ』、『ㄝ』二母也因爲前者只有開口呼，後者只有齊撮呼（用到『ㄝ』開口呼的音的只有少數的感歎詞，）也只用一個"e"來代表，也不致相混；這是節省字母的一個特點。國語羅馬字利用字母拼法的變化來表明字調的種類，因爲注音符號上要表明陰、陽、上、去四調，須另加標記，雖然比較的明顯，可是書寫時既不方便，排印時又極困難；國語羅馬字就改用字母拼法的種種變化來表示陰、陽、上、去的四調；（註二十七）這又是避免繁複標記的一個特點。我們因此可以知道國語羅馬字母在注音方法上比較注音符號要進步得多了。因爲國音字母第一式還保存着漢字原來的形式，仍舊脫不了反切和等韻上的習氣；使我們覺得中國文字總不能完全適合於注音之用。國音字母第二式乃是採取世界上一種最有勢力的拼音字母，在形式方面很接近於國際的統一性，在音理方面，對於『聲』、『韻』、『調』的分析和表明，又很合於西洋的科學化。我們把過去所運用的注音方法作一番歷史的觀察，不能不承認國語羅馬字母是現今最便用，最合理的一種工具了。

本節附註：

(註一)參看第七章第一節。

(註二)參看第七章第一節。

(註三)這裏所謂『本朝』字書及『國書』，都是指滿文的

(註四)參看音韻闡微凡例。所謂『平聲清、濁之辨甚顯，』大概也是因爲近代北音裏清、濁漸混，而平聲當中留有陰、陽調的分別的緣故。參看第七章第三節。

(註五)參看羅常培耶蘇會士在音韻學上的貢獻（載中央研究院歷史語言研究所集刊第一本第三分。）

(註六)參看羅常培耶蘇會士在音韻學上的貢獻。

(註七)見方氏通雅卷一。

(註八)見楊氏聲韻同然集紀事。

(註九)參看羅常培耶蘇會士在音韻學上的貢獻。

(註十)參看羅常培國音字母演進史(商務印書館出版)二——九頁。

(註十一)參看羅常培國音字母演進史一一——二〇頁。

(註十二)參看羅常培國音字母演進史二一——三五頁。

(註十三)參看黎錦熙國語運動史綱(商務印書館出版)卷三,一五七——一六六頁。

(註十四)見龔氏定盦文集擬上今方言表。

(註十五)參看羅常培國音字母演進史三七——五二頁。

(註十六)參看羅常培國音字母演進史五四——六五頁。

(註十七)參看羅常培國音字母演進史六五——七八頁。

(註十八)參看黎錦熙國語運動史綱卷二,七五——九三頁。

(註十九)參看黎錦熙國語運動史綱卷三,二三一——二四九頁。

(註二十)參看王力中國音韻學下册第四編第四十一節。

(註二十一)參看拙著音韻學(商務印書館出版)第五篇,一九七——二〇〇頁。

(註二十二)參看拙著中國語音系統的演變(載暨南學報一卷一號)二一六頁。

(註二十三)參看第七章第三節。

(註二十四)參看王力中國音韻學下册第四編第四十一節二五五頁。

（註二十五）依據國語羅馬字拼音法式。

（註二十六）參照第七章第三節。

（註二十七）詳見國語羅馬字拼音法式及錢玄同論關於國語羅馬字字母之選用（載北京大學新生週刊一卷八期）

第二節　「西洋語音學理」輸入後的中國音韻學

國音字母的產生，是代表中國注音方法的改革和進步；而這種改革和進步，又是隨着近代國語統一運動而發生的。近代北音勢力發展的結果，官話音的區域日漸擴大，使得社會間形成一種流行的國語，這種流行的國語，又因過去政治中心的關係，漸取北平方音為標準國語的標準音既漸確定，同時又因時勢趨迫而發起的國語統一運動，首要的工作就是在設法推行這種標準音；於是國音字母由統一讀音進而為推廣國語的重要工具了。所以國音字母的產生，固然由於依倣外國的拼音文字而來也是近代中國語言演進上一種自然的結果。國語統一運動的進行，一方面產生了記錄和標明國音的工具，另一方面又促進了對於國音的分析和研究。我們看民國初年讀音統一會的三項職務，（註一）就可以知道當時製定注音字母，已經參照了近代語音學的原理。後來讀音統一會閉會，熱心於國語統一運動的，大都只是做鼓吹和傳習注音字母的工作；到了民國七年教育部所公布的注音字母表，二十四個聲母還是依宋人三十六字母的次序，又把『一』、『ㄨ』、『ㄩ』三個韻母另立為『介母』。直到民國八年國語統一籌備會成立之後，才依各類發音部位的次序和音讀性質的關係來排定。據教育部公布的注音字母音類次序附說明，謂「聲母以收聲於歌韻入聲等者為甲團，以收聲於支韻等者為乙團；『甲團先敍脣音……而後進而敍舌尖音，……而後進而敍舌根音，……』『乙團先敍與舌根音相關之舌前音，……而後稍出而敍舌葉音，……而後再出而敍齒頭音……。』『韻母先敍介母，……而後敍獨母，……而後續敍複母，……而後續敍附屬聲母之韻母，……而後續敍東方特有之韻母，……。』」民國九年又增加了一個『ㄜ』母，排在『ㄛ』母之後。這樣的次序，是比較具有音理系統的。（註二）當時雖仍有介母之名，而經教育部審定的國音圖書機片等，多附列『結合韻母』二十二個，表明『一』、『ㄨ』、『ㄩ』實在並非所謂介母，只是在結合韻母裏常常用到牠們罷了。於是注音符號四十個，附結合韻母二十二個，傳習至今，一致未變。（註三）高元著了國音學一書，依據斯韋特（H. Sweet）等的學說，來分析國音的音素，因而把支思韻裏的『ㄦ』母等定爲『聲化韻母』，並非所謂東方特有之韻母；幷且指出等韻家分列呼等的謬誤的兩種原因：(1)他們未能分析音素，每將單獨的音素和複合的音相混；(2)整齊的觀念太深，以爲無論什麼總應該配成一個四方形。注音字母上所以把『ㄧ』、『ㄨ』、『ㄩ』列爲介母，以致拼音時有一些不合理的地方，就是因爲承襲等韻家那種謬誤的遺習而來的。高氏又以音調、音量等的變化來說明四聲或五聲的意義，使一般對於字調的分別也漸漸明白了。（註四）後來錢玄同依高本漢研究的結果，把支思韻裏的韻母定爲『舌葉元音』、『舌尖元音』（就是『ㄭ』、『ㄦ』）。（註五）趙元任把『ㄅ』、『ㄉ』、『ㄍ』三母定爲屬於中性的「b」,「d」「g」。（註六）劉復、趙元任等又用實驗語音學的方法研究中國語音調的變化，使得國音和各種方言裏字調的種類及牠們實際的分別，格外明顯了。（註七）這些都是根據西洋語音學的原理和研究的工具來探討國音系統而有所貢獻的。其他如依據發音部位和氣程阻礙的程度來類別聲母，應用流音的原理來解釋『發聲』、『送氣』的分別，依輔音的帶樂音與否來判別聲母的淸、濁，依脣舌的位置情狀來類別韻母，以複合元音及收尾音的關係來說明韻素的種類；（註八）凡此都是因近代西洋語音學理的輸入而使國音的研究科學化的。此外如『捲舌韻』或『儿化韻』的分類，并用以補充北音系統的韻部，（註九）也是近今『國音學』上的一個發明。國音學的成立，一方面使傳習國語時得有學理的根據，以便利國音字母的推行；另一方面又足以促進一般人的音韻學的基本智識，使他們知道運用科學的方法和工具，從國音的研究擴展到其他方音以及古音的研究。過去的學者雖曾注意於方言的研究，因爲沒有得到適當的工具和方法，所以未曾有精深正確的調查及探討。章炳麟曾把中國方音略分九種，（註十）黎錦熙也依江湖區域略分十二種，（註十一）只是大概的分類，不能說是細密調查的結果。我們在上節裏說過，西洋傳教士爲着要傳播福音，學習各地的方言，常用羅馬字就地拼音，就開了近代調查和研究方音的風氣。關於中國方言的著述，也以西洋人的反居多數。林語堂關於中國方言的洋文論著目錄曾經說過：

> 『搜集及研究中國方言的材料，近數十年來當以西洋教士爲最早。除去翻譯白話聖經爲直接傳教之用的以外，也頗有專爲科學趣味而研究的工作，其專論大抵登在 Chinese Recor-

der 及 Journal of North China Branch of Royal Asiatic Society，其中也有可供我們參考的。至於方言字彙一門，尤多專書。此種書因其能用平正的眼光，絕無輕視土話的態度，以記錄土語土腔，說起來或者比我們中國人所著的許多「方言考」還有價值。』(註十二)

我們看林氏這篇書目裏所舉的方言字彙，有關於廣東、客家、福州、廈門、汕頭、溫州、上海、蘇州、南京、四川這些方音；(註十三)此外，蓋爾氏 (Giles) 的大字典 (A Chinese English Dictionary)，於每字下注明十二種方言的讀法；高本漢的中國音韻學研究 (Études sur la Phonologie Chinoise) 裏也有方音字典的一種，較蓋爾氏書尤爲正確。國人運用科學的方法和工具來研究方音的，却在西洋學者之後。大概首注意於研究的方法，如林語堂的研究方言應有的幾個語言學觀察點、北大方音調查會方音字母草案，(註十四)和趙元任的方音調查表格(註十五)及現代吳語的研究(註十六)裏論到方音調查法，這些都是指導調查和研究方音的方法的。又如趙元任的中國言語字調的實驗研究法(註十七)及劉復四聲實驗錄裏論到實驗語音學的工具和運用方法，又是指導實驗的研究法的。其次運用了精密的方法，才有相當的成績，如劉復四聲實驗錄、趙元任現代吳語的研究、南京音系(註十八)陶燠民閩音研究、羅常培廈門音系(註十九)王力博白方音實驗錄(註二十)等，都足以代表最近應用科學方法來研究中國方音的作品。由方音的研究再擴展到漢族以外的語言音韻的研究；這也是啓發於西洋的學者的。林語堂關於中國方言的洋文論著目錄，有關於苗子、台灣異族、西南野族、海南異族等語言的書目，(註二十一)並譯述戴密微原著的印度支那語言書目一篇，(註二十二)謂：『今日之所謂以科學方法治國學者，不外比較的與歷史的研究二義。暹語與漢語最近，緬語、藏語次之，是印支語言與中國語之比較，爲治中國語言學者所宜急切注意。』(註二十三)國內學者對於這方面的語言材料也頗注意搜集，如趙元任的猺歌記音、(註二十四)史祿國的記倮玀音(註二十五)等，也可以作代表。這樣，又由中國音韻學而進入東方比較語言學的範圍了。比較的研究和歷史的研究兩者間常需互相參證，以致不可分離；於是由東方比較語言學更回復進於中國古音的研究。這就是因爲西洋語音學、語言學和其他科學的智識輸進了中國，使中國音韻學上的材料和途徑，也隨着擴充開展，遂一刷新其研究的精神。

自從西洋教士應用羅馬字來標注中國現代的方音，對於中國各種方音系統裏所包含的音素，既然能有明白的分析；於是進而為比較的研究，并用以整理韻書和等韻，試來擬測中國古音上各字的讀法。這種研究，也是啓發於十九世紀一些西洋的學者。如馬士曼（Marshman）首指出梵文字母和三十六字母的關係，又發見暹羅、緬甸、西藏等語和中國語間音韻相近；只是可惜他依據了字母切韻要法來猜想中國的古音。(註二十六) 艾約瑟(Joseph Edkins) 創始中國語言史的研究，證明中國古音裏有破裂的濁音聲母，還有收尾的輔音。(註二十七) 武爾坡利齊（Z. Volpicelli）根據蓋爾氏大字典裏十二種方音的材料，做一番統計，以擬定古音的音値，因是定出等韻上一、二、三、四等的主要元音；他所用的材料和方法，雖多錯誤，而工夫的細密，已足令人佩服。(註二十八) 商克(S. H. Schaank) 也根據等韻切音指南來擬測中國古音，而所用的方法較前幾家為有科學的條理；他很注意於等韻表上的註解和記號，雖然所提出的理論及擬定的結果，不覺有些錯誤，可是在中國古音的構擬上，有很多的貢獻，例如介紹聲母「j」化（就是舌前化作用）的觀念，提出古雙脣音在三等合口呼變做脣齒音，發現一、二等沒有「i」的中介元音，三、四等具有「i」的中介元音等等。(註二十九) 這些人的研究，實在是開近今馬伯樂（H. Maspero）和高本漢(B. Karlgren）兩人的先路的。馬伯樂對於中國音韻學的重要著作，爲安南語音史研究（Études sur la Phonétique Histoirique de la Langue Annamite）（註三十）和唐代長安的方音（Le Dialecte de Tch'ang-ngan sous les T'ang）；（註三十一）他以謹嚴的方法研究安南譯的漢字音（Sino-Annamite），幷構擬切韻系統的音讀，討論唐代語音的演變；對於高本漢中國音韻學研究的擬定系統，也有許多批評。（註三十二）高本漢的中國音韻學研究，（註三十三）參用反切、等韻表、現代方音及日本譯的漢音、吳音（Sino-Japanese, Kan-on, go-on）等，反覆證明，對於切韻系統的音讀有很詳細的構擬，把切韻的聲紐和韻類，用龍德爾（J. A. Lundell）教授所擬定的音標，一一寫出牠們的讀法。後來又有中國古音的擬測（The Reconstruction of Ancient Chinese）（註三十四）等作，以修正他所擬定的切韻音；他對於隋、唐古音研究的結果，雖然還有可以懷疑和亟待改正的地方，而大體上已經爲學術界所公認可奉爲依據了。（註三十五）高本漢更以形聲字的系統及先秦韻文做上古音分類的根據，而從他所承認的隋、唐古音，上推上古音的音值；他的中國語分析字典（Analytic Dictionary of Chinese and Sino-Japanese），（註三十六）就是着手研究上古音的第一部著作，敘論當中討論切韻系統到了近代官話音系統的演變，(註三十七) 以及『諧聲』字的原則，(註三十八) 對於上古音裏原有的起首和收尾輔音失落的現象，有很多的新發見。其他如上古中國音當中的幾個問題 (Problems in Archaic Chinese) (註三十九)，藏語與漢語 (Tibetan and Chinese) (註四十) 兩篇，一方面批評西門華德 (Walter Simon) 和卓古諾夫 (A. Dragunov) 的說法，指示印度支那語言的比較研究法，另一方面對於上古的幾種字音，有重要的探測，對於他所擬定的古音系統，也有一些更正。(註四十一) 最近數年來，他又發表了詩經研究 (Shi King Researches) (註四十二) 老子韻語 (The Roetical Parts in Lao-Tsi) (註四十三) 及漢語詞類 (Word Families in Chinese) (註四十四) 等篇，雖然對於上古音裏字調的種類，未曾測定，關於聲紐的種類，也因材料上的缺憾，不能完全有明確的斷案，而在上古各類字音裏中介元音、主要元音、收尾輔音的幾部分，已經一一構擬出牠們的形式了。(註四十五) 尤其是漢語詞類一篇，前面幾段，是他對於中國上古音研究最近的總結論；後面幾段，又依着擬定的上古音把中國語裏數千個語詞一類一類的分列，以表明同屬一類的語詞，在語源學上可認爲是有親族關係的，末了又從這語詞的分類上歸納得語音通轉的規則。過去國內講音韻、訓詁的，很少注意到收尾的輔音，於是對於許多同源語詞，只說牠們是什麽『雙聲相轉』『一聲之轉』『陰、陽、入對轉』『旁轉』而不知道他們有個性質相同的收尾輔音。近代西洋學者研究中國語的，尤其是高本漢，很注意於這個收尾音的問題，以爲上古語詞的收尾音和後代有很多歧異的現象。例如高本漢對於脂部不贊成林語堂在支脂之三部古讀考（註四十六）裏的解釋，而因西藏語上的啓示，擬定着一個"r"的收尾音。（註四十七）我們因此也可以知道關於中國語歷史的研究，必須從東方比較語言學上得到輔助和證明，而要奠定東方比較語言學的基礎，還要先研究中國的語源學，依着中國上古的音讀分列中國語詞的族類，所以第一步的工作，又在構擬中國上古音。但是要擬測上古音，必先構定中國古音的音值，這樣又須運用比較語言學的方法和材料。所以現今的中國音韻學，牠的工具和方法愈趨於精密，取材的範圍也愈趨於擴大，而牠的目的也更加深遠；這就是由於西洋語文及語音學、語言學等等的智識輸入的結果。

中國過去的古音學家，因爲未曾運用漢字以外的材料和工具，所以對於古代各個字的音值，往往置之不論例如古韻支、脂、之三部，在詩經裏分用，段玉裁考之甚明；而不能得牠們分別的讀法。(註四十八)至於戴震、章炳麟、黃侃諸人的學說當中，常作音值的假定，他們既沒有說出其所以如此推定的理由，又涉及審音的地方，往往混亂了古今的語音系統，所以不能令人置信。(註四十九)直到近今的二十年間，國內學者既然受了西洋文化的影響，西洋研究中國語的，又給我們以那樣豐富新穎的啓示，同時日本的學者，如大矢透、大島正健等利用假名字母以考析等韻古音的，(註五十)也很可以為我們的借鏡；因之中國音韻學上的古音音值問題，就成為討論和研究的中心。汪榮寶的歌戈魚虞模古讀考(註五十一)曾論述測定古代音值的方法，謂：

『夫古之聲音，既不可得而聞，而文字又不足以相印證；則欲解此疑問者，惟有從他國之記音文字中求其與中國古語有關者，而取為旁證而已。其法有二：一則就外國古來傳述之中國語，而觀其切音之如何；二則就中國古來音譯之外國語，而反求原語之發音是也。』

我們既然只是應用佛典譯音、日本譯音等為測定古音的旁證，尤須顧到古韻分合的事實。所以汪氏的結論，以為唐、宋以上，凡歌戈韻之字皆讀「a」音，不讀「o」音；魏、晉以上，凡魚、虞、模之字亦皆讀

「a」音，不讀「u」或「y」音，未可完全認爲定案。因爲魚、虞、模在魏、晉以上和歌、戈分得很淸楚，不能混爲一韻。又據現今所能引用的外國譯音的資料，只是限於東漢以後，適可爲考定隋、唐古音的證據；至於先秦的上古音，是不能單利用外國譯音來斷定的。所以汪氏論文發表以後，錢玄同的歌戈魚虞模古讀考附記、(註五十一)林語堂的讀汪榮寶歌戈魚虞模古讀考書後、(註五十二)唐鉞的歌戈魚虞模古讀管見(註五十三)等，都是起來修正他的結論的。我們在上文說過要擬測上古音，仍當以形聲字系統和先秦韻語爲其分合的根據，再以所構擬的隋、唐古音爲漸次上推的出發點；如果切韻系統的音值還未曾考得精確，我們就無從做依靠以再往上古推測了。高本漢所擬定的切韻音，尙有須待修正的地方；他的學說既引起國內學者的注意，並且大體上已得一般人的信從，因之起來和他商榷辨難的也頗不少。林語堂跋所譯的答馬斯貝囉論切韻之音，(註三十四)已經提出了許多疑問；羅常培對於他所測定的知、徹、澄、娘四母，魚、虞兩韻及『閉口』九韻的音讀也都有訂正。(註五十四)又如林語堂的古有複輔音說、古音中已遺失的聲母、支脂之三部古讀考和李方桂的切韻â的來源及 Ancient Chinese -ung, -uk, -uong, -uok etc. in Archaic Chinese 又 Archaic

Chinese *i̯weng *i̯wek and *i̯weg 諸篇（註五十五）和高本漢關於上古音的著作，有相互證驗、相互訂補之處很多。（註五十六）中國的古音學已漸有達到國內外學者意見一致的境地的趨勢了。中國音韻學的科學化，就是把本來所認爲『國學』的，成爲國際化，也可說是印、歐語言學上的方法、工具和智識應用到印度支那語族上，而使中國音韻學成爲世界語言學上的一部分。因爲中國語爲印度支那語族裏一種最重要的語言，要建立東方比較語言學，勢必要考證中國上古音，以從事語源的研究；而要考證上古音，又當以魏、晉、隋、唐以後各種語音系統的研究爲其基礎。於是由現代的國音學、方言學推進到了等韻、廣韻的探討和整理，再直溯到古音、上古音的構擬和測定，以綜合成爲中國語的歷史研究；更由中國語的歷史研究擴展到東方以至世界語言學的範圍。現今考證中國語音演變的歷史的，不但應用了印歐語言學上的方法和工具，並且常以印歐語裏演變的現象作爲一種重要的比證；中國音韻學的科學化和國際化，正無日不在進展之中。記音的工具愈精密，對於語音裏所包含的元素分析也愈進步；運用的方法愈謹嚴，所得的結論也愈正確；比較的材料愈豐富，對於語音演變的事實認識也愈明晰；這就是西洋科學智識的輸入使中國音韻學也隨着進展的情形。音韻學史本爲學術史上、文化史上的一部分，當然和整個學術、整個文化的演進，有同一的趨勢。近代音韻學的西洋科學化正和漢、魏、唐、宋間的佛化和梵藏字母化，同是代表學術史上演進的階段；我們應該隨着這種演進的趨勢使向來所認爲『國學』的，發揚光大。學術爲人類公器本無所謂國界；不過關於中國自身的學術境地，自然不應單讓外國學者來開拓經營。中國音韻的研究，既然得了外國學者的許多啓示，我們尤應本着已有的成績，時時努力督促其前進。

本節附註：

（註一）參看上節。

（註二）參看黎錦熙國語運動史綱卷二，七六——八八頁。

（註三）參看黎錦熙國語運動史綱卷二，八五——八六頁。

（註四）參看高氏國音學原著（商務印書館出版）。

（註五）參看汪怡國語發音學（商務印書館出版）錢玄同序，及北京大學國學季刊一卷三號，徐炳昶譯對於「死」

「時」「主」「書」諸字內韻母之研究。

（註六）參看商務印書館出版的國際音標國語正音字典中西拼音對照說明，及中央研究院歷史語言研究所集刊第二本第三分趙元任用[b],[d],[g]當不吐氣清破裂音。

（註七）參看劉復四聲實驗錄（羣益書局出版），漢語字聲實驗錄（法文本）趙元任 Tone and Intonation in Chinese（歷史語言研究所集刊外編）及最後五分鐘（中華書局出版）。

（註八）參看高元國音學、汪怡國語發音學。

（註九）參看國音分韻常用字表（即佩文新韻）末附錢玄同與黎錦熙論『入化韻』書，及趙元任新國語留聲片課本說明。

（註十）詳章氏叢書檢論方言篇

（註十一）詳黎氏新著國語教學法（商務印書館出版）

（註十二）見林氏語言學論叢二一三頁。

（註十三）參看林氏語言學論叢二一六——二一七頁。

（註十四）見林氏語言學論叢二三九——二四九頁。

（註十五）中央研究院歷史語言研究所印行。

（註十六）清華大學出版。

（註十七）載科學七卷九期。

（註十八）載科學十三卷八期。

（註十九）俱由歷史語言研究所刊行。

（註二十）法文本。

（註二十一）見林氏語言學論叢二一三——二一六頁。

（註二十二）見林氏語言學論叢二一九——二三八頁。

（註二十三）見林氏語言學論叢二一八頁。

（註二十四）中央研究院歷史語言研究所出版。

（註二十五）載中央研究院歷史語言研究所集刊第一本第三分。

（註二十六）參看馬士曼論中國語的文字與聲音（Dissertation on The Characters and Sounds of the Chinese Language, Serampole, 1809。）

（註二十七）艾約瑟著有中國上海土話文法（A Grammar of Colloquial Chinese as Exhibited in the Shanghai Dialect, Shanghai, 1853），中國官話文法（A Grammar of Chinese Colloquial Language, Commonly Called Mandarin Dialect, Shanghai, 1857）等書。

（註二十八）參看武爾坡利齊中國音韻學（Chinese Phonology, Shanghai, 1896）。

（註二十九）參看商克古代漢語發音學（Ancient Chinese Phonetics，載一九〇〇年通報第一集八、九兩卷。）

（註三十）一九一二年在 B.E.F.E.O.（河內遠東法文學校學報）第十二期發表。

（註三十一）一九二〇年在 B.E.F.E.O. 第二十期發表。

（註三十二）參看羅常培中國音韻學的外來影響四二頁。

（註三十三）在一九一五——一九二六年間陸續刊行，全書共分敍論、古代漢語、現代方言的描寫語音學、歷史的研究、方音字典五部分。

（註三十四）一九二二年在通報第二十一卷發表，林語堂有譯文，名答馬斯貝囉論切韻之音，末幷有跋文，載語言學論叢一六二——一九二頁。

（註三十五）參看王力中國音韻學第二編第二十一節，第二十三節廣韻紐表、韻表。

（註三十六）一九二三年出版。

（註三十七）王靜如有譯文，載歷史語言研究所集刊第二本第三分。

（註三十八）趙元任有譯文，載清華研究院國學論叢一卷二號。

（註三十九）一九二八年在英國皇家亞細亞學會雜誌（J. R. A. S.）發表，趙元任有譯文，載歷史語言研究所集刊第一本第三分。

(註四十)一九三一年在通報第二十八卷發表，唐虞有譯文，載中法大學月刊第四卷第三期。

(註四十一)參看羅常培中國音韻學的外來影響四三頁。

(註四十二)一九三二年在瑞典 Stockholm 遠東古物館集刊第四卷發表。

(註四十三)一九三二年在 Göteborgs Högskolas Ärsskrift 第三十八卷發表。

(註四十四)一九三四年在遠東古物館集刊第五卷發表，有拙譯本，由商務印書館出版。

(註四十五)參看王力中國音韻學下册第三編第三十四節。

(註四十六)載林氏語言學論叢五七——八一頁。

(註四十七)參看拙譯漢語詞類及譯者序言。

(註四十八)參看段氏與江有誥書。

(註四十九)參看上章第一節及王力中國音韻學下册第三編第三十四節。

(註五十)參看岡井愼吾日本漢字學史。

(註五十一)載北京大學國學季刊第一卷第二期，有錢玄同附記。

(註五十二)載國學季刊第一卷第三期。

(註五十三)載東方雜誌第二十二卷第一號。

(註五十四)參看羅常培知徹澄娘音值考、切韻魚虞之音值及其所據方音攷、切韻閉口九韻之古讀及其演變諸文，均

載歷史語言研究所集刊及集刊外編

（註五十五）李氏諸文均載歷史語言研究所集刊中。

（註五十六）參看王力中國音韻學下册第三編第三十四節，及拙譯漢語詞類譯者序言

中國音韻學史 ／ 張世祿著. -- 臺一版. --
臺北市 ： 臺灣商務， 1965[民 54]
面 ； 公分. --（中國文化史叢書：32）

ISBN 957-05-1654-2(平裝)

1. 中國語言 - 聲韻 - 歷史

802.409 89005774

中國文化史叢書㉜

中國音韻學史

定價新臺幣 400 元

主 編 者 王雲五 傅緯平
著 作 者 張世祿
封面設計 吳郁婷

出 版 者
印 刷 所 臺灣商務印書館股份有限公司
臺北市 10036 重慶南路 1 段 37 號
電話：(02)23116118 · 23115538
傳眞：(02)23710274 · 23701091
讀者服務專線：080056196
E-mail：cptw@ms12.hinet.net
郵政劃撥：0000165 — 1 號
出版事業登記證：局版北市業字第 993 號

• 1965 年 7 月臺一版第一次印刷
• 2000 年 5 月臺一版第八次印刷

ISBN 957-05-1654-2 （平裝） 56007040

ISBN 957-05-1654-2 (802)
56007040
9 789570 516548
全
平裝
NT$ 400